UTA VAN STEEN

Mord am Elbstrand

BLANKENESES DUNKLE SEITEN Drei reetgedeckte Fischerhäuschen am Strand von Blankenese – und eines davon gehört nun der Schauspielerin Mieke. Ihre frühere Lehrerin und Nachbarin Hedda hat sie überraschend als Erbin eingesetzt. Dabei hatte Mieke den großbürgerlichen Elbvorort nach dem rätselhaften Verschwinden ihres Vaters noch als Schülerin verlassen und war mit ihrer holländischen Mutter nach Den Haag gezogen.

Allerdings ist eine Bedingung an das Testament geknüpft: Vor einem möglichen Verkauf der Kate muss Mieke sie ein Jahr lang bewohnen, Heddas Tagebücher, Fotos und Dokumente sichten und ihre Lebensgeschichte aufzeichnen.

Nur widerwillig kehrt Mieke mit ihrem Sohn Lenny nach Blankenese zurück. Dort kommen die beiden nicht nur den verstörenden Geheimnissen ihrer eigenen Familie auf die Spur, sondern auch einem Mord – und einem Netz der Lebenslügen, in das sich die Bewohner der drei Häuser seit der Nazizeit verstrickt haben.

© privat

Uta van Steen wuchs umzingelt von Zechen im Ruhrgebiet auf und besuchte nach ihrem Studium der Theaterwissenschaft in Köln und Paris die Journalistenschule in Hamburg. Dort entdeckte sie überrascht, wie grün Städte sein können – und blieb deshalb gleich da. Als Redakteurin und Reporterin arbeitete sie unter anderem für »Die Zeit«, »Stern«, »Spiegel«, »Geo Saison«, »SZ-Magazin« und ist Autorin mehrerer Sachbücher und eines Theaterstücks. »Mord am Elbstrand« ist ihr erster Krimi. Mit ihrem Mann und zwei Hunden lebt sie in Blankenese.

UTA VAN STEEN

Mord am Elbstrand

KRIMINALROMAN

GMEINER

Die Protagonisten, die Handlung des Romans und die Wolf-von-Lorenz-Treppe sind frei erfunden. Das Kinderheim, die historischen Personen und Ereignisse waren real.

Immer informiert

Spannung pur – mit unserem Newsletter informieren wir Sie regelmäßig über Wissenswertes aus unserer Bücherwelt.

Gefällt mir!

Facebook: @Gmeiner.Verlag
Instagram: @gmeinerverlag
Twitter: @GmeinerVerlag

MIX
Papier | Fördert
gute Waldnutzung
FSC
www.fsc.org   FSC® C083411

Besuchen Sie uns im Internet:
www.gmeiner-verlag.de

© 2023 – Gmeiner-Verlag GmbH
Im Ehnried 5, 88605 Meßkirch
Telefon 0 75 75 / 20 95 - 0
info@gmeiner-verlag.de
Alle Rechte vorbehalten
1. Auflage 2023

Lektorat: Christine Braun
Herstellung: Mirjam Hecht
Umschlaggestaltung: U.O.R.G. Lutz Eberle, Stuttgart
unter Verwendung eines Fotos von: © Karsten Bergmann / Pixabay
Karte: © Sophie Küster
Druck: CPI books GmbH, Leck
Printed in Germany
ISBN 978-3-8392-0393-4

Für Sunny

Ich möchte Leuchtturm sein
in Nacht und Wind –
für Dorsch und Stint,
für jedes Boot –
und bin doch selbst
ein Schiff in Not!

Wolfgang Borchert

Aus: »Laterne, Nacht und Sterne. Gedichte um Hamburg«

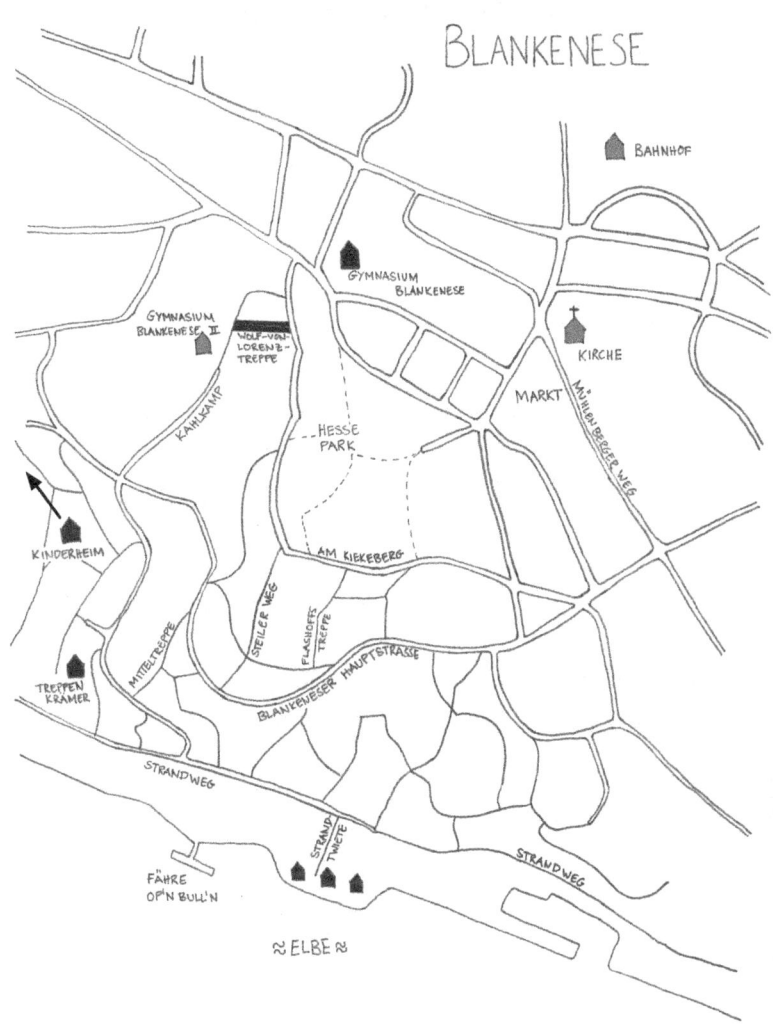

BLANKENESE

BAHNHOF

GYMNASIUM BLANKENESE

GYMNASIUM BLANKENESE II

WOLF-VON-LORENZ-TREPPE

KIRCHE

KAHLKAMP

MARKT

MÜHLENBERGER WEG

HESSE PARK

KINDERHEIM

AM KIEKEBERG

STEILER WEG

FLAGHOFS TREPPE

MITTELTREPPE

BLANKENESER HAUPTSTRASSE

TREPPEN KRAMER

STRANDWEG

STRAND TWIETE

STRANDWEG

FÄHRE OP'N BULL'N

≈ ELBE ≈

HEDDAS TAGEBUCH

4. April 1939

Simon is fendoge bi mi wesen, ober ich heb Bruno nix vertellt.
Dat is better so, he watt in lester tid so flink bannig vegrellt.

Simon war heute bei mir, aber ich habe Bruno nichts erzählt.
Es ist besser so, er wird in letzter Zeit so schnell wütend.

PROLOG
FREITAG, 17. APRIL 1998

Sie rannte zum Strand, die nassen Haarsträhnen klebten an ihrem Kopf. Erst sah sie nur den weißen Riesen, der sich an der Flussinsel vorbeischob, hinter der Reling winzig die winkenden Passagiere. Aber als das Schiff die Sicht auf das schilfige Ufer von Neßsand wieder freigab, erkannte sie etwas Helles, Verschwommenes.

Einen Moment lang dachte sie, da tanzte eine Schaumkrone auf der Heckwelle, die der Fähre folgte. Dann riss die Wolkendecke auf, und Sonnenlicht quoll vom Himmel in die Elbe, die jetzt funkelte wie ein flüssiger Aquamarin. Und ihr war klar, dass dort das Ruderboot von der Strömung herumgeschubst wurde, von Wellen überspült und schließlich vom Fluss verschlungen.

Sie drehte sich um. Ein paar Sekunden zu spät, um die rasche Geste zu bemerken, mit der der Vorhang am Fenster der Fischerkate zugezogen wurde.

DONNERSTAG, 19. MAI 2022

Die Holztür, im selben müden Blau lackiert wie die Elbe an dunstigen Tagen, stand einen Spalt offen. Verblüfft ließ Mieke die Hand sinken, mit der sie gerade den Schlüssel aus ihrer Jackentasche geholt hatte.

Einbrecher?

Sie war ohnehin schon gestresst. Der Zug von Den Haag nach Hamburg hatte ewig gebraucht, dreimal waren sie mit den schweren Koffern umgestiegen. Vom Bahnhof hatten Lenny und sie ein Taxi durchs Treppenviertel genommen, einem Gebirge aus reetgedeckten Kapitänshäuschen, Kaufmannsvillen und Bungalows.

Am Fähranleger unten am Fluss waren sie ausgestiegen. Von nun an ging es nur noch zu Fuß weiter. Mieke hatte zwei Koffer ergriffen und sich, den fluchenden Lenny im Schlepptau, auf den Weg gemacht. Ein paar Schritte den Strandweg entlang zweigte ein heckenbestandener Fußweg ab, und danach, verdeckt von einem Blauregenvorhang, ein noch schmalerer Pfad, so unauffällig, dass alle Touristen ihn übersahen. Er schlängelte sich leicht aufwärts zu einer Streuobstwiese. Erst von dort aus ließen sich die drei Fischerhäuser erkennen, auf halbem Weg zum Strand: alle über 300 Jahre alt und dank ihrer erhöhten Lage Überlebende von Sturmfluten, Hochwasser und Stürmen.

Mieke hörte das Geräusch von näher kommenden Schritten.

»Pauline«, schoss es ihr durch den Kopf.

Die Tür sprang auf, und ein braun gebrannter Mann trat auf die Schwelle, im Gürtel seiner Chinos steckte ein Küchenhandtuch. Wortlos breitete er die Arme aus und zog sie mit einem Ruck an sich.

Als ihr Kopf an seinem Brustkorb landete, roch sie sein süßliches After Shave. Sie schob ihn von sich und trat einen Schritt zurück. Natürlich hatte sie ihn sofort erkannt, trotz des Dreitagebarts, der auf seinem früher nackten, weichen Kinn wuchs. Sie hatte nur keine Ahnung, was er hier machte.

»Marc!«

»In alter Frische. Und du ...«, er nickte ihrem Sohn zu, der ausdruckslos die Szene beobachtete, »... du musst Leonard sein.«

Er streckte seine Hand aus, die Lenny nach ein paar Sekunden zögernd drückte.

»Stimmt«, murmelte er. »Hallo.«

»Na, dann kommt mal rein«, rief Marc und schnappte sich zwei Koffer. »Immer hinter mir her!«

Mieke nahm Lenny einen der beiden übrigen Koffer ab und folgte ihrem Schulfreund durch den niedrigen, weiß verputzten Flur. Alle Türen waren geschlossen, an den Wänden hingen Ölgemälde, auf denen Dreimaster in rauer See ertranken. Nur die Küchentür am Ende des Ganges stand weit auf, gleich neben der steilen Stiege, die nach oben führte. Es duftete angenehm nach Kaffee und Lavendelreiniger.

»Setzt euch!« Marc deutete zum alten Eichentisch vor dem winzigen Fenster zum Hof, den er wohl gerade geschrubbt hatte, das Wischtuch lag noch an der Kante. Unter den Achseln seines weißen Polohemdes ließen sich deutlich dunkle Flecken sehen.

Hier hatte Mieke immer gesessen, wenn sie früher zur Nachhilfe kam, die anderen Räume waren schon damals stets verschlossen. Über der steinernen Spüle öffnete sich ein großes Sprossenfenster zum Fluss hinaus, ein kleineres zum Hof im hinteren Garten. Neben dem Buffetschrank und dem gewaltigen Gasherd an der Längswand brummte noch derselbe weiße Bosch-Kühlschrank. Der Raum wirkte wie eine Zeitkapsel aus den Dreißigern.

Marc stellte drei Becher und einen Teller mit Franzbrötchen auf den Tisch. »Kennst du die, mein Junge? Hamburger Spezialität«, sagte er und wies mit der Hand auf das Plundergebäck.

Kein Ehering, dachte Mieke. Aber vielleicht hat er ihn zum Putzen abgenommen.

»Ich habe keinen Hunger.« Ihr Sohn sprang abrupt vom Stuhl auf und stürmte nach draußen.

»Teenager«, sagte Marc gleichgültig.

In Mieke regte sich eine leichte Irritation darüber, dass er sich wie der Herr des Hauses aufspielte. Heddas Hauses. Ihres Hauses.

»Was machst du hier?« Die Frage klang ruppiger, als sie es beabsichtigt hatte.

Marc lachte, eine Spur zu laut. So wie früher, wenn er sich unsicher fühlte. »Keine Sorge. Das hat alles seine Ordnung. Heddas Anwältin hat mich engagiert, als Putzmann und Grüßaugust.«

Er legte seine Hand auf ihren Arm. Mieke tat so, als ob sie einen Schluck Kaffee nehmen wollte, und er zog seine Hand weg und strich sich betont lässig die sonnenbleichen Strähnen aus dem Gesicht, die bis an den Kragen seines Hemdes reichten. Die Geste offenbarte tiefe Geheimratsecken.

»Hat die Anwältin dir nichts gesagt?«

»Ich habe nur im Sekretariat den Schlüssel abgeholt.«

Marc erhob sich. »Kommt erst mal richtig an. Die Heizung läuft und die Betten sind frisch bezogen. Hier, meine Handynummer.« Er schob eine Visitenkarte über den Tisch.

»›Frische Brise‹«, las sie. »›Marc Andresen, Hausmeister- und Handwerkerdienste.‹« Nicht Weltumsegler. Nicht Gitarrist. Mieke war wohl nicht die Einzige auf der Welt mit geplatzten Träumen. »Tut mir leid, Marc«, sagte sie eine Spur weicher. »Dass du dich gekümmert hast, das war nett.«

Der gehetzte Ausdruck in seinen Augen verschwand. »Die Anwältin hat dir wirklich nichts erzählt?«

»Sie war in einem Meeting. Was hätte sie mir denn sagen können?«

»Vielleicht ist es besser, wenn du es selbst herausfindest«, erwiderte er rasch. »Aber egal, was ist, ich helfe dir gerne mit dem Haus. Zum Freundschaftspreis.«

Immer noch der alte Geschäftemacher. Sie lachte, zum ersten Mal, seitdem sie wieder hier war. Marc wirkte auf der Stelle erleichtert und zog sie zum Abschied an sich. Jetzt fand sie seine Berührung in Ordnung.

»Mensch, Mieke«, sagte er, schon halb aus der Tür, »dass wir uns endlich wiedersehen, nach all den Jahren. Und ausgerechnet in Heddas Haus.«

»Ich kann es auch noch nicht richtig glauben.« Sie zögerte. »Wart ihr bei der Beerdigung?«

Marc reagierte nicht auf den Plural. »Nein«, erwiderte er. »Ich war den Winter über in Alicante. Ich habe eine Yacht überführt.«

Also doch noch Segler. Wer strohblonde Haare hatte, Andresen hieß und im Treppenviertel groß geworden war, wo Nebelhörner durch die bereits leicht salzige Nachtluft tuteten, hatte kaum eine andere Wahl.

»Marc«, sagte sie, »wollen wir uns einmal auf einen Drink treffen? Und du erzählst mir alles, was in den letzten 25 Jahren passiert ist?«

»Im Café auf dem Ponton? Ich hätte morgen gegen sechs Zeit.«

»Abgemacht.«

Mieke begleitete den Jugendfreund zur Haustür. Ihr Blick folgte ihm den gelb geklinkerten Pfad entlang und wanderte dann über den Strand, bis er Lenny erfasste. Er kickte Steine ins Wasser, umschwärmt von Möwen. Hinter einem Containerriesen, unterwegs zum nahen Meer, querte ein stämmiges weißes Fährboot die Elbe in Richtung Altes Land. Dort auf den Obstplantagen, dachte Mieke, explodierten gerade die Apfel- und Kirschblüten. Sie könnte mit ihrem Sohn eine Fahrradtour machen, den Estedeich entlang.

»Lenny!«, rief sie. »Los, komm rein!«

Der Junge bückte sich und warf mit Schwung einen Stein weit in den Fluss. Die Vögel kreischten auf. Ringe bildeten sich und verschwammen.

Sie lief über den weichen Sand auf ihn zu.

Ihr Sohn drehte sich um. »Ist er weg?«

Sie nickte.

»Alter Freund von dir?«

»Wir kennen uns noch von der Schule.«

Sie gingen zusammen auf die Katen zu. Die ersten Kletterrosen waren bereits die Wände hochgekrochen und glommen im Dämmerlicht wie bunte Sterne. Aber nur in Heddas Küche brannte Licht. Die beiden anderen Häuschen hüllten sich in Dunkelheit und Schweigen, die Fenster waren mit Holzläden verrammelt.

»Wie viele Zimmer hat die Hütte eigentlich?«

»Warte mal«, sagte Mieke und zählte an den Fingern ab. »Unten die Küche, ein Bad, das Wohnzimmer und noch eine kleine Stube, meine Mutter hatte in unserem Haus dort früher ihr Klavier stehen. Oben drei kleine Zimmer und der Speicher.«

»Kein Keller?«

»Nur eine alte Waschküche. Es gibt noch ein Nebengebäude im Hof. Dein Großvater hatte sein Boot darin liegen. Und es als Atelier benutzt. Wir hatten es von Hedda gemietet, sie brauchte nicht so viel Platz.«

Dein Großvater. Die Worte waren ihr wie selbstverständlich entglitten. Dabei hatte sie mit Lenny nie über Mathias Breckwoldt gesprochen. Ihr Sohn wusste lediglich, dass er Maler gewesen und früh verstorben war. Sie würde ihm bald die Wahrheit sagen müssen.

Sie betraten den Flur mit dem ochsenblutroten Fliesenboden. Calvinistische Niederländer hatten solche Fliesen vor 400 Jahren mit nach Deutschland gebracht, auf ihrer Flucht vor den katholischen Spaniern, das wusste Mieke von ihrem Vater. Er hatte ihr oft Dinge erklärt, wenn sie ihn im Atelier besuchte, wo sein Pinsel Wellen brechen ließ und Schiffe versenkte. Schade, dachte sie, dass Tessa kein einziges Bild mit nach Holland genommen hatte. Aber verständlich.

Mieke drehte den klobigen Lichtschalter. Helligkeit floss über den Boden, der plötzlich aussah, als sei er mit Blut bedeckt.

»Ich mach dir einen Vorschlag«, sagte sie spontan und fasste Lenny am Ärmel seiner Jeansjacke, die bereits feucht war von den Schwaden des Flusses. »Wegen der Schlafzimmer. Wir öffnen abwechselnd eine Tür nach der anderen. Wer eine aufmacht, kann das Zimmer dahinter haben, wenn er will.«

Ihr Sohn lächelte, sein erstes Lächeln seit Wochen. Seit sie ihm eröffnet hatte, dass sie nach Blankenese ziehen würden, weil sie das Haus ihrer früheren Lehrerin geerbt hatte. Er drückte die schwere Messingklinke nieder.

Und sprachlos blickten die beiden auf das, was die Tür verheimlicht hatte.

SONNABEND, 13. MAI 1939

Was für ein wunderbarer Abend. Simon fasste seine Schulfreundin um die Taille, wirbelte sie herum und setzte sie lachend wieder ab.

Hedda zog ihr kirschrotes Kleid glatt, das kurz über den Knien endete, und schaute auf ihre Armbanduhr. »Der letzte Zug ist gerade von Altona abgefahren«, rief sie erschrocken. »Irgendeine Idee, wie wir nach Hause kommen?«

Wie intensiv die Blumen in der Dunkelheit dufteten. Simon konnte die Süße der Rosen und Alpenveilchen auf den Beeten fast schmecken. Wenn nur die Kopfschmerzen nicht wären. Noch immer ganz verschwitzt in seinem viel zu warmen, karierten Sakko und den weiten Hosen zählte er im Stillen bis zehn, bis sich sein Atem allmählich beruhigte. Manchmal schaffte er es, seine Migräne mit dieser Methode in Schach zu halten.

Vor zehn Minuten waren sie vom Musikpavillon in Planten un Blomen aufgebrochen und am See vorbei ostwärts gelaufen, der Morgensonne entgegen, die in wenigen Stunden aufgehen würde.

»Am Ausgang stehen bestimmt Droschken.«

»Bis nach Blankenese kostet das ein Vermögen!«

»Das ist es mir wert. Hedda, das war so ein famoser Abend! Ich hatte keine Ahnung, dass im Musikpavillon solche Swingpartys steigen.«

»Noch«, murmelte Hedda, so leise, dass Simon nur vermutete, was sie gesagt hatte, weil ihm dasselbe Wort durch den Kopf schoss.

Übermütig fasste er das Mädchen an der Hand und machte ein paar Tanzschritte auf den Kieseln des Parkpfades. Inzwischen hatte sich der Mond durch die Wolken gekämpft und ließ sie silbrig glimmen. »In the mood«, summte er den Refrain des Schlagers der Four King Sisters, »my heart was skippin' …«

»Schusch«, zischte Hedda, »wenn dich jemand hört …«

Doch Simon fühlte sich wie berauscht, betrunken von Musik. Duke Ellington. Glenn Miller. Count Basie. Alle seine Götter des Jazz hatte die Swing-Band heute gespielt, und er hatte Hedda so ausgelassen herumgewirbelt, dass er sich nicht gewundert hätte, wenn sie abgehoben und hoch über die Dächer der Stadt davongeflogen wäre. Gut, der ein oder andere Whisky mochte zu seinem jetzigen Zustand auch beigetragen haben. Egal. Man war nur einmal 15.

»In the mood, that's what he told me …«

»Simon, warte doch mal. Ich kann mir keine Droschke leisten«, protestierte Hedda.

Der Junge strich sich seine ungewöhnlich langen Haare, von denen man nie wusste, ob sie dunkelblond oder braun waren, aus der heißen Stirn und zog eine Geldbörse aus der Tasche.

»O nein«, protestierte Hedda. »Wir laufen.«

»Laufen? Bist du verrückt? Das sind über zehn Kilometer!« Simon war mit einem Schlag wieder nüchtern.

»Na und? Wir sind doch nicht aus Zucker!«

Resolut zog Hedda ihre Pumps mit dem kleinen Absatz aus und stopfte sie in die Handtasche. Barfuß deutete sie ein paar Tanzschritte an. »Then I held him tightly …«, sang sie.

»Du bist total verrückt«, sagte Simon grinsend. Er ließ die Börse verschwinden, griff wieder nach Heddas Hand, und gemeinsam schlenderten der Junge und das Mädchen den gewundenen Weg entlang.

Wie alle Hamburger waren sie ganz verliebt in den neuen Park mit seinen exotischen Pflanzen wie Bambus und Bananenstauden. Im Winter konnte man auf einem Wasserbecken Schlittschuh laufen, und seit letztem Jahr sprudelte sogar eine Fontäne auf dem See. Der neue Senat hatte das verwilderte Gelände des alten Zoos direkt nach der Machtergreifung für eine Niederdeutsche Gartenschau umgestaltet in ein Blumenparadies mit Orchideen-Café und Kanälen. Was an Kakteen, Bambus und Orchideen niederdeutsch sein sollte, blieb Hedda allerdings schleierhaft.

Eine Wolke schob sich vor den Mond, und als der Wind sie vertrieb, entblößte sein Licht einen nackten Erdflecken am Wegrand.

»Guck mal, Simon, die Palme ist weg«, rief Hedda überrascht. »Und da drüben, da haben doch Strelitzien geblüht, oder? Die können nicht so plötzlich eingegangen sein, gerade jetzt im Frühling …«

»Eingegangen? Eingestampft! Weißt du das gar nicht?«

»Was weiß ich nicht?«

»Dass alle tropischen Blumen durch deutsche ersetzt werden.«

»Du machst Witze!«

»Schön wär's. Nein, das ist wahr, ich schwöre es. Bruno hat es mir erzählt, und der weiß es von seinem Vater.«

Dann musste es stimmen. Bestens vernetzt in den Hamburger Behörden saß der Bauunternehmer an der Quelle, was Neuigkeiten anging. »Du sagst ihm doch nicht, dass wir im Pavillon waren, oder?«, fragte das Mädchen beiläufig.

»Brunos Vater?«

»Quatsch«, fuhr Hedda ihn an. »Bruno natürlich.«

»Wie du willst.«

Sie wandte den Blick ab. Gut, dass die Dunkelheit verbarg, wie ihr die Röte ins Gesicht geschossen war.

Vor zwei Jahren hatte Bruno ihnen zum ersten Mal eine Platte von Glenn Miller auf seinem Koffergrammofon vorgespielt. Er hatte es zum 14. Geburtstag bekommen. Direkt nach der Kaffeetafel war er zu ihrem Treffpunkt beim Wrack gelaufen. Das Astloch eines Uferbaumes benutzten die Nachbarskinder, seit sie denken konnten, als geheimen Briefkasten. Früher versteckten sie Bonbons darin, später Nachrichten. Jetzt enthielt es eine halb leere Kornflasche, die Hedda dem Vater gemopst hatte.

»Ein Koffergrammofon!« Hedda hatte selbst bemerkt, dass ihre Stimme neidisch klang. Ihre Eltern würden sich so einen modernen Schallplattenspieler im Leben nicht leisten können. Sie hoffte, dass ihr Vater bald wieder im Hafen anheuern würde, dort gab es inzwischen reichlich zu tun. Noch vor ein paar Jahren waren alle Schauermänner arbeitslos gewesen. Da war es nicht weiter aufgefallen, dass der alte Kröger ständig in der Kneipe hockte. Gut, dass ihre Mutter mit Schneiderarbeiten etwas dazuverdiente. Niemand sah dem Mädchen an, dass in der Strandtwiete 1c Schmalhans Küchenmeister war. Den kurzärmeligen hellblauen Rollkragenpulli, über dessen Kragen Heddas blonder Pferdeschwanz wippte, hatte ihre Mutter aus den aufgeriffelten Resten einer löcherigen Wolldecke gestrickt.

»Zeig schon her, was für Platten hast du?«, bedrängte Simon seinen Freund.

Bruno öffnete die Tasche, die ihm über der Schulter hing. Darin steckten Schellackplatten, mindestens 20 Stück.

Simon zog eine nach der anderen heraus. »Benny Goodman«, entzifferte er den Namen auf dem runden Etikett in der Mitte und drehte sie dabei. »Nat Gonella.« Er wusste nicht genau, wie er die Wörter aussprechen sollte, obwohl er seit zwei Jahren Englischunterricht hatte.

»Jazz«, rief Bruno mit leuchtenden Augen. »Bester, großartiger amerikanischer Jazz.«

»Und die Platten haben dir deine Eltern geschenkt?«, fragte Hedda ungläubig.

Bruno prustete los. »Nee, die denken, ich höre arische Qualitätsware.« Er zog eine andere der schwarzen Scheiben hervor und schwenkte sie vor ihren Gesichtern. »Die ›Carmina Burana‹! Die haut einen glatt vom Stuhl, so aufregend modern! Und hier, der fantastische Herbert von Karajan dirigiert ›Tristan und Isolde‹!«

Er hatte eine weitere Platte aus dem Stapel gefischt, und sie hatten so laut lachen müssen, dass sie sich danach erschöpft in den weichen Sand sinken ließen.

Damals, dachte Hedda, während sie und Simon fast den Ausgang von Planten un Blomen erreicht hatten – sie konnte schon das von Gaslaternen beleuchtete Portal erkennen –, war das Zusammensein mit ihren beiden besten Freunden wunderbar einfach gewesen. Sie erinnerte sich daran, wie sie nach der Schule in Brunos Zimmer gesessen und dabei die Texte der Songs abgeschrieben hatten, bis sie sie auswendig konnten. Heute hatten sie alle in Englisch ein »Sehr gut«. Hedda war froh, dass der Englischunterricht auf dem Lehrplan des Gymnasiums überlebt hatte. Französisch war bereits abgeschafft.

Bruno hatte ihnen damals auch erzählt, dass sich am Montagnachmittag in der Eisdiele immer ein paar Jungs und Mädels zum Swingtanzen trafen. Später besuchten die

Nachbarskinder auch private Partys. Gelegenheiten gab es genug, denn besonders unter den Hamburger Gymnasiasten grassierte das Jazzvirus.

Am Hinterausgang des Dammtorbahnhofs mit seinem gläsernen Dach wartete die glänzende Schlange der Taxis auf Passagiere, die bald aus den Bars und Kabaretts der Innenstadt strömen würden.

»Hör mal, wir nehmen jetzt doch eine Droschke, ja?«

Hedda war inzwischen zu durchgefroren, um zu protestieren. Ihre Beine fühlten sich schwer an, sie kam sich vor wie ein Elefant bei Hagenbecks Tierpark. »In Ordnung«, sagte sie und zog die Schuhe an. Verflixt, ihre Seidenstrümpfe hatten ein Loch abbekommen. Hoffentlich konnte ihre Mutter es stopfen, es war ihr einziges Paar.

Simon öffnete die hintere Tür einer Droschke. Hedda stieg ein und rückte ans Fenster, um ihm Platz zu machen, und ihr Freund setzte sich neben sie.

»Nach Blankenese«, sagte er dem Fahrer, der den Motor des Mercedes anließ. »Zum Strandweg. Am Anleger steigen wir aus.«

DONNERSTAG, 19. MAI 2022

Stapelweise Zeitschriften und Zeitungen. Offene Kartons, aus denen Bilder und Bücher quollen. Töpfe. Packungen mit verschimmeltem Brot und zerbrochenen Nudeln. Leere Flaschen. Prall gefüllte Plastiktüten. Eingestaubte Mäntel und Kleider türmten sich auf unsichtbaren Möbeln. Aktenordner, jede Menge Aktenordner. Über allem eine Geruchswolke, in der sich Schweiß mit den Ausdünstungen von feuchtem Stoff und verdorbenen Lebensmitteln mischten.

Mieke nahm versuchsweise eine Plastiktüte hoch, musterte den übel riechenden Inhalt und ließ sie angewidert wieder fallen. Selbst eine Marie Kondo würde jetzt würgen.

Lenny stand immer noch bewegungslos an der Tür. »Ich glaube«, sagte er langsam, »wir sollten uns mal die anderen Zimmer vornehmen.«

»Du meinst doch nicht etwa …?«

»Doch.«

Mieke stürzte los. »Mach bloß die Tür zu!«, rief sie über die Schulter ihrem Sohn zu. »Wer weiß, was da drin alles lebt!«

Mit einem Ruck riss sie die Tür zur Stube nebenan auf, machte das Licht an und atmete hörbar aus. Auf dem Holzdielenboden stand ein dunkles Holzbett mit einem hohen Haupt, darauf ein makellos weißes Federbett. Am Fußende lag eine gefaltete Patchwork-Decke. Gegenüber einem Ohrensessel reihten sich an der Wand zwei Kleiderschränke und eine Herrenkommode aneinander.

»Ist das Hedda?« Lenny wies auf ein Foto, das in einem fleckigen Messingrahmen über dem Sessel an der Wand hing, das Porträt eines jungen Mädchens mit langen Zöpfen.

»Wahrscheinlich.« Mieke trat näher. »Sie war damals wohl ungefähr so alt wie du jetzt.«

Ihr Atem beruhigte sich. Marc musste großzügig Raumspray verteilt haben, es duftete aufdringlich nach Maiglöckchen.

Ihr Sohn öffnete das Fenster. Abendluft strömte herein, und mit ihr die Gerüche des Flusses, Fisch, feuchter Sand und Dieselöl. Mieke öffnete eine der Kleiderschranktüren. Ein Schwall von Tablettenpackungen, Büchern und Kladden stürzte heraus. Gleichzeitig machte Lenny die Tür daneben auf und wurde fast unter einer Kaskade von Mänteln und Jacken begraben. Seine Miene spiegelte ihr eigenes Entsetzen wider.

Sie stürmten die Treppe hinauf. Schon im Flur erkannten sie im Dämmerdunkel hohe Stapel, die bedenklich ins Schwanken gerieten, als sie Tür um Tür aufrissen. Überall das gleiche Schlachtfeld.

Mieke spürte, wie es hinter ihren Schläfen zu pochen begann. Gleichzeitig wurde ihr übel. Sie hielt sich am Treppengeländer fest. »Lenny«, keuchte sie. »Ich glaube, ich muss mich übergeben.« Sie würgte und hielt sich die Hand vor den Mund.

Lenny fasste sie hastig am Arm und zerrte sie die Treppe hinunter.

»Neben der Haustür«, brachte sie hervor.

Lenny schob seine Mutter in den überraschend kahlen Raum. Sie fiel vor der Schüssel auf die Knie und erbrach sich. Dann stützte sie die Ellbogen auf die Brille und presste ihre feuchtkalten Hände gegen die Stirn. Warum hatte sie sich vorher keine Fotos vom Haus schicken lassen? Und warum hatte Marc sie nicht gewarnt?

Mühsam zog sie sich am Waschbeckenrand hoch und studierte mit roten Augen ihr Gesicht in dem fast blinden Spiegel. Sie sah aus wie das weiße Meerschweinchen, das sie als Kind gehabt hatte. Und mindestens genauso fertig wie in jenen Nächten des vorletzten Jahrs, die sie am liebsten aus ihrer Erinnerung löschen würde. Besonders den 5. Dezember, den sie im Bett verbracht hatte, in jenem schweren Schlaf, den nur Psychopharmaka bescherten, ihr persönliches Nikolausgeschenk an sich selbst. Lenny hatte ihr bis heute nicht erzählt, wo er an dem Abend gewesen war.

Trotzig drehte sie den Hahn auf, spritzte sich ein paar Handvoll Wasser ins Gesicht und trocknete es nach kurzem Zögern mit einem schmuddeligen rosa Gästehandtuch ab, das an einem Metallhaken baumelte. Die Migräneattacke war nicht allzu heftig gewesen. Sie holte tief Luft und setzte probeweise ein Lächeln auf. Die blasse Irre im Spiegel grinste zurück.

Draußen im Flur lehnte die schlaksige Gestalt ihres Sohnes an der Wand, den Kopf zum Handy hinuntergebeugt, das er in der Hand hielt.

»Lenny«, sagte sie leise.

Er sah ruckartig auf.

»Es geht wieder einigermaßen.«

Der besorgte Ausdruck in seinem Gesicht verschwand und machte der gewohnten Gleichgültigkeit Platz. »Und jetzt?«, fragte er. »Noch mehr brillante Ideen?«

»Ich gehe schlafen. Ich kann nicht klar denken im Moment.«

»Im Moment …«, wiederholte er. Und gestern und vorgestern und überhaupt immer.

Sie sah ihn erschöpft an. »Hör zu, es tut mir leid. Wir sehen morgen weiter, ja? Du solltest auch …«

»Ich bin nicht müde.« Lenny stieß sich von der Wand ab und ging zur Haustür.

»Wohin willst du?«

»Nach Hause.«

Nach Hause. Das wollte sie auch. »Bitte, Lenny. Ich finde alles genauso schrecklich wie du. Aber ich kann nichts daran ändern, zumindest nicht mehr heute.«

»Ist schon gut«, sagte er. Seine Stimme klang gepresst, als ob er ein Weinen unterdrückte. »Ich brauche nur frische Luft.«

Die Haustür fiel ins Schloss.

In Heddas Schlafzimmer machte Mieke das Fenster zu und setzte sich auf die Bettkante. Der Maiglöckchengestank war verflogen, aber hinter ihrer Stirn pochte es immer noch. Wo hatte sie nur ihren Rucksack hingelegt? Sie lief zur Küche, fand den Rucksack, der an einer Stuhllehne hing, knipste das Licht aus, wankte wieder zurück und ließ sich aufs Bett fallen. Einen Moment lang ruhte ihr Kopf auf dem Kissen. Dann zog sie den Rucksack näher heran und begann darin zu kramen, bis sie das Röhrchen mit Tabletten fand. Mieke schüttelte drei der rosa Pillen heraus und schluckte sie ohne Wasser hinunter. Dass ihr Kopf zurück auf das Kissen sank, nahm sie schon nicht mehr wahr.

*

Der Mond war von der Finsternis verschluckt worden. Aus den Häusern nebenan drangen weder Licht noch Geräusche, sie erinnerten Lenny an schlafende Raben. Jetzt löschte seine Mutter das Licht in Heddas Küche. Wie nachhaltig!

Ihre Greenpeace-Gruppe wäre stolz auf sie. Der schwache Lichtkegel seines Handys wanderte über den gelb gefliesten Weg vor der Eingangstür, der zu den Nachbarhäusern führte. Also tastete sich Lenny an der Hauswand entlang, weg von der Elbe.

Die Kate grenzte mit ihrer Rückseite an den kleinen Hof, das hatte er herausgefunden, als er diesen Wikinger und seine Mutter ihren Erinnerungen überlassen hatte und herumgestreift war. Lenny hob das Handy höher und sah die Konturen eines Gartenhauses. Das war es also, das Atelier seines Opas. Er hatte sofort aufgemerkt, als seine Mutter es erwähnte. Versuchsweise rüttelte er an dem Schloss, das sofort mit leisem Klirren absprang. Es hatte, dachte er, durchaus Vorteile, wenn man alles verrotten ließ. Direkt neben der Tür ertastete er einen Lichtschalter. Er drückte ihn runter, und die bloße Birne, die von der Decke baumelte, erhellte schwach den vorderen Teil eines, wie ihm schien, lang gestreckten Raumes.

Drinnen sah es gar nicht so übel aus, jedenfalls besser als im Haupthaus. Das Atelier war zwar auch vollgestellt mit lauter Kram – die Leute hier hatten eindeutig ein Sammelgen –, aber nicht wirklich schmutzig, nur staubig. Die Luft roch auch nicht so schal, nach kranker alter Frau. Die Wände, mit braunen Balken unterteilt, liefen schräg aufeinander zu. Sie stießen an der Spitze zusammen und bildeten ein hölzernes Zelt.

Der geheimnisvolle Großvater war also Maler gewesen. Oder Bildhauer. Oder Töpfer. Schade, dachte Lenny, dass er seine Künstlerchromosomen unbedingt an Mieke vererben musste. Es wäre besser für alle gewesen, wenn sie beim Finanzamt angeheuert hätte.

Versuchsweise klopfte er mit der Hand auf die Sitzfläche einer grünen Ottomane. Staubflocken stiegen auf und tanzten um die Glühbirne. Lenny setzte sich, kramte aus der Innentasche seiner Jeansjacke einen Joint, zündete ihn an und inhalierte. Nach ein paar Sekunden ließ er den Rauch langsam durch den Mund entweichen. Er nahm noch einen Zug und spürte, wie sein Herzschlag sich beruhigte.

Aus seinem Rucksack, den er seit der Abreise aus Den Haag nicht aus den Augen gelassen hatte, holte er ein Päckchen heraus, umwickelt mit Miekes Bienenwachstüchern, mit denen sie Lebensmittel frisch hielt. Er nestelte den Bindfaden auf und musterte seine Kollektion von Tütchen. Das Gras würde er im Handumdrehen verkaufen können, die Qualität war super. Sein Freund Jan, längst volljährig, hatte bei Ganja Guru in Amsterdam Lennys komplette Einkaufsliste abgearbeitet: Purple Haze, das richtig schön knallte, und Super Skunk, sanft wie Jans Siamkatze. Außerdem einen Haufen Blotter mit der lieben Valerie, einer LSD-Prodrug vom Labor seines Vertrauens und praktischerweise legal in Deutschland. Für die Friday-for-Future-Fraktion seiner künftigen Schulkameraden hatte er als Öko-Alternative ein paar Tütchen mit getrockneten Zauberpilzen dabei.

Lenny verstaute das Paket und drückte den Stummel des Joints in einem elfenbeinfarbenen Teller mit Goldrand aus. Das fehlte noch, dass er Heddas Tiny House abfackelte. Dann schloss er die Augen und genoss, den Rucksack als Kissen unter seinem Kopf, seinen kleinen allnächtlichen Tod.

Zoë Sörensen schwang sich ihren Rucksack mit den Schulsachen über die Schulter und sah sich suchend um. »Mama? Hast du die Requisiten irgendwo gesehen?«

»Die alten Klamotten für die Aufführung?« Pauline Sörensen, die gerade einen Apfel kleinschnitt, strich die Schnitze vom Schneidebrett in den Topf und kam aus der Küche geeilt.

»Tilly hat die Sachen aussortiert. Die Tüte muss hier rumstehen.«

Sie öffnete den Einbauschrank neben der Garderobennische. Auf dem untersten Regal neben den Putzmitteln lag eine prall gefüllte blaue Einkaufstasche von Ikea, aus der ein Kerzenleuchter ragte. Pauline zerrte sie heraus. Dann fasste sie ihre Tochter um die Schultern und steuerte sie in die Küche. »Ich kann dich gleich fahren, iss erst mal etwas. Du hast doch den ganzen Nachmittag Proben.«

Zoë setzte sich auf den Barhocker am Küchentresen. »Guck mal, Mama«, sagte sie, »die Pfingstrosen sind heute Nacht aufgegangen.«

Pauline folgte ihrem Blick durch die Panoramascheibe. Über die Terrasse hatte der Gärtner bereits optimistisch ein gelbes Sonnensegel gespannt. »Wie schön.« Sie stellte eine Schale mit Porridge auf den Tresen.

»Hast du denn Zeit, mich zur Schule zu fahren?«

»Ich mache die Praxis heute erst um zehn auf. Dein Onkel wartet im Dorf auf mich, wir wollen zusammen Kaffee trinken.«

»Oh«, erwiderte Zoë überrascht. »Seit wann ist Marc denn wieder hier?«

»Seit einer Woche oder so«, antwortete ihre Mutter unbestimmt.

»Meinst du, er würde uns mit den Kulissen helfen? Gestern ist das Dach vom Waisenhaus eingebrochen.«

»Ich frag ihn.« Pauline stellte die leere Porridge-Schale in die Spülmaschine und ging aus dem Haus, gefolgt von ihrer Tochter.

»Holst du mich heute Abend von der Probe ab? Gegen neun?« Zoë schwang sich auf den Beifahrersitz des schwarzen Range Rovers.

»Ich denke schon.« Pauline steuerte den Wagen den kurvigen Waldweg hinunter. Hausbesuche hatte sie heute keine im Kalender stehen, jedenfalls bis jetzt nicht. Man wusste nie, bei ihren betagten Patienten. In Blankenese war fast jeder Vierte über 60. Für junge Leute war das Leben im Dorf kaum noch erschwinglich. Wer hier kleine Kinder hatte, hatte sein Haus in der Regel geerbt, nicht gekauft. So wie ich, dachte sie. Die Andresens lebten seit mehr als 300 Jahren an der Elbe. Viele waren früher Kapitäne, einer sogar Walfänger in Grönland. So jedenfalls verkündete es die in Hirschleder gebundene Familienchronik, die in einer Vitrine der Bibliothek lag. Pauline runzelte angewidert die Stirn. Dem Herrn sei Dank, dass ihre Ahnen sich später auf weniger blutige, aber ähnlich lukrative Geschäfte verlegt hatten.

Sie erspähte eine Lücke in der Reihe der SUVs, die die Verbotsschilder wie gewohnt ignorierten und direkt vor dem roten Backsteinbau des Gymnasiums parkten. »Bis später!«, rief sie, als ihre Tochter sich ins Heer der Hellhaarigen einreihte, die durch das Portal strömten. Ohne die Spur eines schlechten Gewissens stellte Pauline ihr Auto ein paar Minuten später auf dem Kundenparkplatz der Commerzbank ab – schließlich hatte ihre Familie schon ewig ihre Konten dort – und nahm den Einkaufskorb vom Rücksitz.

Wie immer an Markttagen erfüllte Stimmengewirr das Café »Chez Wilma«. Pauline entdeckte ihren Bruder sofort, er saß auf der rot gepolsterten Lederbank direkt am Fenster. Vor ihm auf dem Tisch stand eine Espressotasse, wie Pauline erleichtert bemerkte. Kein Cognacschwenker.

»Ich war bei ihr«, eröffnete Marc ihr ohne Umschweife. »Gestern Nachmittag.«

»Und?«

»Und was?«

»Wie geht es ihr? Wie sieht sie aus?«, fragte Pauline ungeduldig.

Er zuckte mit den Schultern. »Eigentlich wie immer.«

»Keiner sieht nach 25 Jahren aus wie immer.« Was war so schwierig daran, zu sagen: mittelgroß, zierlich, lange, wellige braune Haare, traurige grüne Augen, blasse Haut?

»Du hättest sie ja selbst begrüßen können«, gab ihr Bruder mürrisch zurück. »Ich verstehe sowieso nicht, was das Versteckspiel soll.«

Pauline antwortete nicht. Es lohnte sich nicht. »Und ihr Sohn?«, fragte sie schließlich.

»Den habe ich nur ganz kurz gesehen, er hat sich gleich verzogen.«

Pauline schaute aus dem Fenster. Frauen in engen Jeans, Stiefeln und Barbour-Jacken gingen vorbei, mit Jutetaschen und Körben voller Gemüse. Wenn sie nicht gleich einkaufen ginge, wäre der Spargel weg. »Wie hat sie reagiert?«, fragte sie schnell.

»Auf das Chaos? Das hatte sie noch nicht entdeckt, solange ich dort war. Küche und Schlafzimmer habe ich aufgeräumt, die sehen tipptopp aus.« Marc steckte den Scheck ein, den Pauline nun wortlos neben die Tasse legte, sprang auf und warf ein paar Euro auf den Tisch. »Ich bin gegangen, bevor sie den Rest der Wohnung gesehen hat.«

»Du hast sie allein gelassen?«

»Fürs Erste«, gab Marc knapp zurück.

Er eilte durch die Tür und verschwand, während Pauline ihm frustriert nachsah.

*

Mieke schlug die Augen auf. Sonnenlicht und Vogelgezwitscher strömten durch das weit geöffnete Fenster. In der Ferne tutete ein Boot. Für einen Moment war es so wie früher, als sie in ihrem Mädchenzimmer im Bett lag und überzeugt war, der Elbe beim Strömen zuhören zu können.

Der Duft von Kaffee schwebte durch die einen Spalt weit geöffnete Tür. Lenny stieß sie auf, in einer Hand einen Becher.

»Du Engel«, sagte Mieke dankbar.

»Ich geh mir jetzt die Umgebung angucken. Wo die Schule ist und so. Schließlich muss ich da übernächste Woche hin.«

»Wollen wir uns später auf dem Markt treffen? Ich soll beim Anwaltsbüro die Unterlagen für den Kredit abholen, das ist direkt um die Ecke. Um halb elf? Dann können wir zusammen nach Hause gehen, du hast ja keinen Schlüssel.«

Lenny lachte auf, und in seiner Stimme lag nur ein Hauch Sarkasmus. »Du willst abschließen? Sei doch froh, wenn jemand den Junk klaut.«

Die Tür fiel ins Schloss. Mieke trank den Kaffee aus und schlug das dicke Plumeau zurück. Sie trug immer noch ihre Jeans und den grauen Strickpullover von gestern, aber keine Stiefel. Hatte sie sie gestern selbst ausgezogen, bevor sie eingeschlafen war, oder hatte Lenny es getan? Sie hoffte auf Ersteres.

Trotz des Sonnenscheins fröstelte sie plötzlich, schloss das Fenster und drehte das Ventil neben dem Rippenheizkörper höher, der sofort warm wurde. Marc, gesegnet sei er, hatte nicht zu viel versprochen. Wer bezahlt ihn eigentlich für seine Dienste, überlegte sie, ich? Aber ohne ihre Einwilligung dürfte Heddas Anwältin bestimmt keine Reinigungsfirma anheuern, jedenfalls nicht, bevor es ein Inventarverzeichnis gäbe.

Mieke sah auf ihr Handy. Gleich neun. Ich brauche einen Plan, dachte sie. Etwas zu essen. Und vor allen Dingen Geld. Viel Geld. Sie hockte sich auf den Boden und fischte ein schwarzes Kapuzenshirt aus dem Koffer. Auspacken würde sie erst mal nicht können, solange die Schränke noch mit Heddas Sachen vollgestopft waren.

Sie setzte sich zurück auf die Bettkante und zog das Shirt über den Kopf. Es machte Mieke seltsamerweise nichts aus, dass sie im selben Bett schlief, in dem ihre Lehrerin gestorben war. Im Gegenteil, sie hätte es verstörender gefunden, wenn Hedda einsam im Krankenhaus gelegen hätte, angeschlossen an fauchende Geräte. Aber Heddas Anwältin hatte ihr am Telefon gesagt, dass die alte Dame einen Herzinfarkt erlitten habe, in ihrem eigenen Schlafzimmer. Nach einem taktvollen Seufzer hatte sie ihr zudem versichert, dass die Banken in Blankenese außerordentlich entgegenkommend seien. Die Kanzlei habe bereits einen Gutachter zur Wertermittlung des Fischerhauses bestellt. Miekes Chancen auf eine Hypothek ständen gut, auch als arbeitslose Schauspielerin.

Die frohe Botschaft vom Erbe war ihr von der holländischen Partnerkanzlei überbracht worden, an einem jener seltenen eisigen Wintertage, an denen die Grachten zufroren. Am 11. Januar sei ihre frühere Lehrerin und Nachbarin verstorben, hatte der Anwalt ihr mitgeteilt, als Mieke ihn in seinem Kontor am Hofweiher aufgesucht hatte. Und sie habe Mieke ihr Haus hinterlassen.

»Mir?«, hatte sie überrascht gerufen. »Ich habe Hedda doch ewig nicht mehr gesehen!«

In den ersten Jahren, nachdem ihre Mutter und sie nach Den Haag gezogen waren, hatte ihre Lehrerin noch Weihnachtskarten geschickt, die Mieke pflichtschuldig auf dem Sims ihres defekten Kamins platziert hatte. Immer mit einem Blankenese-Motiv – dem Fluss, dem Süllberg oder einem Pfahlewer, dem traditionellen Fischerboot. Irgendwann waren keine Karten mehr gekommen, aber das war Mieke, die immer öfter versäumt hatte, sich zu bedanken, kaum aufgefallen.

An das Erbe seien allerdings ein paar Bedingungen geknüpft, hatte der Anwalt ausgeführt. »Frau Kröger hat verfügt, dass das Haus erst in Ihren Besitz übergeht, wenn Sie es ein Jahr lang bewohnen und das Inventar sichten, insbesondere die hinterlassenen Aufzeichnungen und Bücher. Es ist der ausdrückliche Wunsch der Erblasserin, dass Sie ihre Lebensgeschichte aufzeichnen und die Biografie entweder der Historischen Gesellschaft zur Verfügung stellen oder veröffentlichen.«

»Ich soll zurück nach Blankenese ziehen? Aber mein Sohn geht doch in Den Haag zur Schule.«

»Kann er denn die Sprache?« Der Anwalt hatte unauffällig auf die Armbanduhr geschaut, die unter der Manschette seines steif gebügelten weißen Hemdes aufblitzte.

»Schon. Wir sprechen zu Hause Deutsch.«

»Ein Problem weniger für Sie.« Er hatte sich erhoben. »Vielleicht schlafen Sie erst mal über die Sache, Frau van der Linden, Sie sind ganz blass geworden.« Er reichte Mieke die Hand, um ihr aufzuhelfen, und lotste sie in Richtung Tür. »So ein Jahr, das geht doch schnell vorbei. Soviel ich weiß, sind die Immobilienpreise recht hoch in Hamburg. Und die Lage direkt am Fluss ...«

Als er die Lederjacke vom Garderobenständer genommen und sie ihr hingehalten hatte, hatte er noch eine letzte Plattitüde von sich gegeben. »Manchmal muss man einfach zugreifen, wenn das Schicksal einen überrascht.«

Im Moment war sich Mieke allerdings nicht sicher, ob das ein guter Ratschlag gewesen war. Beim Rausgehen schob sie mit der Stiefelspitze einen Werbeprospekt beiseite, der durch den Türschlitz der Kate gefallen war. Darunter kam ein weißer Umschlag zum Vorschein, auf den jemand mit Druckbuchstaben ihren Namen geschrieben hatte. Kein Absender. Sie steckte den Brief in die Innentasche ihrer Jacke, sie würde ihn später lesen.

Die Frühlingssonne malte Lichtstreifen auf den feuchten Sand, der sich zur Wasserlinie hin verdunkelte. Die Nordsee war über 100 Kilometer weit weg, aber die Gezeiten ließen den Strand alle paar Stunden um etliche Meter schrumpfen oder wachsen. Die Flut spülte das Wasser manchmal bis ans Gartentor. Würden die Häuser nicht auf der Hochwiese thronen, wären sie ihr längst zum Opfer gefallen.

Aus den beiden anderen Katen, der Strandtwiete 1a und b, drang immer noch kein Laut. Wer wohl jetzt in ihrem Elternhaus wohnte? Immer noch dieses ältere Ehepaar, das es vor mehr als 20 Jahren gekauft hatte, zu einem Schnäppchenpreis, wie Tessa sich später beklagt hatte? Aber ihre

Mutter hatte es eilig mit dem Umzug gehabt, und die Kate war wirklich nicht im besten Zustand gewesen. Ein Reetdach konnte zwar 30, 40 Jahre halten, doch nicht unten am Strand, wo feuchte Winde an ihm zerrten. Und ihr Vater hatte immer erst dann einen Handwerker bestellt, wenn er ein Bild verkauft hatte. Nicht oft also.

Ein metallenes Krachen riss sie aus ihren Erinnerungen. Am Ende des Pfades, der zur Strandtwiete 1b führte, schubste ein Windstoß die Gartenpforte herum, anscheinend hatte der Postbote sie nicht ordentlich eingehakt. Mieke schaute sich unauffällig um und lief geduckt im schattigen Schutz von Buchsbaumkugeln und zackigen Koniferen eine Waschbetonrampe hoch zum Haus, durch einen wie grün angemalt wirkenden Garten, in dem früher Gräser wehten und Dreimasterblumen aus den Ritzen eines gewundenen gelben Fliesenpfads züngelten.

Die lackierte Holztür schimmerte im gleichen dunstigen Blau wie die von Heddas Haus. »Cremer«, las sie auf dem Messingschildchen. War das der Name von den Leuten, die ihr Haus gekauft hatten? Sie würde Tessa fragen müssen.

Sie sah hinüber zur 1a, der größten der drei Katen, die ein wenig abseitsstand. Immer noch die der Andresens, wie sie vermutete. Paulines Familie wohnte zwar schon ewig in der Villa oben im Falkenstein, aber Treppenadel hielt seine dynastischen Güter zusammen. Als nach der Wiedervereinigung dank neuer Klärwerke im Osten wieder Stinte ohne Blumenkohlgeschwüre in der Elbe schwammen und ihr Ufer an heißen Sommertagen aussah wie in Rimini, hatte die Familie die Kate oft als Strandhaus genutzt. So hatten Pauline und sie sich kennengelernt – beim Sandburgenbauen.

Zwei große Vögel glitten über den rauchblauen Himmel. Seeadler, Mieke erkannte deutlich die gelben Schnäbel. Früher hatte ein Paar auf Neßsand genistet, vielleicht waren es noch dieselben. Angestrengt spähte Mieke zur Insel hinüber, die die Flut gerade in drei Teile zerlegt hatte, und wanderte dann nach links zur Insel Finkenwerder, wo vor einer riesigen Halle ein paar Flugzeuge standen. Komisch, dass ihr gestern Abend nicht aufgefallen war, wie schmal die Elbe an dieser Stelle nun war. Die Bucht des Mühlenberger Lochs hatte man teilweise zugeschüttet, damit die Flugzeugfirma sich ausbreiten konnte. Mieke erinnerte sich vage, dass es in ihrem letzten Jahr im Dorf einen ziemlichen Aufstand gegen die Pläne des Senats gegeben hatte. Doch die Proteste der Blankeneser, die um Löffelenten, Brandgänse und Immobilienpreise fürchteten, hatten wohl nichts genützt. Vielleicht hatten sie inzwischen ihren Frieden damit gemacht.

Mieke überquerte einen Streifen mit Weidengebüsch und folgte dem Fluss auf seinem Weg zur Mündung. Früh am Morgen fuhr selten ein Auto über den Strandweg. Aus der »Bergziege«, dem kleinen Bus, der das Treppenviertel umkreiste und gerade am Anleger hielt, kletterte ein alter Mann mit einer Elblotsenmütze. Trotz des schönen Wetters lagen noch keine Tücher auf den Tischen der Bistro-Terrassen.

Sie lief quer über den Strand und bog in eine von bunt verputzten Häuschen und winzigen Gärten gesäumte Gasse ein. Zu ihrer Linken mündete eine Treppe in die Hans-Lange-Straße, und Mieke fand sich vor einer großen Glasscheibe wieder, vor der sich auf einer schmalen Terrasse ein paar Tische und Stühle an die Wand drückten. Kaffee, dachte Mieke. Danke, Gott.

Als sie die Klinke des Treppenkrämers niederdrückte, ertönte ein leises Bimmeln. Direkt gegenüber dem Eingang zog sich ein Tresen quer durch den dunkelrot verputzten Raum. Zwei Männer in Anzügen lehnten dagegen, die Laptop-Taschen neben sich auf dem Boden. An einem der wenigen Tischchen hypnotisierte ein Mädchen mit Buzz Cut und Nickelbrille sein Smartphone. An einem anderen kippten zwei Grauhaarige den ersten Korn des Tages.

»Moin«, rief es vom Tresen her. Eine große, üppige Frau erschien, mit flammend roten Locken, die um ihren Kopf züngelten wie die Schlangen eines Medusenhaupts. In den Händen trug sie eine Platte mit Croissants.

»Hallo.« Mieke schätzte, dass die Frau etwa in ihrem Alter sein musste. »Ich hätte gerne einen Flat White. Mit Hafermilch, bitte.«

Die Medusa machte sich an der blitzenden Siebträgermaschine zu schaffen. »Croissant dazu?«

»Gerne.«

»Sind Sie hier auf Besuch?«

»Nein.«

Mieke nahm einen Schluck aus der Tasse, die vor sie hingestellt wurde. Der Kaffee der Schlangenköpfigen war himmlisch. Als sie wieder aufschaute, sah sie direkt in deren neugierige Augen. Anscheinend kam sie um eine ausführlichere Antwort nicht herum. »Ich habe hier als Kind gelebt«, sagte sie schließlich. »Und jetzt bin ich wieder hergezogen.«

»Echt jetzt?«, erkundigte sich Medusa, zog einen Hocker heran und setzte sich, die Arme auf den Tresen gestützt. »Ich auch. Vor drei Jahren. Wo wohnst du?«

Du, kein Sie mehr.

»Unten am Strand«, antwortete Mieke.

»Wo denn da?«, bohrte die Rothaarige weiter.

»Strandtwiete.«

»Ach so«, sagte die Wirtin enttäuscht und erhob sich. »Du hast das Airbnb von Pauline Sörensen gemietet.«

»Nein«, antwortete Mieke so leise, dass die Laptop-Männer sie nicht hören konnten. »Ich wohne im Haus von Hedda Kröger. Ich habe es geerbt.«

Medusa stürzte hinter dem Tresen hervor und nahm die überraschte Mieke in die Arme. Dann ließ sie sie wieder los und streckte ihr eine Hand hin. »Ich bin Shanti«, verkündete sie.

»Mieke«, stellte sich Mieke vor und rieb sich die Finger. Shanti hatte einen Händedruck wie ein Hafenarbeiter. Als sie einen Zehneuroschein aus ihrer Jackentasche zog, winkte ihre neue Freundin ab.

»Lass man stecken. Und komm bald wieder vorbei.«

*

Lennys Schule in Den Haag war ein in den 8oern eilig errichteter Kasten aus Waschbeton gewesen. Das Gymnasium in Blankenese war auch einer, aber ein wilhelminischer, aus Hamburgs heiß geliebtem roten Backstein.

Der Klotz nahm fast einen ganzen Häuserblock ein. Die baumbestandene Straße vor dem Eingangsportal war für den Verkehr gesperrt und schuf in Verbindung mit dem Sportplatz gegenüber einen geschützten Campus-Kokon für die zukünftigen Juristen, Chefärzte, Schiffsmakler und in Kunstgeschichte promovierten Hausfrauen. Eine richtige Bonzenschule, dachte Lenny. Wobei der Oberwitz natürlich war, dass seine Mutter ihn nun auf dasselbe Gymnasium schickte, das sie selbst gehasst hatte.

Jetzt war es noch still, die weißen Holzfenster standen zur Feier des Sonnenscheins weit offen. Um halb zehn würde es zur großen Pause läuten. Wenn vor der Schule gedealt wurde, dann sicherlich nur untereinander, nicht von

Profis. Dazu war alles zu einsehbar. Seitdem seine Mutter ihn von seinem Schicksal in Kenntnis gesetzt hatte, las er online das »Abendblatt« und die »Morgenpost«. Er lieferte sich der Zukunft nicht gerne unvorbereitet aus. So hatte er erfahren, dass die Jugendlichen in den reichen Elbvororten doppelt so viel Alkohol in sich hineinkippten wie anderswo in der Stadt. Gerne bis zum Koma.

Er schaute auf sein Handy. 20 nach neun. Am besten, er sah sich, beschattet von der Kastanie neben der kleinen Mauer am Eingang, das Hin und Her einmal an. Wenn die Schüler untereinander dealten, und darauf könnte er glatt eins von Marcs Brötchen mit dem albernen Namen wetten, wollte er wissen, wie sie das anstellten.

Ein Stoß gegen seine Schulter ließ ihn herumfahren. Ein blondes Mädchen, beladen mit einem Holzschläger und einer voluminösen Ikea-Tüte, wäre beinahe in ihn reingerannt und hatte im letzten Moment einen Seitwärtssprung gemacht. Dabei war die blaue Tasche auf den Boden gefallen und ein Kerzenleuchter herausgekullert. Nun starrte die Goldhaarige ihn böse aus blauen Huskyaugen an.

»Was stehst du hier herum?«, blaffte sie.

Lenny hatte sich wieder gefasst. »Willst du Polizistin werden, wenn du groß bist?«, erkundigte er sich höflich. Er bückte sich, sammelte die herumliegenden Gegenstände ein und stopfte sie zurück in die Tasche.

»Idiot.« Sie musterte ihn abschätzig, nahm die bleischwere Tüte aber mit einem knappen Nicken entgegen. »Sorry, ich wollte dich nicht umrennen«, sagte sie versöhnlicher. »Ich bin spät dran, ich muss die Sachen hier in der Requisite abgeben, und Gesa ist gleich weg. Warum bist du nicht im Unterricht? Oder gehst du hier nicht zur Schule? Ich bin übrigens Zoë. Und wie heißt du?«

Sie konnte schneller Fragen abfeuern als ein Maschinengewehr. Außerdem hatte er nicht die geringste Ahnung, wovon sie redete und wer diese Gesa war. »Geht dich nichts an.«

Zoë runzelte die Stirn und hob ihre Tasche hoch. »Ist mir sowieso egal«, sagte sie kühl und wandte sich ab.

Lenny bereute seine letzten Worte schon. Es war nicht besonders klug von ihm, sich ausgerechnet eine Queen Bee zur Feindin zu machen, bevor die Schule überhaupt angefangen hatte. »Hey!«, rief er ihr nach.

Sie drehte sich um. »Ja?«

»Was ist das für ein Mordinstrument?« Er deutete auf den Kerzenleuchter.

Sie verzog keine Miene. »Geht dich nichts an.«

Gratuliere, Lenny. Wahrscheinlich würde Blondie, inzwischen fast am Schultor, ihn auf der Stelle verpetzen, wenn sie etwas von seinem Start-up mitbekäme. Es sei denn, sie gehörte auch zu denen, die sich am Wochenende ins Koma verabschiedeten. Obwohl er das nicht glaubte. Dazu war sie zu clean. Zu frisch gewaschen.

»Hey!«, schrie er erneut.

Diesmal drehte sie sich nicht um.

»Leonard. Ich heiße Leonard. Lenny.«

Es klingelte. Lenny wusste nicht, ob sie ihn noch gehört hatte. Sofort ergoss sich ein Schwall von Blankeneses Hoffnungsträgern aus dem Portal, und das Mädchen verschmolz mit der Menge.

Gerade als er gehen wollte, entdeckte er am Fuß der Kastanie, verborgen von den aus dem Boden ragenden Wurzeln, einen dicken braunen Umschlag aus Pappe, den er beim Einsammeln der verstreuten Gegenstände übersehen haben musste.

Bingo, dachte er. Damit war die nächste Kontaktauf-
nahme zu Zoë garantiert. Er steckte den Umschlag ein und
machte sich auf den Weg zum Markt.

FREITAG, 26. MAI 1939

Hedda sah verstohlen auf ihre Armbanduhr. Noch fünf Minuten bis zum Klingeln, und sie hatte die letzte Aufgabe nicht gelöst. Frustriert klappte sie ihr Heft zu. Dann bekam sie in Mathe eben ein »Genügend«. Dafür hatte sie in Geschichte eine Eins. Und in Deutsch auch.

Es klingelte. Hedda sprang auf und pfefferte ihr Heft auf den Stapel. Schon vom Portal des Lyzeums aus erkannte sie Bruno, der drüben vor dem Gymnasium für die Jungen auf sie wartete und ihr nun entgegenkam.

»Wie ist es gelaufen?«

»Überhaupt nicht. Wo ist Simon?«

»Der kommt nach. Er musste zum Direktor hoch.«

»Wieso?«

»Keine Ahnung. Wird schon nichts Schlimmes sein. Streber wie er haben nichts zu befürchten.«

»Nichts Schlimmes?«, rief Hedda aufgebracht. »Woher willst du das wissen?« Abrupt drehte sie sich weg.

»Warte, Hedda!« Bruno erwischte das Mädchen am Ellbogen. »Simon kommt bestimmt gleich und erzählt uns alles.«

Hedda zog ihren Arm weg und untersuchte ihre weiße Strickjacke. Wehe, Bruno hatte mit seinen Tintenfingern einen Fleck darauf hinterlassen.

»Komm, wir gehen zur Kastanie und warten auf ihn, ja?«

Sie nickte ein wenig besänftigt. Während links und rechts johlende Sextaner an ihnen vorbeischossen, schlenderten die beiden zu dem mächtigen Baum. Untersekundaner rannten nicht.

Endlich war der Sommer auch im Norden angekommen. Hedda zog die Jacke aus, krempelte die Ärmel ihrer marineblauen Bluse hoch und rollte die Kniestrümpfe zu Söckchen hinunter. Sie war froh, dass sie die langen Zöpfe los war, ihre Mutter hatte ihr am Sonntag die dunkelblonden Haare zum Pagenkopf geschnitten. Wenn sie sich jetzt im Spiegel über dem Waschbecken in ihrer Mansarde betrachtete, kam sie sich richtig erwachsen vor.

Auch Bruno zog seinen Wolljanker aus und breitete ihn auf den rauen Mauersteinen aus. »Hier, Hedda, setz dich!«

Das Mädchen zog sich die Mauer hoch und betrachtete missbilligend das braune Hemd, das unter Brunos Jacke zum Vorschein gekommen war. »Du darfst die Uniform doch gar nicht in der Schule anziehen.«

»Gleich ist Geländeübung. Ich schaffe es vorher nicht mehr nach Hause zum Umziehen.«

Hedda hob betont gleichgültig die Schultern. »Hast du eine Zigarette?«

»Doch nicht hier, bist du verrückt?«

Sie lachte. »Du fällst auch auf alles rein …« Ungeduldig schaute sie auf ihre Uhr. »Fast halb zwei – wo Simon nur bleibt?«

»Du, Hedda …«

Sie schaute ihn an, überrascht von der plötzlichen Ernsthaftigkeit, die in seiner Stimme lag.

»An deiner Stelle würde ich heute Abend nicht auf die Party gehen.«

»So?«

»Ich meine das ernst. Bleib zu Hause. Sonst …« Seine Stimme erstarb.

»Sonst kriege ich Ärger?« Hedda merkte, wie sie wütend wurde. »Lass mich mal überlegen, wer dann schuld daran ist. Ich sage dir eins, Bruno, wenn einer deiner neuen Kumpels mich verpetzt hat, kriegst du auch Ärger, und zwar mit mir!«

»Du hast wirklich einen Knall, Hedda«, erwiderte Bruno empört. »Das würden die niemals tun! Ich will nur nicht, dass dir was passiert.«

»Ich bin ja nicht aus Zucker!« Mit einem Satz sprang Hedda von der Mauer. Sie hatte Simon erspäht und winkte ihm zu.

Langsam kam der Junge auf seine beiden Freunde zu.

»Und? Was war?«, fragte Hedda gespannt.

Aber Simon schien sie nicht zu hören. Sein Blick war unverwandt auf Bruno gerichtet. »Gute Nachrichten«, sagte er kühl. »Du hast die Bank jetzt für dich allein.«

»Was soll das heißen?«

»Sie haben mich rausgeschmissen.«

»Rausgeschmissen? Aber …«

»Aber ich bin ja gar kein richtiger Jude?« Simon zog eine Grimasse. »Das sieht Schramm anders. ›Möller, Sie sind jüdischer Mischling zweiten Grades‹«, imitierte er die hohe Stimme des Direktors. »Und als solcher muss ich Sie gemäß dem Gesetz gegen die Überfüllung der deutschen Schulen von unserem Institut verweisen.«

»Dein Vater hat doch an der Front gekämpft!«, rief Hedda aufgebracht. »Deshalb haben sie für dich die Ausnahme gemacht!«

»Habe ich dem Direktor auch gesagt. Er meinte aber, dass durch mich die erlaubte Quote von eineinhalb Prozent Juden kippt.«

»Und jetzt?«

»Ich kann mich bei der israelitischen Töchterschule anmelden, die nehmen jetzt auch Jungs.«

»Im Karolinenviertel? Das ist doch ewig weit weg! Wie willst du da hinkommen?«

»Leute, seid doch mal vernünftig!«

Hedda zuckte zusammen, als Bruno energisch das Wort ergriff.

»Schule ist momentan wirklich nicht so wichtig. Was glaubt ihr, was demnächst passiert? Warum macht ihr beim BDM wohl Aufmärsche, Hedda?«

»Du meinst, es gibt Krieg?«

»Wenn die Polen weiterhin so störrisch sind, bestimmt. Wir Deutschen brauchen mehr Lebensraum. Und zwar im Osten.«

»Halt den Mund, Bruno!« Simons Gesicht war dunkelrot angelaufen.

»Hört sofort auf, ihr beiden!« Hedda legte Bruno eine Hand auf den Arm. »Ihr könnt euch doch hier nicht prügeln, nicht direkt vor der Schule! Bruno, du musst sowieso los, du hast Geländeübung.«

Bruno starrte Simon einen Moment lang an, dann atmete er aus. »Recht hast du, Hedda.« Er öffnete seinen Tornister, holte das schwarze Tuch heraus, legte es um den Hals und schob den geflochtenen Lederring darüber. »Heil Hitler!«, rief er, streckte seinen Arm aus und verschwand in der Oesterleystraße.

»So ein Blödmann«, brach es aus Simon heraus. »Hedda«, fuhr er eindringlich fort, »du musst mir versprechen, vorsichtig zu sein. Du darfst ihm nichts mehr erzählen, hörst du?«

Hedda zuckte unwillig mit den Schultern, und schweigend nahmen die beiden die Abkürzung zum Strand über die Treppen von Wilmans Park.

Schließlich konnte Hedda die Stille, in der so viel Ungesagtes mitschwang, nicht mehr ertragen. »Bruno ist doch immer noch unser Freund«, sagte sie leise.

Simon antwortete nicht. Sie bogen in die Hans-Lange-Straße ein und gingen auf den Kolonialwarenladen zu, dessen Eingang von einem Salzgurkenfass und der Heringstonne flankiert war.

»Duck dich, Hedda!«, zischte Simon. »Dein Vater!«

Blitzschnell bückte sich das Mädchen und schlich an der Scheibe des Treppenkrämers vorbei, warf aber dabei einen kurzen Blick in das Geschäft, dessen hölzerne Regale zu bersten schienen, so vollgestopft waren sie mit bunten Dosen und Tüten. Die schmächtige Ingrid Schwarz hinter dem Verkaufstresen, in eine blau karierte Kittelschürze gewickelt, wurde von der kräftigen Gestalt eines Mannes mit schwarzen Cordhosen und einer Schiebermütze auf dem Kopf fast verdeckt. Nun schüttelte sie heftig den Kopf, und der Mann setzte sich schwankend in Richtung Ladentür in Bewegung.

Mit einem Satz verschwanden Simon und Hedda im nächsten Hauseingang und warteten, bis der Vater gegenüber im Philippsstrom verschwunden war.

»Mama hat Frau Schwarz gebeten, Papa keinen Korn mehr zu verkaufen.« Heddas Stimme klang bitter. »Als ob das was nützt. Dann holt er sich eben im Dorf Nachschub.« Ein Schatten fiel über ihr Gesicht, und ihre blauen Augen wirkten plötzlich dunkel. So wie die Elbe an einem tristen Wintertag.

Simon sah seine Freundin mitfühlend an. Dass der alte Kröger trank wie ein Fisch, war nicht gerade ein Geheimnis. Als Simons Vater Levi noch zu Hause gelebt hatte, hatten seine Eltern oft über den Nachbarn gesprochen, der den ganzen Tag in Kneipen herumhing. Simons Mutter Lotte hatte sogar befürchtet, dass der Alte Heddas Mutter schlug, wenn er betrunken war, weil sie manchmal Türenschlagen und Gepolter hören konnte, kaum gedämpft durch die dünne Glasscheibe des Schlafzimmerfensters. Wenigstens rührte er seine Tochter nicht an, das hatte das Mädchen Simon versichert. »Er schafft es meistens gar nicht mehr die Treppe rauf, wenn er richtig einen intus hat. Dann fällt er unten in der Küche aufs Sofa.«

Hedda fuhr sich mit der Hand über die verschwitzte Stirn. »Himmel, ist das heiß geworden«, rief sie unvermittelt. Sie tippte Simon auf die Schulter. »Wer als Erster im Wasser ist!«

Sie sauste das Treppchen am Ende der Hans-Lange-Straße hinunter, einmal quer über den Strandweg und dann über den weichen Sand. Simon war ihr dicht auf den Fersen. Im Schatten des Weidengebüschs warf sie ihre Schultasche auf den Boden, schlüpfte aus Jacke, Strümpfen und Schuhen, hob mit einer Hand ihren Rock höher und rannte ins Wasser.

Simon streifte im Stehen hastig die Socken ab und wäre dabei beinahe umgefallen. Als er Hedda im knietiefen Wasser erreichte, schlang er von hinten seine Arme um ihre Taille. »Alles wird gut«, flüsterte er ihr ins Ohr. »Keine Angst, alles wird gut.«

Sie schaute still geradeaus über den Fluss zum Mühlenberger Loch, betupft mit weißen Segelbooten. Aber sie wand sich nicht aus seiner Umarmung.

Simon folgte Heddas Blick. »Wäre das nicht schön, wenn wir zusammen davonsegeln könnten? Ganz weit weg? Nur du und ich?«

Hedda legte ihre Hände auf seine und drückte sie zur Seite. »Was sagst du denn da?«, protestierte sie und drehte sich zu ihm um. »Wir gehören doch hierher.« Sie hakte sich bei ihm unter, und gemeinsam wateten sie zurück ans Ufer. »Und wir gehören zusammen. Du, Bruno und ich. Die drei Musketiere.«

Simon antwortete nicht. Er würde ihr am liebsten alles erzählen. Aber seine Mutter hatte recht, es war zu gefährlich. Für sie, für alle. Nichts war mehr so wie früher. Und würde es niemals mehr sein.

FREITAG, 20. MAI 2022

Eigentlich, dachte Mieke, war ganz Blankenese eine Zeitkapsel, nicht nur Heddas Küche. Die alte Dorfschule zum Beispiel. Der Giebelbau unten am Kahlkamp, von dem aus sich eine Treppe den Hang hoch zum Hessepark wand, war immer noch so blütenweiß wie früher, das Ziegeldach leuchtete in sattem Rot, die Sprossenfenster funkelten, und in den Beeten des Schulgartens drängelten sich die Blumen. Anscheinend fungierte die Dorfschule noch immer als separates Biotop für die fünften und sechsten Klassen des Gymnasiums, mit knarzenden Dielenböden, Ofennischen und Kohlespeichern zwischen den Klassenzimmern.

Das Schulhaus mochte zwar niedlich wirken, war aber ein Wespennest. Miekes Klassenkameradinnen – blonde, springreitende Prinzessinnen – waren ziemlich biestig zu ihr gewesen. Weil sie kaum den Mund aufbekommen hatte, eine Niete beim Völkerball gewesen war und ihre Jeans bei H&M gekauft hatte. Außerdem war Mieke sich ohne Pauline ganz verloren vorgekommen, denn ihre Freundin hatte man nach der Grundschulzeit in die Parallelklasse des Gymnasiums gesteckt. Aber zwei Jahre später, als die Kinder in das Backsteingebäude an der Osterleystraße umzogen und diesmal in dieselbe Klasse kamen, wurde alles besser. Pauline war Königin unter den Prinzessinnen, und als ihre beste Freundin ließen die anderen sie in Ruhe. Später wurde sie sogar manchmal zu idiotischen Geburtstagsfeiern eingeladen, wo sie »Wahrheit oder Pflicht« spielten und Flaschendrehen. Mieke hätte sich einmal fast erbrochen, als sie ausgerechnet Konstantin küssen sollte, der immer davon geschwärmt hatte, wie toll es sei, mit seinem Vater auf die Jagd zu gehen. In seinem Atem hatte sie den Geruch von totem Fleisch wahrgenommen.

Kein Autolärm, keine Stimmen, nur Bienengesumm. Die Fenster der Schule waren geschlossen. Mieke schaute auf die Uhr. In ein paar Minuten würde es zur Pause klingeln und der Vorplatz vor Kindern nur so wimmeln. Irgendetwas an dieser Situation kam ihr merkwürdig vertraut vor. Im nächsten Moment fiel es ihr ein. »Die Vögel«, natürlich. Die Szene, in der die Tiere die Grundschule angriffen und der Lehrerin die Augen aushackten.

Interessante Assoziationen, dachte Mieke, guter Stoff für meinen zukünftigen Therapeuten. Wenn sie das Haus im nächsten Jahr verkaufte, könnte sie sich zumindest einen leisten. Ob er dann in der Lage wäre, ihr zu helfen, war eine andere Frage. Genauso wie die, ob sie sich wirklich einen suchen oder ihm die Wahrheit sagen würde.

Sie nahm die steile Treppe in Angriff, und sofort begann ihr Herz zu hämmern. Am liebsten hätte sie auf halber Höhe eine Pause gemacht, aber das ging gegen ihre Ehre als einstiges Treppenkind. Oben blieb sie, die Hand am Geländer aufgestützt, schwer atmend stehen. Nur noch durch den Hessepark, dann war sie im Dorf. Seltsam, wie der Weg in ihrem Körpergedächtnis verankert war. Jeder ihrer Schritte war ein Echo eines anderen, vergangenen.

Vom Ausgang des Parks führte eine Gasse ins Dorfzentrum, und hier fand die Idylle ein abruptes Ende. Die ladengesäumte Blankeneser Bahnhofstraße war von Geländewagen verstopft, mit denen man komfortabel die Wüste Gobi durchqueren könnte. Am Steuer saßen Mütter in Yogapants, nach dem Kopfstand mit der zweiten Herausforderung des Tages konfrontiert: einen Parkplatz möglichst nahe am Markt zu finden.

Als einer der SUVs in eine Parklücke schoss, überquerte Mieke die Straße und wurde sofort vom Gedrängel auf dem Platz verschluckt. Sie hoffte, dass sie ihren Sohn fand, bevor sich eine frühere Mitschülerin mit einem »Nein-so-was-was-machst-du-denn-hier«-Schrei auf sie stürzen würde. In Small Talk war Mieke möglicherweise noch schlechter als in Völkerball.

»Mama?« Lennys Gesicht tauchte über einem Eimer mit Schmetterlingsflieder auf.

»Komm, wir gehen einen Kaffee trinken«, sagte sie erleichtert.

Ihr Sohn folgte ihr, während sie sich zum »Chez Wilma« durchkämpfte und ein freies Tischchen auf der Terrasse vor dem Lokal erspähte.

»Wie war's an der Schule?«

»Gut.«

»Hast du mit jemandem gesprochen?«

»Nein.«

Mieke gab auf. Sie ließ ihren Bick von Stand zu Stand wandern. Ob Pauline immer noch so aussah wie früher? Tessa hatte mal gesagt, dass Miekes große blonde Freundin mit ihren hohen Wangenknochen und den weit auseinanderstehenden Augen zu dem Typ Frau gehörte, der auch noch mit 100 schön sei. Allerdings sahen viele Marktbesucherinnen ähnlich aus, so, als wären sie alle aus demselben Reagenzglas gekrochen. Trotzdem, Mieke war sich sicher: Tauchte Pauline hier auf, würde sie sie erkennen. Sofort.

»Suchst du was?«

Mieke zuckte leicht zusammen. »Wieso?«

»Weil du so konzentriert über meinen Kopf hinwegguckst.«

»Sorry. Ich bezahle eben, ja? Die Kanzlei, in der ich die Unterlagen abholen soll, ist gleich hinter der Kirche. Danach gehen wir direkt nach Hause.«

Mieke zögerte einen Moment, als sie einen Geldschein aus der Innentasche ihrer Lederjacke zog und ihre Finger dabei auf härteres Papier stießen. Dann fiel es ihr wieder ein: der Brief, der heute Morgen im Hausflur gelegen hatte. Sie reichte der Kellnerin den Zehneuroschein und wehrte mit einer Handbewegung ab, als sie ihr herausgeben wollte. Während ihr Sohn bereits seine Jeansjacke anzog, riss sie den Umschlag auf und überflog das linierte Ringbuchblatt, das darin steckte.

»Können wir jetzt endlich gehen?«

Sie steckte den Brief zurück und stand auf. Bevor sie und Lenny den Kirchhof betraten, drehte Mieke sich noch einmal um. Keine Spur von Pauline. Vielleicht lebte sie gar nicht mehr in Blankenese? Heute Nachmittag, wenn Mieke Marc am Anleger traf, würde sie ihn nach seiner Schwester fragen. Schluss mit den Spielchen. Mal sehen, ob er dann immer noch den Dummen spielte.

Ob sie ihn auch fragen sollte, was der anonyme Absender des merkwürdigen Briefes gemeint haben könnte?

»Finde heraus, was zwischen dem 10. und 11. Januar passiert ist.«

Heddas Todestag. Was um alles in der Welt sollte das bedeuten?

*

»Gesa? Wo soll ich die Sachen hintun?«

Zoë stand, die blaue Ikea-Tasche mit den ausrangierten Sachen für die Aufführung im Arm, im Eingang des als Requisite benutzten fensterlosen Lagerraums. Auf den Regalen stapelten sich Kartons und Plastiktüten, und an den Garderobenständern hingen Jacken, Mäntel und erstaunlicherweise ein rosa Abendkleid.

Gesa von Appen streckte den Arm aus. Das weiße T-Shirt, das halb aus dem Bund ihrer schwarzen Jeans heraushing, wies feuchte Flecken unter den Achseln auf. Sie strich sich eine dunkle Haarsträhne aus der Stirn. »Gib mal her. Ich muss das Zeug erst sortieren. Du ahnst ja nicht, wie viel Müll die Leute hier abliefern.« Sie nahm die Tüte in Empfang und zog den Kerzenständer heraus. »Genial, ein siebenarmiger Leuchter – wo habt ihr den denn her?«

»Mama hat alle unsere Nachbarn genervt, damit sie etwas rausrücken«, erwiderte Zoë. »Ihre Patienten wahrscheinlich auch.«

Sie durchquerte den Flur, der die Requisite mit der Aula verband. In der Mitte der Bühne standen mehrere durcheinanderredende Schüler und ein mittelgroßer Mann mit Dreitagebart, der mit hektischen Gesten vergeblich versuchte, sich Gehör zu verschaffen. Zoë vermutete, dass seinem Hipster-Look keine Absicht zugrunde lag, sondern morgendliche Eile. Für einen Lehrer, einen Geschichtslehrer zumal, hatte David Ginsburg ein kritisches Verhältnis zum Konzept von Zeit. Er erinnerte sie immer an den gehetzten weißen Hasen aus »Alice im Wunderland«.

Letztes Jahr hatten sie die Weimarer Republik und den Zweiten Weltkrieg durchgenommen. Die Schüler sollten herausfinden, ob ihr Mikrokosmos das Weltgeschehen gespiegelt hatte. »Nach der Machtergreifung wurde Blankenese im Handumdrehen zur Nazi-Hochburg. Woran lag das? Fragt eure Großeltern«, hatte der Lehrer sie aufgefordert, »fragt eure alten Nachbarn. In Blankenese lebten damals 150 Juden. Was ist mit ihnen passiert?«

Es war Hedda, die Zoë vom Kinderheim erzählt hatte. Und so war sie eines Morgens zum Elsa-Brändström-Haus auf dem Kösterberg geradelt. Heute eine Tagungsstätte, gehörte die Villa einst der jüdischen Bankiersfamilie Warburg, die noch rechtzeitig in die USA emigriert war. Nach dem Krieg stellte die Familie ihr Haus dem American Joint Distribution Committee zur Verfügung – und so wurde es für zwei Jahre zum Zufluchtsort für Holocaust-Waisen, die die Mitarbeiter auf Reisen quer durchs zerbombte Deutschland aus den Konzentrationslagern holten.

Der Concierge hatte Zoë erlaubt, sich im Garten umzusehen. Als sie auf dem Rasen stand, der sanft zum Fluss abfiel, war ihr, als ob eines der Fotos aus »Kirschen auf der Elbe« lebendig wurde, einem schmalen Band mit Erzählungen der »Blankeneser Kinder«, wie man sie später in Israel nannte. Auf dem Balkon sah sie in ihrer Fantasie die zum Gruppenbild aufgereihten Kinder, die Jungen in knielangen Shorts, die Mädchen in karierten Kleidchen, und ihre blutjungen Betreuer. Alle hatten ein zaghaftes Lächeln im Gesicht, neu noch und ungewohnt, wie ein Paar Schuhe, die ein wenig drücken, bevor sie eingelaufen sind.

Seit diesem Tag vermischte sich für Zoë immer wieder die Vergangenheit mit der Gegenwart. Es kam ihr vor, wenn ihre Finger über das polierte Messing der Stolpersteine strichen, die vor den Häusern der Ermordeten und Verschleppten ins Pflaster eingelassen waren, als überlagerten sich zwei Zeitebenen, wie durch eine Mehrfachbelichtung beim Fotografieren. Etwa auf der Hasenhöhe, kurz hinterm Bahnhof. Andere schauten dort nur auf eine Baulücke, sie hingegen ins Atelier der Malerin Alma del Banco, die lieber von eigener Hand starb, als sich verschleppen zu lassen. Und in ihrer Schule, vor der heute ein Stolperstein an ihn erinnerte, eilte immer noch der ermordete Lehrer Bruno Nehmert über die Flure.

»Von dem Kinderheim habe ich noch nie gehört«, hatte sich David Ginsburg gewundert, als Zoë im Geschichtsunterricht vom Waisenhaus erzählte. »Eine jüdische Insel mitten in Blankenese. Ein getarntes Durchgangslager für Kinder auf ihrem Weg nach Erez Israel. Unglaublich!« Er blätterte durch die Seiten des Buchs und sah dann plötzlich auf. »Hört mal«, sagte er, »ich habe da gerade eine Idee. Wie wäre es, wenn wir ein Theaterstück aus den Erinnerungen machen und es am letzten Schultag aufführen?«

Er hatte das Stück dann zwar allein geschrieben, aber die Handlung hatten die Schüler gemeinsam in seinem Leistungskurs Geschichte entwickelt. Zoë hatte die Hauptrolle der jungen Reuma Schwartz bekommen, die, gerade 22 Jahre alt, das Waisenhaus leitete.

Der Lehrer hatte der Klasse damals auch von seiner eigenen Familie erzählt, russischen Juden, die ursprünglich aus Charkiw in der Ukraine stammten und nach dem Krieg nach Sibirien umgesiedelt wurden. Jahrzehnte später, als die Sowjetunion zerfiel, wanderten die Ginsburgs dann als sogenannte Kontingentflüchtlinge nach Berlin aus.

Zoë hatte plötzlich begriffen, dass ihr eigenes Leben, das gelassen dahinströmte wie die Elbe, die Ausnahme war in der Welt, nicht die Regel. Genauso wie die zweifelhafte Ehre, eine Familienchronik im Regal stehen zu haben, die mit den Dinosauriern begann.

»Ah, Zoë, da bist du ja!« David Ginsburg imitierte mit den Händen eine Flüstertüte. »Okay, Leute, wir können anfangen!«

Er war ein toller Lehrer, dachte Zoë. Aber als Regisseur eine Niete. In den ersten Wochen hatte die Leiterin des Theaterkurses das Stück inszeniert, war dann aber krank geworden. Nun musste Herr Ginsburg, der sie als Autor nur beraten wollte, in die Bresche springen, jedenfalls bis die vom Rektor versprochene Stellvertretung eintrudelte.

Zoë fing den genervten Blick ihrer Freundin Antonia von Appen auf, Gesas Tochter.

»Wir proben jetzt die Szene mit Reuma, Betty und Grischka im Boot. Die anderen setzen sich bitte in den Zuschauerraum.«

Zoë, Antonia, einen Picknickkorb in der Hand, und Vincent gingen zur Mitte der Bühne, wo eine weiße Markierung den Kutter darstellte, auf dem die drei einen Ausflug machen wollten. Die anderen Schüler kletterten von der Bühne und verteilten sich auf den schwarzen Holzstühlen der Aula. Zoë erspähte aus den Augenwinkeln, wie die Tür des Saals sich einen Spalt öffnete, Pauline in den Saal schlüpfte und sich zu den anderen Müttern setzte, die unter dem Vorwand, ihre Kinder abholen zu wollen, neugierig die Proben beäugten.

»Vincent, du bleibst vor dem Boot stehen und weigerst dich einzusteigen. Antonia, du streckst ihm den Korb hin, damit er die leckeren Sachen fürs Picknick sieht, ja? Also los!«

Zoë setzte sich auf das weiße Kreuz aus Malerkrepp und ergriff das imaginäre Ruder. Antonia stellte sich Vincent gegenüber auf, der nun heftig mit dem Kopf schüttelte und überzeugend zu schluchzen begann. Er sah seltsam blass aus, fand Zoë, aber seine Wangen glühten feuerrot.

»Komm schon, Grischka«, rief Antonia. »Schau mal, wir machen gleich ein Picknick!« Sie streckte ihm den Korb entgegen.

Sekundenlang schien es, als würde Vincent den Korb hypnotisieren wollen. Dann riss er ihn Antonia aus den Händen und erbrach sich hinein, ließ sich im Schneidersitz zu Boden sinken und stützte stöhnend den Kopf mit den Händen auf.

Im Handumdrehen war Pauline auf die Bühne gesprungen. Sie kniete sich neben den Jungen, legte eine Hand auf seine Stirn, betastete den Hals und fühlte den Puls. »Keine Sorge, das wird schon«, flüsterte sie ihm zu. »Glaubst du, du schaffst es zum Auto?«

Er nickte, immer noch weiß und rot im Gesicht wie ein Fliegenpilz, und stand leicht schwankend auf.

»Er hat hohes Fieber«, flüsterte Pauline David zu. »Ich tippe auf einen Mageninfekt. Er wohnt bei uns auf dem Falkenstein, ich bring ihn nach Hause. Hoffentlich nichts Ansteckendes. Zoë, bitte nimm dir lieber ein Taxi.«

Die beiden verließen im Zeitlupentempo die Bühne. »Alles Gute, Vincent!«, rief der Lehrer ihnen nach. Dann ergriff er mit ausgestrecktem Arm den Picknickkorb und ging, ihn weit von sich haltend, Richtung Toilette, während die Schüler ihre Sachen zusammensuchten und dabei einen großen Bogen um David machten.

Jetzt mussten sie einen neuen Grischka finden. Und das schnell.

※

Ein Wal. Im graublauen Abendhimmel flog eindeutig ein weißer Wal über die Elbe. Mit Flügeln.

Marcs Augen folgten Miekes verblüfftem Blick. »Der Airbus A300-600ST. Der Beluga, ein Transportflugzeug. Pass auf, gleich setzt er auf.«

Er wies auf das Airbus-Gelände gegenüber dem Anleger, auf dessen Café-Terrasse sie nebeneinandersaßen. Die Abendluft war mild, gewürzt mit dem Salz des nahen Meeres und einer Ahnung von Sommer. Auf der Insel Finkenwerder glitt Moby Dick erstaunlich graziös auf die Landebahn.

»Als du weggezogen bist, sah es hier noch anders aus, oder?«

Mieke nickte. »Heute Morgen am Strand ist mir aufgefallen, wie schmal die Elbe geworden ist.«

»Deine Hedda, die war an vorderster Front mit dabei, bei den Protesten gegen die Verlängerung der Landebahn damals, wusstest du das?« Marc nahm einen Schluck aus seinem fast leeren Bierglas und sah sich nach der Kellnerin um. »Grete? Noch eins bitte. Und einen Kurzen.«

Er sah Mieke fragend an, die auf ihr noch unberührtes Rotweinglas deutete. Die Kellnerin verschwand in der Kajüte vom »Ponton op'n Bulln«, einem roten Holzkasten mit großen Fenstern, dessen Boden bebte, wenn ein Schiff vorbeifuhr.

»Hedda ist auf die Barrikaden gestiegen?«, fragte Mieke belustigt. Ihre Lehrerin hatte sie stets ein wenig an eine Suffragette erinnert – äußerlich bürgerlich mit gebügelter Bluse und knielangem Rock, aber im Herzen eigensinnig. »Hast du Hedda gut gekannt?«

»Nein. Ich habe die meiste Zeit in Spanien gewohnt. In Alicante. Segelyachten überführt. Mache ich jetzt auch noch ab und zu.« Marc kippte den Korn, den die Kellnerin ihm gebracht hatte, und signalisierte Grete mit den Fingern, dass er noch einen wollte.

»Habt ihr jemals daran gedacht, euer Strandhaus zu verkaufen?«

Marc stützte die Ellenbogen auf den Tisch, faltete die Hände und legte seinen Kopf darauf. »War nie ein Thema, Pauline hängt ziemlich daran. Manchmal vermietet sie die Hütte als Airbnb.«

»Und unser Haus? Also das, in dem ich früher gewohnt habe? Wer wohnt jetzt darin?«

»Immer noch dieses ältere Ehepaar, soviel ich weiß. Die es gekauft haben, als ihr weggezogen seid. Diese Cremers. Unangenehme Leute, beschweren sich über alles und jeden, Gott sei Dank sind sie gerade auf einer Kreuzfahrt. Die Hexe hat mir mit ihrer Anwältin gedroht, als ich bei dir sauber gemacht habe. Angeblich ist die Tonne mit den Grünabfällen umgekippt, und das Zeug ist in ihrem Garten gelandet. Dabei könnte dem etwas Leben nur guttun, das Ding ist tot wie ein Grab.«

Genau das hatte Mieke heute Morgen auch gedacht. Während die Kate der Sörensens einfach verlassen aussah, wirkte Miekes Elternhaus feindselig. Wobei Mieke nicht sagen konnte, ob das an den neuen Bewohnern lag oder an den alten.

»Weißt du, dass ich dich mal in einem Film gesehen habe?«, erkundigte sich Marc. »In einem Krimi. Du hast eine Kommissarin gespielt, richtig? Er war auf Holländisch, deshalb konnte ich nicht viel verstehen. Ich wusste auch nicht, dass du deinen Namen geändert hast, als du nach Holland gezogen bist. Klingt aber hübsch, van der Linden. Besser als Breckwoldt.«

Miekes erster und einziger Kinofilm. Gleich danach hatte sie das Angebot für eine Serie bekommen, in der sie eine Ärztin spielte und Lenny deren Sohn. Bis sie dann den Nervenzusammenbruch hatte und aussteigen musste. Seitdem hatte sie nie wieder gedreht, nur ab und an auf Off-Bühnen gestanden.

»Habe ich mir gedacht, dass du mal Schauspielerin wirst«, fuhr Marc fort. »Also ein Profi, meine ich. Glückwunsch!« Seine Stimme klang undeutlich. Er hob sein Glas und prostete ihr zu.

Mieke ignorierte die Geste. »Sag mal, weißt du zufällig, ob in Blankenese am 10. oder 11. Januar etwas Besonderes passiert ist?«

»Keine Ahnung, da war ich noch in Spanien. Warum?«

»Nichts Wichtiges. Hast du eigentlich von den Testamentsbedingungen gehört? Also dass ich hier leben und Heddas Lebensgeschichte aufzeichnen soll, bevor ich verkaufen kann?«

Marc wirkte auf einmal wieder nüchtern. »Die Anwältin hat mir davon erzählt, als sie mich zum Saubermachen angeheuert hat. Das durfte sie doch, richtig?«

Mieke nickte. Es war ihr sogar sehr recht gewesen, dass möglichst viele Leute informiert waren, bevor sie ankam, deshalb hatte sie Frau von Opitz von der Schweigepflicht entbunden. So ersparte sie es sich, alten Bekannten, denen sie unweigerlich über den Weg laufen würde, die geschönte Story ihres Lebens erzählen zu müssen.

»Ich würde dir wirklich helfen bei der Renovierung«, erinnerte Marc sie.

»Gerne, sobald ich den Renovierungskredit bekomme. Vorher kann ich dich leider nicht bezahlen.«

»Kein Problem.« Marc winkte Grete zu. »Ich kann warten.«

»Lass mal, ich mach das«, sagte Mieke schnell und drückte der Kellnerin ihre Kreditkarte in die Hand. »Pauline ist aber nicht nach Spanien gezogen, oder?«, erkundigte sie sich beiläufig.

Marc lachte, ein wenig abfällig, wie sie fand. Aber vielleicht lag das auch an den drei Kurzen. »Die könntest du nicht mal mit einem Flammenwerfer aus Blankenese vertreiben. Hat sogar in Hamburg studiert, Medizin. Und dann die Praxis vom alten Björnson übernommen.«

»Weiß sie, dass ich wieder da bin?«

»Nun ja, Neuigkeiten verbreiten sich schnell hier, besonders an Markttagen.«

Grete kam mit einem Kartenleser zurück, und Mieke tippte die PIN ein.

»Das muss ein ganz schöner Schock für dich gewesen sein«, fuhr Marc dann fort und legte Mitgefühl in seine Stimme. »Das mit Hedda. Ich meine, dass im Haus so ein Chaos ist.«

»Warum hast du mich nicht vorgewarnt?«

»Wärst du dann geblieben?«

Mieke ignorierte seine Frage. »War denn allgemein bekannt, dass Hedda ein Messie war? Sie muss doch manchmal Besuch bekommen haben, vom Arzt etwa, oder?«

»Küche und Schlafzimmer hatte sie immer aufgeräumt, deshalb hat keiner was gemerkt, auch Gesa nicht, ihre Altenpflegerin. Als die Opitz und ich zum ersten Mal reingingen, sind wir vor Schreck fast umgefallen. Aber die Anwältin meinte, ich solle nur das Allernötigste machen und nichts wegwerfen, weil du alles sichten musst wegen des Buchs.«

»Ich frage mich, wie lange das schon so ging. Also ob Hedda immer schon so war oder erst in den letzten Jahren.«

Ein Frachter glitt vorbei, seine Heckwelle ließ den Ponton erzittern. Mieke stand auf. Sie hatte die Enttäuschung darüber, dass Pauline ihren Bruder nicht begleitet hatte, noch nicht abgeschüttelt. Dabei hatte ihre Freundin keinen Grund, ihr aus dem Weg zu gehen. Sicher, sie waren damals Hals über Kopf abgereist, aber Mieke hatte ihr geschrieben, viele Briefe. Es war Pauline, die nie geantwortet hatte.

»Ich komm also ab nächster Woche zum Aufräumen. Soll ich einen Container bestellen?«

»Wenn du auf die Bezahlung wirklich noch warten kannst ... Nimmst du den Bus ins Dorf? Ich laufe am Strand entlang nach Hause.«

Sie gingen die Gangway hoch, und Marc küsste sie auf die Wange. Mieke wollte schon die Stufen zum Strand hinuntersteigen, als sie bemerkte, dass ihr Schulfreund, der inzwischen den Bürgersteig betreten hatte, keineswegs die Absicht hatte, auf den Bus zu warten. Er blieb vor einem schwarzen Cabrio stehen, das jetzt aufblinkte, stieg ein und rollte den Strandweg entlang. Mieke sah ihm beklommen hinterher. Marc hatte definitiv zu viel getrunken, um zu fahren.

Sie zog den Reißverschluss ihrer Lederjacke hoch und stapfte durch den Sand zu dem harten feuchten Streifen am Ufer, den die Ebbe bloßgelegt hatte. Kurz entschlossen streifte sie Stiefel und Socken von den Füßen, krempelte die Jeans hoch und hielt kurz die Luft an, als sie einen Fuß in den Fluss streckte. Warm, dachte sie überrascht, viel wärmer als die Nordsee. Dann watete sie tiefer hinein.

Was hatte ihr Vater früher über die Nachbarin gesagt? »Hedda haut nichts um ...« Und doch hortete sie rostige Konservendosen und baute Zeitungstürme. Wenn Mieke wenigstens das ganze schmierige Zeugs in den Container kippen könnte. Ihr grauste bei dem Gedanken, in einem Meer von Müll nach Fotos und Briefen zu tauchen. Wenn sie nur bald die Tagebücher auftreiben würde. Damals, aus dem Fenster ihres Kinderzimmers, hatte Mieke ihre Lehrerin fast jeden

Abend schreibend am Küchentisch sitzen sehen. Wo mochte sie die Kladden aufbewahrt haben? Hoffentlich nicht in einer der stinkenden Plastiktüten. Irgendwo waren sie mit Sicherheit. Das war das Gute an Heddas schmuddeligem Geheimnis, dachte Mieke grimmig. Messies werfen nichts weg.

Bevor sie zurückspringen konnte, rollte eine Welle heran und durchnässte ihre Jeans bis zum Knie. Egal, es war ja nicht weit bis nach Hause. Sie kniff die Augen zusammen. Hatte sie das gerade wirklich gedacht? Absurd. Ihr Zuhause war in Den Haag. Hier unten am Fluss wartete keine Zukunft für sie, hier gab es nichts als Vergangenheit. Aber davon reichlich.

DONNERSTAG, 2. JUNI

Schon um sieben riss ihn Motorenlärm aus dem Schlaf. Lenny wischte mit der Hand den Taufilm von der Fensterscheibe des Ateliers und sah einen Traktor über den Fußweg tuckern, einen gewaltigen Container im Schlepptau. Jetzt streckte auch seine Mutter ihren Kopf aus der Tür der Kate und schloss sie schnell wieder, als Marc vom Traktor sprang.

Lenny war heilfroh, dass Mieke nichts dagegen hatte, dass er im Atelier schlief. Sie hatte nur einen widerwilligen Blick hineingeworfen und ihm dann die Schlüssel in die Hand gedrückt. Anscheinend stand es noch voller altem Kram aus ihrer Kindheit, um die sie mental gerne einen weiten Bogen machte, bis es eben nicht mehr ging. Und Hedda hatte ihr Gerümpel einfach noch dazugestellt. Es gab sogar ein winziges Badezimmer, das er eigenhändig geschrubbt hatte.

Er stellte sich kurz unter die Dusche und lief hinüber in die Küche. Mieke, immer noch im Bademantel, stand am Herd und machte sich einen Espresso. Warum war sie nicht richtig angezogen, dachte er unwillig, sie musste doch wissen, dass heute der Container kam. Aber wenigstens hatte sie schon geduscht, ihr Haar war feucht.

»Aufgeregt?«

Lenny hob gleichgültig die Schultern. Er war eher froh, dass er heute seinen ersten Schultag hatte und Marcs Traktor entkam.

»Ich mache dir einen Tee.«

Lenny setzte sich an den Tisch und säbelte eine Scheibe Brot ab. Quietschend ging die Haustür auf, und Marc ließ sich ungefragt auf den Stuhl neben Lenny fallen.

»So, alles paletti! Container da, Männer wieder weg!«

Warum bloß redete der Mann wie ein Telegramm? Lenny las im Gesicht seiner Mutter, dass sie das Gleiche dachte. »Kann ich den Tee mitnehmen? Ich will nicht zu spät kommen.«

Mieke holte einen Thermobecher vom Regal und küsste Lenny auf die Wange. Reflexartig rieb er darüber. Mieke tat so, als hätte sie nichts bemerkt. Er schnappte sich sein Brot und lief aus der Tür.

*

Es war erst halb acht und der Strand leer. Auf den Treppen trieben aber schon die ersten Mütter ihre trödelnden Kinder nach oben. Im Parkverbot direkt vor der Schule stieß ein schwarzer Geländewagen in eine Lücke und schob dabei das vordere Auto ein Stückchen nach vorne. Ein Mädchen sprang heraus. Als es sich umdrehte und winkte, erkannte Lenny die Goldhaarige. Völlig unnötig drückte die Fahrerin kurz auf die Hupe und rauschte davon.

Er wartete eine Minute, bis das Mädchen verschwunden war, trat durchs Portal und blickte sich in der Halle nach dem Sekretariat um, in dem er sich um Viertel vor acht melden sollte. Er warf er einen schnellen Blick auf das Namensschildchen neben der Tür.

»Guten Morgen, Frau Potthof«, grüßte er, nachdem er angeklopft hatte. »Ich bin neu hier, Leonard van der Linden.«

Die Sekretärin, eine magere Frau im grünen Wickelkleid, die ihre Brille über ihre drahtigen grauen Locken hochgeschoben hatte, blickte von ihrem Schreibtisch auf, nahm wortlos einen blauen Schnellhefter von einem Stapel neben ihrem Computer und zog ein Formular heraus. »Hier unterschreiben«, sagte sie knapp, hielt ihm einen Kugelschreiber hin und wies auf die gepunktete Linie. Dann schaute sie auf ein weiteres Blatt. »Du hast in der ersten Stunde Geschichte. Bei Herrn Ginsburg. Raum …« Sie zog die Stirn über der Nase zusammen und hielt das Blatt weiter weg.

»Auf Ihrem Kopf«, sagte Lenny.

Sie schaute verwirrt hoch.

»Ihre Brille. Sie haben sie hochgeschoben.«

Die Frau griff überrascht in ihre Locken, setzte sich die Brille auf und zog eine kleine Grimasse. Die Gläser ließen ihre Augen unnatürlich groß erscheinen. »Die Treppe hoch, Raum 8, im ersten Stock, gleich rechts.«

Er war schon fast oben angekommen, als er sie rufen hörte. »Warte, Leonard!«

Ein Mann, ungefähr im gleichen Alter wie seine Mutter, stand neben Frau Potthof am Fuß der Treppe und blätterte in dem blauen Schnellhefter. An seiner Armbeuge baumelte ein Fahrradhelm. Als er aufsah und Lennys Blick begegnete, eilte er auf ihn zu. Dunkelbraunes, halblanges Haar, durchzogen von ein paar grauen Strähnen, fiel ihm unordentlich bis auf den Kragen seines ungebügelten Hemds.

»Leonard van der Linden, dich schickt der Himmel«, sagte der Mann. »Du hast also Geschichte und Drama als Leistungskurse, richtig?« Sein Atem ging schnell, als habe er ein Wettrennen hinter sich.

Lenny steckte seine Hände in die Hosentaschen, damit der Typ, der wahrscheinlich ein Lehrer war, gar nicht erst auf die Idee kam, ihm seine schwitzige Pfote zu reichen. »Sieht so aus.«

»Ich bin David Ginsburg«, erklärte der Mann und wischte sich mit einem karierten Hemdsärmel über die Stirn. »Komm, wir gehen hoch ins Klassenzimmer. Ich bin heute so was von pünktlich, damit muss ich ein bisschen angeben.«

Er eilte die Stufen hoch, und Lenny folgte ihm. Sein neuer Geschichtslehrer also. Die Tür von Raum 8 stand auf. Ginsburg deponierte seinen Fahrradhelm auf dem Pult, legte Lenny den Arm um die Schultern und zog ihn dabei nach vorne neben sich. 20 Augenpaare starrten ihn an. Lenny wäre am liebsten auf der Stelle gestorben.

»Darf ich vorstellen? Der neue Grischka!«, verkündete der Lehrer. »Der Zufall hat ihn zu uns geführt, oder besser gesagt, der glückliche Zufall.« Er deutete auf eine Bank am Fenster im hinteren Teil des Raums. »Schau mal, da ist noch ein Platz frei.«

Lenny setzte sich in Bewegung. Dann grinste er. Na so was, Blondie. Sie sah ihm ausdruckslos entgegen. Lenny zog geräuschvoll einen Stuhl unter der Bank hervor und nahm Platz. »Hallo. Ich bin Grischka.«

Sie verzog keine Miene. »Träum weiter«, sagte sie und meldete sich.

»Ja, Zoë?«

»Ich glaube nicht, dass das eine gute Idee ist. Also, dass er hier«, sie bedachte Lenny mit einem abschätzigen Blick, »dass er den Grischka spielt. Das ist eine Hauptrolle. Wir wissen doch gar nicht, ob er spielen kann.«

»Ach was, das kann er. Nicht wahr, Leonard?«

Der Junge nickte energisch. »Lenny«, sagte er zuvorkommend, »alle nennen mich Lenny.«

»Frau Potthof hat mir gerade Lennys Unterlagen gezeigt«, fuhr David fort und ging auf Zoës Bank zu. »Stell dir vor, er hat sogar schon in einer Fernsehserie mitgespielt!«

Er wandte sich zu Lenny. »Hast du Lust? Wir haben im Geschichtskurs zusammen ein Theaterstück entwickelt. Aber nun ist einer der Hauptdarsteller krank geworden.«

»Natürlich, gerne«, antwortete Lenny. Er konnte sein Glück kaum fassen. Ein besseres Entree wäre nicht möglich gewesen. Jetzt musste er nur noch die Goldhaarige für sich gewinnen.

»Sorry, Zoë«, flüsterte er, als David Ginsburg entschwunden war. »Du hast mich in einem ungünstigen Moment kennengelernt.«

»Ach ja?« Zoë bückte sich und holte ein Buch aus ihrem Rucksack. Sie knallte es förmlich auf den Tisch. »Und wann ist der vorbei?«

Er schob den Ärmel seines schwarzen Hoodies hoch und wies auf einen Bluterguss, den er sich gestern im Atelier zugezogen hatte, als er ein Regal gestreift hatte und eine hölzerne Skulptur in Form eines Uhus ihn um ein Haar erschlagen hätte. »Siehst du das? Das ist noch immer von deinem Tennisschläger. Hat ziemlich wehgetan.«

Zoë begutachtete den blauen Fleck, der seinen mageren, aber sehnigen Oberarm zierte. »Hockey«, sagte sie.

»Wie bitte?« Lenny zog den Ärmel wieder runter.

Sie sah ihn immer noch ausdruckslos an, aber in ihren graublauen Augen tanzten dabei winzige Fünkchen. »Das war ein Hockeyschläger. Tennisschläger nehme ich nur, wenn ich jemanden töten will.«

»Schalom?«, fragte Lenny und streckte ihr seine Hand entgegen. Die Goldhaarige schien aufzutauen. Und hatte Sinn für Humor.

Zoë sah ihn überrascht an. »Warum hast du das jetzt gesagt?«, erkundigte sie sich. »Du weißt also schon, worum es im Stück geht?«

»Nein. Ich dachte nur, weil Schalom ›Friede‹ heißt …«

Jetzt lächelte sie zum ersten Mal.

HEDDAS TAGEBUCH.
SONNTAG, 28. MAI 1939

Ich hasse ihn. Hasse, hasse, hasse ihn. Er hat Mutter wieder geschlagen. Die Haut um ihr rechtes Auge ist ganz blau. Ich habe sie gefragt, ob er das war, aber sie hat gesagt, sie ist gegen die Leiter gelaufen. Als ich geantwortet habe, dass ich das nicht glaube, hat sie angefangen zu weinen und gemeint, ich muss ihn verstehen. Weil er es so schwer hat und keine Arbeit finde. So ein Quatsch! Wenn er aufhören würde zu trinken, hätte er bestimmt schon eine. Schauermänner werden doch wieder gesucht.

Aber das wird sich jetzt ändern, das schwöre ich. Ich mache, was Bruno mir geraten hat, ich gehe zu seinem Vater. Er soll etwas unternehmen, er ist schließlich Ortsgruppenleiter. Mutter darf auf keinen Fall was davon erfahren. Und Simon auch nicht. Die würden mich beide umbringen, wenn sie hören, dass ich zum alten Andresen petzen gegangen bin. »Dem Nazischwein kannst du nicht trauen«, hat Simon gesagt. »Und Bruno auch nicht.« Aber ich glaube, Simon ist bloß eifersüchtig auf Bruno. Wegen des Kusses. Dabei war das beim Flaschendrehen und zählt nicht. Irgendwie mag ich das, wenn Simon sich wegen Bruno aufregt. Das heißt doch, dass ihm etwas an mir liegt. Jedenfalls, so kann es nicht weitergehen.

MONTAG, 6. JUNI 2022

Mieke leerte den Putzeimer ins Waschbecken und schob ihn in das Regal darunter. Das Bad blinkte wie Feenstaub. Sie hatte Dusche und WC mit extrastarker Chlorbleiche geputzt. Handtücher und Bettwäsche stopfte sie in die Waschmaschine im Heizungsraum, einen altertümlichen, aber noch funktionsfähigen Frontlader, wählte das 95-Grad-Programm und ließ alles zweimal durchlaufen.

Danach kamen die Kleiderschränke im Schlafzimmer dran. Die Medikamentenschachteln, viele noch fast voll, landeten in einem Karton für Sondermüll. Sie widerstand der Versuchung, die Namen auf den Packungen zu lesen. Stattdessen zog sie Einweghandschuhe an und fuhr mit den Fingern in die Taschen der Jacken, Mäntel und Kostüme, fand aber nichts außer ein paar Münzen.

Morgen früh wollte Marc die erste Fuhre zum Recyclinghof fahren. Sie selbst würde sich das Wohnzimmer vornehmen, und danach führte kein Weg mehr am vollgemüllten oberen Stockwerk vorbei. Lenny musste ihr dabei helfen, allein würde sie durchdrehen. Sie hatte eine Heidenangst, dass ihr eine Ratte entgegenspringen könnte. Sie hasste diese Viecher. Früher hatte sie immer mal wieder eine über die Treppen huschen sehen, aber seitdem sie wieder hier war, keine einzige. Vielleicht war ihnen das Dorf inzwischen zu clean geworden.

Gleich zwei. Ihr Termin bei der Bank war um 16 Uhr.

Sie deponierte die verschwitzten Sachen auf einem Hocker, stieg in die Dusche und drehte das Wasser auf. Aus dem brandneuen Duschkopf spülte die heiße Flut mit erstaunlich kräftigem Druck über den schmerzenden Rücken. Sie seifte sich ein und shampoonierte den Kopf. Eigentlich sah alles gar nicht so übel aus im Moment. Marc stand morgens pünktlich und nüchtern auf ihrer Schwelle. Lenny schien die neue Schule zu gefallen, er hatte nachmittags sogar eine AG belegt. »Theater«, hatte er gemurmelt und war ihrem überraschten Blick ausgewichen.

Sie drehte das Wasser ab. In Heddas Kleiderschrank hingen jetzt ihre eigenen Klamotten. Obwohl sie ihn mit Seifenlauge ausgewaschen hatte, nahm sie immer noch einen zarten Geruch von Zedernöl wahr. Für den Termin in der Bank sollte sie sich formeller anziehen als üblich. Sie griff zu einem weißen Hemd, schwarzen Slacks und begutachtete sich im Innenspiegel des Kleiderschranks.

»Vielleicht noch die Haare hochstecken«, sagte eine Stimme hinter ihr.

Sie fuhr herum. Marc. Wie lange mochte er da schon gestanden und ihr beim Umziehen zugeschaut haben?

Als er ihr wütendes Gesicht sah, hob er beschwichtigend beide Hände. »Bin gerade erst gekommen«, sagte er, ihre Gedanken erratend. »Keine Angst, ich habe dich nicht im Deshabillée gesehen.«

»Klopf gefälligst an«, fauchte sie.

»Die Tür zum Schlafzimmer stand offen«, rechtfertigte er sich.

»Dann klingelst du eben, ehe du reinkommst.«

»Würde ich ja gerne«, sagte er liebenswürdig. »Aber die Klingel ist kaputt.«

Ihr Ärger erlosch. Sie kam sich vor wie eine Idiotin. Also

wie immer. »Schon gut«, sagte sie knapp. »Ich geh jetzt zur Bank.«

»Warte.« Marc griff an ihr vorbei zu einem schwarzen Samtband, das in einer Schale auf der Kommode lag. Er stellte sich hinter sie, nahm ihr Haar hoch und zwirbelte es gekonnt zu einem Knoten. Sie war so verblüfft, dass sie es geschehen ließ.

»Wer einen Kredit haben will, muss Vertrauen schaffen. So siehst du viel seriöser aus. Wie eine Eisente.«

Als ob sie irgendetwas mit diesen blasierten Elbvorort-Frauen zu tun hätte. Eisenten verloren niemals die Kontrolle. Eisenten zogen höchstens die akkurat gezupften Brauen hoch, wenn sich vor ihnen der Boden auftat. Der süßliche Geruch von Marcs Aftershave kroch in ihre Nase. »Tabac«. Dass sie dieses Zeug immer noch produzierten. Die gleiche Lotion hatte ihr Vater benutzt.

Ihr wurde übel. Mieke riss sich das Samtband aus dem Haar, warf es zurück in die Schale und stürmte aus dem Haus. Am liebsten wäre sie ins Wasser gelaufen, wie zu einer rituellen Reinigung, um alles abzuwaschen, was sie vermasselt hatte. Die Erinnerung an ihren Vater brach mit einer solchen Wucht über sie herein, dass sie zu zittern begann. Sie ließ sich in den Sand fallen. Als sie die Hand zum Gesicht hob, um sich die Haare zurückzustreichen, merkte sie, dass es nass von Tränen war.

Er muss verzweifelt gewesen sein, sonst wäre er nicht einfach verschwunden. Depressiv, vermutete sie, vor 25 Jahren hatte man noch nicht so leicht über die Krankheit geredet. Aber wie konnte es sein, dass Tessa so lange nichts aufgefallen war? Und dass sie selbst nichts gemerkt hatte? Mieke schluchzte auf. Blöde Frage. Weil sie schon damals nur mit sich selbst beschäftigt gewesen war. Blind und taub für die Dramen anderer.

Mieke hörte ein metallenes Geräusch. Sie stand auf und drehte sich um. Marc warf gerade mit Schwung irgendetwas Schweres in den Container. Sie hoffte, dass er ihr nicht noch näher auf die Pelle rücken würde. Das, was sie einmal verbunden hatte, hatte gerade mal einen Augenblick gedauert, nur bis zum nächsten Morgen. Himmel, sie waren Kinder gewesen. Betrunkene Kinder. Mieke hatte jahrelang ein schlechtes Gewissen gehabt, weil er Paulines Bruder war. Ging ihre Freundin ihr deshalb aus dem Weg? Hatte Marc ihr erzählt, was damals passiert war, obwohl sie ihn angefleht hatte, die Klappe zu halten?

»Kein Wort, zu niemandem, hörst du?«

Mörderische Kopfschmerzen hatten sie an jenem Tag aufgeweckt. Sie lag unter der kratzigen, karierten Decke auf der tannengrünen Ottomane im Atelier ihres Vaters. Schnell fuhr sich mit der Hand über den Körper. Sie war nackt. Mühsam öffnete sie die Augen. Marc saß angezogen im Sessel gegenüber dem Sofa und beobachtete sie.

»Haben wir etwa …?«, krächzte Mieke. Ihr Hals war trocken. Sie hatte schrecklichen Durst.

Marc nickte und reichte ihr ein Glas Wasser.

Sie trank es einem Zug leer. »Wie spät ist es?«

»Gleich sechs.«

»Haben wir wirklich …?«

»Weißt du das denn nicht mehr? Oder tust du nur so?«

Er klang gekränkt. Mieke versuchte, die Szenen der letzten Nacht zurückzuholen. Paulines Geburtstagsparty. Sie hatten am Strand gefeiert, in den Dünen von Wittenbergen. Einzelne Bilder tauchten auf. Eine Plastikwanne voller Bierflaschen, die Marc und ein Freund durch den Sand heranschleppten. Sie selbst, wie sie, eine Flasche in der Hand, barfuß im Schein des Lagerfeuers tanzte. Und später, wie sie atemlos im Sand saß und eine Hand ausstreckte. Irgendein Junge ließ Salz darauf rieseln und reichte ihr ein Stück Zitrone. Plötzlich wurde ihr die Hand weggeschlagen.

»Hey!«, rief sie empört.

Neben ihr stand ihre Freundin. Sie hatte sie noch nie so wütend gesehen.

»Lass die Finger von dem Scheiß«, zischte Pauline. »Du verträgst das Zeugs nicht, das weißt du doch.«

Was bildete sich Pauline ein, sich wie ihre Mutter aufzuspielen? Sie streckte ihre Hand wortlos nochmals aus, während sie Pauline unverwandt anschaute. Wieder ließ der Junge Salz auf ihre Handfläche rieseln. Sie biss in den Zitronenschnitz und nahm einen Schluck aus der Tequilaflasche. Danach hob sie sie hoch und prostete Pauline damit zu. »Auch einen Schluck?«

Pauline war gegangen, wortlos. Der Rücken ihrer Freundin war das Letzte, woran sie sich erinnerte.

»Dreh dich um.«

Gehorsam wandte sich Marc ab. Mieke angelte unter der Ottomane ihre Jeans und das T-Shirt hervor und zog die Sachen unter der Decke an. Versuchsweise setzte sie sich auf. Um ihren Kopf tanzten nun lauter kleine Blitzlichter.

»Marc, nun sag schon. Was genau ist gestern passiert?«

»Du weißt also wirklich nicht mehr, wie du mich angemacht hast?«

»Angemacht? Ich?«

Marc drehte sich wieder zu ihr. Er wirkte empört. »Du wolltest unbedingt, dass ich mit dir Tequila trinke. Du warst so betrunken, dass du dich beinahe verbrannt hast, als du ums Lagerfeuer getanzt bist. Pauline wollte, dass ich dich nach Hause bringe.«

Eine Erinnerung schwebte herbei. Wie sie den Fluss entlangschwankten, wie sich der Vollmond im Wasser spiegelte.

»Als wir hier angekommen sind, hast du wieder einen ziemlich nüchternen Eindruck gemacht. Jedenfalls dachte ich, du meinst es ernst, als du mich ins Atelier abgeschleppt hast. Also, dass dir was an mir liegt«, setzte Marc fast unhörbar hinzu. Er nahm eine Packung Marlboro aus der Jeansjacke und zündete sich eine Zigarette an.

»Spinnst du? Mein Vater riecht das doch sofort!« Mit einem Sprung war Mieke bei ihm, riss ihm die glühende Zigarette aus der Hand und trat sie mit dem Absatz des Stiefels, den sie unter dem Bett entdeckt hatte, auf dem Holzboden aus. Sie riss einen Fetzen einer Zeitung ab, nahm den Stummel auf und schnippte ihn in den Papierkorb.

Marc sah ihr stirnrunzelnd zu. »Mach nicht so ein Drama«, sagte er. »Dein Vater kriegt sowieso mit, dass wir zusammen sind.«

»Träum weiter! Und geh endlich!«

Marc stand auf. »Ach so«, sagte er langsam. »Das war also nur ein One-Night-Stand. Gut, wie du willst.«

Als sie sein trauriges Gesicht sah, tat er Mieke fast leid. »Sorry, Marc«, sagte sie hilflos. »Ich mag dich, wirklich. Nur nicht so ...«

Er zuckte mit den Achseln und drehte sich zur Tür.

»Bitte, sag auf keinen Fall etwas zu Pauline. Versprochen?«

Er war dann gegangen, ohne ein weiteres Wort zu verlieren. So wie kurz darauf ihr Vater.

Tessa hatte ihr nie genau erzählt, was in jenen Wochen nach der Party passiert war. Doch irgendetwas musste geschehen sein. Als Mieke von einer Klassenfahrt in den Osterferien nach London zurückkam, war er jedenfalls weg.

Pauline hatte, zu Miekes Erleichterung, auf die Reise verzichten müssen, sie hatte sich erkältet. Und Marc hatte sie in England aus dem Weg gehen können.

Auf der nächtlichen Fährfahrt von Harwich zurück nach Hamburg war sie auf dem Pullmansitz zunächst schnell eingeschlafen, dann aber immer wieder aufgeschreckt und schließlich, kaum dass die Sonne aufgegangen war, aufs Promenadendeck gestiegen. Der Morgenhimmel war von einem fast durchsichtigen Blau, dicht und dramatisch mit dunklen Wolken betupft. Der feuchte Wind zerrte an ihren Haaren und ließ sie frösteln, aber sie hatte keine Lust, ihre Jacke aus dem stickigen Schlafraum zu holen. Die »Admiral of Scandinavia« glitt aus der Nordsee in die Elbe. Sie hatten Glückstadt gerade hinter sich gelassen, da begannen die Böen, den Fluss wild zu machen. Trotz des Sturms drängelten sich, als die Lautsprecher der Schiffsbegrüßungsanlage in Wedel die Nationalhymne quäkten, auch die letzten Schüler an der Reling, um den Blick auf ihr Dorf nicht zu verpassen.

»Gleich kommt es«, rief Marc, der in seinem dunkelgrünen, gefütterten Militärparka plötzlich neben ihr aufgetaucht war.

Als Erstes erschien der rot gestreifte Leuchtturm, dann der breite Dünenstrand des Wittenbergener Ufers. Auf dem Campingplatz waren die Schiffsspotter aus ihren bebenden Zelten gekrochen. Sie standen mit Ferngläsern um den Hals in Gummistiefeln im aufgewühlten Wasser und winkten. Die »Admiral of Scandinavia« war gerade an Neßsand vorbei, als die Sonne sich durch einen Spalt im Wolkengebirge zwängte und den Süllberg aufleuchten ließ. Die Fahrrinne befand sich hier so nahe am Ufer, dass Mieke glaubte, sie müsse nur den Arm ausstrecken, und schon würde sie das Reetdach ihres Elternhauses berühren.

Inzwischen war ihr angenehm warm, trotz des Windes. Marc hatte ihr, ohne dass sie es bemerkt hatte, seinen Parka um die Schultern gelegt. Und tat so, als ob alles in Ordnung wäre. So wie früher, als ob es die Nacht im Atelier nie gegeben hätte. Ihr war das nur recht.

Ihr Vater hatte versprochen, sie abzuholen. Aber als Mieke das Schiff verließ, stand Tessa am Fuß der Gangway, in einen wadenlangen Regenmantel gehüllt. Statt hoch zum Ausgang führte sie ihre Tochter zum äußersten Ende der Brücke, dort, wo niemand anderer war. Und während der Sturm auf sie einpeitschte, eröffnete sie ihr, dass Mathias Breckwoldt Blankenese und seine Familie verlassen hatte. Spurlos, abschiedslos.

In den folgenden Tagen, als Mieke sie mit Fragen bestürmte, stritt ihre Mutter immer ab, dass etwas passiert war während Miekes Klassenfahrt nach England. Etwas Schlimmes, ein Streit, ein Betrug, ein Verrat. »Ich weiß auch nicht, was in seinem Kopf vorging, Mieke«, hatte Tessa schließlich geschrien. »Ich weiß nur, dass er weg ist. Sein Scheißbrief erklärt überhaupt nichts!«

Mieke hatte ihr recht geben müssen. Die Floskeln hätte ihr Vater sich sparen können.

Das Geräusch von Schritten im Sand. Marc. Mieke wischte sich schnell mit dem Ärmel ihres T-Shirts über die Augen. Ob er seiner Schwester damals wirklich nichts von ihrem One-Night-Stand im Atelier erzählt hatte? Falls doch, war dies wohl die Lüge, die Pauline ihr nicht verzeihen konnte.

»Mieke? Alles in Ordnung mit dir?«

Sie fuhr herum. Eine Brise bauschte den bestickten Rock der Wirtin und ließ ihre roten Locken wehen.

»Ich habe gesehen, wie du aus dem Haus gerannt bist. Ich war auf dem Weg zum Krämer.«

Ihr Gesichtsausdruck wirkte besorgt. Wie hieß sie noch gleich? Ein indischer Name ... Shanti, richtig.

»Du hast geweint«, stellte sie fest. »Wegen Hedda?«

Mieke nickte, erleichtert, dass die Frau von selbst auf einen vernünftigen Grund für ihren erbärmlichen Zustand kam.

»Willst du mitkommen, einen Kaffee trinken?«

»Ich habe gleich einen Termin im Dorf.«

»Dann musst du ja sowieso beim Krämer vorbei. Komm!«

Mieke ließ sich von Shanti beim Arm nehmen, deren silberne Armreifen leise klirrten.

»Wart ihr verwandt? Hedda und du? Sie hat nie von einer Enkelin erzählt.«

»Sie war früher meine Lehrerin. Du kanntest sie?« Mieke machte sich los.

»Ich habe sie manchmal abgeholt, wenn sie sich mit den anderen beim Krämer treffen wollte. Sie war zum Schluss nicht mehr so gut zu Fuß. Lag auf dem Weg. Ich wohne schräg über dir, neben ›Sagebiels Fährhaus‹.«

Also lebte die ein oder andere von Heddas Freundinnen noch. Und die alte Frau war am Ende ihres Lebens nicht so einsam gewesen, wie Mieke befürchtet hatte. »Weißt du, ob Hedda Tagebuch geschrieben hat?«

»Ich glaube schon, auf ihrem Küchentisch lag immer eine Kladde, sie hat oft darin geschrieben. Warum?«

Mieke überlegte, wie viel sie der, wie sie fand, ziemlich neugierigen Wirtin erzählen sollte. »Ich denke«, sagte sie schließlich, »Hedda hat sich als eine Art Zeitzeugin des letzten Jahrhunderts gesehen. Weil sie sich gewünscht hat, dass ich ihre Unterlagen sichte und ihr Leben nacherzähle. Für die Historische Gesellschaft.«

»Das klingt spannend. Ich wette, sie hat eine Menge erlebt hier in Blankenese.«

Mieke war nicht überzeugt. Ihr kam Blankenese so lebendig vor wie eine in Bernstein erstarrte Fliege.

Sie waren beim Treppenkrämer angekommen, und Shanti kramte in den Taschen ihres langen Rocks nach dem Schlüssel.

Mieke sah auf ihr Handy. »Das wird nichts mit dem Kaffee. Ich muss mich beeilen.«

»Don't be a stranger.« Die Wirtin lächelte ihr zu und verschwand in ihrem Café.

Die Lobby der Commerzbank war leer, der Infoschalter unbesetzt. Mieke hatte gerade auf einem der grauen Polsterstühle daneben Platz genommen, als ein großer Mann in hellem Trenchcoat und ein älterer Herr die Halle betraten, den ein Namensschildchen am Revers seines grauen Anzugs, viel zu weit für die schmächtige Figur, als Bankangestellten auswies. Als der Kunde im Trenchcoat an ihr vorbeieilte, kam er Mieke merkwürdig bekannt vor.

Nun wandte sich der Bankangestellte ihr zu. In seine Stirn und Wangen hatten sich tiefe Falten eingegraben, und die sich kreuzenden zarten roten Linien auf den Wangen erinnerten an ein Spinnennetz. Er musste kurz vor der Pensionierung stehen, dachte Mieke. Und er hatte Herzprobleme.

»Kleinschmidt mein Name. Frau van der Linden?«

Als Herr Kleinschmidt sie anlächelte, sah er auf einmal viel jünger aus. Er wies auf sein Büro am Ende des Ganges und hielt ihr die Tür auf. Mieke setzte sich an einen Tisch, auf dem mehrere Aktenordner lagen. »Strandtwiete«, konnte sie auf einem der Rückenschilder entziffern.

»Ich habe schon alles vorbereitet.« Der Bankmann nahm den Ordner, stellte ihn zu ihrer Überraschung dann aber in ein Aktenregal, zog einen anderen Ordner hervor und blätterte darin herum.

»Sieht eigentlich alles gut aus«, sagte er. »Ich wüsste nicht, was dem Kredit entgegenstehen sollte.«

Bislang war dies das freundlichste Gespräch, das Mieke je mit einem Bankangestellten geführt hatte.

»Der Sachverständige weiß Bescheid. Sie können jederzeit mit ihm einen Termin vereinbaren.« Er zog eine Visitenkarte aus einem schwarz lackierten Holzkästchen auf dem Tisch und reichte sie ihr.

»Was für ein Sachverständiger?«

Herr Kleinschmidt klappte den Ordner zu. »Für das Gutachten. Die Zinshöhe der Hypothek hängt vom Wert des Hauses ab, und dessen Ermittlung basiert auf der Einschätzung des Gutachters. Wir müssen sichergehen, dass keine baulichen Schäden vorhanden sind. Sie müssen nur den Termin machen, der Experte leitet uns seine Ergebnisse direkt zu.«

So wie das Haus jetzt aussah, dachte Mieke, als sie die Bank verließ, konnte sie keinen Gutachter hereinlassen. Sie hatte eigentlich nicht vorgehabt, Marc außer mit der Entrümpelung auch mit Reparaturen zu beauftragen. Aber nun war alles anders; sie konnte sich nicht vorstellen, dass ein anderer Bauleiter, was die Bezahlung anging, so geduldig sein würde wie Marc. Sobald sie den Kredit in der Tasche hätte, würde sie jedenfalls Profi-Handwerker anheuern. Sie dachte daran, wie Marc heute Morgen plötzlich hinter ihr gestanden und ihre Haare mit dem Samtband hochgebunden hatte. Durchaus möglich, dass er noch weitere Grenzen überschritt.

DIENSTAG, 14. JUNI

Die Theaterprobe hatte bis um sieben gedauert. Zoë und ihre beste Freundin saßen auf dem Mäuerchen unter der Kastanie. Sie sahen aus wie Zwillinge, dachte Lenny, als er näher kam, nur dass Antonias Haare einen Tick dunkler waren. Sie trugen sogar das Gleiche: Jeans und helle T-Shirts, darüber weiche Strickjacken.

Antonia klopfte auf das Mäuerchen und rutschte beiseite. »Du hast ziemlich viel Text. Meinst du, du schaffst das mit dem Auswendiglernen bis zur Premiere?«

»Kein Problem«, antwortete er und setzte sich zwischen die Mädchen.

»Gefällt dir das Stück?«

Gefallen war untertrieben. Lenny hatte nichts Großartiges erwartet, als er den Text vor zwei Wochen mit nach Hause genommen hatte. Aber dann hatte er ihn in einem Rutsch durchgelesen.

»Das ist wirklich alles wahr?«, hatte er Zoë gefragt. »Dieses Heim hat es echt gegeben? Wie haben die Leute im Dorf denn damals darauf reagiert? Das waren doch alles Nazis, oder?«

»Schon. Aber nach dem Krieg haben die meisten ihre Parteiabzeichen im Klo runtergespült«, hatte das Mädchen ihn erinnert. »Wahrscheinlich haben sie das Waisenhaus einfach ignoriert. Darin hatten sie schließlich Übung. Sie hatten ja auch angeblich nicht gemerkt, wie ein paar Jahre davor ihre Nachbarn abtransportiert wurden.«

Deutlich schneller als mit den erlaubten 30 Stundenkilometern schoss nun ein rotes Auto um die Ecke und stoppte neben der Mauer. An den Seiten trug es den Schriftzug »Pflegedienst Blankenese«. Gesa von Appen ließ das Seitenfenster herunter und winkte.

Antonia rutschte von der Mauer. »Ich muss los! Bis morgen!«

Das Auto setzte sich in Bewegung, aber Zoë blieb sitzen und sah Lenny forschend an. »Ihr habt also Hedda Krögers Haus geerbt«, stellte sie fest.

»Woher weißt du das?«

»Weil das ganze Dorf darüber redet.« Sie grinste, als Lenny das Gesicht verzog.

»Meine Mutter hat früher nebenan gewohnt«, antwortete er schließlich. »Diese Hedda war ihre alte Lehrerin. Kanntest du sie gut?«

»Geht so. Ich habe mal ein Referat über die Nazizeit in Blankenese geschrieben und sie gefragt, ob sie mir von früher erzählen kann, als Zeitzeugin.«

»Und, hat sie?«

»Ja. Aber sie war schon sehr krank damals.«

»Du weißt, dass sie ein Messie war, oder?«

Zoë sah ihn mitfühlend an. »Jetzt schon. Aber vor ihrem Tod hat das keiner geahnt. Seid ihr denn mit dem Aufräumen halbwegs fertig?«

»Schön wär's. Mit dem Erdgeschoss sind wir fast durch. Das Obergeschoss ist noch komplett zugemüllt.« Ihm kam eine Idee. »Hast du vielleicht Lust, mitzukommen? Runter zum Strand?«

»Klar.« Zoë sprang von der Mauer, als ob sie auf die Einladung gewartet hätte.

Als sie das Ufer erreichten, spiegelte sich die Abendsonne noch im feuchten Sand. Gerade begann das Wasser aufzulaufen. In sechs Stunden würde es bis an die Vorgärten reichen.

Ein Mann kam aus Heddas Haus. Marc. Er trug zwei Müllsäcke in der Hand und schleuderte sie in den Container. Lenny nahm Zoë an die Hand und zog sie, bevor sie protestieren konnte, hinter die Hofmauer.

»Still!«, zischte er. »Der Typ geht mir auf die Nerven.«

Marc ging an ihnen vorbei, ohne sie zu bemerken.

Lenny, der sich an die Wand gepresst hatte, richtete sich wieder auf. »Was ist los?«, fragte er irritiert, als er Zoë kichern hörte.

»Das war mein Onkel.«

»Im Ernst?«

Zoë nickte, sichtlich amüsiert. »Ich wusste nicht, dass er für euch arbeitet. Was hat er dir denn getan, um Himmels willen? Er ist eigentlich ganz nett.«

Lenny antwortete nicht, sondern lief über den Hof zum Atelier. »Kommst du?«, rief er über die Schulter zurück. »Ich wohne nämlich nicht im Haus, sondern hier.«

Er schloss die Tür auf, und Zoë sah sich in dem vollgestopften Raum um.

»Cool. Wie die Schatzhöhle von Ali Baba. Ist ewig her, dass ich hier drin gewesen bin.«

»Du warst mal hier? Als du Hedda besucht hast?«

Überrascht sah Zoë ihn an. »Ach so, das weißt du gar nicht. Uns gehört das andere Haus hier unten, das neben den Cremers. Aber wir sind nicht mehr oft am Strand. Meine Mutter vermietet es manchmal als Airbnb.«

Was für ein Nest, dachte Lenny. Total inzestuös. Wahrscheinlich würde er demnächst jemanden mit sechs Fingern treffen. »Setz dich ruhig«, sagte er. »Ich habe Cola im Kühlschrank.« Er verschwand im Dämmerdunkel.

Zoë ließ sich auf der grünen Ottomane nieder. Die meisten Ecken waren mit Gerümpel vollgestellt, aber vor dem Fenster hatte Lenny Platz freigeschaufelt. Auf dem Boden lag eine breite Matratze mit ordentlich gefalteten weißen Laken, und neben einem wuchtigen Gründerzeit-Schreibtisch stand ein Ledersessel mit rissigen Polstern, davor ein Nierentisch, auf dem sich Bücher stapelten. Und ein Holzkästchen, dessen Deckel geöffnet war. Zoë schnupperte. Der herbe Duft war nicht zu verkennen, eindeutig Dope. In dem Kasten war genug, um eine ganze Schulklasse happy zu machen.

Lenny kam zurück, eine Flasche Cola Zero und zwei Gläser in der Hand. Er schenkte gerade ein, als die Tür aufging.

»Lenny?« Mieke stand auf der Schwelle. Sie steckte in einem schmutzigen Overall, die Haare hatte sie mit einem Tuch hochgebunden. »Dachte ich mir doch, dass ich Stimmen gehört habe«, sagte sie und sah Zoë an. »Hallo! Ich bin Mieke. Lennys Mutter.«

»Ich bin Zoë.«

»Wir gehen zusammen zur Schule«, erklärte Lenny widerwillig. Ihm war immer unwohl dabei, wenn seine Mutter seine Freunde kennenlernte. Er bevorzugte es, wenn ihre Welten sich nicht überschnitten.

»Wollt ihr euch nicht zu mir in den Garten setzen? Da ist noch Sonne.«

»Gerne«, stimmte Zoë zu, bevor Lenny ablehnen konnte.

Missmutig trottete er den beiden Frauen hinterher. Dann fiel ihm der Kasten ein. Hatte er den Deckel offen gelassen? Besser, er räumte ihn schnell weg. »Geht schon mal vor, ich komme gleich nach!«, rief er und lief zurück.

»Lenny hat uns gerettet«, hörte er Zoë sagen. Na prima. Jetzt würde sie Mieke gleich erzählen, dass er eine Hauptrolle im Schultheater hatte. Seine Mutter würde bestimmt richtig glücklich aussehen, weil ihr Sohn sein Trauma überwunden hatte. Und gleichzeitig total verletzt sein, weil er ihr nicht davon erzählt hatte.

Aber es kam noch schlimmer.

Als er um die Hausecke bog, saßen Zoë und Mieke am Eisentischchen vor der roten Ziegelmauer, die den Garten vom Strand abtrennte, besonnt von den letzten Strahlen. Sie hatten die Köpfe zusammengesteckt und schienen sich prächtig zu verstehen.

»Stell dir vor, Lenny, wir haben eine neue Regisseurin!«, rief Zoë vergnügt, als er auftauchte. »Ich wusste gar nicht, dass deine Mutter Profi ist!«

FREITAG, 24. JUNI

Natürlich hatte Mieke Lennys Blick gesehen, als Zoë ihm letzte Woche die Neuigkeit verkündet hatte. Sie drang in sein Revier ein, und das passte ihm nicht. Aber sollte er ruhig schmollen. Lennys Lehrer hatte zugestimmt, mehr noch, er war begeistert, dass sie die Regie seines Theaterstücks übernehmen wollte. Das war das Beste, was ihr in den letzten Wochen passiert war, vom Erbe einmal abgesehen. Sie hatte, fand sie, eine Abwechslung verdient.

Tagelang hatte sie sich durch Zeitungsstapel gekämpft, Essensreste, ihren Ekel unterdrückend, in Mülltüten gestopft und Säcke um Säcke mit löchrigen Blusen und Röcken gefüllt, immer in der Angst, dass Insekten ihre Stachel unter ihre Haut bohrten und dort Eier legten. Inzwischen fühlte sie sich selbst mottenzerfressen. Beschädigt. Ausgehöhlt. Sie seufzte. Sie sollte sich ihre Fantasie für das Buch über Heddas Leben aufsparen.

Das Glätteisen wurde unangenehm heiß in ihren Fingern. Sie schaltete es aus und warf einen letzten Blick in den Badezimmerspiegel. Über ihrem schwarzen T-Shirt fingen die ersten Strähnen schon wieder an, sich zu ringeln. Sie nahm das schwarze Samtband, mit dem Marc neulich ihre Haare hochgebunden hatte, aus der Schale, flocht ihre Haare zu einem Zopf und wickelte es darum. Besser.

Ihr Portemonnaie lag auf dem Esstisch, neben ihrer bislang kostbarsten Beute – einem Fotoalbum. Nachdem sie es gestern unter einer Kommode entdeckt hatte, versteckt zwischen einem Haufen Landschaftskalender aus dem letzten Jahrtausend, hatte sie bis spät in die Nacht die schwarzweißen Bilder mit den gezackten weißen Rändern studiert.

Ein kleines Mädchen, Hedda, wie sie annahm, vor dem Fischerhaus in einem weißen Korbkinderwagen sitzend, daneben eine sanft lächelnde Frau in langem Mantel und ein schnauzbärtiger Mann, der seine Mütze wohl auf Wunsch des Fotografen abgenommen hatte und in der Hand hielt. Derselbe Mann im Eingang des Treppenkrämers stehend, in Latzhose und Hemd. Heddas Vater sah aus wie ein Hafenarbeiter. Sie musste das Foto unbedingt Shanti zeigen, hatte Mieke überlegt, vielleicht könnte sie es rahmen lassen und im Treppenkrämer aufhängen. Die weiß gekleidete Hedda, ihre Freundinnen um Kopflänge überragend, mit Blumenkranz im Haar und einer Kerze in der Hand. Die Krögers waren, anders als die anderen Familien im Dorf, Katholiken, dann war dies wohl Heddas Kommuniontag. Viele Bilder vom alten Blankenese: Pferdegespanne mit Fässern beladen auf ihrem beschwerlichen Weg die Hauptstraße herunter, Ausflügler, wie sie von der Fähre strömten oder in sittsamen Badeanzügen am Strand saßen. Eine Prozession am Strandweg, die Mädchen in hellen Sommerkleidern, davor Hitlerjungen, die eine riesige Hakenkreuzfahne schwenkten.

Und immer wieder dieses Trio. Hedda und zwei gleichaltrige Jungen, hell der eine, der andere mit dunklem Haar, alle drei groß und dünn. Nachbarskinder, vermutete Mieke. Eine Freundschaft, die über Jahre hinweg bestanden haben musste: Das erste Foto zeigte die drei als Babys in nebeneinanderstehenden Zinkbadewannen im Hof, die späteren als Schulkinder. Auf einem Bild saß Hedda auf einer Kreek oberhalb von Schinckels verschneiter Wiese. Die beiden Jungs standen neben dem Holzschlitten, einer Art Fischkiste mit Kufen. Einer hielt einen meterlangen Stecken in der Hand, der Steuermann also. Sekunden nach der Aufnahme waren sie bestimmt im Höllentempo den Hang hinuntergerast. Typisch für Hedda, dass sie die Vorschoterin machen durfte, normalerweise guckten Mädchen nur zu. Und schade, hatte Mieke gedacht, als sie umblätterte, dass sie selbst überhaupt keine Fotos von früher hatte. Sie nahm an, dass ihre Mutter, wütend und gekränkt, die Familienalben weggeworfen hatte, wie so vieles andere beim Umzug nach Holland.

Ein weiteres Bild zeigte drei kleine, mit Bettlaken verkleidete Gestalten auf Stehrs Veranda, oben auf der Süllbergsterrasse. Der Dunkelhaarige hielt ein Gefäß in der Hand. Natürlich, einen Rummelpott. Miekes Vater hatte ihr mal einen auf dem Flohmarkt gekauft. »Was ist das?«, hatte sie wissen wollen und die ledrige Haut angetippt, die darübergespannt war. Eine Schweinsblase, hatte Mathias erklärt und ihr das Gefäß behutsam aus der Hand genommen. Alle Treppenkinder seien früher an Silvester durchs Viertel gezogen, hätten bei den Nachbarn um Süßigkeiten gebettelt, einen Holzstab durch die Blase gezogen und so, während sie das Rummelpottlied zum Besten gaben, den Topf brummen lassen. Leise hatte er es ihr vorgesungen: »*Fru, maak de Dör op! De Rummelpott will rin. Daar kümmt een Schipp ut Holland. Dat hett keen goden Wind ...*« Wie passend, dachte Mieke.

Irgendwann schien sich das Trio aufgelöst zu haben. Ein letztes Bild der drei zeigte sie beim Tanzen, der Raum sah aus wie eine Eisdiele. Hedda hatte eine Sonnenbrille auf der Nase und ein für die Zeit ziemlich kurzes Kleid an. Einer der Jungs trug eine weite Hose und ein Sakko, der andere einen Nadelstreifenanzug. Beiden reichten die Haare bis an den Hemdkragen. Schick. Sie drehte das Foto um. »7. September 1938« stand da mit zarter Bleistiftschrift. Der Blonde hatte einen kleinen Koffer in der Hand. War das ein tragbarer Plattenspieler? Mieke hatte das Album etwas weiter weggehalten. Swingkids, die drei waren Swingkids gewesen. Sie hatte einmal eine Fernseh-Dokumentation über diese jazzsüchtigen Jugendlichen gesehen, von denen etliche später von der Gestapo verfolgt wurden.

Auf den hinteren Seiten des Albums ließ sich der dunkelhaarige Junge kaum noch sehen. Der andere, der mit der blonden Tolle, hatte jetzt raspelkurze Haare und trug eine HJ-Uniform. Die Aufnahme auf der letzten Seite zeigte Hedda in einem knielangen Kleid mit Bubikragen und ihren dunkelhaarigen Freund vor dem Gymnasium Blankenese, an ein ihr wohlbekanntes Mäuerchen gelehnt.

Mieke hatte das Foto vorsichtig aus seinen weißen Fotoecken gelöst. »9. Mai 1939« stand auf der Rückseite. Vier Monate später war der Krieg ausgebrochen.

Nun legte sie das Buch in die Schublade der Kredenz und steckte ihr Portemonnaie ein, zog es aber gleich wieder heraus und zählte ein paar Geldstücke ab. Es war kurz vor fünf. Um es noch rechtzeitig zu schaffen, sollte sie mit der »Bergziege« nach oben fahren.

※

Der Bus, der das Treppenviertel umkreiste, hielt direkt vor der Schule. Die alte Kastanie stand immer noch da, direkt neben dem Mäuerchen. Wie eine treue Wächterin, dachte Mieke, eine ewige Zeugin, die alles mitbekommt und niemals etwas verrät. Unerschütterlich. Vielleicht war ihr auch einfach alles egal. Mieke reckte ihren Kopf in den Nacken und versuchte vergeblich, durch die Krone ein Stück vom Himmel zu erkennen.

Wie oft hatten sie auf dem Mäuerchen gesessen, bevor der Volvo von Paulines Großvater mit ihrer Freundin auf den Falkenstein surrte, während sie selbst zum Strand hinunterlief. Komisch, dass sie nie dieses tiefe Heimatgefühl wie Pauline entwickelt hatte. Mieke hatte das Ankommen in Holland als schwierig empfunden, aber nicht den Abschied aus ihrem Dorf. Dabei waren die Breckwoldts, wenn auch bei Weitem nicht so wohlhabend wie die Andresens, ebenfalls seit Jahrhunderten Hamburger. Vielleicht lag es an ihrem portugiesischen Großvater, dass sie sich so wurzellos vorkam. Schade, dachte sie, dass der alte Sandro bei der Heirat den Nachnamen seiner Frau angenommen hatte, ihrer Großmutter Konstanze. Sie hätte gerne Mieke Salgado geheißen, das klang genauso zusammengewürfelt, wie sie sich fühlte.

Sie trat durchs Schultor. Den Weg zur Aula hätte sie mit verbundenen Augen finden können. Sogar der Geruch nach Linoleum, Testosteron und Bohnerwachs war noch derselbe. Sie drückte gegen die nur angelehnte Tür und ging zur Bühne, auf deren Rand Zoë, Lenny und ein paar andere Jugendliche saßen.

Im selben Moment krachte die Aula-Tür ins Schloss. Mieke drehte sich um.

Ein dunkelhaariger Mann mit einem Fahrradhelm auf dem Kopf eilte mit wehendem Sakko durch den Zuschauerraum und hob entschuldigend die Hände. »Sorry, sorry, sorry, ich hatte noch zu tun.« Sein gestresster Blick fiel auf Mieke und hellte sich merklich auf. »Wie schön, Sie sind ja schon da, Frau …«

Sie hob abwehrend die Hand. »Mieke, bitte einfach Mieke. Und gerne Du.«

Der Mann legte seinen Helm auf einen Stuhl. »Ich bin David Ginsburg, Lehrer und Autor des Stücks. Zurzeit auch noch Regisseur, aber ich würde mich wahnsinnig freuen, wenn du mir das abnimmst. Zahlen können wir allerdings nichts …«

Er hatte ungewöhnlich lange Wimpern für einen Mann, und sein Blick etwas Flehendes. Mieke beschloss, ihn zu erlösen. »Deshalb bin ich hier. Dein Stück finde ich wirklich spannend. Von dem Kinderheim habe ich noch nie etwas gehört, obwohl ich hier aufgewachsen bin.«

»Zoë«, der Lehrer nickte dem Mädchen zu, »hat uns im Geschichtsunterricht davon erzählt. Die Handlung des

Stücks haben wir uns gemeinsam ausgedacht, basierend auf Zeitzeugenberichten.«

»Herr Ginsburg hat es dann geschrieben«, fügte eine andere Schülerin hinzu, die Zoës Schwester hätte sein können, so ähnlich sahen sich die beiden. »Ich bin Antonia«, fuhr sie lebhaft fort, »ich spiele die Betty. Dich und Lenny hat uns der Himmel geschickt! Er ist ein toller Grischka.«

Lennys Gesicht lief dunkelrot an. »Geht so«, murmelte er. Er stand neben Zoë gegen den Bühnenrand gelehnt, die ihm einen schnellen Stoß in die Seite versetzte.

»Stimmt doch«, sagte sie, »sei nicht so bescheiden.«

»Wollt ihr mir mal zeigen, welche Szenen ihr bisher geprobt habt?« Mieke wusste, wie verlegen Lenny Komplimente machten. Schließlich war er ihr Sohn.

»Antonia, Zoë und Lenny, fangen wir mit der Bootszene an, ja?«, rief David. Er nahm Mieke beim Arm, und die beiden setzten sich in die erste Reihe des Zuschauerraums.

»Das war richtig gut«, stellte Mieke nach einer Stunde fest, als alle Schüler ihre Szenen gezeigt hatten. »Ihr habt schon mehr als die Hälfte des Stücks auf die Beine gestellt, klasse! Ich habe noch ein paar Ideen dazu, vieles kann aber so bleiben. Dann proben wir nächsten Mittwoch die Szene, in der Reuma den Kindern eröffnet, dass sie bald nach Palästina aufbrechen, in Ordnung?« Mieke griff nach ihrer Lederjacke.

David war schneller und hielt sie ihr hin. »Ich stelle dich eben noch Gesa vor, der Mutter von Antonia, sie macht die Kostüme und die Requisite.«

Lenny war in ein Gespräch mit Zoë und Antonia vertieft. Mieke tippte ihn leicht auf den Arm. »Ich gehe gleich noch zu Shanti, in den Krämer. Könntest du schon mal

Marc helfen? Er wollte heute mit den Arbeiten im oberen Stockwerk anfangen und braucht jemanden, der die Leiter hält.«

Lenny nickte, widerstrebend, wie ihr nicht entging. Sie drehte sich um und folgte David, der die Tür zum Flur geöffnet hatte und ihr zuwinkte. Er machte eine weitere Tür zu einem Nebenraum auf, vollgestopft mit Regalen und Kleiderständern. Eine zierliche Gestalt in engen schwarzen Bermudas stand auf einem Büchertritt und quetschte mit beiden Händen einen Karton in das oberste Regal. Von hinten wirkte sie mit ihrer glatten Haarmähne wie eine Schülerin.

»Gesa, das hier ist unsere neue Regisseurin, Mieke van der Linden.«

Der Name kam Mieke bekannt vor, jemand musste ihn kürzlich erwähnt haben. Aber die Frau, die nun vom Tritt sprang, hatte sie noch nie gesehen. Aus der Nähe wirkte sie deutlich älter.

»David ist bestimmt froh, dass er wieder an seinen Schreibtisch kann«, sagte Gesa fröhlich und gab ihr die Hand. »Ich habe gehört, du bist eine richtige Schauspielerin! Kann man dich im Fernsehen sehen? Wahrscheinlich in holländischen Filmen, oder?«

Mieke fühlte sich leicht überfordert von dem Redeschwall. Aber anscheinend wurde keine Antwort von ihr erwartet.

»Weißt du eigentlich, dass ich dich von früher kenne?«, fuhr Gesa fort. »Da war ich noch in der Unterstufe. Du hast im Schultheater gespielt, in ›Die Welle‹, richtig?«

Die Laurie. Ihre erste große Rolle. Damals hatte die Schule ihren Schrecken für Mieke allmählich verloren. Vielleicht war Mieke durch das Theaterspielen selbstsicherer geworden, vielleicht hatte jemand anderer noch billigere Jeans getragen und war zum neuen Opfer geworden. Jedenfalls hatte sie auf einmal dazugehört.

»Tut mir leid, ich bin spät dran«, unterbrach David und hob mit einer entschuldigenden Geste seinen Fahrradhelm hoch. »Ich muss noch nach Ottensen, ich treffe da einen Freund. Wir sehen uns spätestens Mittwoch.«

»Ach, David? Nur eine kurze Frage: Weißt du, ob in Blankenese im Januar etwas Besonderes passiert ist? Also am 10. oder 11.?«

David zog beim Nachdenken die Stirn in Falten. »Keine Ahnung. Gesa, du?«

»Da ist Hedda gestorben. Meinst du das?«

Mieke schüttelte den Kopf. »Nein, schon gut. Ist nicht so wichtig.«

»Ich bin dann mal weg!« David setzte den Helm auf und verschwand.

»Ich habe mich um sie gekümmert, bis zum Schluss«, erklärte Gesa, als er außer Hörweite war. Es schien, als hätte die junge Frau nur darauf gewartet, dass sich der Lehrer verabschiedete. »Um Hedda, meine ich.«

»Stimmt, du bist die Altenpflegerin! Irgendjemand hat das kürzlich erwähnt«, fügte sie rasch hinzu, als sie Gesas verwunderten Blick sah.

»Genau, die bin ich. Wenn ich nicht gerade Kartons aussortiere.« Die junge Frau schnitt eine Grimasse und wies auf einen hohen, bislang ungeöffneten Kistenstapel, der an der Wand lehnte. »Das Unternehmen gehört mir. Ich betreue nur noch wenige Pflegefälle selbst, eigentlich nur Leute, die ich lange kenne. Du hast Heddas Haus geerbt, habe ich gehört.«

»Eine ziemliche Bruchbude, leider.«

»Aber eine mit Aussicht. Ich würde morden, um direkt am Strand wohnen zu können. Marc Andresen hilft dir mit dem Renovieren, richtig?«

Mieke war nicht mehr überrascht, dass die Requisiteurin das ebenfalls wusste. Der Dorffunk funktionierte womöglich noch besser als früher.

»Ich frage, weil …« Gesa machte eine Pause. »Hör zu, ich habe was gefunden«, fuhr sie mit gesenkter Stimme fort. Sie griff in einen Karton im untersten Regal und legte ein Päckchen auf den Tisch, eingewickelt in braunes Packpapier.

Mieke machte Anstalten, es zu öffnen, aber Gesa schüttelte hastig den Kopf.

»Nicht jetzt. Und tu mir den Gefallen, zeig es Marc nicht. Am besten niemandem. Vielleicht sehe nur ich das so, dass es jetzt dir gehören soll.«

Mieke verstaute das Päckchen in der Innentasche ihrer Lederjacke. Sie fand die Geheimnistuerei etwas dramatisch. Was hatte Gesa da entdeckt? Ihren getöpferten Aschenbecher aus dem Kunstunterricht?

Als sie aus dem Schultor trat, war es noch hell. Sie ging hinüber zum Mäuerchen, zog sich hoch und riss das Papier ab. Eine schlichte blaue Kladde kam zum Vorschein. »HEDDA« stand in Großbuchstaben auf dem weißen Etikett, und Seite um Seite war mit einer akkuraten Handschrift in blassblauer Tinte gefüllt.

Mieke brauchte keinen Kaffee mehr. Was sie jetzt wollte, war ein Whisky.

MONTAG, 26. JUNI 1939

Die Katen waren eingehüllt in Stille und Dunkelheit. Nur auf der Fensterbank von Simons Kinderzimmer flackerten drei Kerzen. Die perfekte Nacht, Wolken, kein Mondlicht, keine Sterne. Der Junge stand seit etwa einer Stunde am Gartentor und horchte. Doch nur das Schwappen der Wellen durchbrach das Schweigen. In drei Stunden ist Hochwasser, dachte er.

Leise Schritte. Sehen konnte Simon die Gestalt nicht, aber er vernahm Atemgeräusche. Blind griff er in die Nacht und erwischte einen Jackenärmel. Er zog den Mann mit sich, wortlos, und schloss sachte die Haustür hinter ihnen. Er drehte den Schlüssel zweimal um und machte das Licht an. Die Lampe enthüllte eine Frau in einem blauen Kleid, die auf Strümpfen vor der geschlossenen Küchentür stand und dabei ihre Schürze mit den Händen knetete. »Theo«, formte ihr Mund lautlos den Namen seines Onkels. Mit einem Satz war Lotte bei ihm, und der Mann schloss sie in seine Arme.

»Gib mir deine Schuhe«, wisperte Simon.

Zu dritt schlichen sie die Treppe zum Speicher hoch, dessen Luke mit einem schweren Vorhang verdeckt war. Lotte zündete die Petroleumlampe an, die auf einem Tischchen am Ende des Speichers stand, neben einem Teller mit Butterbroten und einer Thermosflasche. Als Theo hastig in eines der Brote biss, goss sie dampfenden Milchkaffee in Steingutbecher.

Wortlos warteten Simon und seine Mutter ab, bis der Mann satt war. Er nahm noch einen Schluck und wischte sich dann mit dem Jackenärmel über den Mund.

»Sonnabend«, sagte er. »Am Sonnabend ist es so weit. Am 1. Juli.« Er schaute seiner Schwester und dem Neffen erstmals direkt ins Gesicht. »Es klappt. Ihr fahrt nach Havanna, auf der St. Louis.«

Lotte schrie leise auf und legte sofort eine Hand auf den Mund. »Und Visa? Hast du auch Visa bekommen?«, flüsterte sie.

Anscheinend merkte sie gar nicht, dass ihr Tränen übers Gesicht liefen. Oder es war ihr egal. »Und Levi, weiß er es schon? Wie geht es ihm?«

Simons Onkel holte ein Taschentuch aus seiner dunkelblauen Wolljacke und tupfte ihr die Wange ab. »Er ist in Ordnung«, beruhigte er sie. »Und ja, ihr habt Urlaubsvisa für Kuba. Wenn ihr angekommen seid, kümmert ihr euch gleich um die Genehmigungen für Amerika. Hauptsache, ihr seid erst mal in Sicherheit.« Er griff in die Innenseite seiner Jacke und legte einen Umschlag auf den Tisch. »Hier ist alles drin. Die Visa sind in die Pässe gestempelt.«

Amerika. Sie würden nach Amerika fahren. Das Land von Cole Porter und Benny Goodman. Das Land, wo Juden zur Schule gehen durften und die Jungen Nietenhosen trugen, keine aus Rippelsamt. Das Land, wo sein Vater sich nicht mehr verstecken müsste und seine Eltern wieder heiraten würden.

Simon bemühte sich, gelassen zu klingen, obwohl sein Herz raste. »Wo treffen wir uns? Und was nehmen wir mit?«

»Ihr steigt am Sonnabend in die Straßenbahn zu den Landungsbrücken, um zehn seid ihr da«, antwortete Theo. »Ich bringe Levi zum Schiff, ihr geht separat an Bord. Falls wir uns über den Weg laufen: Ihr kennt uns nicht. Kein Lächeln, kein Garnix. Du kannst einen kleinen Rucksack mitnehmen, Simon, und du, Lotte, eine Reisetasche. Nicht mehr. Morgen erzählt ihr den Nachbarn, dass ihr am Wochenende Mutter in Jork besucht, weil sie krank ist. Sagt, ihr würdet ein paar Tage bleiben. Sie wird morgen beim Einkaufen schon ein bisschen herumhusten.«

»Ich gehe sowieso nicht mehr zur Schule«, warf Simon ein. »Da fragt sich keiner, warum ich mitkommen kann. Und auf dieser Töchterschule soll ich erst nach den Ferien anfangen.«

»Ich habe mich schon gewundert, dass sie dich nicht früher rausgeworfen haben«, sagte Theo.

Simon hatte sämtliche seiner jüdischen Freunde abgehen sehen, einen nach dem anderen. Hätte seine Mutter nicht bereits vor drei Jahren die Scheidung eingereicht und für ihn und sich ihren Mädchennamen Möller wieder angenommen, wäre er ebenfalls längst rausgeflogen. Er erinnerte sich an das letzte Gespräch, das sie zu dritt geführt hatten, am Tag, als sein Vater untergetaucht war. Abends in der Küche, während draußen vor dem Fenster die Positionslampen der Schiffe durch die Nacht schwebten wie Feenlichter.

»Kannst du das verstehen, Simon?«, hatte Levi Rosenberg gefragt, der, bereits im Mantel, mit seiner Frau und seinem Sohn am Tisch saß. Er fuhr sich mit der Hand durch das wirre dunkle Haar, das Simon von ihm geerbt hatte. »Deine Mutter muss sich von mir scheiden lassen, damit ihr sicher seid, zumindest noch eine Zeit lang. Irgendwann müssen wir alle raus aus Deutschland, je früher, desto besser. Theo und ich kümmern uns darum, aber bis dahin: zu niemandem ein Wort. Kann ich mich auf dich verlassen, Junge?«

Natürlich verstand Simon, auch wenn er erst zwölf gewesen war. Anders als Hedda, anders als Bruno. Was daran lag, dass bei ihnen zu Hause seit dem Nazi-Wahlsieg über nichts anderes geredet wurde. Die Eltern, Onkel Theo und dessen Freund Hans, wie sie abends um den Esstisch saßen und flüsterten, nur unterbrochen von den Nachrichten aus dem Volksempfänger. Manchmal waren auch Lottes Eltern dabei, wenn sie auf Besuch aus Jork gekommen waren, Großvater Fritz und Oma Elli.

»Ich bin froh, dass meine Eltern schon tot sind«, hatte Simon seinen Vater einmal sagen hören.

Irgendwann hatte er sich zu den Erwachsenen an den Tisch gesetzt, anstatt still darunter zu spielen, und sie hatten ihn gewähren lassen. Als er noch richtig klein war, hatte er sich die Nazis, über die sich alle so aufregten, immer als Teufel vorgestellt, wie die in seiner Kinderbibel, braune nackte Wesen, die andere mit Lanzen piekten, bis Blut kam. Er war evangelisch aufgewachsen, so wie seine Mutter, so wie Bruno. Levi hatte nichts von Religion gehalten, ihm war sie egal gewesen. Bis sie dann nicht mehr egal war.

Sein Vater und Mutters Bruder Theo, beide Sozialdemokraten, kannten sich, seitdem sie im Ersten Weltkrieg gemeinsam in den Schützengräben des Westwalls gelegen hatten. Beide stammten aus Elbfischer-Familien. Levi hatte in Blankenese gewohnt, Theo auf der anderen Seite des Flusses, hinterm Estedeich. Theo war es auch gewesen, der Simons Eltern einander vorgestellt hatte. Er hatte seine Schwester mit zu einem der Künstlerfeste im Curiohaus genommen, in Rotherbaum. Seitdem waren Lotte und Levi ein Paar.

Mit den Jahren hatte Simon mehr und mehr verstanden. Dass die Partei, der seine Eltern angehört hatten, nun verboten war. Dass Theo falsche Pässe und Visa für Juden und Widerstandskämpfer organisierte. Und dass Simons Familie in diesem neuen Deutschland nichts mehr verloren hatte. »Irgendwann bringen sie uns alle um«, hatte sein Onkel gesagt, und die anderen hatten gleichmütig genickt, als ob er für morgen Regen prophezeite. Theo hatte nur ausgesprochen, was alle längst wussten.

Eigentlich konnte Simon die Flucht aus Deutschland kaum abwarten. Wenn da nicht Hedda wäre. Seine Gefühle für sie waren so durcheinander, dass es ihn völlig fertigmachte. Er war verliebt in sie und gleichzeitig fassungslos über ihre Naivität. Wieso traute sie Bruno immer noch über den Weg? »Er ist kein richtiger Nazi«, hatte sie ihn verteidigt. »Der macht da nur mit, weil sein Vater ihn dazu zwingt.«

Er erinnerte sich daran, wie sein Freund ihnen die ersten Swingplatten vorgespielt hatte. Brunos Vorliebe für Jazz, vermutete Simon, hatte auch damit zu tun, dass er seinen strengen Vater ärgern wollte, der direkt nach der Machtergreifung in die Partei eingetreten war. Doch jetzt hörte Bruno aufmerksam zu, wenn die Lehrer in der Schule von der Weltherrschaft faselten, und sein Hitlergruß am Morgen fiel deutlich zackiger aus. Im letzten Jahr war Bruno der Hitlerjugend beigetreten. Seitdem ging er fast jeden Nachmittag zu Übungen anstatt mit Hedda und ihm zu Tanzpartys. Wobei Simon seiner Mutter ebenfalls geschworen hatte, dass das Konzert in Planten un Blomen sein letztes gewesen war.

Hedda. Wieso war sie nur so blind und taub, was Bruno anging? »Er ist unser Freund, Simon.« Wie oft hatte er diesen Satz gehört, eigentlich immer, wenn er sich über Bruno aufregte. Er würde ihm allzu gerne unter die Nase reiben, dass er und Hedda sich geküsst haben. Aber er hatte ihr versprechen müssen, den Mund zu halten.

»Simon, hör zu …« Theo legte seinem Neffen die Hand auf den Arm. »Du brauchst keine Angst zu haben. Es wird alles gut werden.«

»Du machst dir Sorgen um Hedda, richtig?« Lotte sah ihn aufmerksam an. Seine Mutter mit ihrem verflixten siebten Sinn. Ihre blauen Augen schienen ihn zu durchbohren. »Kein Wort«, sagte sie langsam und betont, »kein Wort zu ihr. Hast du verstanden? Kein Tschüss. Kein Abschiedskuss.«

Simon schluckte. »Bestimmt nicht«, versprach er.

Theo stand auf und umarmte erst seine Schwester, dann Simon. »Wenn irgendwas sein sollte, Lotte, kannst du mich am Freitagabend vom Telefonhäuschen am Strandweg aus in der Kneipe anrufen. Frag nach dem Zimmermann. Der Wirt weiß Bescheid.«

Sie schalteten das Licht im Speicher aus und tasteten sich im Dunkeln die steile Treppe hinunter. Theo zog seine Stiefel wieder an, und Simon öffnete die Haustür einen Spalt und blickte nach draußen. Alles dunkel. Alles ruhig. Theo schlüpfte aus dem Haus und wurde sofort von der Finsternis aufgesogen. Simon blieb noch einen Moment stehen, bis das Geräusch der Schritte verhallt war. Das Herz klopfte ihm bis zum Hals.

Er hätte schwören können, dass er ein Quietschen gehört hatte. Wie von einer rostigen Pforte.

FREITAG, 24. JUNI 2022

Ihren Schatz unter den Arm geklemmt, lief Mieke Bornholdts Treppe hinunter zum Treppenkrämer. Gerade räumte
ihre neue Freundin auf der Terrasse das Geschirr von den
Tischen, ihr rotes Haar glühte in der Dämmerung.

»Ich muss dich was fragen«, platzte Mieke heraus und
stützte sich am Geländer des Cafés ab, um die Stiche in
ihrer rechten Seite zu lindern. Ab morgen würde sie wieder regelmäßig laufen gehen, schwor sie sich. Spätestens
ab übermorgen.

»Ich habe gerade zugemacht. Möchtest du etwas trinken? Kaffee?«

»Lieber einen Whisky.«

Shanti stellte ihr Tablett auf dem Tresen ab, nahm eine
Flasche Single Malt vom Regal und wies auf ein Tischchen
in der hinteren Ecke.

Mieke hängte die Lederjacke über die Stuhllehne und
setzte sich. Hinter ihrem Rücken, auf einem Ölgemälde an
der Wand, kämpfte sich ein Boot über die stürmische Elbe.
Sie zog die blaue Kladde heraus und legte sie auf den Tisch.
»Rate mal, was das ist.«

»Sag bloß, das ist Heddas Tagebuch!« Shanti zog sich
den Stuhl gegenüber heran, ein Astra in der Hand. »Wo
hat es denn gesteckt?«

Mieke zögerte einen Moment. Gesa hatte sie gebeten, es
niemandem zu zeigen, vor allem nicht Marc. Ob die bei-

den einmal etwas miteinander gehabt hatten und sie deshalb noch nachtragend war? Aber Shanti war nicht Marc.

»In der Schule«, antwortete sie schließlich. »Es lag bei den Requisiten für das Theaterstück, bei dem Lenny mitspielt. Ich habe dir doch erzählt, dass mir die Regie angeboten wurde, oder? Gerade hatte ich die erste Probe.«

»Und? Ist es interessant?«

»Keine Ahnung, es ist in Sütterlin geschrieben. Und auf Platt. Siehst du?« Sie schlug die erste Seite auf und zeigte auf das Datum. »Der 1.1.1939. Da war Hedda 15 oder 16. Und jetzt guck hier.« Mieke blätterte zur letzten Seite. »31.12.1939. Sie muss für jedes Jahr eine neue Kladde angelegt haben.«

»Und die anderen Hefte sind ...«

»... noch irgendwo im Haus, hoffe ich. Vielleicht lag die Kladde in altem Kram, den Hedda für die Aufführung gespendet hat, Koffer oder Handtaschen.« Mieke schauderte bei dem Gedanken, dass die restlichen Tagebücher unter dem Trödel auf dem Söller stecken könnten. Die Geräusche, die von dort oben kamen, klangen wie Huschen, Trippeln und Nagen. Beklommen nahm sie einen Schluck Whisky. Und dann noch einen.

Shanti schenkte ihr nach. »Was dein Sütterlin-Problem angeht, da weiß ich, wer das lösen kann.«

Sie deutete auf einen Tisch, an dem Mieke schon mehrmals ältere Herren beim Kartenspiel gesehen hatte. An der Seite prangte eine Messing-Plakette mit einem stilisierten Schiff. Die Stammtischgäste waren früher alle zur See gefahren, hatte Shanti erklärt, als Kapitän, Offizier, Schiffsjunge oder Lotse. Wenn die bärtigen Haudegen für immer von Bord der Frachter gingen, auf denen sie die Weltmeere durchstreift hatten, verbrachten sie den Rest ihrer Tage gerne auf der Gartenbank vor den Häuschen auf den Blankeneser Hügeln und ließen ihre scharfen Augen über den Fluss patrouillieren.

»Hey, träumst du?« Shanti legte eine Hand auf ihren Arm. Dabei klirrten die silbernen Reifen am Handgelenk.

Mieke zuckte zusammen. »Entschuldige. Also du meinst, deine Seebären können mir helfen?«

Ihre Freundin nickte. »Einer von denen. Gustav. Er und Hedda haben zu einer Gruppe in der Kirche gehört, die Dokumente in Sütterlinschrift übersetzt, ehrenamtlich. Gustav ist der mit dem weißen Bart, der immer am Fenster sitzt. Platt kann er garantiert auch.«

Mieke trank ihren Whisky aus und stand auf. »Danke, Shanti. Ich schaue jetzt mal lieber, wie Marc und Lenny im Haus vorankommen. Die beiden sind nicht gerade allerbeste Freunde.« Als sie ihre Lederjacke von der Stuhllehne nahm, fiel ihr Blick wieder auf das Bild an der Wand. Es hatte was, dachte sie, der Maler hatte genau die Grüntöne getroffen, in denen die Elbe bei Sturm schillerte. Sie trat näher und erstarrte. Auf einer Schaumkrone, unten rechts, stand der Name ihres Vaters. Mathias Breckwoldt.

»Shanti? Woher hast du das?« Sie zeigte auf das Seestück.

Die Wirtin trat näher und wischte mit ihrem Lappen über den schlichten Messingrahmen. »Gefällt es dir? Mir auch. Hedda hat es mir gegeben, bei einem der Treffen hier. Sie meinte, der Maler sei längst tot. Aber sie möchte, dass man ihn nicht vergisst.« Sie kniff die Augen zusammen, als sie sich zu erinnern versuchte. »Und dann hat sie noch etwas ziemlich Merkwürdiges gesagt.«

»Was denn?«

»Dass sie ihm etwas schuldig ist.«

*

Suchend sah sich David Ginsburg in der »Markt Schänke« um, in der er mit seinem Freund verabredet war. Beide mochten Dinosaurier-Kneipen mit nikotingelben Wänden, Sparclub-Kasten und Barre-Bräu-Leuchtreklame. Aber selbst in der dicken Wolke von Zigarettenqualm merkte er ziemlich schnell, dass Max bereits beleidigt abgezogen war. Eine Dreiviertelstunde Verspätung war selbst für David ein bisschen viel.

»Pils?« Die Barfrau sah ihn fragend an. Ihre vollen, leicht geröteten Unterarme ragten aus einem weiten grauen Hoodie, der ihren gewaltigen Busen nicht verbergen konnte, und ihre platinblonden Haare hatte sie zu einer Art Nest aufgetürmt.

Er nickte und stürzte das Bier in einem Zug runter. Die stundenlange Theaterprobe in der trockenen Luft der Aula hatte ihn durstig gemacht, und die Radfahrt nach Ottensen erst recht.

»Da!« Die Barfrau nahm sein leeres Glas weg und stellte ihm ungefragt ein neues hin.

Warum nicht. David trank, langsamer diesmal, und wischte sich den Schaum vom Mund. Er warf einen Fünfeuroschein auf den Tresen und schob sich durchs Gedränge zur Tür.

Draußen knöpfte er schnell die Jeansjacke zu. Der Tag war so warm gewesen, dass er auf einen Mantel verzichtet hatte. Jetzt fing es auch noch an zu regnen. Leise fluchend schwang er das Bein über die Stange und wäre um ein Haar umgekippt. Das zweite Bier war definitiv eins zu viel gewesen.

Er hatte gerade die ersten zwei, drei Kilometer auf der Elbchaussee hinter sich und rollte vom Radweg auf die Fahrbahn, als ein Auto mit wütendem Hupen an ihm vorbeischoss. Hatte sein Rücklicht etwa wieder den Geist aufgegeben? Er stieg ab. Der rote Reflektor hing mit abgerissenen Drahtbeinchen am Rahmen wie ein toter Käfer.

Zwei weitere Autos braustem vorbei. Nachts wurde die Elbchaussee zur Rennstrecke, ab dem Anleger Teufelsbrück eine ohne Radweg. Eine gelbe Weste hatte David auch nicht dabei. Ihm blieb nichts anderes übrig, als den Radweg unten am Ufer zu nehmen. Der war zwar stellenweise unbeleuchtet – und hörte am Strand von Övelgönne für einen Kilometer ganz auf –, aber wenigstens gab es dort keine Autos. Er hob das Rad an und tastete sich den dunklen Lüdemanns Weg entlang zum Museumshafen hinunter.

Der plötzliche Regen hatte die Gäste von den Terrassen der Promenadencafés vertrieben. Wenigstens würde sich jetzt niemand beschweren, wenn er sein Rad fuhr, anstatt es zu schieben. Die Feuchtigkeit, die vom Fluss her unter seine Jacke kroch, ließ ihn zweifeln, ob Tübingen nicht doch die bessere Wahl gewesen wäre als Hamburg. Damals, nach der Scheidung, als er unbedingt aus Berlin weggewollt hatte. Das Wetter war deutlich lieblicher im Süden. Sibirische Kälte hatte er schließlich schon in Sibirien gehasst.

Seit zwei Jahren wohnte David inzwischen in Blankenese. Die Weite des Elbstrands hatte ihn, den Kreuzberger Flüchtlingsjungen, auf der Stelle verzaubert. In seiner neuen Welt gab es Dünengras und rot gestreifte Leuchttürme, kreisende Seeadler, Robben auf den Sandbänken, bunte Sonnenschirme am Strand und grünsilbrige Wälder. Es war schon gut, dass er nicht nach Süddeutschland gezogen war. In einer Kleinstadt hätte David es sowieso nicht ausgehalten. Blankenese war zwar auch ein Dorf, aber eines, dem die Elbe die Welt zu Füßen legte. Nur schade, dass er unten am Wasser kein bezahlbares Apartment gefunden hatte. Dafür lag seine Wohnung am Goßlers Park nahe der S-Bahn. Aber irgendwann, nahm er sich vor, als er den nachtschwarzen Fluss entlangradelte, würde er in ein Haus am Strand ziehen und die Schiffe auf ihrem Weg zum Meer beobachten. Wie ein alter Kapitän.

Hinter Övelgönne gab es keine Straßenlaternen mehr. David hatte das Gefühl, er würde in einen Tunnel hineinfahren. Der schwache Schein seiner Vorderlampe ließ ihn nur ein paar Meter des Wegs direkt vor ihm erkennen. Gerade war er noch über feuchten Waldboden gerollt, nun schlingerten die dünnen Reifen seines Rennrads über eine tückische Schotterschicht. Schließlich änderte sich der Belag wieder zu glattem Asphalt. Gleich wäre er in Blankenese und könnte den Mühlenberg hoch ins Dorf nehmen.

Doch als David abbog, wäre er beinahe in eine unbeleuchtete Straßensperre gekracht, bremste aber noch rechtzeitig. Sielbauarbeiten, der Mühlenberg war komplett aufgerissen. Ihm blieb nichts anderes übrig, als weitere zwei Kilometer den Strandweg entlangzufahren und sich dann den steilen Waseberg hochzuquälen.

Immerhin leuchteten auf der menschenleeren Uferstraße wieder Laternen. Hatte Lenny nicht erwähnt, dass er und seine Mutter hier unten wohnten, direkt am Wasser?

Mieke hatte ihn merkwürdigerweise sofort an Helena erinnert, obwohl seine Ex-Frau eigentlich ganz anders war mit ihrem honigfarbenen Bob und dem übersprudelnden Temperament. Mieke war stiller, aber beide hatten diese unangestrengte Präsenz. Wenn Helena einen Raum betrat, schien es, als ob jemand das Licht anknipste. Bei Mieke war es ähnlich. Er musste sich ins Zeug legen, um die Aufmerksamkeit der Schüler zu gewinnen. Bei Mieke warteten sie wie Lämmchen ab, bis sie nachgedacht hatte und ihre Ideen erklärte.

David lenkte das Rad nun verbotenerweise auf den Fußweg zwischen Gärten und Häusern. Er passierte gerade einen gewaltigen Blauregenbusch, als eine Gestalt quer über den Weg schoss. Er bremste und riss das Vorderrad so heftig zur Seite, dass es sich zwischen die Stäbe eines Eisenzauns schob. Gleichzeitig prallte die Person gegen seine Schulter.

»Mieke?«, rief er ungläubig. »Was um Himmels willen …«

Sie schenkte seinen Worten keine Beachtung. »Schnell, komm mit!«, drängte sie, tauchte unter den Blauregententakeln durch und verschwand im Durchgang dahinter.

Er warf einen zögernden Blick auf sein Rad mit dem eingeklemmten Vorderreifen und stolperte dann hinter Mieke her. Unvermittelt weitete sich der finstere Weg und gab den Blick auf den hell schimmernden Strand frei. Mieke bog scharf nach links ab und rannte auf den Eingang eines niedrigen Hauses zu, aus dessen Fenstern Licht drang.

»Lenny!«, hörte er sie rufen, kaum dass sie die Tür aufgeschlossen hatte. »Lenny, wo bist du?«

Sie verschwand im Haus und stürzte den Flur entlang und eine steile Treppe hoch, David blieb ihr dicht auf den Fersen. Ihr Sohn saß, den Rücken an die Wand gelehnt, mit schmerzvoll verzogenem Gesicht auf dem Boden, am Fuß einer weiteren, noch steileren Treppe. Mit beiden Händen hielt er sein Knie umklammert. Neben ihm lag sein Handy. Das Display war noch hell.

Er musste gerade seine Mutter angerufen haben, dachte David. Sein Blick wanderte durch den dämmrigen Flur, den Zeitungsstapel, Müllsäcke und überquellende Kisten zu einer Röhre verengt hatten. Richtig, diese Hedda, hatten die Kollegen geflüstert, soll ja ein Messie gewesen sein. Im Lehrerzimmer wurde noch mehr getratscht als auf dem Markt.

Mieke kniete sich auf den Boden neben ihren Sohn. »Was ist passiert? Bist du verletzt?«

»Ich glaube schon.« Er zeigte auf die schmale Stiege. »Eine der Stufen ist durchgebrochen, und dann bin ich runtergerauscht.«

»Tut es sehr weh?« Behutsam betastete Mieke sein Knie.

»Ziemlich. Ich glaub nicht, dass ich auftreten kann.« Lennys Stimme klang gepresst, als ob er ein Weinen unterdrückte. In diesem Moment erst nahm er David wahr, der nun neben den beiden in die Hocke ging.

»Herr Ginsburg? Was machen Sie denn hier?«

»Zufall«, antwortete David kurz. Das Knie des Jungen sah merkwürdig aus, deformiert, wie ihm schien. »Soll ich einen Krankenwagen rufen?«

»Ich glaube, es ist einfacher, Lenny im Bollerwagen zur Straße zu karren. Die Sanitäter können nur bis zum Strandweg fahren. Außerdem ist unser Haus im Dunkeln kaum zu erkennen.«

»Gut, dann machen wir das so. Und fahren mit dem Taxi zur Notaufnahme vom Westklinikum.«

Mieke wandte sich wieder ihrem Sohn zu. »Lenny, wenn wir dich stützen, meinst du, du kannst auf einem Bein humpeln?«

Er nickte kaum merklich. Mieke und David schoben ihre Arme unter seine Schultern und zogen den Jungen vorsichtig hoch, der ein paar Sekunden stabil auf einem Bein zu stehen schien. Dann fing er an zu zittern, und die Tränen schossen ihm in die Augen. Vorsichtig ließen sie Lenny wieder zu Boden gleiten.

»Zoë«, sagte Lenny in die Stille hinein, so plötzlich, dass David zusammenfuhr.

»Zoë?« Mieke verstand nicht, worauf ihr Sohn hinauswollte.

»Na, ihre Mutter«, rief Lenny. »Sie ist doch Ärztin!«

»Natürlich!« David schlug sich leicht mit der Hand gegen die Stirn. Er sah, wie der Junge nach seinem Handy tastete und sich sein Gesicht bei der Bewegung verzog. »Lass mal«, unterbrach er ihn, »ich habe die Nummer.«

»Ruf am besten von unten an. In der Küche ist der Empfang besser.«

Als David schon halb die Treppe hinunter war, hörte er Mieke fragen: »Wo ist Marc eigentlich?«

Wer war Marc? Miekes Mann? Lennys Vater? David blieb stehen und lauschte.

»Zu Hause, denke ich«, antwortete Lenny. »Er ist vor einer halben Stunde oder so gegangen.« Nach ein paar Sekunden fügte er geknickt hinzu: »Er hat noch gesagt, ich soll auf gar keinen Fall auf den Speicher gehen, das sei oben zu gefährlich. Auch wegen der Rattenfallen, die er da aufgestellt hat. Aber ich habe was gehört und dachte, vielleicht steckt eine halb tot drin.«

»Ach, Lenny«, hörte er Mieke sagen. »Und du wolltest das beenden, richtig?«

David wartete die Antwort nicht ab, sondern stieg die letzten Stufen hinab und rief im Handy seine Kontakte auf. Sörensen, da war sie.

Pauline nahm sofort ab.

»Hier ist David. Tut mir leid, dass ich so spät noch störe. Aber es hat einen Unfall gegeben. Unten in der Strandtwiete. Bei den Fischerhäusern, die kennst du? Wir sind in dem, in dem Licht brennt. – Lenny ist die Treppe runtergefallen. – Ja, unser neuer Grischka. Er hat ziemliche Schmerzen. Kannst du kommen?«

Sie sagte gleich zu, was ihn nicht überraschte. Pauline hatte, anders als die anderen Mütter, keinen Hang zu Dramatik und Spielchen.

David ging zum Spülbecken und sah sich suchend um. Dann nahm er einen Krug vom offenen Regal darüber, füllte ihn mit Wasser und stellte ihn zusammen mit zwei Gläsern auf ein Tablett, das er ebenfalls auf dem Regal entdeckt hatte. Als er an dem großen Esstisch vorbeikam, sah er ein paar Fliegen um einen Teller herumsurren, auf dem ein Stück Pizza lag. Der Käse war längst kalt geworden und zu einer fahlgelben Masse erstarrt. Der leere Karton lag aufgerissen daneben.

David setzte das Tablett behutsam auf dem Holztisch ab, schnappte sich den Karton und den Teller und wollte beides in den Tretmülleimer neben der Spüle entsorgen. Doch der Mechanismus klemmte, der Deckel ging nicht auf. Wahrscheinlich war der Eimer zu voll. Mit einiger Anstrengung gelang es ihm, den Deckel hochzuschieben. Wie er vermutet hatte, quoll der Müll fast über. Er sah sich nach einem Gegenstand um, um ihn zusammenzudrücken. Sein Blick fiel auf den Pfannenwender in der Spüle. Obwohl ihm von dem Geruch übel wurde, presste er die Mischung aus Kaffeesatz, Eierschalen und Papier damit hinunter. Ein durchgefeuchteter Umschlag fiel dabei über den Rand. David bückte sich, um ihn aufzuheben, worauf der Umschlag zerriss und einige hellblaue Tütchen herausfielen. Er griff nach einem, um es sich näher anzusehen, und stutzte. Dann raffte er die Tütchen zusammen und stopfte sie in die Innentasche seiner Jacke. Hastig faltete er den Karton zusammen und warf ihn samt Pizzastück in den nun tadellos funktionierenden Eimer, ergriff das Tablett und machte sich auf den Weg nach oben.

Mieke saß neben ihrem Sohn an der Wand und hatte einen Arm um ihn gelegt. Das Gesicht des Jungen hatte wieder ein bisschen Farbe bekommen.

»Alles klar«, sagte er, »Pauline ist gleich da.«

Warum sah Lennys Mutter auf einmal so blass aus? Und wie kam es, dass ihr Sohn – falls die Tütchen seine waren – denselben Dealer hatte wie er selbst?

Sie ähnelte immer noch Catherine Deneuve in »Die letzte Metro«, dachte Mieke. Schmal, blond, gepflegt. Mit klar modellierten Zügen, deren kindliche Weichheit sich aufgelöst hatte. Aber sie war noch schöner als früher.

David hatte an der Haustür auf Pauline gewartet und sie die Treppe hoch eskortiert. Nun nickte sie Mieke knapp zu und kniete sich mit einem weißen Hosenbein neben Lenny auf den staubigen Boden, ohne der Unordnung im Flur einen Blick zu schenken.

»Tut das weh?«, fragte sie und drückte seitlich auf seine Kniescheibe.

Lenny zuckte zurück. »Ziemlich.«

Pauline wies auf die Stiege zum Speicher und die zerborstene Stufe. »Da bist du heruntergefallen?«

Lenny nickte.

»Ich gebe dir gleich etwas gegen die Schmerzen. Kann ich eine Schere haben?«, fragte sie Mieke, ohne sie dabei anzusehen.

»In der Küchenschublade. David?«

»Ja, klar.« Der Lehrer sprang auf.

»Das wird schon«, sagte Pauline sanft und legte eine Hand auf die des Jungen. Die beiden Frauen hörten, wie unten Schubladen aufgerissen wurden und David wieder nach oben stürmte.

Pauline nahm die Schere und schnitt vorsichtig die Jeans auf. Auf Lennys Knie hatten sich ein gewaltiger Bluterguss und eine deutlich erkennbare Verdickung gebildet. »Das dachte ich mir«, murmelte sie, richtete sich auf und sah Mieke ins Gesicht. »Die Kniescheibe ist rausgesprungen. Eine Patellaluxation. Ich könnte sie hier an Ort und Stelle einrenken. Oder wir bringen ihn in meine Praxis, aber der Transport wird nicht einfach sein.«

»Lenny?« Mieke strich ihrem Sohn übers Haar. »Was meinst du?«

»Lieber hier«, stieß er hervor. »Es tut echt …«

Er hatte noch nicht zu Ende gesprochen, da hatte Pauline sein Knie umfasst und eine rasche Bewegung gemacht. Lenny schrie auf. Alle blickten auf sein Knie. Der Knubbel war verschwunden.

Pauline zog ein Röhrchen mit Tabletten aus ihrer Arzttasche. Dann hielt sie inne. »Gibt es etwas, das ich wissen muss? Allergien? Vorerkrankungen?«

»Migräne«, erwiderte Mieke. »Er nimmt Triptane, wenn es schlimm wird. Und allergisches Asthma.«

»Hund, Katze, Pferd«, erklärte Lenny. »Alles, was Fell hat. Und Pollen.«

Pauline drückte Mieke das Röhrchen in die Hand. »Jetzt zwei auf einmal und ab morgen jeweils eine morgens und abends nach dem Essen. Das Gelenk bitte gut kühlen.« Sie stand auf und wischte sich den Staub von ihrer am Knie inzwischen grauen Stretchhose.

»Du lieber Himmel«, sagte David auf einmal und fuhr sich verlegen durchs Haar. »Ich habe euch gar nicht richtig vorgestellt. Pauline, Lenny kennst du ja schon aus der Theatergruppe, aber Mieke nicht, oder?«

»Doch, doch, von früher«, sagte Pauline beiläufig. Sie lächelte nicht dabei. »Zoë hat mir erzählt, dass Mieke bei deinem Stück die Regie macht. Ich komme morgen gegen eins wieder vorbei, Lenny. Am besten, du gehst gleich ins

Bett, die Pillen machen müde.« Sie nahm ihre Tasche und wandte sich zum Gehen.

»Warte, ich bring dich nach unten«, sagte Mieke schnell. »David, bleibst du eben bei ihm? Wir helfen ihm dann zusammen runter.« Sie folgte Pauline die Treppe hinab. »Pauline«, flüsterte sie. »Wir müssen reden. Bitte.«

Ihre frühere Freundin hatte die unterste Stufe erreicht und drehte sich um. Einige Haarsträhnen hatten sich aus dem Nackenknoten gelöst, aber sie wirkte immer noch frisch wie eine Nordseebrise. »Morgen Mittag, wenn ich nach deinem Sohn geschaut habe? Um zwei muss ich wieder weg.« Sie ging zur Haustür und öffnete sie. Ein Schwall eisiger Luft wehte durch den Flur.

»Danke«, sagte Mieke, nun wieder zu Paulines Rücken.

Die Tür fiel ins Schloss. Sie lief ins Schlafzimmer, zog schnell neue Bettwäsche auf und eilte nach oben zurück.

Lennys Augen waren geschlossen. David studierte sein Handy. Als er sie sah, steckte er es ein und stand auf.

»Wollen wir?«

Ihr Sohn nickte. David und Mieke griffen unter seine Schultern und zogen ihn hoch, bis er schwankend auf einem Bein stand. Das andere hielt er angezogen wie ein Flamingo.

»Kannst du deine Arme über unsere Schultern legen? Genau. Und jetzt versuch mal zu hüpfen, und stütz dich dabei so kräftig auf uns ab, wie du kannst.«

Gemeinsam bugsierten sie den Jungen ins Erdgeschoss.

»Du schläfst hier«, sagte Mieke. »Ich gehe ins Atelier rüber. Musst du noch ins Bad?«

Sie hatte erwartet, dass Lenny protestieren würde. Doch er nickte, die Augen schon wieder geschlossen.

»Warte mal.« David rannte die Treppe hoch und kam mit einem Wanderstock zurück. »Stand in der Ecke.« Er reichte dem Jungen die Krücke und schloss die Badezimmertür hinter ihm.

»Das ging besser als gedacht«, sagte Mieke. »David, ich habe mich noch gar nicht bei dir bedankt …«

»Schon gut. Hast du was zu trinken im Haus?«

»Im Kühlschrank ist Bier.«

Lenny klopfte von innen an die Tür. David half Mieke, ihn ins Schlafzimmer zu bringen und auf die Bettkante zu setzen.

»Ich gebe ihm noch schnell die Tabletten.«

David verließ den Raum.

Als Mieke in die Küche kam, saß er, eine geöffnete Flasche in der Hand, auf der Fensterbank. Durstig trank sie im Stehen das Glas leer, das er für sie eingeschenkt hatte, und ließ sich dann auf den Stuhl sinken. »Was für ein Tag«, stöhnte sie. Sie sah auf die Uhr über der Spüle. Gleich zwei. »Fahr nach Hause. Bitte. Ich komm schon klar.« Im nächsten Moment fiel ihr ein, dass sein Rad im Zaun feststeckte. »Du kannst auch hier schlafen«, setzte sie schnell hinzu.

Er lachte. »Lass mal, ich laufe. Ist schon okay.«

Anscheinend fand David es nicht besonders reizvoll, in einer Messiebude zu übernachten. Sie begleitete ihn nach draußen. Der Regen hatte aufgehört, aber in der feuchtkalten Nachtluft begann sie sofort zu zittern. David trug lediglich eine Jeansjacke, die er nun zuknöpfte. Mieke ging zur Garderobe zurück und nahm einen Daunenmantel vom Haken. »Der gehört Lenny. Bring ihn einfach zur nächsten Probe mit.«

Dankbar zog er den Mantel an. Bevor sie zurück ins Haus konnte, hielt er sie am Arm fest.

»Ja?«, fragte sie, überrascht von der Festigkeit seines Griffs. Dennoch wartete sie still ab, bis er seine Finger löste.

»Da ist noch etwas …« David wirkte jetzt ein wenig bedrückt. »Wegen Lenny. Da gäbe es etwas zu besprechen …«

Wenn ein Lehrer diesen Satz zu ihr sagte, fühlte sie sich stets ein paar Zentimeter kleiner. »Was Schlimmes? Hat das Zeit bis morgen?«

»Klar.«

Was hatte ihr Sohn nur angestellt? Sie würde es schnell genug erfahren, ob sie wollte oder nicht.

HEDDAS TAGEBUCH.
MITTWOCH, 28. JUNI 1939

Ich muss unbedingt mit Simon sprechen. Bruno hat mir erzählt, dass vorgestern mitten in der Nacht jemand aus dem Haus der Möllers geschlichen ist. Ganz heimlich soll der Mann getan haben, und Simon hat mit ihm geflüstert, sagt Bruno, aber er konnte nichts verstehen. Natürlich hat Bruno diesen Brass auf Simon, weil er denkt, dass ich ihn lieber mag. Vielleicht hat er sogar herausgefunden, dass ich ihn geküsst habe. Trotzdem glaube ich nicht, dass Bruno sich die Geschichte ausgedacht hat. Ob Simon türmen will? Das wird nämlich immer schlimmer hier. Die alte Frau Jansen zum Beispiel musste erst ihren ganzen Schmuck abliefern und dann sogar noch das Silberbesteck. Viele Juden sind schon weggegangen.

Ich habe solche Angst davor, dass Simon mich alleinlässt. Außerdem, so kurz vor dem Abitur wäre das dusselig, er würde sich seine ganze Zukunft ruinieren. Schließlich kann er noch Abitur machen, an dieser Töchterschule.

»Wahrscheinlich ging es Tante Lotte schlecht und der Arzt war da«, habe ich ganz harmlos geantwortet und Bruno schnell gefragt, ob er am Sonntag mit mir tanzen gehen will. Nicht Swing natürlich, sondern ganz normal. Obwohl Teddy Stauffer im Alsterpavillon spielt, da wäre ich so gerne hingegangen. Egal, ist sowieso zu teuer für mich. Simon hätte mich bestimmt eingeladen, aber am Wochenende muss er zu seiner kranken Oma.

SONNABEND, 25. JUNI 2022

»Vermietest du diesen Sommer nicht?«, erkundigte sich Zoë, als sie den Blauregenvorhang für Pauline lüftete. Das erste Haus in der Strandtwiete wirkte mit seinen trüben Fenstern und den geschlossenen Läden im Erdgeschoss seltsam ungepflegt. Wenn Airbnb-Gäste erwartet wurden, spiegelte sich normalerweise der Himmel in den Scheiben.

Pauline schenkte der Kate ihrer Familie nur einen flüchtigen Blick. »Mal schauen. Da muss einiges repariert werden.«

»Kann Onkel Marc das nicht machen? Der ist sowieso andauernd hier unten, weil er für Lennys Mutter arbeitet.«

»Damit hat er genug zu tun.«

Sie gingen den Pfad entlang, durch dessen Ritzen Sauerampfer quoll. Auch aus dem zweiten Haus drang kein Laut.

»Die Cremers sind im Urlaub, oder?«, setzte das Mädchen die einseitige Konversation fort.

Pauline zuckte mit den Schultern. Was Zoë nicht wunderte, denn sie wusste, dass ihre Mutter die ältlichen Nachbarn nicht leiden konnte. Wenn Frau Cremer mit ihrer Rosenschere die unglücklichen Koniferenzweige abknipste, die sich aus der glatt geschorenen Hecke wagten, sah sie so grimmig aus, als zöge sie in den Krieg. Der Garten wirkte wie ein Friedhof. Sogar die Hummeln machten einen Bogen darum.

Pauline hatte ihren Finger noch nicht von der Klingel des dritten Hauses genommen, als Mieke die Tür aufmachte.

»Wie schön, du bist mitgekommen, Zoë! Lenny wird sich freuen.«

Innen sah Heddas Haus, wie Zoë es immer noch nannte, ganz anders aus als das ihrer Eltern, obwohl die Grundrisse früher ähnlich waren. Die Sörensens hatten das ihre entkernt, bevor die Katen unter Denkmalschutz gestellt worden waren. Die untere Etage bestand nun aus einem einzigen großen Raum mit offener Küche, das Dachgeschoss war zu einer Mansarde mit Schlafgalerie ausgebaut worden. Heddas Haus dagegen ähnelte einer Hobbithütte, mit niedrigen Decken und vielen Zimmerchen.

Mieke öffnete eine der Türen am Ende des Flures. »So, hier ist der Patient.«

Lenny war wach. In dem großen dunklen Holzbett sah er allerdings aus wie aufgebahrt, fand Zoë. Nur das rechte Bein, das in einer schwarzen Jogginghose steckte, ragte unter dem weiß bezogenen Federbett heraus.

Pauline setzte sich auf den Bettrand und betastete sein Knie. »Sieht gut aus«, meinte sie dann. »Wie klappt es mit dem Laufen?«

»Mit Krücken geht es einigermaßen.«

»Schmerzen beim Auftreten?«

»Nicht besonders.«

»In Ordnung. Versuch mal, morgen mit einer Tablette auszukommen. Jeweils morgens und abends eine halbe.«

»Muss ich im Bett bleiben?«

»Nein, es reicht, wenn du das Bein ab und zu hochlegst und nicht zu sehr belastest. Nächste Woche kannst du wieder zur Theaterprobe.« Sie erhob sich.

»Hört mal«, sagte Mieke, »ich möchte gerne noch etwas mit Pauline besprechen. Bleibst du noch ein bisschen, Zoë?«

Die Mütter verließen das Zimmer. Zoë machte Anstalten, Paulines Platz am Bettrand einzunehmen, aber Lenny hielt sie mit einer ungeduldigen Handbewegung ab.

»Guck mal in der Kommode. Oberste Schublade. Meine Mutter hat Fotoalben von Hedda gefunden. Stell dir vor, in einem sind auch alte Bilder vom Kinderheim.«

»Kann ich dich erst mal was anderes fragen? Neulich, im Atelier …«

»Ja?«

»Das Holzkästchen.« Zoë schaute auf seinen Mund. Lenny hatte schöne Lippen, dachte sie. Sie gab sich einen Ruck und sah ihn direkt an. »Du hast jede Menge Dope gehortet.«

Er erwiderte ihren Blick, ohne seine Augen abzuwenden, aber die Röte war ihm ins Gesicht gestiegen.

»Hast du vor, das Zeugs zu verkaufen?«, fragte sie schließlich. »In der Schule?«

Jetzt betrachtete Lenny seine Fingernägel. Dann hob er den Kopf. »Du hast also herumgeschnüffelt?«

Sie sprang auf, als hätte er sie geohrfeigt. »Du bist so ein Idiot!«, schrie sie. »Du hast den Deckel nicht zugeklappt. Du kannst mich mal!«

»Warte, Zoë!«

Sie war schon an der Tür, aber blieb nun stehen.

»Bitte, geh nicht. Du hast recht, ich bin ein Idiot.« Er setzte sich auf und machte Anstalten, aus dem Bett zu klettern. Als die Zehenspitze seines verletzten Beins den Boden berührte, schrie er leise auf.

Zoë beobachtete seine Bemühungen eine Weile, wie Kinder einen auf dem Rücken liegenden Käfer betrachten, der mit den Beinchen in der Luft zappelt. Lenny gab nicht auf. Er zog sich am Kopfteil des Betts hoch und griff mit einer Hand nach der Krücke, die daran gelehnt war. Einen

Moment lang stand er aufrecht, dann fing er leicht an zu schwanken. Mit einem Satz war Zoë bei ihm und half ihm zurück ins Bett. Er blieb auf der Kante sitzen, während sein Atem sich allmählich beruhigte.

»Hast du jemandem davon erzählt?«, fragte er leise.

Zoë setzte sich neben ihn. »Natürlich nicht.«

Lenny fuhr sich mit der Hand durch sein verschwitztes Haar, das sich an den Enden kringelte. »Ich … ich hatte es vor«, gab er nach einer Weile zu. »Also zu dealen.«

»Und, hast du?«

»Nein. Als ich dich getroffen habe und Antonia und dann die Sache mit dem Theater anfing, habe ich gar nicht mehr daran gedacht, ehrlich.«

»Aber selbst rauchst du das Zeug?«

»Manchmal. Nicht oft.« Nach einer Weile fuhr er fort: »Das mit dem Dealen war eine blöde Idee, gebe ich ja zu. Weißt du, in den ersten Tagen wollte ich einfach nur zurück nach Den Haag, zu Jan. Und dazu brauchte ich Geld.«

»Jan? Wer ist das? Ein Freund von dir?«

»Ja. Kann man so sagen.« Lenny verfrachtete die Beine ins Bett und lehnte sich mit geschlossenen Augen an das Kopfteil.

»Kann man so sagen? Was heißt das?«

»Du erzählst es bestimmt keinem weiter?«

Statt einer Antwort strich sie ihm übers Haar, und er zuckte nicht zurück.

»Jan und ich sind zusammen, seit ein paar Monaten. Er ist Referendar in meiner Schule in Den Haag. Deshalb darf keiner was davon wissen.«

»Du bist schwul?«

»Weiß nicht.« Lenny versuchte sich an einem Grinsen. »Ich hatte auch mal eine Freundin.«

»Weiß Mieke von Jan?«

»Garantiert nicht.«

»Hätte sie denn ein Problem damit? Sie macht nicht den Eindruck.«

Lenny antwortete mit einer Gegenfrage. »Hattest du schon mal Sex?«

Zoë verzog ihr Gesicht. Dann sagte sie widerstrebend: »Einmal. Letzten Sommer, bei einer Party am Strand. War nicht so der Hammer.«

»Hast du das deiner Mutter erzählt?«

»Spinnst du?«

»Eben. Außerdem werde ich erst im September 16. Ich glaube nicht, dass meine Mutter davon begeistert wäre, dass ich was mit meinem Lehrer habe.«

Lenny wusste genau, wie Mieke reagieren würde. Sie würde ihm die Beziehung nicht verbieten, aber die linke Augenbraue schief hochziehen. Er hasste es, dass er sie denken hören konnte. Das mit dem Dealen fände sie auch nicht lustig. Außerdem würde sie sich sofort wieder einbilden, dass sie schuld an allem sei. Dass sie ihn vernachlässigt hatte und ihn überforderte und er deshalb jemanden zum Anlehnen suchte. Womit sie im Grunde sogar recht hatte.

»Ich hol mal das Fotoalbum.« Zoë zog die Schublade der Herrenkommode auf und entdeckte mehrere Alben. »Sind die geordnet?«, rief sie Lenny zu.

»Nimm das oberste.«

Sie brachte den dunkelroten Lederband zum Bett und setzte sich auf die Kante. Auf der Vorderseite stand »Blankenese, 1944–1949«.

»Weiter hinten kommen die Kinderheim-Fotos.«

»Hast du das gesehen?« Zoë wies auf das Foto eines kleinen Jungen mit kurzen Hosen und einem hellen Hemd.

Lenny versuchte, den in Sütterlin geschriebenen Namen zu entziffern.

»Grischka!«, rief seine Freundin ungeduldig. »Grischka! Das bist du! Und hier, das bin ich, Reuma!« Sie tippte mit dem Finger auf das Bild eines zierlichen Mädchens mit dunkler Lockenfrisur und weißer Bluse, das an einer Mauer lehnte.

»Das ist alles ganz schön seltsam, findest du nicht auch?«, meinte Lenny. »Als ob sich die Vergangenheit mit dem vermischt, was heute passiert.«

»Das geht mir die ganze Zeit schon so.« Zoë blätterte weiter und bückte sich gleich darauf, um ein Foto aufzuheben, das herausgefallen war. Sie wollte es zurückstecken, aber hielt plötzlich inne. Auf dem Bild standen drei Menschen lächelnd neben einer Limousine auf dem Blankeneser Marktplatz, und zwei davon kannte sie.

Lenny reckte seinen Kopf, um besser sehen zu können. »Diese komische Schrift kann ich echt nicht lesen. Obwohl, das könnte Hedda sein, die sieht genauso aus wie auf dem Bild da.« Lenny zeigte auf das Foto über dem Ohrensessel und tippte dann auf das Mädchen im Album, dessen lange helle Haare zu einem Kranz geflochten waren. Es lehnte an der geschlossenen Tür des Autos, hinter dem die Spitze der evangelischen Kirche aufragte, hatte einen Mantel an, lange schwarze Skihosen und derbe Schuhe. Einen Fuß hatte Hedda auf ein Schneehäufchen am Straßenrand gestellt. »April 1944« stand auf der Rückseite.

»Stimmt«, bestätigte Zoë. »Und der da«, sie zeigte auf den ernst aussehenden Mann, der einen dunklen Troyer und eine Fischermütze trug, »das ist mein Urgroßvater.«

»Echt? Hedda und dein Urgroßvater haben sich gekannt?«

»Klar. Die beiden waren Nachbarskinder in den Fischer-häusern. Mein Urgroßvater Bruno ist noch hier unten auf-gewachsen. Nach dem Krieg hat meine Familie auf dem Falkenstein die Villa gebaut.«

»Villa!« Lenny stieß einen leisen Pfiff aus. »Deine Fami-lie hat also Kohle?«

Zoë zuckte mit den Achseln. »Und einen ellenlangen Stammbaum. Ganz oben sitzen Affen mit besonders sei-digen Schwänzen.«

Wenn Zoë sarkastisch wurde, erinnerte sie Lenny an Mieke.

»Die Breckwoldts kommen aus Altona. Sie sind erst nach dem Krieg hier an den Strand gezogen, hat meine Mutter erzählt«, sagte er schließlich. »Mein Urgroßvater ist übri-gens Portugiese, wusstest du das?«

»Nein.« Zoë fuhr ihm mit der Hand spielerisch durch die Haare. »Deswegen hast du so was Dunkles, Geheim-nisvolles.«

»Lass das.« Lenny schlug ihre Hand weg, grinste aber dabei. »Und wer ist der dritte Typ? Kennst du den auch?«

»Nie gesehen.«

Lenny nahm Zoë das Bild aus der Hand. Der Fremde hatte kurz geschorenes blondes Haar und hielt eine schwarze Mütze in der Hand. Den anderen Arm hatte er in einer freundschaftlichen Geste um Bruno Andresens Schultern gelegt. Sein Uniformmantel reichte ihm bis an die in Stiefel steckenden Knöchel. »Sag mal ... ist das ein Vogel? Am linken Arm?« Er hielt Zoë das Foto hin.

Sie kniff die Augen zusammen. »Ein Adler. Der Reichs-adler.«

»Und schau dir die Mütze an.«

Auf der grauen Mütze des Mannes prangte über der Kor-del und unter einem weiteren Adler ein silberner Totenkopf. »Große Güte«, sagte Zoë langsam, »der Typ war SS. Waffen-SS, glaube ich.«

Lenny sprach ihre Gedanken aus. »Unsere Hedda war also mit SS-Leuten befreundet ...«

Er schien ein bisschen schockiert. Klar, dachte Zoë, er lag ja gerade in Heddas Bett. Als sie versuchte, den Namen des Mannes zu entziffern, fing es in ihrem Bauch an zu kribbeln. »Lenny, soll ich dir mal was sagen? Der Kerl heißt Wolf von Lorenz!«

»Lorenz?«, wiederholte Lenny. Er dachte nach. »Den Namen kenn ich von irgendwoher ...«

»Natürlich kennst du den!« Zoë sprang so ungestüm auf, dass das Album vom Bett rutschte. »Die Wolf-von-Lorenz-Treppe! Die gehst du jeden Morgen zur Schule hoch!«

»Willst du damit sagen ...?«

»Dass hier in Blankenese eine Straße nach einem SS-Mann benannt ist? Ganz genau, das will ich damit sagen. Das geht doch nicht! Da müssen wir was machen!« Sie ließ sich wieder auf die Bettkante sinken.

Lenny tat es fast leid, sie in ihrem Eifer bremsen zu müssen. »Klar, wenn der wirklich ein Nazischwein war. Aber genau das müssen wir erst mal beweisen können, ein Foto reicht da nicht. Ich meine, wer weiß, vielleicht war er ja im Widerstand. So wie dieser Stauffenberg!« Er erinnerte sich, den Namen des Generals auf einem Straßenschild gelesen zu haben, irgendwo an der Elbchaussee.

»Könnte sein. Aber weißt du, was außerdem komisch ist?« Zoë wartete seine Antwort gar nicht erst ab, sondern redete gleich weiter. »Wenn Hedda mit Nazis befreundet oder selbst in der Partei war – wo kommen dann die Fotos vom jüdischen Kinderheim her? Die Blankeneser haben das Heim damals, wenn sie überhaupt davon wussten, total ignoriert! Warum sollte Hedda dort hingegangen sein und Fotos gemacht haben?«

»Das wüsste ich auch gerne. Schade«, sagte Lenny bedauernd, »dass inzwischen alle tot sind. Sag mal, kanntest du deinen Urgroßvater eigentlich noch?«

Zoë sah ihn erstaunt an. Dann lächelte sie. »Tu ich immer noch. Mein Urgroßvater lebt im Pflegeheim am Strand von Wittenbergen.«

»Echt?«

»Ja, nur leider bringt uns das nichts.«

»Wieso?«

»Weil er Alzheimer hat. Meine Mutter kümmert sich um ihn, aber ich glaube, er erkennt sie nicht mehr. Mich sowieso nicht. Deshalb war ich auch schon ewig nicht mehr da.«

Lenny lehnte sich enttäuscht zurück.

Zoë tätschelte ihm die Hand. »Ich finde auch so heraus, wer dieser Lorenz war. Hör zu, ich fahre jetzt nach Hause, ich glaube, meine Mutter quatscht noch mit deiner in der Küche. Ich recherchiere ein bisschen im Internet und komme später wieder vorbei. Gibst du mir den Schlüssel fürs Atelier?«

»In meiner Jacke. Warum?«

Sie fischte den Schlüssel aus der Innentasche. »Dein kleiner Vorrat da unten soll schließlich nicht schlecht werden. Ich bring heute Abend was mit.« Sie winkte ihm zu und verließ das Zimmer, sehr zufrieden mit sich. Anders als Lenny liebte sie Knalleffekte.

FREITAG, 30. JUNI 1939

Endlich nahm jemand ab.

»Heil Hitler«, haspelte Lotte in den Hörer. »Könnte ich den Zimmermann sprechen? Es geht um die neuen Stühle.«

Stimmengewirr. Lotte Möllers Herz pochte so heftig, dass es fast schmerzte. Sie trat frierend in der Telefonzelle am Strandweg von einem Bein aufs andere, während der Regen gegen den Glaskäfig prasselte. Ihr dünnes Sommerkleid hing wie ein Lappen an ihr herunter.

Sie hörte Schritte, dann die vertraute Stimme.

»Was ist los?«

Ihr Bruder klang besorgt, dass konnte sie trotz der schlechten Verbindung und des Lärms in der Wirtschaft hören.

»Sie müssen die Stühle abholen kommen. Ich kann sie nicht allein transportieren.«

Pause.

»Alles klar. Um neun sind wir da.« Theo legte auf.

Lotte stand noch einen Moment unschlüssig da. Ihre Hände umkrampften den Hörer, bevor sie ihn schließlich einhängte. Sie musste sich mit Kraft gegen die rote Tür der Zelle stemmen, um sie öffnen. Sofort zerrten Wind und Regen an ihrem Kopftuch und schlugen ihr das Kleid um die klammen Knie. Lotte rannte los. Alles wird gut, beruhigte sie sich, während sie auf das Fischerhaus zulief, alles wird gut, ganz bestimmt.

Sie drehte von innen den Schlüssel um, zweimal, rannte die Treppe hoch ins Schlafzimmer, warf die nassen Sachen auf den Boden und rubbelte erst ihren Körper, dann die Haare trocken. Die Sachen für die Fahrt morgen hatte sie schon herausgelegt. Für sich das Kleid mit dem Blumenmuster, braune Halbschuhe und den hellgrauen Sommermantel, für Simon die braune Cordhose, einen dunkelgrünen Pulli und das karierte Hemd.

Lotte warf sich einen Bademantel über und öffnete die Tür zu Simons Zimmer. Es war kühl, dunkel und still. Ihr Sohn hatte die Decke bis zum Kinn hochgezogen und schlief tief, endlich. Sie schloss die Tür und ging runter in die Küche. Ein heißer Tee täte ihr gut. Das fehlte noch, dass sie auch noch krank werden würde.

Seit dem Morgen hatte sich Simon bestimmt schon sechsmal übergeben. 24 Stunden dauerten seine Migräneattacken in der Regel. Zwölf Stunden zu viel. Zu dritt würden sie es aber zum Hafen schaffen. Sie würden den Jungen in die Mitte nehmen, ihn ins Auto schaffen und auf die Rückbank legen. Vor der im Fußraum bereits Levi kauern würde, still, wie sie inständig hoffte, und unsichtbar, unter Decken versteckt.

Gleich sieben. Wenn es so weiterregnete, würden die Nachbarn vielleicht gar nichts mitbekommen. Kröger war sowieso keine Gefahr, der würde noch seinen Rausch ausschlafen. Das Problem war Karl Andresen, der hatte seine Augen und Ohren überall. Manchmal zweifelte sie daran, dass er ihr die Geschichte mit der Scheidung abgekauft hatte. Levi und er waren Freunde gewesen, bis der Nachbar in die Partei eingetreten war. Allerdings hatte Karl die Rosenbergs, auch bevor Levi abgetaucht war, in Ruhe gelassen, das musste Lotte ihm zugestehen, selbst als er Ortsgruppenleiter geworden war. Geschäftsinteressen waren dem Bauunternehmer wichtiger als Ideologien. Beziehungen hielten seinen Laden am Laufen, nicht Gefolgschaft.

Beim Treppenkrämer hatte Lotte gehört, dass die Andresens ein Grundstück auf dem Falkenstein gekauft hatten. Es war beschlagnahmt worden, als die Weinsteins plötzlich verschwunden waren, und dann hatte Karl es sich unter den Nagel gerissen. Sie hatte Marga gefragt, ob sie dort bauen wollten, als ihre Nachbarin draußen die Wäsche aufhängte, und die blonde Frau hatte stolz genickt. Lotte hatte Neid geheuchelt sowie Bedauern über den nahen Abschied, aber Marga war längst keine Freundin mehr. Schade nur um den Jungen. Simon und Bruno – die beiden waren einmal wie Brüder gewesen.

Lotte trank gerade den letzten Schluck Tee, als es klopfte. Sie schlich zum Fenster und schob den Vorhang etwas beiseite. Als sie das Mädchen mit dem Pagenkopf entdeckte, in kariertem Sommerrock und roter Bluse, atmete sie auf.

»Hallo, Hedda«, grüßte sie und trat einen Schritt hinaus. Jetzt nieselte es nur noch. Sie hoffte, dass der Regen wieder heftiger werden würde. »Bisschen spät, oder?«

»Tag, Frau Möller. Ich wollte Simon noch Tschüs sagen, bevor ihr zu den Großeltern fahrt.«

»Du kannst nicht reinkommen, Hedda. Simon ist krank.«

»Was hat er denn? Wieder Migräne?«

»Ja«, antwortete Lotte. »Aber nicht so schlimm. Er muss sich nur ein wenig ausruhen.«

»Schade. Ich wollte mich unbedingt von ihm verabschieden.«

»Wir bleiben nur ein paar Tage«, erwiderte Lotte. »Meiner Mutter geht es bestimmt bald besser.«

Sofort wirkte Hedda fröhlicher. »Ach so, ich dachte, ihr wärt länger weg. Aber dann ist ja gut. Bis bald!« Sie winkte Lotte zu und verschwand im Nachbarhaus.

Lotte sah ihr nach und schloss die Tür. »Alles wird gut«, murmelte sie und lehnte für einen Moment ihre schweißkalte Stirn an den Holzrahmen. »Alles wird gut.«

SONNABEND, 25. JUNI 2022

Mieke goss Kaffee in zwei Tassen, stellte sie auf den Tisch und setzte sich Pauline gegenüber an den Küchentisch.

»Du bist also wirklich Ärztin geworden«, sagte sie. »War ja klar.«

Pauline nahm die Tasse, hielt sie jedoch in der Hand, ohne zu trinken. Stattdessen sah sie aus dem Fenster.

Mieke redete weiter, das Erstbeste, was ihr einfiel. »Und Marc …«, sie hoffte, dass Pauline die winzige Pause nicht bemerkt hatte, »… und Marc Unternehmer.«

»… und Marc Hausmeister«, korrigierte Pauline. »War ja klar.«

Mieke entspannte sich. Pauline wurde selten ironisch, aber wenn, war das ein gutes Zeichen.

»Ich wüsste gar nicht, wie ich ohne deinen Bruder klarkommen sollte. Das Haus mit dem ganzen Gerümpel wäre mir ohne seine Hilfe längst über den Kopf gewachsen. Und das meine ich wörtlich.« Sie machte eine Handbewegung in Richtung des oberen Stockwerks.

»Ich wünschte, Marc wäre ein bisschen sesshafter«, antwortete Pauline. Jetzt trank sie einen Schluck Kaffee und stellte die Tasse auf den Tisch. »Aber er ist und bleibt ein Nomade. Macht mal dies, mal jenes. Das Zebra ändert seine Streifen eben nicht.«

»Du auch nicht?«

Pauline sah sie amüsiert an. »Ich schon gar nicht. Sag mal, hast du eine Zigarette?«

Mieke schüttelte überrascht den Kopf. »Du rauchst?«

»Nur heimlich.« Ihre Freundin durchforstete ihre über den Stuhl gehängte Jacke und zog schließlich ein Päckchen Marlboro lights heraus.

Mieke nahm wortlos die Streichholzschachtel von der Ablage neben dem Gasherd und gab ihr Feuer.

»Danke.«

Pauline nahm einen Zug. Ziemlich tief, fand Mieke, bis nach ganz unten in die Lunge. Sie stand auf und holte einen Aschenbecher aus dem Buffetschrank.

»Du hast mich angelogen, oder?«, fragte Pauline unvermittelt und blies den Rauch zur Seite, sodass er Miekes Gesicht nicht streifte.

»Du meinst wegen Marc? Damals?« Mieke hatte also richtig vermutet. Marc hatte ihre Mini-Affäre ausgeplaudert.

»Was denn sonst!« Paulines gerade noch makelloser Porzellanteint wirkte plötzlich fleckig. »Erst hast du hinter meinem Rücken was mit ihm angefangen. Dann hast du ihn fallen lassen, einfach so. Marc war total fertig, der reinste Werther. Und wer durfte sich das Gejammer anhören? Ich.« Wütend drückte sie ihre Zigarette aus.

»Mein Gott, Pauline, ich war sturzbetrunken! Das war nichts Ernstes. Eine einzige Nacht.«

»So? Hat er wohl anders gesehen.«

Immer noch die Löwenmutter. Der Clan hält zusammen. Verscherzt man es sich mit einem Andresen, hat man die ganze Sippe gegen sich. »Es tut mir wirklich leid, wenn ich ihm damals wehgetan habe. Ich dachte, dass es ihm nicht viel ausgemacht hat.«

Pauline lachte auf, doch es klang keineswegs vergnügt.

»Gerade du als Schauspielerin solltest darauf nicht hereinfallen. Oder glaubst du, du bist die Einzige mit Talent?«

Mieke war zu verblüfft, um antworten zu können.

»Menschenkenntnis war nie deine Stärke, oder?«, setzte Pauline ihre Attacke fort. »Ohne mich wärst du doch in der Schule aufgeschmissen gewesen. Ich musste dir andauernd sagen, was du tun solltest, damit die anderen dich in Ruhe ließen.« Sie verstummte und ergriff ihre Tasse, um sie gleich darauf wieder abzusetzen.

»Ich mach dir einen neuen Kaffee«, sagte Mieke. Sie schnappte sich die Tasse und ging zur Spüle, um sie auszuwaschen.

»Warum hast du nie geschrieben?« Alles Anklagende war aus Paulines Stimme verschwunden.

Mieke fuhr herum. »Was?«

»Warum hast du nie geschrieben?«, wiederholte ihre Freundin.

»Aber das habe ich doch! Andauernd!«, rief Mieke. »Mindestens 20 Briefe! Und du hast nie geantwortet, kein einziges verdammtes Mal!« Sie war so wütend, dass sie sich am liebsten auf Pauline gestürzt hätte. Ihre Hände umkrampften die tropfende Tasse.

»Ich habe nie einen Brief bekommen. Keinen einzigen.«

Mieke ging zurück zum Tisch und nahm Paulines Hand. »Ich schwöre dir, ich habe geschrieben! Du musst mir das glauben!«

Paulines Stimme klang bitter. »Natürlich glaube ich dir.« Trotzdem zuckten ihre Finger in Miekes Hand wie ein gefangener Vogel.

»Was könnte mit den Briefen passiert sein?«

»Kannst du dir doch denken.« Pauline zog ihre Hand weg. »Meine Mutter. Sie hat sie verschwinden lassen.«

»Warum? Sie mochte mich doch, oder?«

»Sagen wir mal, sie hatte nichts gegen dich. Dachte ich jedenfalls, aber ich habe mich wohl geirrt. Sie war sowieso kein Fan von großen Gefühlen. Meinen Vater hat sie allerdings geliebt. Eine schlechte Wahl, wenn du mich fragst.«

Mieke ignorierte den letzten Satz. »Und jetzt? Willst du sie fragen, warum sie das getan hat?«

»Sie ist schon vor Jahren gestorben. Ein Lungenemphysem.«

»Das tut mir leid.«

»Muss es nicht. Wir waren uns fremd geworden. Schon lange.«

»Lebt dein Vater noch?«

»Wie Gott in Frankreich.« Pauline zündete sich eine neue Zigarette an, stand auf und öffnete das Fenster. »Er ist mit seiner zweiten Frau in die Camargue gezogen. Eine Yogalehrerin. Die beiden probieren das einfache Leben aus, Holzhacken und Wasserholen, du weißt schon.«

Mieke kannte Paul Andresen nur in Anzügen mit scharfen Bügelfalten. Ihre Fantasie reichte nicht aus, um ihn sich in Yogapants vorzustellen.

»Er ist übrigens noch mal Vater geworden, mit 70. Ich habe eine Schwester, die dieses Jahr in die Schule kommt. Annabelle Andresen. Wir wurden einander noch nicht vorgestellt.«

So viel zum implodierten Leben der Familie, die Mieke immer so wohlgeordnet vorgekommen war. Und ihrer von Pauline zu Recht kritisierten Menschenkenntnis. »Du bist dir sicher, dass dein Vater nichts mit den verschwundenen Briefen zu tun hat?«

»Ganz sicher. Er hat sich nur für seine Karriere interessiert. Aber mir fällt gerade etwas anderes ein ...« Pauline zögerte, sprach dann jedoch weiter. »Als ihr damals auf Klassenfahrt in England wart, bin ich hiergeblieben. Weil ich krank war, erinnerst du dich?«

»Klar.«

»Dein Vater hat uns damals besucht, auf dem Falkenstein. Nicht lange, bevor er …«, sie suchte nach dem richtigen Wort, »weggegangen ist.«

»Uns verlassen hat, meinst du.«

»Oder so. Jedenfalls hatte er eine Auseinandersetzung mit meinen Eltern, ich habe durchs Fenster gehört, wie sie gestritten haben, also richtig herumgeschrien. Frag mich nicht, worüber, so genau konnte ich sie nicht verstehen. Sie klangen unglaublich wütend. Alle. Irgendetwas musste passiert sein. Vielleicht wollte Mutter deshalb, dass ich keinen Kontakt mehr zu euch habe, und hat deine Briefe verschwinden lassen.«

Mieke wusste nicht, was sie sagen sollte. Warum hatte ihre eigene Mutter diesen Streit nie erwähnt? Weil Tessa nichts darüber wusste? Vielleicht war der Zoff mit den Andresens eine weitere der vielen Heimlichkeiten von Mathias Breckwoldt gewesen.

Pauline schloss das Fenster und setzte sich zurück an den Tisch. »Es tut mir so leid, Mieke. Dass ich meiner Mutter geglaubt habe. Weil du Heddas Briefe auch nie beantwortet hast, habe ich gar nicht erst versucht, dir zu schreiben. Ich dachte, du wolltest mich vergessen. Alles hier vergessen.«

»Hedda hat mir keinen einzigen Brief geschrieben. Nur Weihnachtskarten.«

»Komisch, sie hat das aber Mutter gegenüber erwähnt. Ich wüsste unglaublich gerne, was damals wirklich passiert ist. Warum dein Vater gegangen ist, Mieke. Warum meine

Eltern so unglücklich waren. Warum Hedda meiner Mutter Märchen erzählt hat.«

»Du weißt, dass sie Tagebuch geschrieben hat, oder?«, fragte Mieke. »Jedenfalls früher, ich habe sie dabei beobachtet, von meinem Zimmer aus. Jeden Abend.«

»Im Ernst?« Pauline, die dabei war, im Sitzen ihre Jacke anzuziehen, hielt interessiert inne. »Was steht denn drin?«

»Ich habe die Tagebücher noch nicht gefunden. Aber sie müssen hier im Haus sein, darauf wette ich.«

»Ach so.« Enttäuscht lehnte Pauline sich zurück.

»Ich suche schon die ganze Zeit danach.« Sollte Mieke die milde Gabe der Requisiteurin erwähnen? Besser nicht. Pauline würde garantiert ihrem Bruder davon erzählen.

»Marc könnte dir vielleicht beim Suchen helfen«, sagte Pauline in ihre Gedanken hinein. »Immerhin habe ich ihn auch schon überredet ...« Sie hielt abrupt inne.

»... mich beim Renovieren zu unterstützen?«, vollendete Mieke ihren Satz. Sie wusste nicht, ob sie sich freuen oder ärgerlich werden sollte. »Hätte ich mir denken können, dass du dahintersteckst. Besonders wegen des miesen Stundenlohns, den ich ihm zahle. Oder schießt du etwas dazu?«

»Wofür hältst du mich, für Mutter Teresa?« Pauline schüttelte heftig den Kopf. »Marc hat im Moment eine Durststrecke, er ist froh über jeden Job, den er ergattert, wirklich.« Sie stand auf. »Dein Lenny ist übrigens ganz schön hart im Nehmen. Es tut extrem weh, wenn die Kniescheibe rausspringt. Leidet er eigentlich sehr unter seiner Migräne? Und dem Asthma?«

Bevor Mieke antworten konnte, klopfte es an der Tür.

Zoë steckte ihren Kopf herein und sah ihre Mutter an. »Ich würde jetzt gerne nach Hause fahren«, sagte sie. Und an Mieke gewandt: »Heute Abend komme ich noch mal wieder, wenn ich darf, ich möchte Lenny ein paar Sachen für die Schule bringen, dann kann er übers Wochenende lernen.«

»Das ist nett von dir, danke.«

Mieke erhob sich ebenfalls, ging auf Pauline zu und umarmte sie. Sie spürte keinen Gegendruck, aber auch keine Abwehr.

»Na, ihr seid ja schnell Freundinnen geworden«, platzte Zoë heraus.

Zu ihrer Verwunderung brachen ihre Mutter und Mieke in Gelächter aus.

FREITAG, 8. JULI

Mieke und Lenny. Lenny und Mieke. Seit zwei Wochen musste David andauernd an die beiden denken. An Lenny, weil er keine Ahnung hatte, ob und wie er dessen Mutter von seinem Verdacht erzählen sollte, dass der Junge dealte. Und an Mieke, weil sie eben Mieke war.

David schloss sein Rad am Ständer vor dem Portal des Gymnasiums an. Die letzte Zeugniskonferenz vor den Sommerferien würde nicht allzu lange dauern, hoffte er. Vielleicht könnte er Mieke danach auf einen Kaffee einladen. Bislang hatte er privaten Kontakt zu den Eltern seiner Schüler vermieden, nach der Erfahrung an seinem Berliner Gymnasium besonders den zu den Müttern. Helena hatte sich immer über deren Avancen lustig gemacht. Oder aufgeregt, je nachdem, wie tief die Ausschnitte und die Blicke waren.

Sie hatten geheiratet, als er schon Lehrer und sie noch an der Uni war. Die Probleme fingen an, als sie den Job in der Event-Agentur bekam und nächtelang unterwegs war, während er um sechs aufstehen musste. David konnte sich noch genau an den Moment vor zwei Jahren erinnern, als ihm klar wurde, dass sie sich nichts mehr zu sagen hatten. An einem ungewöhnlich sonnigen Morgen hatten Helena und er einander gegenüber in einem Bistro am Paul-Lincke-Ufer gesessen, vor ihnen die Teller mit der üblichen wilden Brunch-Mischung von Croissants, Hummus und gefüllten Paprika. Sie scrollte durch die WhatsApp-Nachrichten auf ihrem Smartphone, und er sah zu, wie das Wasser des Landwehrkanals glitzerte. Plötzlich fragte er, ob es vorbei sei, einfach so. Sie legte ihr Handy sacht auf den Tisch und betrachtete ihn mit jener hauchzarten Geringschätzigkeit, mit der sie auch die Mütter mit den tief ausgeschnittenen Blusen zu mustern pflegte. »Schon lange, David«, antwortete sie.

Helena hatte die große Altbauwohnung in Kreuzberg behalten und ihm die Hälfte des Marktwerts gezahlt. Er hatte Bewerbungen geschrieben, auch für Gymnasien im Süden. David kannte Sibirien und Berlin. Nach der Trennung hatte sich Sehnsucht nach Sonne und heiteren Farben in ihm geregt.

Die Tür zur Aula stand einen Spalt offen, und er konnte der Versuchung, hineinzuspähen, nicht widerstehen. Mieke hockte, von Schülern umgeben, im Schneidersitz auf der

Bühne, Lenny saß im Zuschauerraum, ein Skript auf den Knien, und lernte Text. Er sah seiner Mutter unglaublich ähnlich, dachte David und schloss die Tür. Haselnussbraunes Haar, die gleichen grünen Wildkatzenaugen. Aber während David niemals daran zweifelte, dass Mieke stets sagte, was sie meinte, auch wenn es unbequem war, wurde er aus dem Jungen nicht schlau. Ihn umgab etwas ... David suchte nach dem richtigen Wort. Etwas Unausgesprochenes. Womit er wieder bei der Frage landete, ob er ihn verpetzen sollte. Hätte er Lenny in der Schule mit seinem Vorrat erwischt, wäre die Sache klar gewesen, als Lehrer war er dazu verpflichtet. Aber dass er das Zeugs bei ihm zu Hause im Mülleimer gefunden hatte, gab ihm eine Entscheidungsfreiheit, auf die er gerne verzichtet hätte.

Zumal David nichts gegen LSD hatte. Im Gegenteil, er nahm es ja selbst, wenn auch nur in Mikrodosen. Nach der Scheidung hatte er damit angefangen, und jetzt schlief er wieder wie ein Welpe. Den Stoff bestellte er online, bei einem niederländischen Labor, dessen Shop in Amsterdam, den hellblauen Tütchen im Müll nach zu urteilen, auch Lenny bestens bekannt war. Es half nichts, er würde noch heute mit Mieke über ihren Sohn reden.

Nach der Notenkonferenz wartete David am Portal, bis die Probe vorbei war.

»Hey, Mieke!«

Sie drehte sich um. »David, sorry, ich habe es eilig. Gibt es etwas Wichtiges?«

»Ich würde dich gerne sprechen.«

Mieke überlegte. »Hast du Lust, mit zum Treppenkrämer zu kommen, einen Kaffee trinken? Du kennst doch Shanti, oder?«

David liebte es, wenn ihm Dinge in den Schoß fielen.

»Klar. Ich meine, beides. Ich habe Lust mitzukommen und ich kenne Shanti.«

Mieke lachte. »Dein Rad kannst du in der Tiefgarage vom Hotel Süllberg abstellen. Hast du es nach unserem Zusammenstoß eigentlich allein repariert?«

»Ja, das war kein Problem«, log er und wickelte die schwere Eisenkette um den Lenker, bevor sie die Oesterleystraße entlanggingen. Die Reparatur eines Rennrades, wusste er nun, war kaum billiger als das Rennrad selbst.

»Du und Shanti, ihr seid also befreundet?«, fragte er, um das Thema zu wechseln.

Mieke nickte. »Sie hat mich mit Gustav bekannt gemacht, den treffe ich jetzt dort. Kennst du ihn?«

Wer um Himmels willen war Gustav? Hoffentlich kein neuer Freund. Konnte es sein, dass Mieke nicht im Mindesten ahnte, dass er sie mochte, wirklich sehr mochte? Oder spielte sie mit ihm? Wobei sie nicht der Typ für Spielchen war, das passte eher zu Helena.

»Gustav ...«, wiederholte er.

Mieke warf ihm einen amüsierten Blick zu. »Gustav ist Lotse. Er war auf allen Weltmeeren unterwegs. Und ist 92.«

Also keine Konkurrenz. »Und du willst diesen Seebären treffen, weil ...?«

»... ich eines von Heddas alten Tagebüchern gefunden habe. Das ist auf Platt geschrieben und in Sütterlin. Ich möchte ihn bitten, es zu übersetzen.«

Dass Hedda Kröger ihr Strandhaus an eine ehemalige Schülerin vererbt hatte, hatte David schon gewusst, bevor Mieke in Blankenese angekommen war – wenngleich er eine Weile gebraucht hatte, um zu begreifen, dass die neue Besitzerin identisch mit Lennys Mutter war. »Stimmt, du schreibst ihre Lebensgeschichte auf, für die Historische Gesellschaft, richtig? Da sind Tagebücher natürlich Gold wert.«

»Ich habe erst eines gefunden. Die anderen liegen hoffentlich auf dem Speicher herum. Und der ist vollgemüllt bis unters Dach. Am Montag kommt der Gutachter wegen des Renovierungskredits, bis dahin müssen Marc und ich mit dem Aufräumen fertig sein.«

Marc? Wer war das jetzt schon wieder? Den Namen hatte er doch schon mal gehört …

Mieke schien seine Gedanken mühelos lesen zu können. »Paulines Bruder«, erklärte sie. »Er hat eine Hausmeisterfirma.«

Sie hatten die Tiefgarage auf dem Süllberg erreicht, ab hier ging es steil bergab zum Strand. Shanti, die auf der Terrasse des Krämers saß und ein Astra vor sich auf dem Tisch stehen hatte, stand auf, als sie die beiden sah, und deutete durchs Fenster auf den Stammtisch. Dort saß ein alter Herr mit weißen Haaren und ebenso weißem Backenbart. Er trug einen dunkelblauen Troyer und hatte eine unangezündete Pfeife vor sich liegen.

»Darf ich jetzt?«, knurrte er und deutete auf das Päckchen mit Tabak daneben.

Shanti nickte ihm zu. »Ist ja keiner mehr da, der meckern kann. Gustav, David ist Lehrer am Gymnasium. Und Mieke hat das Haus von Hedda geerbt.« Sie verschwand hinterm Tresen und kam mit ein paar Bierflaschen und Gläsern zurück.

»Dann schieß mal los, min Deern«, meinte Gustav und fixierte Mieke mit leicht geröteten, wasserblauen Augen.

Mieke zog das Tagebuch aus der Innentasche ihrer Lederjacke und legte es auf den Tisch. »Sie kannten Hedda, nicht wahr?«, fragte sie. »Shanti meinte, Sie beide hätten bei diesem Übersetzungszirkel der Kirche mitgemacht.«

Der alte Lotse nickte. »Der Sütterlinstube. Obwohl wir auch Kurrentschrift übertragen. Aber Sütterlin ist einfacher. Alte Briefe, Dokumente, alles Mögliche. Darf ich?« Er schlug die erste Seite mit der blassblauen Tintenschrift auf. »1939«, sagte er nachdenklich. »Kurz vor Kriegsausbruch …«

»Waren Sie bei der Marine?«

»Auf einem Zerstörer«, antwortete Gustav knapp. »Trondheim. Hoplafjord. Ich war kaum an der Seefahrtschule in Flensburg, da ging es schon los. Mein Patent habe ich erst nach dem Krieg gemacht.«

»Bis wann hat man eigentlich in Sütterlin geschrieben in Deutschland?«, fragte David.

»Bis 1941. Klingt heute komisch, aber die lateinische Schrift hat der Adolf durchgesetzt. Sütterlin konnte ja keiner im Ausland lesen. War schlecht für die Weltherrschaft.« Der alte Herr stand auf und zwängte sich erstaunlich behände hinter dem Tisch hervor. »Ich brauche jetzt meinen Schönheitsschlaf«, sagte er und zwinkerte Mieke zu. »Anders als du, Mädchen. Ich gebe Shanti das Heft, wenn ich fertig bin. Ich schätze, ich brauche zwei, drei Wochen.«

Gustav setzte sich den Elblotsen auf, der neben ihm auf der Bank lag, und Shanti brachte ihn zur Tür.

David nutzte den günstigen Moment. »Mieke«, flüsterte er, »es gibt etwas, das ich dir sagen muss. Du weißt schon, wegen Lenny.«

»Also schön, reden wir.«

»Wann? Jetzt?« Er ließ nicht locker.

»Hast du Sonntagabend Zeit? Lenny ist dann bei Zoë. Gegen acht. Ich koche.«

Shanti kam zurück und setzte sich wieder zu ihnen. »Guter Typ, der Gustav. War bestimmt nicht leicht für ihn, als Hedda gestorben ist.«

»War sie oft hier?«, fragte Mieke. »Mit ihren Freundinnen?«

»Wieso Freundinnen?« Shanti setzte erstaunt die Bierflasche ab, aus der sie gerade trinken wollte.

»Das hast du mir doch erzählt, weißt du noch? Vor ein paar Wochen, am Strand«, erinnerte Mieke sie. »Wir sind zusammen zum Krämer gegangen. Und du sagtest, du hättest Hedda manchmal zu Hause abgeholt, zu irgendwelchen Treffen.«

»Ach so, du meinst die Bürgerinitiative. Hat Heddas Anwältin dir nichts davon gesagt?«

»Ich habe keine Ahnung, wovon du redest.«

»Ehrlich nicht?« Shanti schüttelte ungläubig den Kopf. »Na ja, bis jetzt sind es nur Gerüchte. Ein Investor soll ein Auge auf die drei Häuser geworfen haben, besser gesagt, auf die Grundstücke. Man darf ja schon ewig nicht mehr direkt am Ufer bauen. Wenn der Townhouses dort hinsetzt, was glaubst du, was der für einen Reibach macht?«

»Aber die Fischerhäuser stehen doch unter Denkmalschutz«, wandte David ein. »Das weiß sogar ich!«

»Tja«, antwortete Shanti und stellte ihre Flasche mit einem so lauten Knall auf den Tisch, dass ihre beiden Gäste zusammenzuckten. »Das Ding ist nur, dass man den ausheben kann. Ich will nicht in die Details gehen, aber es gibt da baurechtliche Tricks. Im Dorf munkelt man schon seit Längerem von einem Immobilienhai, der das Risiko eingehen will. Also die Häuser zu kaufen und sie abzureißen, sobald er an eine Baugenehmigung kommt.«

»Hedda wollte das verhindern?«, fragte Mieke.

»Sie war sich sicher, dass deine Nachbarn ihr Haus schon an diese Geier verscherbelt haben. Im letzten Jahr sind immer mal wieder so Anzugtypen in der Strandtwiete aufgekreuzt. Seitdem lassen sich die beiden alten Leutchen kaum noch blicken, sie sind quasi auf Dauerkreuzfahrt. Wie gesagt, es ist nichts in trockenen Tüchern, aber besser, man ist gewappnet. Wie damals, erinnerst du dich?«

»Die Süllberg-Sache, meinst du?« Mieke bemerkte Davids fragenden Gesichtsausdruck. »Das ganze Dorf ist damals auf die Barrikaden gegangen. Ein Investor wollte auf dem Süllberg bauen, drei toskanische Wohntürme«, erklärte sie.

»Dafür hat er eine Baugenehmigung bekommen?«

»Genau. Aber eine Bürgerinitiative hat das Projekt verhindert. Ist schon segensreich, dass im Treppenviertel lauter Anwälte wohnen.«

»Da fällt mir ein«, sagte Shanti beiläufig, »was willst du eigentlich mit deinem Haus machen, wenn das Jahr vorbei ist, Mieke?«

David horchte auf. Das würde er auch gerne wissen.

Mieke hob unschlüssig die Schultern. »Wahrscheinlich auch verkaufen. Aber garantiert nicht an einen Investor. Darf ich gar nicht, das ist eine testamentarische Bedingung. Der Käufer muss das Haus so erhalten, wie es ist.«

»Trotzdem«, sagte David energisch, »vielleicht hatte Hedda recht mit ihren Befürchtungen. Ich finde die Idee mit der Bürgerinitiative gut. Damit erst gar keiner auf dumme Ideen kommt.« Noch, dachte er, fühlte sich Blankenese weder für Mieke noch für Lenny wie Heimat an. Aber in einem Jahr konnte viel passieren. Und die Bürgerinitiative war ein genialer Vorwand, um sie regelmäßig zu treffen, auch nach der Premiere.

»Ich bin sowieso schon dabei«, meinte Shanti.

»Na schön, warum nicht.« Mieke gab nach. »Wer macht sonst noch mit bislang?«

»Könnt ihr euch doch denken«, antwortete Shanti. Sie stellte die Flaschen und Gläser auf ein Tablett und stand auf. »Pauline Sörensen. Die Ärztin. Der Familie gehört schließlich das dritte Haus.«

HEDDAS TAGEBUCH.
FREITAG, 30. JUNI 1939

Warum weicht Simon mir nur aus? Er weiß doch genau, dass ich nichts mit Nazis am Hut ab. Klar, ich bin im BDM, aber wir machen da nur Sport und so, nichts Politisches. Gut jedenfalls, dass Simon kein richtiger Jude ist, sonst könnte ihm noch Schlimmeres passieren, als von der Schule zu fliegen. Man hört so einiges. Dass die Juden weggebracht würden. Mama hat gestern erzählt, im Treppenkrämer habe man getuschelt, dass der Warburg, der die Bank und die großen Häuser auf dem Kösterberg hatte, nicht mehr aus Amerika zurückkomme. Wenn er schlau ist, hat Vater gesagt. Nach dem, was mit Herrn Asch passiert ist. Der ist in die Elbe gegangen im Januar.

Simon ist jedenfalls getauft, also ein richtiger Christ. Bruno meint, er sei trotzdem jüdischer Mischling zweiten Grades. Aber das ist immer noch besser als Volljude. Ich glaube schon lange, dass seine Eltern sich nur deshalb getrennt haben, damit Simon sicher ist. Obwohl Simon behauptet hat, dass sie sich nicht mehr verstehen. Was albern ist, ich weiß schließlich, wie das ist, wenn Eltern sich streiten. Manchmal wünsche ich, dass wirklich Krieg kommt, dann müsste mein Vater an die Front, und wir hätten unsere Ruhe.

Ich will Simon nicht verlieren, auf keinen Fall! Vielleicht denkt er, dass ich Bruno lieber mag als ihn, weil er das mit dem Kuss mitgekriegt hat. Aber das stimmt nicht, schon lange nicht mehr. Ich muss Bruno unbedingt sagen, dass ich in Simon verliebt bin, nicht in ihn. Und Simon muss wissen, dass der Kuss mit Bruno, anders als der mit ihm, nicht ernst gemeint war. Sondern nur eine Dummheit. Eine kleine Dummheit.

SONNTAG, 10. JULI 2022

Mit einem Becher Kaffee in der Hand saß Mieke am Sonntagabend auf der Gartenbank. Marc hatte nicht nur die zerbrochene Stufe der Söllerstiege ersetzt, er hatte sogar den gesamten Trödel heruntergeschleppt und vor dem Container deponiert. So hatte sie ein ganzes Wochenende gehabt, um alles zu sortieren, bevor am Montag der Gutachter kam. Sie betrachtete den schweren Karton neben sich, den sie zur Bank geschleift hatte, in sicherer Entfernung vom Müllcontainer. Ihre einzige, aber kostbare Beute. Sie hatte gehofft, noch mehr Bilder ihres Vaters zu finden, doch Fehlanzeige.

Ihr Sohn war schon gestern Mittag zu Zoë gefahren. Die beiden wollten Hausaufgaben machen, Text lernen und direkt von der Villa aus am Montag zur Schule radeln. Das Mädchen, dachte Mieke, war unverkennbar Paulines Tochter, komisch, dass sie das nicht sofort bemerkt hatte. Nicht nur wegen der blonden Haare und meerblauen Augen. Was die beiden so ähnlich machte, war ihre Ausstrahlung. Diese Gewissheit, zur richtigen Zeit am richtigen Ort zu sein.

Mieke stellte den Becher ab und hob den Deckel des Kartons an. Die Plackerei hatte sich gelohnt. Sie hatte Aktenordner gefunden, die mit Zeitungsausschnitten, Briefen und behördlichen Mitteilungen den Kampf der Bürgerinitiative um den Süllberg dokumentierten, eine Kiste voller historischer Blankenese-Aufnahmen, die Hedda in Antiquariaten aufgetrieben haben musste, und jede Menge private Bilder. Hedda hatte Blumen fotografiert und den Fluss, Vögel, Steine. Und Menschen. Ihre Nachbarn zum Beispiel, die Breckwoldts.

»Er gehört mir, mein Schatz«, krächzte sie mit der Stimme von Gollum und legte den Deckel zurück, »mein Schatz, er gehört mir ...«

»Nein, nein, er gehört nicht dir ...«, antwortete eine belustigte Männerstimme.

Mieke hatte David nicht kommen hören. Sie grinste verlegen und wies mit dem Kinn auf den Karton. »Beute vom Speicher. Wenn auch nicht so fett, wie ich gehofft habe.«

»Keine Tagebücher?« David klappte den Holzstuhl auf, der an der Gartenbank lehnte, deponierte eine Rotweinflasche auf dem Boden und setzte sich.

»Keine Tagebücher.«

»Darf ich?« Bevor sie protestieren konnte, legte David den Deckel des Kartons auf die Gartenbank und nahm einen Umschlag mit Abzügen heraus. »Die junge Mieke?« Er hielt ihr eine der Aufnahmen hin. »Wie alt warst du da, 15, 16?«

Sie stand mit einem Glas in der Hand und Flipflops an den Füßen vor der Rosenhecke, hinter der der Garten der Sörensens begann. Es waren noch keine Blüten zu sehen, also hatte Hedda das Bild, Miekes abgeschnittenen Jeans nach zu urteilen, an einem ungewöhnlich warmen Apriltag aufgenommen. Wohl von Heddas Schlafzimmer aus, die Szene war eindeutig von oben fotografiert. Merkwürdig.

»Guck mal!«, unterbrach David ihre Überlegungen und hielt ein weiteres Foto hoch, auf dem ein junges Mädchen in einem Liegestuhl lag. »Das ist ja Zoë!«

»Könnte man denken, nicht wahr? Sie sieht ihrer Mutter unglaublich ähnlich.«

»Pauline und du, ihr wart damals Freundinnen, oder?«

»Beste Freundinnen. Damals wurde das Haus noch nicht an Feriengäste vermietet. Sie war oft hier unten am Strand, vor allem im Sommer.«

»Marc auch?«, erkundigte sich David beiläufig und deutete auf einen Jungen in Schwimmshorts, der vom Strand aufs Haus zulief. »Das ist er doch, Paulines Bruder?« Als Mieke nickte, legte David das Bild weg und griff zum nächsten. Nun standen ein Mann und eine Frau vor der Rosenhecke, Hand in Hand.

»Deine Eltern?«

Auf einmal durchfuhr Mieke die Erkenntnis, wann Hedda die Aufnahmen gemacht haben musste. Der Sonntag vor der Klassenfahrt, dachte sie beklommen. Der Tag, an dem sie ihren Vater zum letzten Mal gesehen hatte.

»Deine Mutter sieht dir auch ziemlich …« David sah auf, und das Lächeln rutschte aus seinem Gesicht. Er setzte sich neben Mieke und zog sie an sich.

Ich mache sein T-Shirt ganz nass, dachte Mieke, bevor das Schluchzen aus ihr herausbrach.

Er ließ sie weinen.

»Du musst mich für völlig durchgeknallt halten«, sagte sie schließlich, als sie sich von ihm löste. Sie zog sich den bunten Schal vom Kopf, mit dem sie ihre Haare zusammengebunden hatte, und wischte sich damit über die Augen.

»Warte.« David zauberte eine verknitterte Packung Papiertaschentücher aus der Hosentasche.

Sie zog eines heraus und putzte sich die Nase. »Ich hätte mich längst umziehen sollen«, sagte sie und zupfte an ihrem grauen T-Shirt. »Ich wollte ein Kleid anziehen. Und ich habe noch nicht mal geduscht.«

»Dann mach das doch jetzt.«

Er stand auf und hielt ihr die Hand hin. Sie reichte ihm ihre, und er zog sie mit einem kräftigen Ruck nach oben.

Unter der Dusche drehte Mieke das Wasser so heiß auf, wie es gerade noch erträglich war, und verteilte Schaum in ihren Haaren. David war eindeutig an ihr interessiert, das hatte selbst sie begriffen, obwohl sie kein sonderliches Talent zum Flirten hatte. Aber war es schlau, etwas mit dem Lehrer ihres Sohnes anzufangen? Noch dazu, wo er immer noch nicht mit der Sprache rausgerückt war, was Lenny verbrochen hatte?

Sie spülte das Shampoo aus, massierte Conditioner ein und verteilte Zahnpasta auf der Bürste. War es schlau, überhaupt etwas mit irgendjemandem anzufangen? Manchmal wurde ihr übel bei dem Gedanken an all die Aufgaben, die vor ihr lagen. Kredit beantragen. Das Haus sanieren, einrichten und verkaufen. Den Garten pflegen, gleichzeitig Heddas Buch recherchieren und schreiben. Das Theaterstück und jetzt auch noch die Mitarbeit bei der Bürgerinitiative, der sie leichtfertig zugestimmt hatte. Und natürlich Lenny. Sie hoffte so sehr, dass sie nicht wieder … schlapp machte. So wie damals. Die Szene gerade eben, als sie schluchzend an Davids Brust gehangen hatte, stimmte sie allerdings nicht zuversichtlich.

Mieke spülte den Conditioner aus und wickelte sich in das Badetuch. In Flipflops lief sie ins Schlafzimmer und erkannte durch die offen stehende Küchentür, wie David Rotwein in Gläser goss. Sie griff zu dem bunten Sommerkleid mit Spaghettiträgern, das sie am Morgen am Bügel über die Kleiderschranktür gehängt hatte, zögerte dann aber. Eigentlich trug sie nie Kleider. Würde David das falsch auffassen?

Mieke hängte das Kleid zurück in den Schrank und zog eine saubere Jeans an und ein schwarzes T-Shirt mit kurzen Ärmeln. Sie musterte sich im Spiegel, der an die Innenseite der Tür montiert war, und zupfte ihre noch feuchten Locken halbwegs in Form. Sie war schon halb aus dem Zimmer, als sie nochmals zurücklief, aus dem Schminktäschchen auf der Anrichte Mascara holte und sich die Wimpern tuschte. Schwarz wie die Sünde.

»Kein Kleid?«, fragte David, als sie die Küche betrat.

Mieke zuckte mit den Schultern und setzte sich.

»Also?« Er schob ihr das bis an den Rand gefüllte Glas zu.

Er würde sie nicht ohne eine Erklärung davonkommen lassen. Sie kam sich vor wie früher im Schulunterricht, wenn statt der richtigen Antwort nur Leere in ihrem Kopf war. »Ich hoffe, mein kleiner Meltdown hat dich nicht erschreckt«, sagte sie leichthin.

»Doch. Schlimme Erinnerungen?«

»Mein Vater«, antwortete sie schließlich. Ihre Stimme klang rau, so, wie sie sich anfühlte. »Am Tag, nachdem Hedda diese Aufnahmen gemacht hat, bin ich auf Klassenfahrt gefahren. Als ich zurückkam, war er verschwunden. Sein Abschiedsbrief war unglaublich banal, da standen nur ein paar Floskeln drin. Meine Mutter meinte, dass er woanders neu anfangen wollte. Ohne uns. Eigene Bilder malen, keine Auftragsarbeiten mehr.«

»Er war Künstler?«, fragte David.

Mieke griff zu ihrem Glas. Der Rotwein war perfekt, dunkel und samtig. »Kannst du dich an das Bild erinnern, das im Treppenkrämer über dem Tischchen ganz hinten hängt? Das ist von ihm.«

»Das Seestück? Das ist wunderschön.«

»Viel Geld hat er leider nicht verdient und deshalb als Grafiker für Werbeagenturen gejobbt. Und irgendwelche Leute porträtiert, manchmal sogar Hunde. Er hat mal zu meiner Mutter gesagt, dass er neue Inspiration brauche, er habe seine Seele verkauft ...«

»Ein ziemliches Klischee«, antwortete David behutsam.

Wollte er testen, wie weit er gehen konnte? Ziemlich weit, dachte sie. Sie hatte ihren Vater jahrelang gehasst, weil er sie im Stich gelassen hatte. Und ihn gleichzeitig furchtbar vermisst. Dass ihr Vater auch ihre Mutter verraten hatte, war ihr damals nicht in den Sinn gekommen. Der sie im Übrigen die Schuld gab. Mit irgendetwas musste Tessa ihn vertrieben haben. »Seitdem ich hier bin, kommt alles wieder hoch«, sagte Mieke. »Diese Fotos ... Ich wusste nicht, dass es sie gibt.«

»Deine Eltern sehen happy darauf aus.«

»Erstaunlich, nicht wahr? Sie konnten sich wohl gut verstellen. Rat mal, von wem ich mein Talent habe.«

David überging ihren Sarkasmus. »Pauline und ihr Bruder, sind die beiden auch mitgefahren? Auf die Klassenreise?«

»Marc schon, Pauline nicht. Sie war krank, das sieht man ihr auf dem Foto an, findest du nicht? Das, auf dem sie im Liegestuhl liegt.«

»Ja, sie wirkt bedrückt. Was meinte sie denn zum Verschwinden deines Vaters? Vielleicht hat sie etwas Ungewöhnliches bemerkt in den Tagen, als du verreist warst.«

»Glaube ich nicht, weil sie nur manchmal hier unten am Strand war«, erinnerte Mieke ihn. »Die Andresens haben doch die Villa am Falkenstein, das hier ...«, sie wies aus dem Fenster auf die Kate mit den verrammelten Fensterläden, deren Umrisse in der Dämmerung gerade noch erkennbar waren, »... ist nur ihr Strandhaus. Ich habe Pauline kaum noch zu Gesicht bekommen, nachdem mein Vater verschwunden ist. Tessa, meine Mutter, konnte nicht schnell genug verkaufen, und danach haben Pauline und ich den Kontakt verloren. Vielleicht wusste Hedda mehr, sie war wohl neugieriger, als ich dachte. Ist doch seltsam, dass sie uns in unserem Garten heimlich fotografiert hat.«

David stand auf. »Soll ich den Tisch decken? Ich habe ehrlich gesagt ziemlichen Hunger.«

»Ach so, das Kochen.« Mieke erhob sich ebenfalls. »Magst du indisches Essen?«

»Klar.«

Sie ging zum Kühlschrank und holte zwei Aluminiumschälchen heraus. »Bratpfanne oder Mikrowelle?«

Er sah verständnislos erst die Schalen, dann sie an. Bis es ihm dämmerte. »Bratpfanne«, sagte er.

Mieke öffnete eine Schublade und drückte ihm zwei Gabeln in die Hand. »Glaube mir, es ist besser so.«

Während David Wein nachschenkte, stellte sie elfenbeinfarbene Schüsseln mit Goldrand auf den Tisch, gefüllt mit Reis und der nun heißen Spinatsoße.

»Alles Fundstücke aus dem Haus.« Mieke hob ihr Glas. »Auf Hedda!«

»Auf Hedda!«

Nach dem Essen nahmen sie ihre Gläser und setzten sich auf die Gartenbank vor der Tür. Der Fluss zog sich in sein Bett zurück, und der Mond malte Silberstreifen ins Wasser. Nach einer Weile legte er seinen Arm um ihre Schulter. Es war, dachte sie, unfassbar still. Kein Schiffshorn, kein Möwengekrächze, keine Stimmen. Auch sie schwiegen. Es gab nichts zu sagen, jedenfalls nicht in diesem Moment. Sie wussten ohnehin, was gleich geschehen würde.

*

Zoë und Lenny hatten quasi das gesamte Wochenende im Internet verbracht, inzwischen konnten sie die Vita von Wolf von Lorenz auswendig.

Geboren als einziger Sohn einer vermögenden Kaufmannsfamilie 1923 im Treppenviertel, Kahlkamp 4. Notabitur 1940 am Gymnasium Blankenese und sofort eingezogen. Dann verlor sich die Spur des Soldaten, bis er 1946 aus russischer Gefangenschaft entlassen wurde. Jurastudium in Regensburg. Nach dem Tod seiner Eltern zog Lorenz wieder in den Kahlkamp. Als Alleinerbe gründete der Philanthrop eine Stiftung für Kriegswaisen und benachteiligte Hamburger Kinder, die seit seinem Tod in den 80ern ihren Sitz in der Lorenz-Villa hatte. Als die Stadt hinter der Grundschule eine neue Treppe im Hang anlegte, die vom Kahlkamp abzweigte und sich hoch zum Hessepark zog, erhielt sie den Namen des Wohltäters.

»Edel, hilfreich und gut«, stellte Lenny fest und biss ein Stück von der Pizza ab, die Zoë bestellt hatte.

»Wolfi war ein Musterbürger«, pflichtete Zoë ihm bei. »Und in der Waffen-SS.«

»Was wir nur vermuten. Nicht wissen.«

Zoë klickte das Porträt von Lorenz aus dem Online-Archiv des Hamburger Abendblatts weg, das sie gerade gelesen hatte. »Der Typ spricht niemals konkret darüber, was er im Krieg gemacht hat. Nur dass ihm ein gnädiges Schicksal das Morden erspart habe. Lauter Blabla.«

»Manchmal kann man über schlimme Dinge nicht reden. Kriegserlebnisse etwa. Weil sie einem zu nahe gehen.« Lenny warf einen unauffälligen Blick auf die zweite Hälfte von Zoës Pizza, die unberührt in der Schachtel lag. »Isst du die noch?«

»Du siehst bald aus wie das Walross bei Hagenbecks.« Sie schob Lenny den Karton hinüber. »Aber das stimmt, was du sagst. Mein Urgroßvater hat auch immer nur Anekdoten zum Besten gegeben. Richtig gesprochen hat er nie über den Krieg.«

»Verdrängung muss nicht immer schlecht sein«, verkündete Lenny und biss in das letzte Pizzastück. »Manche Sachen ignoriert man besser. Außerdem hat jede Familie Geheimnisse. Meine Großmutter hat mir zum Beispiel erst vor Kurzem verraten, dass mein Großvater einfach so seine Familie verlassen hat. Meine Mutter hat keine Ahnung, dass ich das weiß. Die denkt immer noch, dass ich glaube, ihr Vater sei früh gestorben.«

Zoë schüttelte energisch den Kopf. »Es wichtig, dass man versucht, die Vergangenheit zu verstehen. Wusstest du, dass sich Traumata sonst vererben können?«

»Wie soll das denn funktionieren?«

»Epigenetik. Ich habe eine Arbeit darüber geschrieben, in Bio.«

»Und das heißt was genau?«

»Es geht um das Gedächtnis der Gene. Schlimme Dinge hinterlassen so etwas wie Narben im Erbgut. Und die können weitergegeben werden. Die Shoah zum Beispiel war auch für die nächsten Generationen ein Trauma, selbst wenn die Eltern eisern darüber geschwiegen haben, was ihnen passiert ist.«

»War dein Urgroßvater eigentlich Nazi?«

»Waren sie das nicht alle?« Zoë hob die Schultern. »Keine Ahnung. Wie gesagt, er hat immer nur Döntjes erzählt. Nie etwas Ernsthaftes.«

»Wir sollten ihn trotzdem mal besuchen«, sagte Lenny plötzlich. »Wir könnten ihm die alten Fotos von Hedda zeigen!« Er wurde ganz aufgeregt. »Manchmal erinnern sich Alzheimerkranke viel besser an Sachen, die ewig zurückliegen, als an das, was gerade eben passiert ist.«

Zoë schaute nachdenklich aus dem Fenster. Ihr Zimmer lag im ersten Stock der Villa und hatte, genau wie die Fischerhäuser, Elbblick. Doch die Frachter, die unten am Strand so monströs wirkten, sahen vom Falkenstein wie Playmobil-Spielzeuge aus. »Natürlich könnten wir meinen Großvater im Pflegeheim besuchen«, meinte sie schließlich. »Aber Zeitzeugenberichte von einem Dementen? Wir brauchen Dokumente, etwas Beweiskräftiges.«

»Wir fragen Herrn Ginsburg«, schlug Lenny vor, stieß sich ab und wirbelte mit dem Chefsessel vor Zoës Schreibtisch zweimal um sich selbst.

»Hör auf damit, mir wird schlecht.« Zoë stand auf. »Kein Wort zu meinen Eltern übrigens. Wenn mein Vater etwas davon mitbekommt, mischt er sich sofort ein. Und meine Mutter auch, die sieht sich sowieso als Mutter Teresa von Blankenese. Dann ist das nicht mehr unser Ding.«

»Okay.« Lenny gähnte. Er war zwar ein Fan von Paulines Kochkünsten, die in einer ganz anderen Liga spielten als die Miekes, aber letztendlich war ihm eine Mutter lieber, die sich aus seinem Privatleben raushielt. »Ich gehe rüber ins Gästezimmer.«

Als Zoë aus dem Bad zurückkam, war Lenny mitsamt den leeren Pizzakartons verschwunden, und das Fenster stand zum Lüften weit offen. Sie kannte nicht viele Jungs, die so rücksichtsvoll waren.

MONTAG, 11. JULI

Der Wecker des Handys schrillte in Davids Kopf, nicht daneben. Er musste nicht aufs Display schauen, um zu wissen, wie spät es war. Die automatische Funktion beförderte ihn immer um Viertel vor sieben aus seiner Traumwelt ins Morgengrauen.

Mieke schlief auf der äußersten Seite des Betts, ein Arm hing über der Kante. Er hoffte, dass sie nicht absichtlich so weit wie möglich von ihm weggerückt war. Wozu es seiner Meinung nach keinen Grund gab. Im Gegenteil.

Im Halbdunkeln suchte David seine Sachen zusammen und zog sich im Badezimmer an. Leise drückte er die Haustür von außen zu und blinzelte. Die Sonne stand bereits hoch am Himmel. Aber er würde es noch schaffen, vor dem Unterricht zu Hause zu duschen. Er eilte Bornholdts Treppe hoch zur Süllbergsterrasse und zur Tiefgarage des Hotels, wo sein Rad stand.

Der kalte Fahrtwind ließ ihn frösteln. Seine Jacke, bemerkte er nun, hatte er an Miekes Garderobe hängen lassen. Egal, die klare, kalte Luft tat ihm gut. Nur das Lenny-Problem lag ihm immer noch auf der Seele.

Dabei hatte Mieke David die perfekte Eröffnung geboten. Nach Mitternacht saßen sie auf der Bank des weit geöffneten Fensters, und sie hielt ihm ein silbernes Etui hin. Er lehnte ab, im Gegensatz zu LSD vertrug er Gras auch in kleinsten Mengen nicht. Andere wurden zu Buddha, er feindselig und paranoid.

Vielleicht wäre die Überleitung zu Lenny, überlegte er,

während er in Goßlers Park einbog, sowieso unelegant geraten: »Apropos Drogen, ich habe den Verdacht, dass dein Sohn dealt. Oder zumindest gedealt hat.« Es war schon besser, dass er nichts gesagt hatte. Nicht gestern Nacht. Von der er jede Sekunde geliebt hatte.

David öffnete die Flügeltüren seines Balkons, der zum Park hinausführte. Die Wände des Neubauapartments mit den bodentiefen Fenstern waren hinter den Bücherregalen kaum noch sichtbar. Als er damals einzog, hatte er sich gefreut, dass die Wohnung modern, clean, funktional war, ganz anders als die Altbauwohnung in Kreuzberg, in der er mit Helena gelebt hatte. Außerdem schätzte er die gut ausgerüstete Einbauküche. Im Unterschied zu Mieke kochte er nämlich gerne.

Er sah auf die Uhr. Gleich halb acht, mehr als ein Instantkaffee war jetzt nicht mehr drin. Er füllte den Wasserkocher, duschte rasch, zog sich frische Sachen an und nahm den Becher mit auf den Balkon.

Immerhin, dachte er, hatte Lenny das Zeug weggeworfen. Oder Mieke. In dem Fall wüsste sie sowieso Bescheid. Am besten, er vergaß die ganze Sache einfach. Warum die Beziehung zu Mieke belasten? Er hoffte, dass es eine Beziehung werden würde. Seit der Trennung von Helena hatte es ein paar Affären gegeben, aber nichts Ernstes. Er dachte an den One-Night-Stand mit Pauline zurück. Sie hatte ihn danach angefleht, niemals ein Wort darüber zu verlieren, schon gar nicht vor Robert, ihrem Mann. Natürlich hatte er das versprochen, Diskretion war ganz in seinem Sinn.

Vor ein paar Monaten hatten sie sich zufällig in der »Markt Schänke« in Ottensen getroffen und später, ziemlich betrunken, ein Taxi nach Blankenese genommen. Wo sie in seinem Bett gelandet waren. Er hoffte, Pauline würde

Mieke nichts erzählen, ihm war ganz anders geworden, als er erfahren hatte, dass die beiden Kindheitsfreundinnen waren. Aber Mieke hatte sicherlich auch ab und an Dates. Möglicherweise mit diesem Seglertypen, Paulines Bruder. Obwohl Marc vielleicht sogar das kleinere Problem war, schließlich gab es noch Lennys Vater. Den großen Unbekannten.

David sah auf die Uhr, stellte den Becher auf das Balkontischchen und rannte die Treppe runter. Fünf vor acht. Er würde auch heute zu spät kommen.

*

Nicht schon wieder. Dieselbe Typo. Und auch diesmal kein Absender. »Glaubst du wirklich, dass Hedda was mit dem Herzen hatte? Ich nicht. Ich traue keinen Quacksalbern.«

Mieke faltete den Briefbogen, der durch den Schlitz gerutscht war, und steckte ihn in die Tasche ihrer Jeansshorts. Sie würde ihn Heddas Anwältin zeigen. Sie schloss die Tür und setzte gerade die Sonnenbrille auf, als sie Marc den Pfad entlangkommen sah. Allein. Hatte er nicht gesagt, er wolle den Gutachter am Marktplatz treffen und dann mit ihm zum Fischerhaus kommen? Um zu verhindern, dass er sich im Treppenviertel verlief?

»Wo hast du den Gutachter gelassen?«, erkundigte sie sich, als sie sich ungeduldig aus Marc Umarmung löste, die wie immer einen Tick zu lange dauerte. »Hat er sich verspätet?«

»Wir haben einen neuen Termin ausgemacht, in zwei Wochen.«

»Wieso das denn? Marc, ich brauche den Kredit, dringend.«

»Können wir uns setzen? Ich muss etwas mit dir besprechen.«

»Wenn's sein muss. Komm mit in die Küche.« Mieke wandte sich abrupt um.

»Wir können doch hier draußen bleiben.«

»Zu hell.« Die Kopfschmerzen waren in dem Moment gekommen, als Mieke ihren alten Freund gesehen hatte. Sie nahm es als schlechtes Omen.

»Migräne?«, erkundigte sich Marc und setzte sich an den Küchentisch. Er erinnerte sich anscheinend, dass sie schon als Kind unter den Attacken gelitten hatte.

»So was Ähnliches.« Sie war verstimmt. Marc hätte den Termin nicht verschieben sollen, ohne sie vorher zu fragen. Schließlich bezahlte sie ihn für seine Dienste. Oder würde ihn bezahlen, sobald sie den Kredit bekam. Mieke stöhnte leise auf, als der Schmerz nun auch in ihre Schläfen schoss.

Mit geschlossenen Augen nahm sie wahr, wie Marc zum Herd ging. Dann stellte er eine Tasse auf den Tisch. Mieke trank gierig, immer noch mit geschlossenen Augen, und horchte dem Schmerz hinterher, bis er verschwamm. In selben Moment setzte die Übelkeit ein. Sie nahm eine Pille aus der Hosentasche und spülte sie mit dem noch viel zu heißen Kaffee hinunter. Sie öffnete die Augen. Marc stand an die Anrichte gelehnt und beobachtete sie.

»Kannst du laufen?«, fragte er. »Ich möchte dir etwas zeigen.«

»Geht schon«, sagte sie. Ihre Stimme klang weniger zitterig, als sie sich fühlte. »Wo denn?«

»Auf dem Speicher.«

Ausgerechnet. Andere Menschen hatten Angst im Keller. Sie fürchtete sich vor Dachböden.

»Kein Grund zur Panik.« Marc ahnte, was sie dachte.

»Es waren keine Ratten da, als ich den Plunder ausgeräumt habe. Moment, ich hole eine Taschenlampe.« Er kramte die Leuchte aus dem Werkzeugkoffer, den er im Flur deponiert hatte, und ging ihr voraus ins Obergeschoss. Dann kletterte er die schmale Treppe hoch, wobei er die reparierte Stufe ausließ, und drückte den Deckel nach oben, der die Luke versperrte. »Warte, ich mache Licht an.«

Mieke steckte den Kopf durch die Öffnung. Der Raum war leer, tanzender Staub verwischte die Konturen von Balken und Dach. Marc hatte sogar den aus groben Latten gezimmerten Boden gefegt, ihre Turnschuhe hinterließen hauchzarte Abdrücke. Aber vor den winzigen Speicherfenstern, alle einen Spalt geöffnet, hingen noch Vorhänge aus Spinnweben und filterten die Sonnenstrahlen, die fleckige Muster auf die Dielen zeichneten. »Sieht doch gut aus …«, sagte sie erleichtert. Sie wusste selbst nicht, warum sie Ungeheuer erwartet hatte.

»Ja, sieht gut aus«, wiederholte er mit einer merkwürdigen Betonung. Der Strahl seiner Taschenlampe wanderte zu einem Holzbalken in der hinteren rechten Ecke. »Schau mal genau hin.«

Sie trat näher.

Marc wies auf ein paar winzige ovale Löcher, nicht breiter als ein paar Millimeter. »Hausbock.«

»Was heißt das?« Sie kannte das Wort nicht. Es klang auch nicht besonders bedrohlich. Bedrohliche Dinge hatten lange, lateinische Namen. So wie Kakorrhaphiaphobie, die Angst vor dem Versagen.

Marc sah sie irritiert an. »Das ist ein Käfer.«

Käfer? Sie hatte nichts gegen Käfer, nur gegen Ratten. Käfer waren schön, mit glänzenden Panzern und Marsmännchen-Fühlern.

»Der Käfer heißt Hausbock, weil er seine Eier gerne in Balkenrissen in Gebäuden ablegt. Die Larven fressen das Holz von innen an. Und wenn sie sich verpuppen und wegfliegen, hinterlassen sie solche kleinen Löcher.«

»Und das ist schlimm?«, fragte Mieke.

»Sehr schlimm«, bestätigte Marc. »Diese Balken hier«, er trat leicht dagegen, »sind total morsch.«

»Wird das kompliziert? Die Balken zu reparieren?«

»Reparieren kann man da nichts mehr, der Sparren muss auf jeden Fall ausgetauscht werden.«

Reparieren klang schon schlimm. Austauschen klang dramatisch. Und teuer, sehr teuer.

»Wahrscheinlich hattest du Glück im Unglück«, fuhr Marc fort. »Das scheint mir ein alter Befall zu sein.«

»Die Käfer sind tot?« Mieke schöpfte wieder Hoffnung.

»Das muss ein Sachverständiger untersuchen. Vielleicht kann ich das befallene Holz selbst behandeln und austauschen, und du musst keine Fachfirma anheuern.«

»Also hält sich das mit den Kosten im Rahmen?«

»Wie gesagt, kommt darauf an, was der Sachverständige meint. Mit 20.000 zusätzlich musst du mindestens rechnen.«

Das Spiel war aus. Als sie hinter ihm die Stiege runterkletterte, wurde Mieke klar, dass die Bank ihr ohne regelmäßiges Einkommen niemals die Kreditsumme aufstocken würde. Besser, sie zog die Notbremse, bevor sie sich noch mehr verschuldete. Wobei sie keine Ahnung hatte, wo Lenny und sie wohnen sollten, die Wohnung in Den Haag war für ein Jahr vermietet. Zumindest war Heddas Haus sicher vor Investoren. Wenn sie die Testamentsbedingungen nicht erfüllen konnte, ging es an einen Verein zur Erhaltung historischer Bauwerke, das hatte ihr die Anwältin erklärt.

Mieke stützte die Ellenbogen auf den Küchentisch und massierte ihre Schläfen, während Marc über die Details der Käferschäden und ihrer Reparatur dozierte. Warum musste ein Tag, der so wunderbar angefangen hatte, nur so schnell in sein höllisches Gegenteil kippen? Sie hatte sich schlafend gestellt, als David sich auf den Weg gemacht hatte, weil sie die Nacht hatte strecken wollen, bevor der Morgen und alles, was er mit sich brächte, sie verblassen ließ.

»Mieke?«

Anscheinend hatte Marc seinen Vortrag beendet und eine Frage gestellt.

»Entschuldige, was hast du gesagt?«

Er seufzte. »Das hast du früher schon so gemacht. Abtauchen und mich schwafeln lassen.«

»Stimmt. Sorry.« Marc war wohl sensibler, als sie dachte.

»Schon gut. Also, wenn wir noch diese Woche einen Termin mit dem Sachverständigen bekommen, kann ich nächste Woche mit der Behandlung beginnen.«

Mieke schüttelte den Kopf. Zu schnell, sie bereute die Bewegung auf der Stelle und krallte sich an der Tischkante fest. »Das klappt so nicht«, flüsterte sie heiser. »Der Kredit wird nicht reichen.«

»Du hast rein gar nichts gehört von dem, was ich dir erklärt habe«, stellte Marc resigniert fest.

»Das hast du gerade schon gesagt.«

»Da kommt sie ja!« Marc sprang auf.

»Wer kommt?« Nun hörte auch Mieke das Geräusch der Schritte, die über den Weg aufs Haus zueilten.

Marc war bereits aus der Küche gegangen. Mieke folgte ihm.

Bevor er die Haustür von innen öffnen konnte, wurde sie von außen aufgedrückt. Eine schmale Gestalt stand auf der Schwelle, die blonden Haare zu einem Pferdeschwanz zusammengebunden. Einen Moment lang dachte Mieke, Zoë sei zu Besuch gekommen. Aber es war Pauline. Ihre allerbeste Freundin, die ihr verschwiegen hatte, dass Hedda eine gute Bekannte gewesen war.

»Da bist du ja«, begrüßte Marc seine Schwester und küsste sie auf die Wange. »Komm rein, wir sitzen in der Küche.«

»Bei diesem schönen Wetter?«

Paulines hellbraunes Leinenkleid hing lose und ohne Gürtel von ihren Schultern. Jede andere Frau, dachte Mieke, würde darin wie in einen Jutesack gesteckt wirken.

»Mieke hat Kopfschmerzen«, informierte Marc sie.

Mieke drehte sich um und hörte, wie die beiden ihr zur Küche folgten.

»Möchtest du ein Glas Wasser?«, fragte Marc seine Schwester.

Ganz der Hausherr. Egal. Mieke wäre sowieso in ein paar Tagen weg, was sollte sie sich noch über Marcs Übergriffigkeit aufregen.

Pauline setzte sich, wobei sie darauf achtete, dass ihr Leinenkleid keine Falten schlug. Marc nahm einen Krug vom Regal und stellte ihn mitsamt drei Gläsern auf den Tisch. Dann räumte er die leeren Kaffeetassen in die Spülmaschine. Er zog eines von Heddas kristallenen Rotweingläsern aus der Maschine, hielt es hoch und sagte über seine Schulter: »Die solltest du besser mit der Hand abwaschen, die sind sehr empfindlich!« Er nahm auch das zweite Glas heraus, stellte beide in die Spüle und drehte das heiße Wasser auf.

»Du hast Besuch gehabt?«, fragte Pauline.

»Shanti«, sagte Mieke knapp. »Du kennst sie, oder?«

»Wer kennt Gertrud nicht?« Pauline lachte leise. »Unsere Dorfzeitung.« Sie bemerkte Miekes überraschten Blick. »Das ist ihr richtiger Name. Gertrud.«

»Und wieso nennt sie sich Shanti?« Marc stellte einen Teller mit Keksen auf den Tisch und setzte sich zu ihnen. Dabei fing er Miekes Blick auf. »Mein eigener Vorrat«, erklärte er, bevor er hineinbiss. »Mit Vanillecreme.«

»Ich glaube, das ist so ein Sektenname, den sie in Indien bekommen hat.« Pauline machte eine abwehrende Geste, als ihr Bruder auf den Kuchenteller deutete. »Gertrud hat ein abenteuerliches Leben hinter sich. Die Stehrs wohnen schon ewig hier im Dorf, direkt neben ›Sagebiels Fährhaus‹. In den 50ern ist die Familie nach Ägypten gezogen, der Vater hat als Lotse im Suezkanal gearbeitet. Gertrud wurde in Alexandria geboren. Später hat sie sich eine Weile in der Welt herumgetrieben, eben auch in Indien, da hat sie in einem Ashram gelebt. Später hat sie ihr Elternhaus geerbt und ist wieder hier gelandet. Was mir gerade einfällt, Mieke, reagiert sie nicht allergisch auf Rotwein? Ich habe ihr mal Medikamente dafür verschrieben.«

»Shanti hat Weißwein getrunken, ich hatte nur keine anderen Gläser«, log Mieke und sah Pauline direkt in die Augen. Sie wirkte dabei kühl wie eine grüne Gurke, das wusste sie. Einer der nützlichen Nebeneffekte ihres Schauspieltrainings.

»Ah, okay.« Pauline ergriff den Krug und füllte die Gläser mit Wasser. »Ich hoffe, du nimmst es Marc nicht übel, aber er hat mir von deinem Käferdrama erzählt. Ich möchte dir helfen.« Sie tauschte einen kurzen Blick mit Marc, der ihr kaum merklich zunickte. »Und hier kommt mein Mann ins Spiel. Robert. Du kennst ihn noch nicht. Er ist Anwalt. Für Immobilienrecht.«

So wie jeder Zweite in diesem Nest. Miekes Kopfschmerzen waren inzwischen fast unerträglich geworden.
Sie wollte nur noch allein sein.

»Kurz gesagt, wir wollen dir das Geld leihen. Für einen
banküblichen Zinssatz, aber ohne Gutachten. Ohne Haken.
Robert setzt in diesem Moment den Vertrag auf. Übermorgen kommst du zu uns zum Abendessen und unterschreibst.«

Mieke wollte sie unterbrechen, aber Pauline stoppte sie
mit einer schroffen Handbewegung.

»Du musst jetzt nichts sagen, Mieke. Und dich schon gar
nicht bedanken. Das Angebot ist keine milde Gabe, sondern sehr, sehr eigennützig. Ich will auf keinen Fall, dass die
Fischerhäuser diesen Heuschrecken in die Hände fallen.«

Mieke hob den Kopf, doch bevor sie ihre Frage aussprechen konnte, bestätigte Pauline ihre Vermutung.

»Ja, David hat es mir erzählt, heute in der Schule. Also,
dass ihr beide von der Bürgerinitiative wisst. Ich wollte das
nicht an die große Glocke hängen, bevor die Eigentumsver-
hältnisse geklärt sind. Ich meine, ob die Cremers verkauft
haben oder nicht. Und ob du bleibst oder nicht.« Nach einer
winzigen Pause fügte sie hinzu: »Bleib hier, Mieke. Bitte.«

Der Schmerz schwoll an und schien Miekes gesamten
Kopf auszufüllen.

»Deine Migräne?« Pauline wartete Miekes Antwort nicht
ab. »Komm, ich bring dich ins Bett.«

Sie legte einen Arm um Miekes Schultern und führte
sie ins Schlafzimmer. Ohne eine Bemerkung über die herumliegenden Klamotten und den Stummel des Joints im
Aschenbecher auf der Fensterbank zog sie die Vorhänge zu.

Mieke ließ sich in das ungemachte Bett fallen, zog die
Decke bis zum Kinn hoch und schloss die Augen. Sie hörte
ihre Gäste flüstern.

»Mieke? Kannst du dich kurz aufsetzen? Marc hat mir den Arztkoffer aus dem Wagen geholt.«

Mühsam stützte sie sich auf einen Ellenbogen und sah auf Paulines ausgestreckter Handfläche zwei kleine blaue Pillen.

»Ich kann nicht«, brachte sie heraus, »mir ist schlecht.«

Pauline kramte in ihrem Koffer. Nach ein paar Sekunden sagte sie: »Wenn du einverstanden bist, gebe ich dir eine Spritze.«

Miekes Kopf war wieder auf das Kissen zurückgesunken. »Ja«, flüsterte sie.

Pauline schob Miekes T-Shirt hoch und tupfte ihren Bauch mit etwas Kaltem ab. Den Einstich selbst nahm Mieke kaum wahr. Der Verschluss der Arzttasche schnappte zu, und ihre Freundin erhob sich von der Bettkante.

»Schlaf jetzt. Und ruf mich an, wenn du aufwachst und es dir nicht besser geht.«

»Lenny«, murmelte Mieke. »Ich muss mich …«

»Du musst gar nichts. Ich schreibe Zoë, dass sie ihn nach der Schule mitbringen soll. Er kann gerne noch einmal im Gästezimmer übernachten. Wir sehen uns dann Mittwochabend bei uns auf dem Falkenstein zum Essen.«

Mieke wollte protestieren. Aber jetzt raste sie, während Lichtblitze sie traktierten, einem schwarzen Universum entgegen. Es öffnete seinen Schlund und verschlang sie.

MITTWOCH, 13. JULI

Sie besaß eine sündhaft teure Küchenmaschine, die auf dem obersten Regal verstaubte. Pauline liebte es nämlich, Gemüse mit der Hand zu schneiden. Jetzt viertelte sie Tomaten, entkernte Paprika, hackte Knoblauch und köpfte Zucchini.

Auf dem Tresen stand schon das schwere Holzbrett bereit. Behutsam löste sie ihr japanisches Lieblingsmesser aus seinem Block, ein Geschenk von Robert. Gleich würde es ins Fruchtfleisch dringen und sanft hindurchgleiten, nichts würde spritzen oder reißen. Mieke war wahrscheinlich immer noch Vegetarierin, vermutete sie, genauso wie Lenny und Zoë, deshalb wollte sie ein Süßkartoffelcurry zubereiten. Sie selbst verzichtete gerne einmal auf Fleisch, Robert bekam eine Hähnchenbrust. Und David? Am besten, sie briet für alle Fälle gleich zwei.

Kurz vor sechs. Mieke, David und die Kinder wollten direkt nach der Probe kommen, spätestens um sieben, also etwa zeitgleich mit Robert. Sie rutschte vom Hocker und stellte eine Pfanne auf den Gasherd. Ihre Haushälterin Tilly hatte am Nachmittag, bevor sie gegangen war, schon den großen runden Tisch auf der Terrasse gedeckt und die Glasschiebetüren geöffnet.

Marc würde nicht dabei sein heute Abend, dafür hatte Pauline gesorgt. Wenn er und Robert zusammen am Tisch saßen, leerten sich die Flaschen in rasantem Tempo. Auch Davids wegen war es besser, wenn ihr Bruder nicht auftauchte. Pauline hatte natürlich bemerkt, dass Mieke die

Nacht vor ihrem Migräneanfall nicht allein verbracht hatte, sie hatte die beiden Rotweingläser in der Küche und das Kleiderhäufchen auf dem Boden des Schlafzimmers gesehen, genauso wie Davids Jacke an der Garderobe. Ob er Mieke von ihrem One-Night-Stand erzählt hatte? Aber er hatte Stillschweigen versprochen, und sie vertraute ihm. Paulines Herz, das kurz zu hämmern begonnen hatte, beruhigte sich wieder, ein bisschen jedenfalls. Seitdem ihre Tochter sie am Sonntag beim Frühstück gefragt hatte, ob sie und Lenny Pauline beim nächsten Besuch im Pflegeheim begleiten könnten, fühlte sie sich merkwürdig angespannt.

Sie goss Öl in die Pfanne, briet Knoblauch und Zwiebeln an und schob mit dem Schneidemesser das bunt gewürfelte Gemüse vom Brett in die Pfanne. Dann ging sie zum Kühlschrank und holte die rosa Hähnchenbrüste heraus.

Sie hatte dem Besuch der beiden bei Bruno zugestimmt, sie konnte ja schlecht ablehnen. An wen hatten die zwei sie nur erinnert, als sie, am Küchentresen sitzend, miteinander getuschelt hatten? Irgendein Pärchen ... Bonnie und Clyde? Ginger und Fred? Pünktchen und Anton?

Egal. Pauline pinselte das Fleisch mit Öl ein. Es gab noch einen anderen Grund für Davids Einladung als bloße Sympathie. Sie hatte im Esszimmer die Wörter »Nazi«, »Bruno« und »SS« aufgeschnappt, und dass die Kinder morgen in der Schule David um Rat fragen wollten. Beide waren schlagartig verstummt, als sie die Bowls mit Porridge vor sie hingestellt hatte. Lenny hatte seine im Handumdrehen ausgelöffelt. »Ist das dein Lieblingsfrühstück?«, hatte sie ihn gefragt, aber er hatte nur abwehrend gelächelt. Als ob er seine Mutter vor Kritik in Schutz nehmen wollte. Die sie vielleicht sogar beabsichtigt hatte, schließlich hatte Mieke schon immer gerne ausgeschlafen. Sie wusste von Marc, dass Lenny im Atelier wohnte und sich meist selbst versorgte. Pauline freute sich auf sein Gesicht, wenn er entdecken würde, welche Überraschung sie für ihn hatte.

Jedenfalls wollte sie das Gespräch heute Abend in die Großvater-Richtung steuern, um herauszufinden, was Zoë wusste und was nicht. Pauline goss das Curry mit einem Mix von Kokosmilch und Gemüsebrühe auf. Sie mochte Lenny, aber es gefiel ihr nicht, dass ihre Tochter Geheimnisse vor ihr hatte. Überhaupt kam es ihr so vor, als sei sie weniger offen als früher, seitdem sie ständig mit ihrem neuen Freund zusammensteckte. Vielleicht sah Pauline auch nur Gespenster. Das Wichtigste war, dass Mieke zurückgekommen war. Ihre allerbeste Freundin, deren Eltern sie sich stets näher gefühlt hatte als ihren eigenen.

Seitdem sie als Zehnjährige das blutende Reh auf dem Küchentisch entdeckt hatte, machte sie sich keine Illusionen über ihre Familie mehr. An einem Sommertag war Mieke zum Spielen in die Villa gekommen, und nach einer Weile waren sie aus dem Garten zur Küche gelaufen, um sich eine Limonade zu holen. »Ich bring sie euch nach draußen«, hatte ihre Mutter gerufen und sie rausgescheucht. Aber Elisabeths ungewohnte Fröhlichkeit hatte Pauline misstrauisch gemacht. Sie hatte herausfinden wollen, welches Geheimnis sich hinter der Küchentür verbarg. Was sie gleich darauf bereut hatte. Das Tier, wohl am Morgen von ihrem Vater im Wald abgeknallt, irrte noch heute durch ihre Träume. Walfänger, Jäger, Nazis, dachte sie. Passt doch.

Gerade hatte sie die Hähnchenbrüste unter den Grill geschoben, als Autoreifen im Kies knirschten. Wie immer stellte Robert sein silbergraues Mercedes-Cabrio vor dem Garagentor ab. Und wie immer müsste sie morgen früh ihren Mann wecken, damit er es wegfuhr und sie ihren

Wagen herausholen konnte. Sie wischte sich ihre Hände an der Schürze trocken und öffnete die Haustür. Unten, wo ein Spalier aus Blutpflaumen ihr Grundstück von der schmalen Auffahrtsstraße zur Villa trennte, bogen Mieke, David, Lenny und Zoë auf Fahrrädern ab und radelten die lange Auffahrt herauf.

Robert stieg aus und ging auf seine Frau zu. »Hallo, mein Schatz«, sagte er und küsste sie auf die Wange. Dann legte er seinen Arm um ihre Schulter, und gemeinsam sahen sie den Ankommenden entgegen.

Das nur von leichtem Silber gesträhnte Haar Roberts roch nach Acqua di Giò und der heimlichen Camel, die er sich gönnte, wenn er mit geöffnetem Verdeck von seinem Anwaltskontor in der Hafencity über die Elbchaussee nach Hause rauschte und dabei AC/DC aufdrehte. Was für eine alberne Scharade, dachte Pauline gereizt. Wahrscheinlich hatte er keine Ahnung, dass sie ebenfalls heimlich rauchte. Ob er Mieke sofort erkannte? Das letzte Mal hatte er sie als Abiturient gesehen, als sie noch in der Mittelstufe waren.

Die Gäste schoben ihre Räder in den Ständer neben der Haustür.

»Robert, das ist Zoës Lehrer«, stellte sie David vor. »Lenny kennst du ja schon.«

Ihr Mann schüttelte den beiden die Hand, aber seine Augen ruhten auf ihrer Freundin, die nun eine Spange vom Zopf zog und die braunen Locken ausschüttelte. »Long time no see«, sagte er und zog sie an sich.

Bildete Pauline sich Miekes leichtes Widerstreben nur ein? Vielleicht, dachte Pauline, fand sie Roberts Phrasen genauso nervig wie sie selbst. »Kommt rein, das Essen ist gleich fertig«, rief sie. »Zoë, führst du unsere Gäste auf die Terrasse? Und nimmst den Salat mit zum Tisch?«

Während ihr Mann die Treppe hoch ins Schlafzimmer eilte, ging Pauline zum Herd, füllte das Curry in eine Schüssel und bugsierte die Hähnchen auf eine Vorlegeplatte. Sie hörte, wie ihr Mann wieder herunterkam. Seine Schritte waren jetzt nur noch halb so laut, er hatte seine Budapester gegen Sneaker getauscht. Und seinen Anzug gegen Khakihosen und ein salbeigrünes Polo-Shirt. Sie stellte die Schüsseln auf ein Tablett und trug es zur Terrasse, über der Rosenduft schwebte und Roberts Parfum auslöschte.

»Jemand einen Martini?«, fragte ihr Mann.

Sie nickte. Die anderen winkten ab.

Zoë nahm den Krug, der auf dem Tisch stand, und schenkte das mit Gurke und Pfefferminzblättern aromatisierte Wasser ein.

Robert ging zum Barwagen, kam mit zwei Gläsern zurück und gab ihr eines. »Hier, mein Schatz.«

Wenn er doch nur aufhören würde, sie »Schatz« zu nennen. »Danke. Setzt euch, ja?«

David und Mieke ließen zwei Stühle zwischen sich frei, auf die sich nun Zoë und Lenny setzten. Neben Mieke nahm Robert Platz.

»Nach dem Essen gehen wir in mein Arbeitszimmer«, hörte Pauline ihn Mieke zuflüstern. »Wegen des Vertrages, du weißt schon.«

Mieke nickte, musterte dabei aber ihren Teller.

Pauline warf ihrer Tochter einen flehenden Blick zu, Small Talk war Zoës Königsdisziplin. Und sie ließ sie nicht im Stich. Sie verwickelte Mieke in ein Gespräch über die Unterschiede des Lebens in Deutschland und Holland und fragte David, ob er noch Erinnerungen an Russland habe. Allmählich, stellte Pauline nach einer Weile erleichtert fest, kam die Unterhaltung in Fahrt. Mieke und David lobten das

Curry. Robert, der Wein nachschenkte und dessen Wangen bereits rosa glühten, berichtete vom Hauen und Stechen auf dem Immobilienmarkt. Aber Lenny begann noch vor dem Dessert, unruhig auf seinem Stuhl hin und her zu rutschen.

Die Zeit, einzuhaken, war gekommen. »David«, wandte sich Pauline an den Lehrer. »Konntest du Lenny und Zoë bei ihrer Recherche helfen? Über unsere Familie im Krieg?«

Lenny sah Zoë fragend an. Die schüttelte stirnrunzelnd den Kopf und öffnete den Mund.

Doch David war schneller. »Nun ja«, sagte er, »es ist nicht so einfach, zu belegen, ob jemand in der Waffen-SS war. Eine Anlaufstelle ist immer das Bundesarchiv. Und das KZ Neuengamme bietet Rechercheseminare zur Familiengeschichte an. Da lernt man, wie man herausfinden kann, ob der Opa ein Nazi oder nur ein Mitläufer war.«

Als er Paulines Blick sah, stockte er. »Ich meine natürlich nicht deinen Opa«, fuhr er nervös fort und fuhr sich mit der Hand durch sein braunes Haar.

Lass ihn 30 Jahre jünger sein und zieh ihm eine Nickelbrille auf, dachte Pauline, und er sieht aus wie Harry Potter. »Nicht?«, fragte sie kühl.

Irritiert wandte David sich an Zoë. »Hast du deiner Mutter nicht erzählt, worum es geht?«

»Nein«, antwortete das Mädchen spröde. Nach einer kurzen Pause, in der alle sie ansahen, fuhr Zoë trotzig fort: »Na gut. Ist schließlich kein Geheimnis. Also, es könnte sein, dass eine der Treppen hier in Blankenese nach einem SS-Mann benannt ist. Einem Kriegsverbrecher. Wolf von Lorenz.«

»Der von der Stiftung?«, fragte Robert interessiert und setzte sein gerade geleertes Glas ab. »Was genau hat er denn angestellt?«

»Das wissen wir noch nicht«, sagte Lenny. Es war das erste Mal an diesem Abend, dass er das Wort ergriff. »Wir haben nur ein Foto gefunden, auf dem der Mann Uniform trägt, die der Waffen-SS.«

»Hedda kannte ihn übrigens«, fuhr Zoë fort. »Und stellt euch vor, Urgroßvater Bruno auch. Sie stehen nebeneinander auf dem Marktplatz und sehen wie dicke Freunde aus.«

»Trägt Bruno auf dem Foto auch Uniform?«, fragte Pauline.

Lenny schüttelte den Kopf.

Paulines Puls beruhigte sich. Danke, Gott, dachte sie. Es ging also um einen Freund von Bruno. Nicht um Bruno selbst.

»Zwischen 40 und 46 klafft in seinem Lebenslauf eine fette Lücke.« Zoë sah ihre Mutter an. »Danach wollte ich Urgroßvater fragen.«

»Vielleicht hat Hedda über ihn in ihrem Tagebuch geschrieben«, meinte Mieke spontan. Gleich darauf wünschte sie, sie hätte den Mund gehalten. Sie hatte den Fund eigentlich nicht erwähnen wollen, bevor sie die Übersetzung in Händen hielt.

»Sie hat Tagebuch geführt?«, erkundigte sich Robert neugierig.

»Auf jeden Fall früher, als ich ein Kind war. Aber ich habe erst eins gefunden, von 1939, nach den anderen suche ich noch. Allerdings konnte ich es nicht lesen, Hedda hat in Sütterlin geschrieben. Und auf Plattdeutsch.«

»Wo hast du das Tagebuch denn gefunden?«, erkundigte sich Pauline.

»Im Küchenschrank«, antwortete Mieke. Auf keinen Fall würde sie Gesas Namen nennen, ohne zu wissen, wie die Kladde in deren Hände geraten war.

»Dieses Thema hat es im Dorf schon mal gegeben«, mischte sich Robert ein. »Wie hieß dieser Nazi-Dichter noch gleich, nach dem sie eine Straße benannt haben?«

»Frenssen. Gustav Frenssen«, sagte Pauline. Auf ihr Namensgedächtnis konnte sie sich verlassen. Einer der Vorteile einer Hausarztpraxis.

»Genau. Später wurde sie in Anne-Frank-Straße umgetauft. Das ist aber schon ewig her, Mitte der 80er, glaube ich.«

»Der Straßenname wurde erst über 40 Jahre nach dem Krieg geändert?«, fragte Lenny ungläubig. »Wenn das in Lorenz' Fall wieder so lange dauert, sind Zoë und ich schon in Rente.«

»Inzwischen gibt es eine Kommission der Kulturbehörde, die NS-belastete Straßennamen überprüft«, meinte David. »Aber sie bewertet erst mal die Fälle, bei denen der Sachverhalt klar ist.«

»Dann müsst ihr handfeste Beweise finden«, sagte Robert.

Er reichte Zoë seinen leeren Teller, die aufstand und die restlichen Teller aufeinanderstapelte.

»Na klar, Papa. Ist ja auch so einfach. Können wir hochgehen?«, wandte sie sich an ihre Mutter.

»Sicher. Nehmt euch das Eis mit in dein Zimmer. Holst du es aus dem Tiefkühler? Möchte jemand Kaffee?«, fragte sie an die Runde gewandt. »Noch jemand außer Mieke?«

Mieke ließ ihre Hand, die sie schon halb erhoben hatte, wieder sinken.

»Gerne einen Espresso.« David suchte Miekes Blick, den sie zum ersten Mal an diesem Abend erwiderte.

Endlich ließen die beiden das Theaterspielen sein. Pauline erhob sich. »Robert, kannst du das Eis in die Schälchen füllen?«

»Aber gerne, mein Schatz.« Er stand auf, schwankte leicht dabei und legte einen Arm um die Taille seiner Frau.

Pauline bereute ihre Bitte sogleich. Eigentlich hatte sie ihn nur gefragt, weil er im Begriff gewesen war, sein Weinglas erneut zu füllen.

»Ich mach das schon«, sagte Mieke schnell und ging zum Beistelltisch, auf den Zoë bereits das Eis deponiert hatte.

»Einen Grappa zum Kaffee, David?«, fragte Robert.

»Warum nicht?«

»Unsere kleine Mieke«, sagte Robert, als er mit der Flasche zum Tisch zurückkam. Er schenkte David ein. »Sie war schon in der Schule ein richtiger Theaterstar.«

Pauline, die die Espressotassen brachte, hätte ihn am liebsten unterm Tisch getreten. Er würde Mieke noch verscheuchen mit seinen plumpen Komplimenten.

»Stimmt«, erwiderte David höflich, »du hast ja gesagt, dass du sie von früher kennst.«

»Ich war ein paar Klassen über ihr. Weißt du noch, Pauline, wie sie diese Sängerin in ›Cabaret‹ gespielt hat? Wie ging das Lied noch gleich?«

»›Bye-bye, mein lieber Herr‹?«, sekundierte David.

»Genau!«, rief Robert begeistert. »›Bye-bye, mein lieber Herr‹ …«, intonierte er so laut, dass Mieke, die sich mit einem Tablett voller Eisschälchen näherte, ihn hören musste, »… ›it was a fine affair‹ …« Mit normaler Stimme fuhr er fort: »Der Hammer. Alle Jungs waren hin und weg.«

»Du auch, Robert?«, erkundigte sich Pauline harmlos.

»Klar!« Er lachte. »No offence, mein Schatz.«

»None taken.« Pauline nahm das Eisschälchen, das Mieke ihr reichte. »Sie hat sogar den Mädchen den Kopf verdreht.«

»Ach was«, wehrte Mieke ab und setzte sich. »Ich war früher so unglaublich schüchtern. Du warst die Einzige, die nett zu mir war, Pauline.«

»Das hat sich aber massiv geändert, als du älter wurdest.« Pauline wandte sich an David, der aufmerksam zuhörte. »Als sie das Theater für sich entdeckt und endlich gezeigt hat, was in ihr steckt. Alle wollten damals mit ihr befreundet sein.«

»Nun übertreib mal nicht«, protestierte Mieke.

Sie hasste es also immer noch, jenseits der Bühne im Mittelpunkt zu stehen, stellte Pauline fest. »Und das ist heute noch so«, fuhr sie mit fester Stimme fort. Sie würde nicht zulassen, dass Mieke sich wieder in ihr Schneckenhaus zurückzog.

»Was ist heute noch so?«, fragte Robert.

»Dass alle mit ihr befreundet sein wollen.« Sie sah Mieke an. »Überleg doch mal. Ich. David. Marc. Shanti.«

»Ich«, sagte Robert und prostete ihr zu.

»Sogar Gesa schwärmt von dir, und sie hat dich höchstens ein paarmal getroffen«, assistierte David.

»Vor allen Dingen: Hedda hat dir ihr Haus hinterlassen. Nachdem sie dich 25 Jahre nicht gesehen hat!«, schloss Pauline. »Und jetzt sind auch noch unsere Kinder so gute Freunde.« Sie schlug sich leicht gegen die Stirn. »Gerade ist mir eingefallen, woran mich Zoë und Lenny erinnern! Das geht mir schon den ganzen Tag im Kopf herum.«

»Woran denn?«

»Dieser Disney-Film! Susi und Strolch!«

»Vergleichst du«, erkundigte sich Mieke mit hochgezogenen Brauen, »meinen Sohn gerade mit einem Straßenhund?«

Das Blut schoss Pauline in den Kopf. Einen winzigen Moment lang fühlte sie sich verunsichert. Dann fiel sie in das allgemeine Gelächter ein. »Mieke«, sagte sie rasch, »ich hoffe, du bist mir nicht böse. Ich habe eine Überraschung für Lenny. In gewisser Weise, eigentlich sogar sehr, betrifft sie auch dich. Es ist ein Geschenk.«

»Solange es kein Schlagzeug ist …«

»Spann uns nicht so auf die Folter«, rief Robert. »Ich hol die Kinder.« Er verschwand, sein Schwanken durch Tempo überspielend.

Pauline lief ebenfalls ins Haus.

»Weißt du, was los ist?«, erkundigte sich Mieke bei Zoë, als diese mit Lenny hinter Robert zurück auf die Terrasse kam und einen betont gelangweilten Gesichtsausdruck zur Schau trug.

»Kann schon sein.«

Auch Pauline kehrte zurück, ihre Hände umfassten einen Karton. Sie stellte ihn ab und sah Lenny an. »Für dich.«

Der Junge lüftete den Deckel. Einen Moment lang starrte er wortlos in den Karton. Dann schloss er die Augen.

»Nimm ihn heraus«, ermunterte Pauline ihn.

Mit beiden Händen griff Lenny vorsichtig hinein. Als er sie wieder herauszog, schlief ein hellbraunes Hündchen darin. Es atmete schnell, und seine Pfoten zuckten, als träumte es.

»Mama?« Lenny drehte sich zu seiner Mutter um.

Er sieht jetzt selber aus wie ein Welpe, dachte Mieke, mit diesen feuchten, bettelnden Augen.

»Ist schon in Ordnung«, sagte Pauline und strich mit ihrer von zu viel Arztseife geröteten Hand über den Kopf des Tierchens. »Es ist ein portugiesischer Wasserhund. Die Rasse haart nicht, sie ist perfekt für Allergiker. Das hast du mir doch erzählt, als Lenny von der Leiter gefallen ist. Dass er Asthma hat.«

»Darf ich ihn behalten, Mama?«, fragte Lenny noch einmal.

»Natürlich.« Mieke hockte sich neben ihren Sohn. »Natürlich darfst du ihn behalten.« Sie sah zu ihrer Freundin auf. »Sind solche Hunde nicht sehr teuer?«

»Ich habe ihn sehr günstig bekommen«, beruhigte Pauline sie. »Eine Patientin von mir hatte ihn einem Züchter abgekauft, der ihn einschläfern wollte, weil er nicht den Rassestandards entspricht. Deshalb hat er auch keine Papiere. Ein paar Tage später flatterte ihr ein Angebot für ihren Traumjob in Sydney ins Haus. Sie war so erleichtert, als ich ihr sagte, dass ich ein gutes Zuhause für den Kleinen wüsste.«

»Danke. Du weißt gar nicht, was das für Lenny bedeutet.« Mit der Hand wischte Mieke sich schnell über die Augen.

David, der sich neben die beiden auf den Boden gesetzt hatte, reichte ihr mit einer, wie Pauline schien, routinierten Geste ein Taschentuch. Sie sah zu Robert hinüber, der erneut sein Grappaglas füllte, und erhob sich. »Ich gebe dir noch den Vertrag, ja?«

»Gerne.«

Mieke folgte Pauline ins Arbeitszimmer. Das Dokument lag zuoberst auf dem Papierstapel auf Roberts Schreibtisch. »Nimm den Vertrag mit nach Hause und lies ihn gründlich durch.« Pauline reichte ihrer Freundin den Entwurf. »Oder, noch besser, zeige ihn Heddas Anwältin.«

»Nicht nötig«, wehrte Mieke ab. Sie nahm einen Kuli vom Schreibtisch und kritzelte ihren Namen auf das Dokument. »Lenny und ich machen uns jetzt auf den Weg.«

»Da ist noch etwas. Etwas, das mich beunruhigt.«

»Ja?«

»Als ich dir die Spritze gegeben habe, vorgestern, da lag ein Brief auf dem Boden. Beim Aufheben habe ich zwangsläufig gelesen, was drinstand.«

Mieke zuckte mit den Achseln. »Das ist schon der zweite Brief«, gab sie zu. »Aber es steht nur wirres Zeug darin.«

»Zeig ihn bitte Heddas Anwältin. Ich finde, dass er bösartig klingt. Wir sehen uns am Freitag?«

»Freitag?«

»Der Termin in meiner Praxis«, erinnerte Pauline sie. »Damit wir deiner Migräne endlich auf den Grund gehen.«

Sie würde es nicht zulassen, dass ihre vergessliche Freundin sich den Rest ihres Lebens mit überflüssigen Schmerzen herumplagte. Selbst wenn Mieke nicht daran glaubte, dass Heilung möglich war.

FREITAG, 15. JULI

Als die Kinder in Richtung Ausgang trödelten, sprang David mit einem Satz zu Mieke auf die Bühne.

»Wer hat dir das beigebracht? Lenny?«

»Antonia«, gab David zu. Dass er sich beim ersten Versuch das Knie aufgeschlagen hatte, behielt er lieber für sich.

»Ich gehe nicht mit jungen Hüpfern aus. Vielleicht sollte ich mich an Gustav ranmachen.«

David zog sie an sich. »Der ist fitter als wir beide zusammen«, murmelte er in ihr Haar. »Hat keinen Zweck, dem hinterherzulaufen.«

Mieke machte sich los. »Nicht«, warnte sie ihn. »Lenny weiß noch nichts von uns.«

»Wann willst du es ihm sagen?«

»Bald. Morgen. Du brauchst übrigens nicht auf mich zu warten, ich wollte noch kurz mit Gesa sprechen.«

»Soll ich dich später abholen? Halb acht?«

»Wir treffen uns besser am Bahnhof, ich komm mit dem Rad hoch.«

Sie sah David nach, bis er die Aula verlassen hatte, und ging den Bühnenrand entlang zur Requisite. Die Tür stand offen, aber der Raum war leer. Als sie sich umdrehte, eilte Gesa aus der anderen Richtung über den Flur, beide Arme um einen Umzugskarton geschlungen. Mieke trat zur Seite, und Gesa setzte ihn auf dem Tresen ab.

»Das war der letzte«, sagte sie und rieb sich die feuchte Stirn. »Wir haben schon viel mehr Sachen, als wir für das Stück brauchen. Allerdings fehlt uns noch ein Leuchter, so einen wie den, den Zoë aufgetrieben hat. Nach den Sommerferien können wir den ganzen Plunder beim Herbstbasar verkaufen.«

»Gute Idee. Gesa, ich würde dich gerne etwas fragen.«

»Wenn es nicht allzu lange dauert? Ich habe noch einen Hausbesuch.« Sie griff nach dem blauen Trenchcoat, der über dem Bürostuhl hing, hängte sich eine Schultertasche um und kam hinter dem Tresen hervor.

Mieke hielt ihr die Tür auf, machte das Licht aus und schloss mit ihrem Universalschlüssel ab. »Wegen des Tagebuchs«, sagte sie und folgte der jungen Frau in Richtung Ausgang. »Kannst du mir sagen, wo genau du es gefunden hast?«

»Konntest du es überhaupt lesen, mit dieser komischen Schrift?«, rief Gesa über die Schulter zurück.

Mieke beschleunigte ihre Schritte, bis sie auf gleicher Höhe war. »Halbwegs«, antwortete sie. Von Gustav brauchte Gesa nichts zu wissen.

»Ich kann dir leider nicht helfen. Das Buch war in einem der Spendenkartons.«

»Die sind doch beschriftet, oder?«

»Falls die Spender ihren Namen draufgeschrieben haben. Ich notiere nur ein paar Stichworte zum Inhalt, nachdem ich alles sortiert habe.«

»Wenn du noch eins findest, sagst du mir dann Bescheid?«
»Klar.«

Sie waren auf dem Parkplatz angekommen, auf dem ein roter Škoda mit dem Schriftzug ihres Pflegediensts stand. Gesa stieg ein und ließ die Scheibe auf der Fahrerseite herunter. »Pauline hast du schon gefragt, oder?«

»Pauline?«, erwiderte Mieke überrascht. »Nein, wieso das denn?«

»Na, sie war doch Heddas Ärztin!«, antwortete Gesa, und das Fenster glitt hoch. »Wenn sich jemand im Haus auskennt, dann sie.«

Mieke sah perplex dem Auto hinterher, als es vom Parkplatz raste. Schon wieder etwas, das Pauline ihr verschwiegen hatte, auch wenn sie jedes Mal eine logische Erklärung für ihre Geheimnistuerei hatte. Mieke schaute auf die Uhr. Um sechs hatte sie den Termin in Paulines Praxis. Mal sehen, welche Ausrede ihre Freundin ihr gleich auftischen würde.

Der zum Wartezimmer umfunktionierte Wintergarten war bereits leer, als sie eine Stunde später den Altbau in einer Seitenstraße des Marktplatzes betrat. Auch die Rezeption war nicht mehr besetzt. Mieke wollte gerade an die Tür des Sprechzimmers klopfen, als Pauline in weißem Arztkittel sie von innen öffnete.

»Dachte ich mir doch, dass ich etwas gehört habe.«

Pauline küsste Mieke auf die Wange, wies auf einen Sessel vor ihrem Schreibtisch und nahm selbst auf dem Bürostuhl dahinter Platz. »Hat Lenny schon einen Namen für den Hund ausgesucht?«, erkundigte sie sich.

»Ich habe ihm Sandro vorgeschlagen, nach meinem Großvater.«

»Weil er ein portugiesischer Wasserhund ist?« Pauline lachte. »Lustige Idee. Jetzt kümmern wir uns erst mal um deine Migräne. Danach könnten wir noch etwas trinken gehen, wenn du magst.«

»Geht leider nicht, ich bin verabredet.«

»Mit David?«

Überrascht sah Mieke auf.

»Woher ich das weiß?« Ihre Freundin griff zu ihrem Stethoskop. »Ärztliche Intuition. Leg dich auf die Liege, bitte.«

Nach der Untersuchung bat sie Mieke, sich wieder auf den Sessel zu setzen, und lehnte sich selbst gegen die Tischkante. »Wir müssen natürlich die Laborwerte abwarten«, sagte sie. »Aber im Moment sieht alles gut aus. Nimmst du noch andere Medikamente? Außer Migränetabletten?«

Mieke schüttelte den Kopf. Seit diesem Nikolaustag vor fast zwei Jahren, den sie am liebsten vergessen würde, hatte sie keine Psychopillen mehr angerührt. Außer in der ersten Woche im Fischerhaus, doch Ausrutscher zählten nicht.

»Gut. Ich verschreibe dir ein anderes Präparat, das ist neu

auf dem Markt und magenverträglicher. Das Gleiche, das ich dir am Montag gespritzt habe, nur als Tablette. Davon nimmst du regelmäßig eine vor dem Frühstück.«

»Jeden Morgen? Nicht nur bei Anfällen?«

»Genau. Nach zwei, drei Wochen reduzieren wir die Einnahme, dann nimmst du eine wöchentlich und irgendwann eine monatlich. Mit ein bisschen Glück kommt es zu keinen Anfällen mehr. Warte, ich habe irgendwo noch ein Ärztemuster.« Sie stand auf, schloss eine Schublade im Metallschrank hinter dem Schreibtisch auf und nahm ein paar Blisterpacks heraus

»Danke.« Mieke steckte sie in ihre Hosentasche.

Pauline setzte sich vor den Monitor und begann auf der Tastatur zu tippen.

»Eine Frage hätte ich doch noch«, sagte Mieke.

»Ja?« Pauline sah sie nicht an, sondern tippte weiter.

»Warum hast du mir verschwiegen, dass du Heddas Ärztin warst?«

Das Tippen hörte auf, aber Pauline fixierte weiterhin den Monitor. »Wer hat dir das erzählt?«, fragte sie nach einer Weile.

»Gesa.«

»Gesa«, wiederholte Pauline. Dann drehte sie sich abrupt um. »Ich sage dir jetzt etwas. Du musst mir versprechen, dass du das für dich behältst. Kein Wort zu Shanti und David. Und schon gar nicht zu Lenny und Zoë.«

»Versprochen.«

»Am Mittwoch beim Essen, ist dir da was aufgefallen? Zwischen Robert und mir?«

Mieke zögerte. »Du schienst ein wenig genervt zu sein«, antwortete sie schließlich. »Ich nehme an, dass die Grappas damit zu tun hatten.«

»Die auch, ja. Aber vor allem hat Gesa damit zu tun.«

»Gesa?«

»Gesa«, bestätigte Pauline. »Roberts … Geliebte.« Ihre Stimme klang ein wenig heiser, als sie das Wort aussprach. Als ob sie es noch üben müsste, bevor es ihr glatt über die Lippen ging.

»Robert hat eine Affäre?«

»Nicht mehr.« Pauline stand auf, ging zum Fenster und öffnete es. Dann nahm sie aus der Tasche ihres Kittels eine Schachtel, zündete sich eine Zigarette an und hockte sich auf die Heizung. »Ich habe es um Weihnachten herum herausgefunden und ihm ein Ultimatum gestellt. Er hat die Sache daraufhin beendet.«

»Bist du sicher?«

»Ganz sicher«, antwortete Pauline und schnippte etwas Asche in den Vorgarten. »Ich habe Gesa später bei Hedda zur Rede gestellt, wir sind uns da ja andauernd über den Weg gelaufen. Gott, war die Frau wütend! Hedda schlief schon und hat nicht mitbekommen, wie Gesa mich angeschrien hat. Ich solle mir nicht einbilden, dass Robert aus Liebe bei mir bleibe, sondern nur wegen Zoë.«

»Wie schrecklich.«

»Ich hasse diese dumme Kuh!« Pauline drückte die Kippe in einem Blumentopf aus.

»Wenn es dich tröstet«, antwortete Mieke, »bei mir war es nicht viel anders.«

Ohne jeden Anflug von Trauer dachte sie an das Ende ihrer Ehe mit Alexander. Sie hatte damals die Lulu auf einer Amsterdamer Off-Bühne gespielt. Allerdings hatte ihr Ex-Mann erst dann Trost bei der Zweitbesetzung gesucht, als Mieke ihn angefaucht hatte, er solle sich zum Teufel scheren. Was er wörtlich genommen hatte.

»Weißt du, was mich am meisten ärgert? Dass ich so naiv war. Ich musste erst eine SMS bekommen, die für Gesa bestimmt war.«

»Hat Robert die Affäre zugegeben?«

»Sofort. Er wollte wohl schon länger mit ihr Schluss machen, aber sie hat gedroht, Zoë Bescheid zu sagen. Behauptet er jedenfalls, keine Ahnung, ob das stimmt. Ich glaube, dass Hedda etwas geahnt hat.«

»Wieso?«

»Sie hat mich gewarnt, indirekt. Mir sehr subtil zu verstehen gegeben, dass ich Gesa nicht trauen soll.«

Mieke erhob sich. »Was für ein Durcheinander.«

»Robert und ich, wir raufen uns schon wieder zusammen. Mach dir keine Sorgen.« Pauline nahm den Zigarettenstummel aus dem Blumentopf, wickelte ihn in ein Kleenex und beförderte ihn in einen Tretmülleimer. »Übrigens, wo hat Heddas Tagebuch eigentlich gesteckt?«

Mieke biss sich unschlüssig auf die Lippen. Aber nach Paulines Eröffnung fühlte sie sich nicht mehr verpflichtet, Roberts Ex-Geliebte zu schützen. »Gesa hat es gefunden, es lag bei den Requisiten«, antwortete sie schließlich. »Leider nur eins. Es gibt bestimmt noch andere, irgendwo.«

Für einen winzigen Moment zog bei der Erwähnung von Gesas Namen ein Schatten über Paulines Gesicht. Aber sie hatte sich gut im Griff. Diese Selbstbeherrschung hatte Mieke an ihrer Freundin schon immer bewundert. Sie selbst hatte ein paar Jahre Schauspieltraining gebraucht, um sich ihre Gefühle nicht anmerken zu lassen.

»War eigentlich etwas seltsam an Heddas Tod?«, erkundigte sie sich beiläufig.

»Du meinst, wegen diesem anonymen Wisch?« Pauline,

die gerade dabei war, ihren Arztkittel auszuziehen, hielt inne. »Hast du ihn der Anwältin gezeigt?«

Mieke schüttelte den Kopf. »Mach ich noch. Nächste Woche.«

»Dann klären wir das jetzt ein für alle Mal.« Pauline warf den Kittel in eine Wäschebox und setzte sich wieder an den Computer. Ihre Finger flogen routiniert über die Tastatur. »Ich kann dir die Krankenakte nicht zeigen«, sagte sie, »aber ich habe sie jetzt vor mir. Also, an Heddas Tod ist absolut nichts Außergewöhnliches.«

»Ich habe gehört, dass sie ein schwaches Herz hatte.«

»Dem würde ich nicht widersprechen.«

»Dann ist sie an einem Herzinfarkt gestorben?«

Pauline drückte eine Taste, und der Monitor erlosch. »Mieke, ich darf dir das nicht sagen. Aber drücken wir es mal so aus: Abwegig wäre eine solche Vermutung nicht.«

»Du hast also ohne Bedenken den Totenschein ausgestellt?«

»Oh, das weißt du gar nicht?« Pauline schüttelte den Kopf. »Ich habe den Tod nicht festgestellt. Am Tag davor bin ich zu einem Seminar gefahren. Dr. Küster, ein Allgemeinmediziner hier im Ort, hat sie gefunden.«

»Wieso das denn?«

»Hedda kannte meine Reisepläne. Deshalb hat sie am Abend nach meiner Abreise, als sie sich plötzlich unwohl fühlte, den alten Küster um einen Hausbesuch gebeten. Der Arzt konnte allerdings nichts Akutes feststellen, hat er mir erzählt. Am nächsten Morgen hat er sicherheitshalber noch mal nach ihr gesehen und sie tot aufgefunden. Was ihn bei ihrer medizinischen Vorgeschichte nicht wirklich überrascht hat.«

»Ihm ist also gar nichts Merkwürdiges aufgefallen?«

Pauline stöhnte. »Mieke, das reicht jetzt! Du bist richtig besessen von der Idee, dass etwas faul ist.«

»Wenn ich Heddas Leben recherchieren muss, gehört ihr Tod dazu.« Mieke merkte selbst, wie absurd der Satz klang. Dennoch fuhr sie fort: »Die Leiche wurde nicht obduziert?«

»Wurde sie nicht. Wenn du meinst, das sollte man nachholen: Hedda wurde kremiert, und natürlich gab es die vorgeschriebene Leichenschau. Ich war bei der Beerdigung und habe höchstpersönlich gesehen, wie die Urne ins Grab befördert wurde.« Pauline erhob sich. »Mieke, bring die Briefe zu der Anwältin. Oder zur Polizei. So was ist ... einfach nur Dreck. Giftiger Dreck.«

Als Mieke aufstand, begleitete ihre Freundin sie zur Tür. Wahrscheinlich um sicherzugehen, dass sie sich endlich verabschiedete. Aber sie irrte sich.

Am Empfangstresen sagte Pauline: »Tut mir leid, wenn ich etwas schroff war. Frag mich ruhig alles über Hedda, was du willst. Mir ist es genauso wichtig, dass du ihre Biografie schreibst, wie dir selbst. Und weißt du warum?«

Mieke sah sie an, skeptisch, wie sie befürchtete.

»Weil du dann hierbleibst. Denn noch mal entwischst du mir nicht, Mieke Breckwoldt, dafür werde ich sorgen.«

*

Zoë hatte genug von den halbseidenen Ausflüchten ihrer Mutter. Sie konnte ihren Urgroßvater schließlich auch ohne sie besuchen.

»Glaubst du, die lassen uns einfach so rein?«, fragte Lenny, als er Zoë endlich einholte.

Den steilen Wittenbergener Weg hinunter, der sich zwischen Heide und Wald in Serpentinen zur Elbe stürzte, hatten sie ihren Rädern freien Lauf gelassen. Lenny hatte mit aller Kraft die Bremshebel anziehen und sich gleichzeitig in den Rücktritt stemmen müssen, um nicht im Vorgarten des Alten- und Pflegeheims am Rissener Ufer zu landen.

Seine Freundin hatte ihr Rad schon in den Ständer geschoben und lief auf den Eingang zu. »Warum nicht?«, sagte Zoë, ohne langsamer zu werden. »Ich bin schließlich Familie.«

»Vielleicht rufen sie bei deiner Mutter an«, gab Lenny keuchend zu bedenken und hielt sie an der Schulter fest. »Bleib doch mal einen Moment stehen!«

Widerstrebend drehte sich das Mädchen zu ihm um. »Was ist?«

»Zoë«, sagte er im gleichen Tonfall, den seine Mutter benutzte, wenn sie ihm etwas über das Leben beibringen wollte.

»Lenny«, ahmte sie ihn nach.

Er überhörte den spöttischen Unterton. »Wir brauchen eine Erklärung, warum du auf einmal auftauchst.«

Zoë gab nach. »Ich sage einfach, dass Bruno bei uns angerufen hat. Und dass meine Mutter mich schickt, weil sie heute keine Zeit hat.«

»Ich dachte, er ist dement.«

»Telefonieren schafft er noch. Sogar mehrmals hintereinander, wenn er vergisst, dass er davor schon angerufen hat.«

»Das Foto hast du?«

Zoë klappte die Vorderseite ihrer Jeansjacke um, die sie über dem gestreiften Trägerkleid trug. »In der Innentasche.«

»Ich habe noch mehr Bilder aus dem Album mitgebracht«, sagte Lenny, als sie die Milchglasdrehtür des würfelförmigen weißen Baus erreicht hatten. »Vielleicht hilft das seinem Gedächtnis auf die Sprünge. Kennst du seine Zimmernummer?«

»Keine Ahnung, ist ewig her, seit ich zuletzt hier war.«
Zoë hatte der Tür einen energischen Schubs gegeben und
erstarrte. Lenny wäre beinahe in sie hineingelaufen.

Sie kamen sich vor wie bei einem Theaterbesuch, nur
dass sie auf keiner Bühne standen. Mehrere alte Leute, die
meisten mit Schals um den Hals und karierten Decken auf
den Knien, formten mit ihren Rollstühlen einen Halbkreis
um die Drehtür und starrten sie an.

»Besuch!«, meldete eine Dame, deren weißes Haar unter
einer roten Strickmütze hervorlugte.

Zoë hatte sich wieder gefasst und lächelte ihrem Publikum zu. Dann nahm sie Lenny bei der Hand und zog ihn
zur Rezeption im hinteren Teil des Raums, gleich neben der
Cafeteria, der eine Duftwolke von Brokkoli und Schoko-
pudding entschwebte.

»Wir möchten Bruno Andresen besuchen«, verkündete
sie. »Ich bin Zoë Sörensen, seine Urenkelin. Meine Mutter
schickt mich, sie hat heute keine Zeit.«

Die junge Schwester trug ein glänzendes Piercing in der
Unterlippe und einen zartlila Kittel mit einem Ansteck-
schildchen, das sie als Swetlana auswies. »Wie schön!«,
meinte sie heiter. »Da wird sich der alte Herr freuen.«

»Wie war noch mal seine Zimmernummer?«

»211«, antwortete Swetlana, nachdem sie den Monitor
auf der Theke inspiziert hatte. »Aber Herr Andresen hat
gerade gegessen und ruht auf der Terrasse. Vielleicht habt
ihr Lust, ihn spazieren zu fahren?«

»Gerne!« Zoë blinzelte Lenny zu und folgte der Pflege-
rin einen linoleumbelegten Flur entlang.

Die beiden großen Glastüren zur gefliesten Terrasse
standen offen, darauf verteilt saßen weitere in Mäntel und
Schals verpackte Bewohner, manche hielten Ferngläser

in den Händen. Vor dem Altenheim erstreckte sich eine Auenlandschaft – ein Mosaik aus Feuchtwiesen, Teichen wie aquamarinblauen Augen und hellen Sandflecken.

»Hier vorne!« Swetlana winkte die beiden in eine Nische, in der neben einem Tischchen ein alter Herr in einem Rollstuhl schlief. Um seinen Hals hatte er ein rotes Seidentuch geschlungen, unter der Wolldecke schauten eine graue Hose und eine marineblaue Strickjacke hervor. Das ungewöhnlich lange und volle Haar glänzte im gleichen Silberton wie sein Vollbart.

»Ich hole euch einen Kaffee«, bot die Schwester an. »Nicht enttäuscht sein bitte, wenn er aufwacht. Er redet nicht viel, meistens nur einzelne Wörter.«

Zoë und Lenny zogen sich zwei Stühle heran und nahmen von Swetlana, die ein paar Minuten später mit einem Tablett in der Hand wiederauftauchte, Porzellantassen mit Goldrand entgegen.

»Kaffeezeit, Herr Andresen!« Die junge Frau reichte Zoë eine Schnabeltasse aus rosa Plastik vom Tablett. »Vielleicht setzt du dich lieber direkt neben ihn, dann kannst du ihm beim Trinken helfen«, schlug sie vor, bevor sie verschwand.

Zoë erstarrte. »Ich kann das nicht, Lenny«, flüsterte sie.

»Zu viel Nähe?« Lenny stand auf, schob seinen Stuhl neben Bruno und tippte ihm leicht auf die Schulter. »Herr Andresen?«

Der alte Mann schlug die Augen auf. Sie waren meerblau wie die seiner Urenkelin, aber wässerig, ohne Tiefe.

»Möchten Sie Kaffee?« Lenny zeigte auf die Tasse.

Bruno nickte. Der Junge hielt die Tasse an seine Lippen, nahm danach eine Serviette und tupfte ihm den Mund ab.

Nun setzte sich der alte Herr unvermittelt auf. »Mädchen«, sagte er mit überraschend klarer Stimme. »Pauli.«

Jetzt rückte auch Zoë ihren Stuhl näher an ihren Urgroß-vater heran. »Nicht Pauline. Ich bin's, Zoë!«

»Ist doch egal«, flüsterte Lenny. »Zeig ihm schnell das Foto!«

Zoë zog das Bild aus der Tasche, legte es vor ihn hin und deutete darauf. »Guck mal, Uropa, das bist du, richtig?«

Der alte Mann glotzte sie weiter an. »Pauli«, sagte er erneut.

»Ja, Pauli. Aber auf dem Foto, wer ist das? Du, oder? Und Hedda. Und ...« Sie machte eine erwartungsvolle Pause.

»Pauli.« Der alte Mann hielt seinen Blick unverwandt auf das Mädchen gerichtet.

Zoë machte ein enttäuschtes Gesicht. »Das hat keinen Zweck.«

Lenny nahm das Foto vom Tisch und hielt es Bruno direkt vor die Augen. »Bruno«, sagte er überdeutlich und tippte auf den jungen Bruno auf dem Bild. »Hedda.« Er wies auf das Mädchen. »Wolf«, sagte er dann und zeigte auf den Mann in Uniform.

Ein Ausdruck des Erkennens erhellte das faltige Gesicht. Dann streckte der alte Mann den rechten Arm aus.

In derselben Sekunde ahnte Zoë, was passieren würde.

»Heil Hitler!«, rief Bruno. Er ließ den Arm sinken. Auch sein Kopf fiel zur Seite.

Zoë sah sich beklommen um. Aber keiner der anderen alten Herrschaften schaute zu ihnen herüber.

»Wahrscheinlich sind die alle schwerhörig«, flüsterte Lenny. »Gott sei Dank.«

»Wir bringen ihn aufs Zimmer. Da ist er nicht so abge-lenkt.«

Unter dem beifälligen Lächeln Swetlanas schoben sie den Rollstuhl an der Rezeption vorbei in den Aufzug. Im zwei-ten Stock wies ein Schildchen zu den Zimmern 201 bis 213.

»Kein Elbblick«, stellte Zoë fest, »den haben nur die geraden Nummern.« Sie entdeckte die 211 und drückte auf die Klinke.

Als einziges auffälliges Möbelstück thronte ein mit dunkelrotem Leder bezogener Ohrensessel am Fenster zum Hof. Ansonsten standen nur ein Klinikbett in dem länglichen, weiß gestrichenen Raum, ein Schrank und eine Kommode mit einem Röhrenfernseher darauf.

Bruno ließ sich willig in den Sessel bugsieren. Das Mädchen nahm eine Wolldecke von der Armlehne und legte sie dem alten Mann über die Knie. Lenny breitete die anderen Fotos, die er aus dem Album mitgebracht hatte, auf einem Servierwagen aus und rollte ihn neben den Sessel.

»Schauen Sie mal, Bruno«, sagte er. »Sind das Ihre Freunde?«

Der alte Mann ließ seinen Blick gleichgültig auf den Bildern ruhen. Als er plötzlich mit scharfer Stimme »Foto!« bellte, fuhren seine Besucher zusammen.

Lenny reichte ihm das schwarz-weiße Bild, das seine Aufmerksamkeit geweckt hatte. Hedda in Faltenrock und Bluse und ein junger Mann mit offenem Hemd und hochgekrempelten Ärmeln ließen darauf die Beine von der Mauer vor dem Blankeneser Gymnasium baumeln, neben der Kastanie.

»Simon.«

»Das ist Simon? Wie schön. Schau mal, hier ist wieder das Bild mit dir, Hedda und Wolf von Lorenz. Da war Krieg in Deutschland«, sagte Zoë. Sie hoffte inständig, dass der Alte nicht noch mal den Hitlergruß herausposaunte.

»Krieg«, wiederholte der alte Mann. »Soldat.«

»Ja, du warst bestimmt Soldat«, rief Zoë eifrig. »Und Wolf«, sie zeigte erneut auf das Bild, »der war auch Soldat.

Guck mal, er trägt eine Uniform. Das ist die Uniform der Waffen-SS, richtig?«

Der Blick des alten Mannes wanderte zu dem anderen Foto zurück.

»War Wolf in der Waffen-SS?«, drängte seine Urenkelin. Sie befürchtete, dass er jeden Moment wieder wegdriftete. »Was hat Wolf im Krieg gemacht? Du weißt das doch, oder?« Erschreckt bemerkte sie, dass eine Träne über Brunos Wange rann.

»Urgroßvater?«, flüsterte sie. »Geht es dir gut?«

Lenny reichte dem alten Mann ein Papiertaschentuch.

Der nahm es und knetete es mit beiden Händen. »Du musst nett zu mir sein, Pauli«, wimmerte er. »Bitte, sei nett zu mir.«

Dann sank sein Kopf zur Seite. Bruno Andresen war eingeschlafen.

·⁎·

Wie jeden Freitagabend drängelten sich die Leute vor dem Tresen. David, der gerade die Tür zur »Markt Schänke« geöffnet hatte, erspähte dennoch sofort die hektisch winkende Hand mit den signalroten Fingernägeln. Sophie und Max hatten einen Tisch direkt am Fenster besetzt. Und wie immer trugen sie identische Klamotten, schwarze Hosen und schwarze Hemden. Wäre Max nicht zwei Meter groß gewesen und die Frau mit dem rotbraunen Bob neben ihm nicht so puppenhaft, könnten sie sich den Inhalt eines Kleiderschranks teilen.

Er legte einen Arm um Miekes Schulter, die hinter ihm die Kneipe betreten hatte, und bugsierte sie durch die angeheiterte Meute zu seinen Freunden.

»Das ist also die berühmte Mieke«, rief Sophie. Sie sprang auf und umarmte Davids Begleiterin. »Sie ist viel zu hübsch für dich«, sagte sie über Miekes Arm hinweg zu ihm. Sie setzte sich wieder und zog dabei Mieke auf den Stuhl neben sich.

»Prima, dass wir dich endlich kennenlernen.« Max lächelte ihr zu. »Was kann ich dir bestellen?«

»Eine Cola, bitte. Ohne Zucker.«

»Für dich ein Hefeweizen?«

David nickte, und Max verschwand im Gedränge.

»Trinkst du keinen Alkohol?«, erkundigte sich Sophie und wies auf ihr fast leeres Glas, in dem eine Zitronenscheibe schwamm. »Die machen hier ziemlich gute Gin Tonics.«

»Vielleicht später.«

»Hast du wieder Kopfschmerzen?«, flüsterte David ihr zu. »Du siehst ein bisschen blass um die Nase aus.«

Mieke schüttelte abwehrend den Kopf. »Mir geht's gut.« Sie wandte sich an Sophie. »Ist nett hier. Ich war ewig nicht mehr in einer Kneipe.«

»Gibt es überhaupt eine in deinem Vorort?«

Mieke lachte. »Nicht wirklich. Als ich jung war, was das anders.«

»Stimmt«, mischte sich Max ein, der vier Gläser in den Händen balancierte und auf dem Tisch abstellte. »Ich habe mal von diesem legendären Lokal gehört, ›Linde‹ oder so«, meinte er beim Hinsetzen.

»Ja, ›Zur Linde‹. Die Kneipe war sehr cool. Ich war aber nicht oft da. Als ich 15 war, sind wir weggezogen.«

»Nach Holland, hat David erzählt.«

»Eine richtige Plaudertasche, euer Freund.«

Mieke hatte die Bemerkung mit einem Lächeln abgemildert, aber David registrierte sehr wohl die Schärfe. Er sah, wie sich Max und Sophie einen überraschten Blick zuwarfen. Warum war Mieke nur so angespannt? Selbst bei den Proben hatte sie heute kurz die Contenance verloren, als Antonia in einer Szene wieder und wieder ihren Text verbockt hatte. Das passte gar nicht zu ihrer sonstigen Gelassenheit. Er öffnete einen weiteren Knopf seines weißen Hemdes, der Kneipenraum war brütend heiß. Mieke hatte ihn gebeten, das Treffen zu arrangieren, als er erwähnt hatte, dass eine Freundin von ihm eine auf Medizinrecht spezialisierte Anwältin war. Die Sache mit Hedda ließ ihr anscheinend keine Ruhe.

»Wir haben David über dich ausgequetscht«, sprang Sophie zu seiner Verteidigung herbei. Sie trank ihren zweiten Gin Tonic aus und sah sich suchend nach dem Kellner um.

»Er hat uns auch von diesen anonymen Briefen erzählt«, platzte Max heraus. Er strich sich die kinnlangen roten Haare zurück und hätte dabei beinahe seine Hornbrille von der Nase gefegt. »Die andeuten, dass etwas faul am Tod dieser Hedda sein könnte. Hast du herausgefunden, wer sie geschrieben hat?«

David hätte Max am liebsten unter dem Tisch getreten, aber er saß zu weit weg. Subtilität war dem ewig neugierigen Journalisten fremd. Doch zu seiner Erleichterung ließ sich Mieke ihre Verstimmung, wenn sie überhaupt noch vorhanden war, nicht mehr anmerken.

»Inzwischen glaube ich, dass nur jemand Gerüchte in die Welt setzen wollte«, erklärte sie. »Hedda hatte wirklich ein schwaches Herz. Dem Arzt, der den Totenschein ausgestellt hat, ist nichts Ungewöhnliches aufgefallen.«

»Das heißt doch gar nichts.« Sophie, der es gelungen war, die Aufmerksamkeit des Kellners auf sich zu lenken, nahm zufrieden ihren dritten Gin Tonic entgegen und sah fragend in die Runde. »Noch jemand einen?« Als Mieke nickte, machte sie dem Kellner ein Zeichen. »Also, wie sieht wohl der perfekte Mord aus, was meint ihr?«

»Nicht wie ein Mord. Sondern wie ein normaler Todesfall«, antwortete David prompt.

»Richtig«, antwortete Sophie. »All diese Kriminalromane, die vom perfekten Verbrechen fantasieren, bedienen nur ein Narrativ. Nämlich, dass man superschlau sein muss, um nach einem Mord ungestraft davonzukommen. Ihn raffiniert konstruieren muss. Die Wahrheit ist viel banaler. Es gibt Schätzungen, dass die Hälfte aller Tötungsdelikte nicht erkannt wird, selbst wenn sie unglaublich laienhaft begangen wurden. Aus purer Schlamperei.«

»Aber was ist mit der Leichenschau?«, fragte David.

Sophie schnaubte in ihr Glas. »Wusstet ihr, dass die ein Augenarzt machen kann? Oder ein Orthopäde? Es gibt massenhaft Fälle, in denen sogar Stichverletzungen nicht erkannt wurden. Oder Schusswunden, aufgeschnittene Pulsadern. Fast alle Totenscheine sind fehlerhaft. Mediziner hassen es, etwas Unnormales zu bescheinigen.«

»Wieso das denn?«

Sophie war sichtlich erfreut über das Interesse von Davids Freundin. »Weil niemand Ärger will. Manche Ärzte haben auch wenig Erfahrung mit Toten, oder ihnen fehlt das kriminalistische Gespür. In Deutschland wird generell wenig obduziert. Einmal, in Mainz, hat man zum Beispiel erst bei der zweiten Leichenschau im Krematorium entdeckt, dass ein Mann ein Gummiband achtmal eng um den Hals geschlungen hatte, lupenreiner Selbstmord. Und was stand auf dem Totenschein? Herzrhythmusstörungen!«

Das letzte Wort trompetete sie so laut in die Runde, dass es trotz des hohen Geräuschpegels zum Nebentisch wehte, jedenfalls drehte sich der Mann, der dort saß, interessiert um.

»Bei einem ungeklärten Tod muss immer die Polizei ermitteln«, fuhr Sophie gedämpft fort. »Ehe die Docs eine Autopsie anordnen, kritzeln sie lieber schnell Lungenembolie auf den Totenschein. Cheers!« Sie hob ihr Glas und leerte es in einem Zug.

»Moment«, sagte Max. »Glaubst du, dass Hedda umgebracht wurde?«

David gefiel das Glitzern in Max' grünen Augen nicht. »Geh das doch mal anders an, Mieke«, schlug er vor. »Vom Motiv her. Wer profitiert von Heddas Tod?«

»Ich.«

»Eben. Du, und keiner sonst. Und du hast sie nicht umgebracht.« Zufrieden lehnte David sich zurück.

»Aber vielleicht hatte sie ein Geheimnis. Oder Feinde«, widersprach Mieke und drehte dabei eine braune Haarsträhne um den Zeigefinger.

»Oder der anonyme Schmierfink hatte Langeweile. Max«, wandte er sich irritiert an seinen Freund, der die anderen amüsiert beobachtete, »wieso grinst du so überheblich?«

»Weil ihr den Wald vor lauter Bäumen nicht seht. Kann ja sein, dass etwas nicht koscher ist an diesem plötzlichen Tod. Aber warum zum Teufel soll es Mord sein?«

Mieke sog geräuschvoll den Atem ein. »Natürlich!«, rief sie. »Selbstmord! Hedda hat sich umgebracht!« Sie sah David ins Gesicht. »Dann muss ich unbedingt herausfinden, warum.«

David machte sich langsam Sorgen um Mieke. Aber vielleicht waren alle Schauspieler süchtig nach Drama. Dabei wollte die Anwältin garantiert keinen Krimi lesen, ihr wür-

den ein paar nett formulierte biografische Anekdoten reichen. Die Testamentsbedingungen wären erfüllt, und das
Haus würde Mieke gehören, fertig. Vielleicht war es an der
Zeit, seine Freundin auf den Boden der Tatsachen zurückzuholen. Mit einem kleinen Realitätsschock.

Als sie die Fahrräder aufschlossen, war Mieke immer noch
ganz aufgeregt. Ihre Augen, das konnte er sogar im schwachen Schein der Laterne vor der »Markt Schänke« erkennen, hatten wieder dieses helle Leuchten, das ihnen in den
letzten Tagen abhandengekommen war. Es tat ihm leid, es
auslöschen zu müssen.

»Mieke«, sagte er und hielt ihre Hand fest, bevor sie die
Rädchen am Zahlenschloss drehte. »Ich muss es dir endlich sagen. Das mit Lenny.«

Mieke richtet sich langsam auf, während sie ihre Hand
aus seiner löste. »Ach ja?«, antwortete sie vage, ohne ihn
anzusehen. »Ich habe gehofft, es hätte sich inzwischen erledigt. Also?«

»Es geht um Drogen. Lenny …«

Sie unterbrach ihn. »Lenny kifft? David, er ist ein hol-
ländischer Junge. Es gibt keine holländischen Jungs, die
nicht kiffen.«

Er hörte die Erleichterung in ihrem Lachen. Er hätte
jetzt gerne aufgehört und sie in die Arme genommen. »Ich
habe in eurem Mülleimer Drogen gefunden«, fuhr er stattdessen fort. »LSD und Dope, viel zu viel für den Eigen-
bedarf. Es kann sein, dass Lenny dealt. Oder es zumindest
vorgehabt hat.«

Eine Weile lang sah sie ihn ausdruckslos an.

»Na und?«, fragte sie schließlich. »Er hat das Zeug weggeworfen, sagst du ja selbst.«

»Na und?«, wiederholte er verblüfft. Das war nicht die Reaktion, mit der er gerechnet hatte. »Mieke, Lenny ist gerade mal 15!«

Sie zuckte mit den Schultern. »Sei nicht so ein verdammter Heuchler«, erwiderte sie kühl. »Du hast mir selbst erzählt, dass du Microdosing machst. Himmel, es ist LSD. Kein Heroin. Kein Crystal. Nichts, das süchtig macht.«

Hatte sie den Verstand verloren? »Mieke, dein Sohn kann in Teufels Küche kommen! Mal abgesehen davon, dass seine Kunden wahrscheinlich meine Schüler sind. Oder sein sollten. Wenn ihnen etwas passiert, bist du dafür verantwortlich!«

»Schrei mich nicht an!«

Die Wut, die in Miekes Augen blitzte, ließ ihn instinktiv einen Schritt zurücktreten.

»Halt dich raus aus dem Leben meines Sohnes«, fuhr sie ihn an. »Und aus meinem erst recht!« Sie gab die Nummern ins Zahlenschloss ein, setzte sich auf ihr Rad und raste davon.

Der Espressokocher stand unbenutzt im Regal, aber Lenny wusste, dass Mieke ohne einen ersten Kaffee nirgendwohin ging. Er checkte sein Handy. Gleich neun. Es kam ihm inzwischen so normal vor, dass sie ihm Frühstück machte. Fast hatte er vergessen, wie es in Den Haag gewesen war. Als er behauptet hatte, morgens keinen Hunger zu haben, und sich viel früher als nötig zur Schule aufmachte. Seine Mutter hatte so getan, als ob sie ihm glaubte, aber bestimmt hätte sie sich seinetwegen aus dem Bett gequält, wenn er die Wahrheit gesagt hätte. Doch er hätte das nicht ertragen können. Nicht nach diesem Nikolaustag vor zwei Jahren. Lieber hatte er seinen Cappuccino im Coffeeshop neben der Schule getrunken. Was für alle Beteiligten besser gewesen war. Außerdem hatte er dort Jan kennengelernt.

Vielleicht sollte er sie wecken. Es war zwar Sonnabend, aber manchmal tauchte Marc sogar am Wochenende auf, in seinem albernen Overall und mit dem Werkzeugkoffer. Lenny hatte nicht die geringste Lust, mit ihm zu reden. Allerdings meinte er sich zu erinnern, dass Marc seiner Mutter gesagt hatte, die Balken auf dem Dachboden müssten ein paar Tage trocknen, bevor er weitermachen konnte.

Lenny beschloss, Mieke schlafen zu lassen. Schließlich war sie gestern erst spät zurückgekommen, er hatte weit nach Mitternacht den Schein ihrer Fahrradlampe durch die Dunkelheit tanzen sehen und dann das Quietschen der Haustür gehört. Er hoffte nur, dass sie nicht mit dem Hausbock ausgegangen war. Ein passender Spitzname für

Marc, fand er. Er sollte ihn aber nicht verwenden, wenn Zoë dabei war.

Lennys Blick fiel auf die Schubkarre, die Marc an die Hauswand gelehnt hatte. Zoë und Antonia wollten um elf hier sein. Zu dritt wollten sie die Fähre nach Cranz am anderen Ufer nehmen und eine Radtour durch die Dörfer entlang der Este machen. Es war also Zeit genug, um hinter dem Haus einen weiteren Teil des Unkrautdschungels zu roden und die vorgezogenen Zucchini einzupflanzen. Sie sollten in die Erde, solange sie nur wenige Blätter hatten. Wenn ihm jemand in Den Haag prophezeit hätte, dass er in ein paar Monaten aus freiem Willen ein Gemüsebeet anlegen würde, hätte er auf eine Überdosis Zauberpilze getippt. Es schien, als hätte nicht nur seine Mutter sich verändert.

Lenny erhob sich, setzte den verschlafenen Sandro in die Schubkarre und steuerte sie zur Rückseite des Hauses. Von dem Hakenbrett im überdachten Unterstand baumelten eine Harke und zwei Schaufeln. Er warf die Gerätschaften in die Karre, zog Arbeitshandschuhe an und schlüpfte in hohe schwarze Gummistiefel.

Das Feld hinter dem Haus war wesentlich größer als der blumenbestandene Vorgarten zur Elbe hin. Die Hinterseite grenzte an die undurchsichtige Phalanx von Sträuchern und Büschen vor dem schmiedeeisernen Zaun, an dem der öffentliche Fußpfad entlangführte. Hedda und auch seine Großmutter, hatte Mieke ihm nach ihrer Ankunft erzählt, hatten immer ihr eigenes Gemüse gezogen. Im Moment wucherten auf den alten Beeten zwar noch hüfthoch Brennnesseln, Löwenzahn und Stechäpfel, aber Lenny sah schon wohlgeordnete Reihen vor sich, betupft mit Kartoffelgrün, orangefarbenen fetten Kürbissen, Radieschen und Salaten. Das ausgerissene Unkraut sammelte er in großen Körben, damit keine Samen herumflogen und die Pflanzen sich nicht vermehrten. Marc würde die Grünabfälle später auf dem Recyclinghof entsorgen.

Das Jäten ließ ihn schwitzen, und auf seinen Händen bildeten sich schnell Schwielen, aber Lenny gefiel sein Workout. Es erschien ihm sinnvoller, als hinter einem Ball herzurennen oder im Fitnessstudio Hanteln zu stemmen und dabei zu grunzen. Das Horten von Muskelmasse fand Lenny ebenso überflüssig wie das von Gegenständen. Arme Hedda, dachte er flüchtig, keineswegs Herrin der Dinge, sondern ihr Opfer.

Am Anfang hatte er anhand einer Botanik-App das Gestrüpp identifiziert, das er fest umfasste und herauszog. Es interessierte ihn, was er umbrachte. Jetzt jedoch hatte seine ruppige Seite die Oberhand gewonnen. Mit grimmigem Vergnügen zerrte er an einem besonders störrischen Stiel. Aber das Ding ließ nicht locker.

Schwer atmend richtete Lenny sich aus seiner gebückten Haltung auf. Besser, er säbelte die Stängel erst einmal ab und grub dann die Wurzeln aus. Er zog die Handschuhe aus und wischte sich über die nasse Stirn. Er musste auf jeden Fall noch ein zweites Mal an diesem Morgen duschen, bevor die Mädchen kamen. Und andere Klamotten anziehen. Prüfend glitt sein Blick über die Gartenwerkzeuge. Keine Säge. Aber bestimmt hatte der Hausbock eine.

Er klemmte sich den protestierenden Sandro unter den Arm und lief zum Haus. Marc bewahrte seine Geräte in der ehemaligen Waschküche auf. Mieke war immer noch nicht aufgewacht. Er beschloss, ihr gleich einen Kaffee auf den Nachttisch zu stellen. Vielleicht hatte sie einen Kater. Aber eigentlich trank sie selten; es war das andere Zeugs, um das man sich bei ihr Sorgen machen musste.

Zur Waschküche führten neben der Haustür drei ausgetretene Stufen hinunter. Der Riegel war mit einem Vorhängeschloss gesichert, der Hausbock hatte anscheinend ein Vertrauensproblem. Lenny deponierte Sandro im Badezimmer und holte sich aus der Schublade des Sekretärs im Wohnzimmer eine Handvoll Büroklammern. Der Raum war inzwischen aufgeräumt, aber er spürte dort immer noch Heddas Anwesenheit. Außer im Atelier ging es ihm in allen Zimmern so. Vielleicht sollten sie Salbei verbrennen, das würde ihrem Geist Beine machen.

Lenny lief zurück zur Waschküche, verbog eine der Klammern zu einem rechten Winkel und hatte nach ein paar Versuchen alle Pins runtergedrückt. Der Bügel des Schlosses glitt heraus. Feuchtkalter Modergeruch schlug ihm aus dem dämmerigen Raum entgegen. In der linken Wand war direkt unter der Decke ein winziges Fenster eingelassen, fast verborgen hinter Spinnweben. Davor stand ein gemauertes Regal mit transparenten Kisten.

Lenny trat näher. Der Hausbock war ordentlich, das musste man ihm lassen. In den kleinen Boxen verwahrte er Schrauben und Nägel, in den großen lagerten Hämmer, Zangen und Pinsel. Er wollte sich schon wegdrehen, als er mit dem Fuß gegen etwas Hartes stieß. Er bückte sich und zog eine Holzkiste unter dem Regal hervor, öffnete den Deckel und entdeckte mehrere Sägen, darunter sogar eine mit Motor, ein Seil und eine Axt. Lenny spürte, wie es in seiner Nase kitzelte, und er konnte ein Niesen nicht unterdrücken. Schnell griff er sich eine Handsäge, schob das schwere Teil wieder an seinen Platz und ließ den Bügel des Vorhängeschlosses an der Tür einrasten.

Im Flur holte er sein Handy hervor und musste ein paarmal blinzeln, ehe er die Zahlen entziffern konnte. Noch eine halbe Stunde, ehe seine Freundinnen kamen. Lenny fuhr sich mit der Hand über seine tränenden Augen und horchte an der Badezimmertür. Alles still. Er zog wieder seine Handschuhe an und lief zurück zum Garten.

Das Sägeblatt glitt geschmeidig durch das Grün der Stängel. Nach einer Viertelstunde hatte er mindestens zwei Quadratmeter Grünzeug gekürzt. Er richtete sich auf und schaute befriedigt auf die nackte erdige Fläche. Vielleicht konnte er noch heute Abend, wenn er zurückkam, neuen Mutterboden aufschütten.

Er versteckte die Säge im Unterstand und lief zum Atelier, um zu duschen und sich umzuziehen. Als das heiße Wasser auf ihn einprasselte, fing die Haut an seinem Knöchel an zu jucken. Er beugte sich runter, um die Stelle zu kratzen, und bemerkte dabei dicke rote Quaddeln auf seinem Bein; er konnte dabei zusehen, wie sie sich vermehrten. Lenny drehte das Wasser ab und zog eine saubere Jeans und ein graues T-Shirt an. In Miekes Bad würde er sicherlich eine Kortisoncreme finden.

Noch während Lenny zum Fischerhaus lief, begann sein Atem zu rasseln. Er blieb an der Gartenbank stehen und versuchte durchzuatmen. Aber es war, als ob die Luft auf einen Widerstand träfe, und aus seinen Bronchien drang ein leises Quietschen. Lenny hatte schon so lange keinen Asthmaanfall mehr erlebt, dass er sich nicht erinnerte, wo er sein Spray deponiert hatte. Im Atelier? In der Küche? Im Bad?

Gedankenfetzen rasten durch seinen Kopf, der plötzlich zu glühen begann. Als er sich an die heiße Stirn fassen wollte, erblickte er auf seiner Hand die gleichen Quaddeln wie an seinem Bein. Im nächsten Moment spülte eine dunkle Welle durch sein Bewusstsein. Ich ertrinke, dachte er. Dann brach er zusammen.

FREITAG, 30. JUNI 1939

»Was erzählst du da?« Karl Andresen stellte sein Glas ab.

Sein Sohn wurde unruhig. Je leiser die Stimme des Vaters wurde, desto wütender war er. Dabei hatte Bruno nur gesagt, dass er glaube, die Möllers hätten Dreck am Stecken.

»Ich habe da was gesehen«, murmelte er und hielt seiner Mutter den Teller hin, die mit einer Pfanne voller Bratkartoffeln an den Tisch trat, mit reichlich Speck und Zwiebeln.

Die hellblonde Marga Andresen, die sich am Morgen frische Wasserwellen hatte machen lassen, trug eine etwas zu enge Kittelschürze, die ihre füllige Figur betonte. »Lilian Harvey ist fast so schön wie du«, sagte sein Vater manchmal, mit einer sehr viel wärmeren Stimme als derjenigen, die er nun seinem Sohn gegenüber benutzte. Marga kicherte dann, und ihr Mann zog sie an sich. Besser, Bruno erzählte den beiden nicht, dass Lilian Harvey nach Frankreich ausgewandert war. Die Frau vom Treppenkrämer hatte das in einer Film-Illustrierten gelesen und Heddas Mutter erzählt, als er gerade Milch geholt hatte. In Deutschland Kasse machen und dann abhauen, typisch für so eine Engländerschlampe.

»Was genau hast du gesehen? Und wann?«

»Montagnacht«, antwortete Bruno trotzig. »Ich musste auf die Toilette. Und da hat sich jemand aus dem Haus nebenan geschlichen. Ein Mann.«

»Hoffentlich hat Lotte diesmal ein besseres Händchen als mit dem Juden«, mischte sich Marga ein. »Zu gönnen ist es ihr. Sie ist schon so lange allein mit dem Kind.«

»Sei still!«, knurrte Karl. »Levi war in Ordnung.«

Marga holte eine zweite Pfanne mit gebratenen Heringen vom Herd, füllte sie auf eine Platte um und stellte sie auf den Esstisch, der für die kleine Küche fast zu groß war. Sie sehnte den Tag herbei, an dem sie diese feuchte Hütte verlassen würden. Schon seit Jahren lag sie Karl mit einem Umzug in den Ohren, aber er hing an dem Haus, das ein Vorvater eigenhändig gebaut hatte, gemeinsam mit den beiden Nachbarkaten. Dabei konnten sie sich längst etwas Modernes leisten, Karl hatte mit seinem Baugeschäft gut zu tun. Immerhin hatte er letztes Jahr das Grundstück oben auf dem Falkenstein von den Weinsteins gekauft. Die Familie hatte ihn mit dem Bau einer Villa beauftragt, sich dann jedoch Hals über Kopf entschlossen, nach Amerika auszuwandern. Die Itzigs sollten dankbar sein, fand Marga, dass Karl ihnen einen recht anständigen Preis gezahlt hat, nötig wäre das nicht gewesen. Im Juli wollte er mit dem Aushub anfangen.

»Ich glaube, dass das Tante Lottes Bruder war«, sagte Bruno kauend.

»Der Kommunist? Quatsch!« Karl Andresen sah seine Frau an. »Der wird doch gesucht, oder? Ich dachte, Lotte wollte mit ihrer roten Sippe nichts mehr zu tun haben?«

»Natürlich nicht«, bestätigte Marga. »Die arme Frau. Einen Kriminellen als Bruder. Aber man kann sich seine Familie nun mal nicht aussuchen.«

Sie setzte sich und häufte Kartoffeln auf den Teller. Keinen Hering, sie hasste Fisch. Ihr wurde immer übel bei dem Geruch. Manchmal war ihr, als ob er in den Wänden säße.

Sie konnte so kräftig scheuern, wie sie wollte, der Geruch verschwand trotzdem nicht.

»Simon ist auch so komisch in letzter Zeit«, fuhr Bruno fort, durch das Interesse seiner Eltern etwas sicherer geworden. »Der ist jetzt bei uns in der HJ, wahrscheinlich aber nur, weil alle müssen. Ihr solltet mal sein Gesicht sehen, wenn er ›Heil Hitler‹ sagt. Wie eine Zitrone.«

»Wir sollten wirklich bald umziehen«, sagte Marga. Sie stand auf und räumte die leeren Teller ab. »Oder findest du, dass der Judenbengel und die Tochter eines Säufers der richtige Umgang für den Sohn eines Ortsgruppenleiters sind?«

»Hast ja recht«, knurrte Karl. Er wandte sich Bruno zu. »Und du kümmerst dich um deine eigenen Angelegenheiten, verstehen wir uns?«

»Aber wenn der Mann das Kommunistenschwein war, dann …«

»Schluss jetzt! Halt dich da raus!« Karl schlug so fest mit der Faust auf den Tisch, dass das Puddingschälchen, das Marga gerade vor ihn hingestellt hatte, hochhüpfte.

Bruno hielt den Kopf gesenkt, als sein Vater den Raum verließ. Mal sehen, dachte er, während er Himbeersirup über seinen Pudding goss, was sein Kameradschaftsführer dazu sagen würde, dass sich ein von der Gestapo gesuchter Kommunist in der Nachbarschaft herumtrieb. Und dass Simon keine Anstalten machte, seinen Onkel zu melden.

SONNABEND, 16. JULI 2022

Als der Klingelton in ihren Ohren gellte, tastete sie, ohne die Augen zu öffnen, nach dem Handy auf ihrem Nachttisch, aber ihre Finger berührten nur das Wasserglas, und beinahe hätte sie es umgeworfen.

Miekes Lider fühlten sich an, als seien sie zugeklebt. Sie hätte sich von Sophie nicht zu den beiden Gin Tonics überreden lassen sollen, sie wusste doch, dass sie keinen Alkohol vertrug. Das Geräusch in ihrem Kopf schwoll an, so, als ob jemand einen Drillbohrer hindurchjagte. Wo war nur ihr Handy? Es gelang ihr, die Augen einen Spalt zu öffnen. Sofort stach helles Licht auf sie ein.

Sie hatte gestern vergessen, die Vorhänge zu schließen. Die nächtliche Radfahrt zurück nach Blankenese hatte sie keineswegs beruhigt, mit jedem Tritt war ihre Wut auf David gewachsen. Zu Hause hatte sie eine Schlaftablette genommen. Und das Nächste, das sie wahrnahm, war dieses nervenzerfetzende Geräusch.

Mieke manövrierte sich in eine sitzende Position. Vielleicht werde ich krank, dachte sie. Ein bisschen Alkohol und eine Schlaftablette konnten unmöglich diese Schwere in ihren Gliedern verursachen. Unter dem Kopfkissen erspähte sie eine Ecke ihres Handys, das allerdings keinen Laut von sich gab.

Wieder ertönte das Kreischen. Oder war es ein Jaulen? War es etwa der Welpe, der so einen Lärm veranstaltete?

Aber wo war dann Lenny? Er hätte Sandro nie allein gelassen, ohne ihr Bescheid zu sagen. Sie sah an sich herunter und registrierte, dass sie sich gestern Nacht nicht einmal die Mühe gemacht hatte, einen Schlafanzug anzuziehen, und immer noch Jeans und ein nach Nikotin stinkendes T-Shirt trug. Wenigstens hatte sie ihre Schuhe ausgezogen, dachte sie, als sie sie unter dem Bett hervorfischte und etwas zu schnell aufstand. Sie verharrte in einer halb gebückten Position, bis die Übelkeit abflaute. Was sie jetzt mehr denn je brauchte, war ein Kaffee.

Als sie den Flur betrat, stellte sie fest, dass das Jaulen aus dem Badezimmer kam. Sie öffnete die Tür. Sandro saß vor der Wanne und zerrte an einem roten Fetzen, dem Rest ihrer Bademattte. Auf dem gefliesten Boden prangten zwei Lachen.

Glaube bloß nicht, Lenny, dass ich das wegmache, dachte Mieke verärgert. Sie nahm das Hündchen auf den Arm, löste behutsam den Rest des Frotteefetzens aus den spitzen Zähnen und trat vor die Tür. Die Sonne stand fast mittig am Himmel, winzige Wellen leckten schon am Gartenzaun. Flut. Hatte Lenny nicht gesagt, dass er und die Mädchen einen Ausflug ins Alte Land machen wollten? Die Fähre fuhr nur bei Hochwasser, bei Ebbe konnte sie am verschlickten Hafenufer in Cranz nicht anlegen. Mieke legte die Hand über die Augen und inspizierte den Fluss, konnte aber kein Boot erkennen. War ihr Sohn längst losgefahren und hatte Sandro einfach eingesperrt? Ganz sicher nicht, Lenny musste irgendwo in der Nähe stecken. Vielleicht war er im Atelier eingeschlafen.

Mit dem Hund auf dem Arm ging sie in die Küche. Dort setzte sie Sandro auf die Holzdielen, zündete die Gasflamme an und dachte darüber nach, was sie gestern Nacht erfahren hatte. Lenny und Dealen? Wenn ihr Sohn ein Buch wäre, dachte sie, wäre es in Geheimschrift verfasst. Oder in Runen. Warum war sie gegenüber David nur so ausgerastet? Mieke wusste selbst nicht, warum sie so reizbar war. Nachdenklich betrachtete sie den Espressokocher, in dem es zu vibrieren begann. Genau so fühlte sie sich, kurz vor dem Überlaufen, als ob etwas in ihr brodelte. Wie Hedda, dachte sie mit plötzlicher Gewissheit. Was war es nur, das der alten Frau keine Ruhe gelassen hatte? Jedenfalls etwas so Schlimmes, dass sie Tonnen von Kram angesammelt hatte, um sich darunter zu verstecken. Hedda war garantiert nicht friedlich ins Jenseits geglitten. Miekes Aufgabe war, herauszufinden, warum sie sich umgebracht hatte, denn davon war sie seit gestern überzeugt. Wenn Hedda mich als Biografin ausgesucht hat, als Erzählerin ihres Lebens, dann bin ich ihr das schuldig, entschied sie.

Sandro winselte. Mieke drehte die Gasflamme ab, goss den Kaffee in einen Becher und brachte das Hündchen vor die Tür. Kaum berührten seine Pfoten festen Boden, sauste er davon. Mieke stellte den Becher auf der Bank ab und lief hinter ihm her. Sie war sich nicht sicher, ob die Pforte geschlossen war und der Kleine entwischen konnte. Sie bog um die Ecke und erstarrte, eine Millisekunde lang. Dann rannte sie, so schnell sie konnte.

Lenny lag quer über dem gepflasterten Pfad, der zum großen Garten auf der Rückseite des Hauses führte, Arme und Beine abgespreizt. Sie kniete nieder, drehte behutsam seinen Kopf und saugte dabei das Blut, das aus seiner Stirnwunde tropfte, mit dem Vorderteil ihres T-Shirts auf. Die Wunde schien nicht tief zu sein, wahrscheinlich war ihr Sohn eher zusammengesackt als gefallen und mit dem Kopf erst aufgeschlagen, als er schon fast lag.

Lenny schien etwas sagen zu wollen, aber Mieke konnte nichts verstehen. Sie legte ihr Ohr auf seinen Mund und registrierte die flachen Atemzüge und das Fiepen. Asthma, er hatte einen Asthmaanfall. Sie ließ das Handy fallen, das sie aus der Tasche ihrer Jeans geangelt hatte, um einen Krankenwagen zu rufen, und rannte zurück ins Haus, durchsuchte das Medizinschränkchen im Badezimmer und fand endlich das Spray. Sie sauste zurück, drückte einmal probehalber auf den Druckknopf des Inhalators und hielt das Mundstück an seine Lippen.

»Einatmen, so tief du kannst«, sagte sie und betätigte den Knopf erneut. »Jetzt kräftig ausatmen.«

Mit einem Ruck stieß er die Luft aus und begann zu husten.

»Noch einmal.«

Wieder drückte sie auf den Knopf. Diesmal blieb das Spray etwas länger in seiner Lunge.

»Und noch einmal.«

Die Brust ihres Sohnes hob sich, verharrte ein paar Sekunden in dieser Position und senkte sich gleichzeitig mit dem nun deutlich langsameren Ausatmen.

Lenny schlug die Augen auf. »Ich krieg wieder Luft«, krächzte er.

Mieke strich ihm über die feuchte, heiße Stirn. »Kannst du aufstehen?«

Lenny drehte seinen Körper in Zeitlupentempo zur Seite und stützte sich auf seinen Ellbogen.

»Was hast du da an der Hand? Diese Flecken?«

»Die sind überall. Auch an den Beinen, sie jucken wie Hölle.« Er versuchte vergeblich, auf die Beine zu kommen.

»Warte, ich helfe dir, dich an die Mauer zu lehnen.«

Mieke stellte sich hinter Lenny, griff unter seine Achselhöhlen und zog. Lenny rutschte zurück und stützte seinen

Oberkörper gegen die Hauswand. Sandro ließ den Ast fallen, an dem er herumgezerrt hatte, und beschnüffelte ihn.

»Der Kleine hat dich gerettet«, sagte Mieke. »Er hat so laut gejault, dass ich aufgewacht bin.«

»Ich habe im Garten gearbeitet. Deshalb habe ich ihn kurz ins Bad gesperrt.«

»Wahrscheinlich hast du auf eine Pflanze allergisch reagiert. Vielleicht eine Nessel.«

Zwei Schatten glitten über den Pfad.

»Lenny? Was ist los mit dir?«

Mieke hatte die Mädchen, die nun mit ihren Fahrrädern vor ihnen standen, nicht kommen hören. Sie sprang auf.

»Alles okay. Ich hole Lennys Allergiebesteck, bleibt eben bei ihm, ja?«

Als Mieke zurückkam, hatten Zoë und Antonia ihren Freund auf die Gartenbank bugsiert.

»Soll ich meine Mutter anrufen?«, fragte Zoë, das Handy schon in der Hand.

»Ist nicht nötig. Ich gebe ihm eine Kortisonspritze.« Sie holte einen Pen aus dem silbernen Etui und injizierte die Flüssigkeit in Lennys Oberarm. Dann hielt sie ihm eine Pille und ein Glas Wasser hin. »Das Antihistaminikum.«

Lenny griff nach der Pille und trank das Glas in einem Zug leer. »Guck mal«, sagte er und zeigte Mieke seinen Arm. Die Quaddeln wurden bereits kleiner.

»Du solltest dich trotzdem etwas hinlegen. Zoë, könnt ihr ihn rüber ins Atelier bringen?«

Sie ging zur Küche. Als Erstes würde sie Marc anrufen, vielleicht hatte er eine Idee, auf welche Pflanze Lenny reagiert hatte, und könnte das Zeug beseitigen. Danach David, wenn sie endlich ihren Kaffee getrunken hatte und wieder bei Sinnen war. Mieke hoffte, dass sie nicht alles vermasselt hatte. Denn er hatte natürlich recht. Es gab keinen Weg daran vorbei, ihren Sohn zur Rede zu stellen.

Als Lenny endlich eingeschlafen war und Zoë die Tür zum Atelier hinter sich zuzog, sah sie Mieke und eine Gestalt im weißen Hazmat-Anzug, Brille und Atemschutzmaske neben einer Schubkarre stehen, gefüllt mit fleischigen, behaarten Stängeln.

Marc nahm Maske wie Brille ab und öffnete den Reißverschluss des Schutzanzugs. Schweiß rann ihm übers Gesicht. »Pass auf, Zoë«, warnte er seine Nichte, »das Zeug ist hochgiftig. Wir müssen es sofort verbrennen. Und die restlichen Pflanzen ausgraben, mit den Wurzelstöcken. Vielleicht auch den ganzen Boden fräsen, hängt davon ab.« Marc umfasste die Griffe der Schubkarre und steuerte das Gefährt mit den Pflanzen ihrem Feuertod entgegen hinters Haus. An der Ecke stoppte er und drehte sich um. »Ehe ich es vergesse: Am Montag kommt dieser Sachverständige. Der gucken soll, ob meine Hausbockbehandlung gewirkt hat.«

»Kein Problem.«

»Was ist das für ein ekliges Zeug in der Schubkarre?«, erkundigte sich Zoë und setzte sich zu Mieke auf die Bank.

»Großer Bärenklau.« Lennys Mutter strich sich eine feuchte Haarsträhne hinters Ohr. »Ist Antonia schon weg?«

»Seit einer halben Stunde.« Wollte Mieke sich entschuldigen? Sie hatte Antonia bei der Probe am Freitag ziemlich angefahren, weil sie ein paar Textaussetzer gehabt hatte. Aber schließlich konnte jeder mal schlechte Tage haben. Obwohl die sich bei Mieke, wie Lenny ihr gerade anvertraut hatte, seit Kurzem häuften.

Marc bog um die Ecke, wieder in Khakihosen und Polohemd. »Sieht so aus, als ob die Mistdinger noch nicht geblüht haben«, stellte er fest. »Das heißt, dass sie ihren Samen noch nicht verstreuen konnten.«

»Wir müssen den Boden also nicht fräsen?«, fragte Mieke erleichtert.

»Wurzeln ausgraben und verbrennen, das reicht. Allerdings kann man das nur bei schlechtem Wetter machen, helles Licht aktiviert die Giftstoffe. Übrigens, fällt euch etwas auf?« Marc wies auf das Nachbarhaus.

Mieke kniff die Augen zusammen. Die Sonne stand direkt in ihrer Blickrichtung.

»Die Fensterläden sind aufgeklappt«, rief Zoë, die aufgesprungen war, um besser sehen zu können.

»Genau«, bestätigte Marc. »Die Cremers sind zurück.«

»Kannst du dich noch an die beiden erinnern?«, fragte Zoë Mieke.

»Nein. Wir sind direkt umgezogen, nachdem meine Mutter ihnen unser Haus verkauft hat. Sind sie wirklich so schlimm?«

»Schlimmer«, antwortete Marc. »Guck dir doch mal diesen Friedhofsgarten an. Da erschreckt sich jede Hummel zu Tode.«

»Die Hölle, das sind die anderen.« Zoë ging zu ihrem Fahrrad. »Sartre. Lesen wir in Französisch. Wir sehen uns am Montag bei der Probe«, rief sie Mieke zu, als sie an ihr und Marc vorbeifuhr.

Worüber sie kein Wort verlor, war der Einbruch, den Lenny und sie gerade geplant hatten.

Ratlos sah David Mieke hinterher, als sie abrupt von der Bühne sprang und nach draußen eilte. Er wurde aus ihr nicht mehr schlau.

Am Sonnabend hatte sie ihn angerufen und sich dafür entschuldigt, dass sie ihn vor der Kneipe stehen lassen hatte. Er hatte die Entschuldigung sofort angenommen, natürlich. Sie war gestresst und sie machte sich Sorgen um ihren Sohn. Lenny war aber auch ein Pechvogel. Erst der Treppensturz, jetzt die Allergie gegen dieses Kraut. Und, nicht zu vergessen, die Drogengeschichte. Über die Mieke immer noch nicht mit Lenny gesprochen hatte, weil der Junge von den Antihistaminika so groggy war.

Es fiel David nicht leicht, mit ihren Stimmungsschwankungen Schritt zu halten. Dramen, fand er, gehörten auf die Bühne, nicht ins wahre Leben. Gerade eben während der Probe hatte Mieke zerstreut gewirkt, vielleicht sogar ein bisschen feindselig. Als er einen Vorschlag gemacht hatte, hatte sie bissig gefragt, ob er selbst wieder Regie führen wolle. David hatte gesehen, wie die Schüler einen erstaunten Blick gewechselt hatten. »Willkommen in Passiv-Agressivstan«, hatte er Antonia murmeln gehört, als sie nach der Probe gemeinsam mit Zoë und Lenny die Bühne verließ.

Und jetzt – David hatte Mieke gerade fragen wollen, ob sie sich heute Abend sehen – hatte sie diesen rasanten Abgang hingelegt. Sogar ihre geliebte Lederjacke hatte sie über einem Stuhl hängen lassen. Immerhin ein gutes Alibi, um später nochmals bei ihr vorbeizuschauen und die Situation zu klären.

»Trouble in paradise?«

Pauline, die im Zuschauerraum gesessen und bei den Proben zugeschaut hatte, stieg die Stufen zur Bühne hoch und begann damit, die benutzten Pappteller von der Anrichte neben dem Bühneneingang in eine Mülltüte zu schaufeln. Wie immer hatte sie Kuchen mitgebracht, von dem nur noch ein paar Krümel auf dem Tablett übrig geblieben waren.

»Was meinst du damit?«, erkundigte er sich steif.

»Komm schon, David«, antwortete Pauline. »Mir kannst du nichts vormachen.«

»Hat Mieke dir ...«

»... das von ihr und dir erzählt?« Sie schüttelte den Kopf. »Nein, hat sie nicht. Aber sie hat es auch nicht abgestritten, als ich es ihr auf den Kopf zugesagt habe.«

»Ist auch kein Geheimnis«, antwortete David, der sich etwas unbehaglich fühlte, weil ausgerechnet Pauline als Erste Bescheid wusste. »Sie wollte nur mit Lenny sprechen, glaube ich, bevor Gerüchte die Runde machen. Du weißt ja, wie das ist, wenn Lehrer und Eltern ...« Er verstummte.

»Ist schon gut, David«, sagte Pauline rasch. »Kannst du den mal aufhalten?« Sie hielt ihm den Müllsack hin, schlug die Ecken des Papiertischtuchs zusammen, steckte es in den Sack und knotete dessen Zipfel zusammen.

»Darf ich dir einen Rat geben?« Sie wartete seine Antwort gar nicht erst ab. »Nimm es nicht persönlich, wenn Mieke manchmal etwas ...« Sie suchte nach dem passenden Wort. »... etwas abweisend ist«, fuhr sie schließlich fort.

War es weise, ausgerechnet mit Pauline seine Beziehungsprobleme zu besprechen? Immerhin kannte sie Mieke am besten. »Ich weiß manchmal nicht genau, woran ich bei ihr bin …«

»Immer eine Armlänge Abstand, richtig?« Pauline nahm einen weiteren Müllsack und sammelte nun Plastikgabeln und Becher ein.

»Setz dich doch.« David deutete auf den Stuhl, über dem Miekes Lederjacke hing. Er selbst lehnte sich gegen die Anrichte. »Was meinst du damit, dass ich nichts persönlich nehmen soll?«

Pauline überlegte einen Moment. »Du weißt das mit ihrem Vater?«, erkundigte sie sich vorsichtig.

»Ja, dass er die Familie verlassen hat«, antwortete David sofort. »Als Mieke 15 war. Und die Mutter ist Holländerin und nach dem Verschwinden ihres Vaters mit ihr zurück nach Den Haag gegangen.«

Pauline nickte. »Tessa Breckwoldt hatte von heute auf morgen kaum noch Geld und musste das Haus sofort verkaufen. Mieke war völlig durch den Wind, sie hat wahnsinnig an ihrem Vater gehangen. Ich war auch total schockiert. Ehrlich gesagt hatte ich Mieke immer ein bisschen um ihre Eltern beneidet. Weil meine Familie eher … nennen wir es mal ›dysfunktional‹ war.«

David fühlte sich von den Infos überfordert. Wahrscheinlich spiegelte sich das Unbehagen in seinem Gesicht, denn Pauline kam zu ihm herüber und legte sacht eine Hand auf seinen Unterarm.

»Sorry, ich will dich nicht mit meinen Traumata behelligen. Was ich eigentlich sagen möchte: Bitte, hab Geduld mit Mieke und lass sie nicht im Stich, auch wenn sie manchmal kompliziert ist.«

»Danke, Pauline.« Vielleicht hatte er Mieke wirklich zu sehr gedrängt. David wandte sich zum Gehen.

»Warte!«

Er drehte sich um. Pauline zeigte auf Miekes Lederjacke und zog sie von der Stuhllehne. Als er den Arm ausstreckte, um sie entgegenzunehmen, fiel etwas auf den Boden. Pauline bückte sich und stopfte den Gegenstand mit einer raschen Handbewegung in die Seitentasche ihrer cremefarbenen Hose.

»Wenn du Mieke ihre geliebte Lederjacke zurückbringst«, meinte sie heiter, »bekommt sie auf der Stelle gute Laune.«

»Was war das?«

»Wie bitte?«

»Das, was aus der Jacke gefallen ist.« David war nicht nach Spielchen zumute.

»Nicht Wichtiges«, antwortete sie.

Als Schauspielerin, dachte David, war sie eine Niete. »Komm, Pauline«, sagte er ungeduldig, »verkauf mich nicht für dumm.«

Sie zog eine kleine Papierpackung hervor. »Nur Tabletten«, antwortete sie, immer noch mit dieser aufgesetzten Fröhlichkeit. »Die habe ich ihr verschrieben gegen ihre Migräne.«

David griff nach ihrem Handgelenk. »Gib schon her.«

»Du tust mir weh!«, protestierte Pauline. Einen Moment lang hielt sie die Packung noch umklammert, dann lösten sich ihre Finger.

»Haloperidol«, las David laut vor und sah auf. »Das sind keine Migränetabletten.«

»Nein«, gab Pauline zu.

»Was ist es dann?«

»Himmel, David, halte dich doch da raus. Lass mich mit ihr reden. Schließlich bin ich ihre Ärztin.«

»Also?«, fragte er unnachgiebig.

»Ein Antipsychotikum.«

»Ein starkes?«, fragte er.

»Ziemlich.«

»Gegen Wahnvorstellungen?«

»Jetzt reicht es aber!« Sie schnappte sich die Packung aus seinen Händen und steckte sie wieder ein. »Es gibt eine Million Gründe, warum man so etwas verschrieben bekommt. Dafür muss man weder Halluzinationen haben noch durchgedreht sein.« Paulines Augenbrauen hatten sich zu einer waagerechten Linie zusammengezogen. »Ich bringe Mieke die Jacke morgen selbst vorbei und rede dann mit ihr. Halte dich so lange raus, hörst du?«

»Du bist die Expertin«, sagte er betont gleichmütig.

Genau so hatte seine Beziehung mit Helena geendet. Schweigen, Heimlichkeiten, Tabus, Ausflüchte und schließlich Tabletten, in Helenas Fall ein munteres Auf und Ab von Valium und Koks. Noch mal würde er so etwas nicht mitmachen. Eine hämische Stimme in seinem Kopf flüsterte: »Verstehst du jetzt, warum Mieke so gelassen darauf reagiert hat, dass ihr Sohn Drogen hortet? Sieht so aus, als ob das ein Familienhobby ist.«

*

Sie hatte es wieder vermasselt. Mieke rannte förmlich aus der Schule. Sie hatte gerade Bornholdts Treppe erreicht, als es heftig zu regnen begann und ihr auffiel, dass ihre Jacke noch in der Schule hing. Auf keinen Fall würde sie zurücklaufen, nass war ihr schwarzes T-Shirt ohnehin schon. Lenny könnte die Jacke morgen mitbringen.

Der Regen hatte die Gäste von der Terrasse des Treppenkrämers vertrieben. Als sie die Tür aufstieß, stellte sie erleichtert fest, dass auch drinnen niemand saß.

Shanti, in eine fuchsiafarbene Baumwollwolke gehüllt, wischte gerade den Tresen. »Mieke!«, rief sie erfreut. »Ich wollte gerade zumachen, aber die Kaffeemaschine ist noch an. Einen Espresso?«

Mieke nickte und setzte sich auf einen der Hocker am Tresen.

»Du triefst«, stellte Shanti fest und warf ihr ein Küchenhandtuch zu.

Gehorsam rubbelte Mieke ihre nassen Strähnen trocken, reichte Shanti das Tuch zurück und nahm die Tasse entgegen.

»Hast du schon gehört?« Shanti nahm ein Magazin aus dem Zeitungsständer und legte es aufgeschlagen vor Mieke hin.

Der »Klönschnack« war also immer noch den Neuigkeiten in den Hamburger Elbvororten auf der Spur. »Baumfrevel in Blankenese«, lautete die Schlagzeile. Mieke überflog den Artikel. Am Hang über dem Falkensteiner Ufer hatten Unbekannte eine Kastanie abgesägt – mit dem Effekt, dass die Besitzer der Villa hinter dem Baumstumpf nun eine prächtige Aussicht auf die Elbe genossen, Sommerblick hieß das in Blankenese. Im Winter konnten sie die Schiffe durch die unbelaubten Zweige ohnehin sehen.

Mieke schob das Magazin zur Seite. »Eine Sorge, die ich nicht habe. Mein Elbblick ist tadellos. Dafür besitze ich neuerdings Hausschwamm.«

»Echt jetzt? Erzähl.«

»Ich weiß gar nicht, womit ich anfangen soll. Im Moment geht einfach alles den Bach runter.«

»Mit dem Haus? Ich dachte, Marc kommt gut voran mit der Renovierung.«

Mit Shantis Sachlichkeit konnte Mieke besser umgehen

als mit Davids Mitgefühl. »Gestern war dieser Hausbock-experte da, um die Balken im Dachboden zu begutachten. Da müssen ein paar ersetzt werden, aber das ist nicht so aufwendig, die Käfer sind wohl schon lange tot. Dafür hat der Mann in der alten Waschküche Schwamm festgestellt.«

»Das klingt teuer.«

»Marc sagt, es müsse eine endoskopische Untersuchung gemacht werden, um das Ausmaß des Befalls festzustellen. 2.000 Euro koste das, und für die Bekämpfung kommen mindestens 20.000 dazu. Vielleicht sollte ich zurück nach Den Haag gehen. Das mit David wird auch immer komplizierter.«

Shanti kam hinter ihrem Tresen hervor und nahm Mieke in die Arme. Dann schaute sie ihre Freundin prüfend an. »Du siehst aus wie das heulende Elend. Bist du sicher, dass du nicht krank bist?«

»Ach was«, wehrte Mieke ungeduldig ab. Sie merkte selbst, wie schroff ihre Entgegnung klang. »Mir wird das alles gerade nur zu viel«, erklärte sie. »Deswegen bin ich manchmal gereizt. Besonders David gegenüber.«

»Das geht nicht so weiter«, sagte Shanti entschlossen. »Weißt du, was du jetzt machst? Detoxen. Du hörst mal eine Weile mit diesem Pillenmist auf. Und ernährst dich anständig. Was hast du heute zum Beispiel gegessen?«

»Kaffee.«

»Damit ist jetzt Schluss. Ab heute wird gekocht, hörst du? Jeden Tag. Gemüse. Dazu lange Spaziergänge mit mir an der Elbe. Und meinen Tee.« Sie verschwand in der Küche und tauchte mit einer Papiertüte wieder auf. »Davon brühst du dir jeden Tag drei Tassen auf.«

Mieke öffnete die Tüte und schnüffelte an der grün-braunen Blättermischung.

»Drei Tassen, hörst du?«, wiederholte Shanti streng. »Und das mit David, das wird schon«, fuhr sie mit weicherer Stimme fort. »Er ist einer von den Guten.«

»Fragt sich nur, ob ich auch eine von den Guten bin.«

Shanti sparte sich einen Kommentar zu Miekes Charakter und griff stattdessen zu einem Glas, um es gründlich zu polieren. »Weißt du, was ich machen würde?«, fragte sie. »Lass doch mal einen Makler kommen. Der kann dir sagen, was das Haus wert ist, wenn es fertig saniert ist. Der Marktwert von Immobilien ist fast immer höher als der, den die Gutachter für die Banken ansetzen. Ich glaube, dass es sich lohnt, Geld für die Sanierung aufzutreiben, um dann mit einem richtig fetten Gewinn zu verkaufen.«

»Vielleicht.« Mieke fühlte sich schon ein bisschen besser. Shanti hatte die gleiche tröstliche Wirkung wie eine Krankenschwester. »Wollten wir uns nicht bald mit Pauline treffen?«, fragte sie. »Wegen der Bürgerinitiative?«

Die Wirtin hielt das Glas prüfend gegen das Licht und stellte es zurück aufs Regal. »Klar. Sie macht einen Entwurf für ein Infoblatt zum Denkmalschutz, vielleicht ist sie schon fertig damit.« Sie musterte Mieke wie das zuvor polierte Glas. »Ihr seid richtig gute Freundinnen, oder?«, erkundigte sie sich, eine Spur zu beiläufig.

»Ohne Pauline hätte ich die Schule nicht überlebt«, antwortete Mieke. »Zumindest nicht die ersten Jahre. Habe ich dir erzählt, dass ihre Mutter meine Briefe abgefangen hat? Die, die ich ihr geschrieben habe, als wir nach Holland umgezogen sind?«

Shanti verneinte. »Warum hat sie das denn getan?«

»Sie dachte wohl, ich sei ein schlechter Umgang für ihre Tochter, und war froh, dass ich endlich weg war.« Mieke verschwieg, was sie inzwischen vermutete. Dass Marc sich bei seiner Mutter ausgeheult hatte. Dass Elisabeth Andresen in ihrer dämlichen Familienehre gekränkt war, weil Mieke ihren Sohn hatte abblitzen lassen. »Egal«, sagte sie schließlich, »Schnee von gestern. Jedenfalls habe ich mich wahnsinnig darauf gefreut, Pauline wiederzusehen, als ich zurück nach Blankenese kam. Aber ...«

Shanti hielt das nächste Glas gegen das Licht. »Du hast dich verändert? Sie hat sich verändert? Was hast du denn erwartet?«

»Wahrscheinlich, dass alles so sein würde wie früher ...« Bevor sie mit Marc geschlafen hatte. Bevor ihr Vater sie im Stich gelassen und ihre Mutter sich in eine steife Fremde verwandelt hatte.

Shanti schenkte ihr einen mitfühlenden Blick. Dann sah sie auf und lächelte. »Hey«, rief sie und winkte. »Guck mal, wer da kommt!«

Mieke drehte sich im selben Moment um, als die Tür aufging und Lenny hereinkam. Er war nach der Probe noch zur Bibliothek gegangen. Sie hatte ihm getextet, dass er sie im Café abholen könne.

»Was riecht denn hier so komisch?«, fragte er und zog eine Grimasse.

»Zaubertee. Davon muss ich jetzt jeden Tag drei Tassen trinken.«

»Statt Kaffee?«

»Shanti?«, rief Mieke entsetzt.

»Keine Sorge. Kaffee ist gesund, da sind alle neuen Studien eindeutig. Wisst ihr, warum er so in Verruf geraten ist?«

Mieke und Lenny schüttelten synchron die Köpfe.

Shanti schaute sie amüsiert an, als hätte sie ein Komiker-Duo vor sich. »Weil die meisten Leute dazu geraucht haben«, erklärte sie. »Studien mit Kaffeetrinkern waren immer auch Studien mit Rauchern.«

»Siehst du, Lenny?«

Doch ihr Sohn, der durch den »Klönschnack« blätterte, hörte schon nicht mehr zu. »Das ist ja interessant«, rief er plötzlich und sah auf. »Das mit dem Bäumefällen. Wisst ihr, wer eine ganze Kiste voll mit Sägen und Äxten im Haus hat?«

Diesmal schüttelten Mieke und Shanti die Köpfe.

»Wir. In der Waschküche. Ich habe eine Säge gesucht, um den Bärenklau abzusäbeln.«

Hatte sie gestern, als sie mit diesem Schwammexperten in der Waschküche war, Sägen gesehen oder Äxte? Mieke konnte sich nicht erinnern. Andererseits, wenn sie in einer Kiste steckten, konnte sie sie auch schlecht sehen.

»Vielleicht ist dein geliebter Marc der Kastanienmörder«, sagte Lenny trotzig in die Stille hinein.

Shantis Blick suchte den von Mieke. »Weißt du eigentlich, wo er wohnt, dein Marc?«

»Könnt ihr aufhören, ihn andauernd ›meinen Marc‹ zu nennen?« Mieke überlegte. »Ich habe keine Ahnung«, gab sie schließlich zu. »Vermutlich hat er hier in der Nähe eine Wohnung. Er hat so etwas angedeutet.«

»Steht seine Adresse nicht auf dem Vertrag?«

Mieke studierte interessiert den Boden ihrer leeren Kaffeetasse.

Shanti seufzte. »Du hast gar keinen Vertrag mit ihm gemacht, richtig?«

»Doch«, protestierte Mieke.

Shanti sah sie zweifelnd an.

»Mündliche Absprachen sind genauso gültig wie schriftliche.«

»Sie lassen sich nur schlechter beweisen.«

Die Tür ging auf und ein älterer Mann mit einer braunen Hornbrille trat an den Tresen, seine feuchten weißen

Haare waren sorgfältig über die Halbglatze drapiert. Er trug eine helle Windjacke und hatte eine schwarze, kofferartige Tasche in der Hand.

»Bringst du mir einen schwarzen Tee und ein Stück Käsekuchen, Shanti?«, bat er und nahm die Brille ab, die sich sofort beschlagen hatte. Er wischte mit dem Ärmel seines Hemdes darüber und setzte sie wieder auf die Nase. »Ich bin am Fenstertisch.«

»Klar«, antwortete die Wirtin. »Das ist Dr. Küster«, flüsterte sie Mieke zu. »Der, der Heddas Tod festgestellt hat.«

»Können wir jetzt gehen?«, fragte Lenny ungeduldig. »Sandro ist allein zu Hause. Und ich habe Hunger.«

»Es gibt Palak Paneer«, informierte Mieke ihn und rutschte vom Stuhl. Gut, dass sie gleich mehrere Portionen beim Inder gekauft und eingefroren hatte, vor dem ersten und einzigen Date mit David. »Warte kurz draußen, Lenny, ja?« Sie legte einen Zehneuroschein auf den Tresen.

Aber Shanti winkte ab. »Lass stecken. Und den Tee trinken, hörst du?«

»Versprochen. Ich rede noch schnell ein paar Worte mit Heddas Arzt, okay?«

Ohne eine Antwort abzuwarten, ging sie zu dem Tisch, an dem der Mann mit der Hornbrille saß. »Dr. Küster?«

Überrascht sah der Gast auf.

»Ich heiße Mieke van der Linden und wohne im Haus von Hedda Kröger. Sie hat es mir hinterlassen. Darf ich Ihnen eine Frage stellen?«

Der Arzt wies stumm auf den Stuhl gegenüber seinem.

»Ist Ihnen etwas an Heddas Tod merkwürdig vorgekommen?«

Falls der Mann ihre Frage seltsam fand, ließ er es sich nicht anmerken. »Nicht im Geringsten.«

»Sie hat Sie am Abend vor ihrem Tod gerufen, richtig?«

»Woher wissen Sie das?«, erkundigte er sich misstrauisch.

»Ich bin mit Pauline Sörensen befreundet«, erklärte Mieke rasch. »Sie hat es mir erzählt. Sie macht sich wohl Vorwürfe, weil sie nicht erreichbar war.«

»Richtig, Dr. Sörensen war auf einem Seminar. Deshalb hat Frau Kröger mich um einen Hausbesuch gebeten, als sie sich unruhig fühlte. Ich habe sie untersucht, alles war so weit in Ordnung. Sie bekam ein leichtes Beruhigungsmittel von mir, und ich habe am nächsten Morgen nochmals nach ihr gesehen. Aber sie war in der Nacht verstorben. Die Haustür war nicht abgeschlossen, und als sie auf mein Klopfen nicht reagierte, bin ich reingegangen. Ihr Tod war dennoch keineswegs eine Überraschung, sie war wegen diverser Beschwerden schon lange bei Frau Dr. Sörensen in Behandlung.«

Mieke bedankte sich und stand auf. Als sie vor die Tür trat, regnete es nicht mehr. Lenny rutschte von der Gartenmauer gegenüber herunter. »Ehe ich es vergesse«, sagte er. »Zoë und ich haben noch coole Sachen für die Aufführung gefunden, hinten im Atelier. Kerzenleuchter und so. Wir haben alles in einen großen Pappkarton gelegt, der ist ziemlich schwer. Kannst du ihn irgendwann zur Schule hochfahren?«

»Natürlich. Wollen wir am Fluss entlanggehen?«, schlug Mieke vor.

»Klar.«

Wie immer nach der Flut wirkte der Strand wie frisch gewaschen. Ein Schwarm Vögel trippelte am Ufer umher und pickte im Sand nach Würmern.

»Sandregenpfeifer. Die fliegen bald zum Brüten in den Norden weiter.« Während sie die Vögel beobachteten, suchte Mieke nach den richtigen Worten. »Du magst Marc nicht, oder?«, fragte sie schließlich.

Lenny lief schweigend neben ihr her, die Hände in die Taschen seiner schwarzen Jeansjacke vergraben. »Nicht besonders«, antwortete er nun.

»Ich auch nicht«, sagte sie.

Lenny blieb stehen und sah sie an. »Wirklich?«

»Wirklich.«

Er antwortete nicht, aber um seine Mundwinkel zuckte es. Eigentlich, dachte Mieke, wäre jetzt der perfekte Moment, ihn nach den Drogen zu fragen, die David gefunden hatte. Oder ihm von ihrer neuen Beziehung zu erzählen. Das heißt, wenn es überhaupt noch eine gab. Vielleicht hatte ihr neuer Freund längst genug von ihren Dramen.

»Wir haben sogar noch Mango-Lassi im Kühlschrank«, sagte Mieke.

»Cool.«

Sie musste sich auf die Zehenspitzen stellen, um ihrem Sohn mit der Hand durch das braune Haar zu wuscheln, das der Wind über seine Stirn gepustet hatte. Er ließ sich die Berührung gefallen, und ihr Herz machte einen kleinen Sprung.

SONNABEND, 1. JULI 1939

Ihr Bruder war da. Lotte hatte die Haustür nur angelehnt, sie hörte sie ins Schloss fallen. Nun eilten Schritte die Treppe hoch.

»Wie geht es ihm?« Theo wirkte besorgt.

»Schlechter. Er hat so gut wie gar nicht geschlafen und sich ständig übergeben. Und jetzt hat er auch noch einen Asthmaanfall.«

Simons Zimmer war mit feuchten Tüchern verhängt, der durchdringende Geruch von Kamille und Eukalyptus erfüllte die Mansarde. »Wir müssen schnell machen. Habt ihr alles gepackt?«

Lotte nickte.

»Gut. Levi ist im Wagen.«

Als Lotte ihn unterbrechen wollte, machte er eine abwehrende Handbewegung. »Er liegt im Fußraum, unter einer Decke versteckt, keine Angst. – Simon«, sagte er an seinen Neffen gewandt, »bist du angezogen?«

Simon schlug die Decke zurück, die er bis ans Kinn hochgezogen hatte. Er trug eine braune Cordhose und einen grünen Pulli.

»Auf drei?«

Lotte nickte erneut.

»Eins, zwei, drei!«

Simons Mutter fasste seine linke Schulter, Theo die rechte, und gemeinsam gelang es ihnen, den Jungen in eine sitzende Position zu manövrieren.

Der Onkel kniete sich vors Bett und umfasste die Knie seines Neffen. »Das hier ist unsere einzige Chance«, flüsterte er. »Wir bringen dich jetzt zum Auto, und du musst so normal wirken wie möglich. Mit ein bisschen Glück sieht uns keiner.«

Lotte wischte Simon mit einem der feuchten Handtücher den Schweiß von der Stirn. »Geht's mit den Kopfschmerzen?«, fragte sie. »Versuch mal, richtig tief zu atmen.«

Simon gehorchte. Die letzten zwei Stunden hatte er bewusst flach geatmet, um gegen die Übelkeit anzukämpfen. Nun sog er mit aller Kraft Luft in seine Lungen.

Das grässliche Fiepen blieb aus. »Es geht besser«, keuchte er.

»Gott sei Dank.« Lotte gab ihm einen Kuss auf die Stirn.

In ihrem geblümten Sommerkleid, dachte Simon, sah seine Mutter aus, als ginge sie tanzen. Nicht so, als ob sie gleich ein Flüchtlingsschiff nach Kuba besteigen wollte. In einer Stunde würde er an der Reling der St. Louis stehen und, endlich wieder an der Seite seines Vaters, den Menschen unten vor der Landungsbrücke zuwinken. Dann würde der Turm des Michels allmählich schrumpfen, bis Hamburg sich auflöste und nur noch Wiesen und Felder den Strom säumten, der sie in die Freiheit führte.

Theos Stimme riss ihn aus seinen Träumen. »Los jetzt.«

Gestützt von Lotte und seinem Onkel bewältigte er Stufe für Stufe die Stiege ins Erdgeschoss. Vorsichtig bugsierten sie ihn zur Haustür und setzten ihn auf das Bänkchen, unter dem die Schuhe standen. Mit geschlossenen Augen hörte er, wie Lotte sich ihren Mantel anzog.

»Die Schuhe«, sagte Theo, »schnell.«

Simon öffnete die Augen und sah erneut Theo vor sich knien, einen seiner braunen Schnürstiefel in der Hand. Er hob sein rechtes Bein und ließ den Fuß, der in einer blauen Socke steckte, hineingleiten. Energisch band sein Onkel den Schuh zu, und sie wiederholten die Prozedur mit seinem linken Fuß.

»Der Mantel«, flüsterte Lotte.

Seine Mutter hob seinen linken Arm an. Er steckte ihn in den Ärmel und erhob sich ein wenig, damit sie den grauen Wollmantel um ihn schlingen und er in den zweiten Ärmel schlüpfen konnte.

Zu warm, dachte er, das ist viel zu warm für Kuba. In Havanna wird es doch heiß.

»Wir ziehen dich jetzt hoch«, sagte sein Onkel. »Ich lege einen Arm um dich, und du hakst dich bei deiner Mutter ein. Dann gehen wir langsam zum Strandweg. Wenn wir jemanden sehen, lächelst du bloß und überlässt das Reden deiner Mutter.«

Theo knöpfte seine Lederjacke zu, zog sich die Mütze tief ins Gesicht und hängte sich Simons Rucksack um. Lotte, die bereits den Mantel angezogen hatte, band sich ein Kopftuch um, ergriff ihre Reisetasche am Henkel und öffnete die Tür.

»Glück gehabt«, stellte Theo fest, der neben sie über die Schwelle getreten war. »Es nieselt.« Er angelte aus dem Schirmständer einen schwarzen Herrenschirm und hielt ihn Lotte hin. »Kannst du den halten? Möglichst so, dass er uns verdeckt.«

Simon hörte die Tür zu seinem alten Leben zufallen, dann ein Klacken. Die dunkle Fläche des aufgespannten Schirms wanderte in sein Blickfeld. Er schaute nach unten auf das gelbe, rechteckige Pflaster und bemühte sich, als ein Rest seines Kinderaberglaubens aufwallte, nicht auf die Ritzen zu treten, aus denen die blauen Blüten des Gundermanns krochen. Die Möwen, schien ihm, kreischten heute lauter als üblich, aber sonst war es still. Der alte Kröger schlief noch seinen Rausch aus, vermutete Simon, als er sich umdrehte und einen Blick zurück auf das Haus der Nachbarsfamilie warf. Hedda saß längst in der Schule. Hedda, die er niemals wiedersehen würde. Hedda, die er nur ein einziges Mal geküsst hatte.

Jetzt schlichen sie an der Kate der Andresens vorbei. Bruno war bestimmt auch in der Schule und sein Vater längst auf einer Baustelle. Die Mutter schien ebenfalls unterwegs zu sein. Einkaufen, nahm Simon an, Sonnabend ist ja Markt. Im selben Moment wurde ihm bewusst, dass er diesen Gedanken nun zum letzten Mal dachte, weil er nie wieder dorthin gehen würde. Sonnabend ist Markt, dachte Simon trotzig, und noch mal, Sonnabend ist Markt. Als ob er so die Zeit bannen, für einen Moment noch eine Heimat haben könnte.

Über dem Durchgang zum Strandweg bauschten sich die Glyzinien zu einer blauen Wolke, ihre schweren Rispen fielen träge nach unten. Theo streckte den Arm aus und schob den Blütenvorhang zur Seite. Gleich mündete der Fußpfad in die Straße und sie hätten es zum Auto geschafft. Das Auto, in dem sein Vater auf ihn wartete.

»Nur noch ein paar Meter«, wisperte der Onkel.

In diesem Moment, gerade als Simon das schwarze Auto hinter dem weißen Lieferwagen mit dem Aufdruck von Karl Andresens Baugeschäft entdeckt hatte, sah er die beiden Männer. Sie trugen Mäntel, keine Jacken. Schwarze Ledermäntel. Mit schnellen Schritten liefen die beiden Sagebiels Weg herunter.

Theo musste sie in derselben Sekunde entdeckt haben, denn er zerrte Lotte und den Jungen zurück hinter den Blumenvorhang, wo sie sich duckten und an den schmiedeeisernen Zaun pressten.

Den rechten Arm immer noch um Simons Schultern gelegt, schob Theo die Blütenranken beiseite.

»Das Auto!«, schrie der eine Mann.

Die Fremden rannten los.

Von Lotte kam ein gepresster Laut, den sie sofort selbst mit der Hand vor dem Mund erstickte.

Die Wagentür ging auf, und eine Gestalt in schwarzer Hose und Jacke kroch heraus, blieb kurz auf der Straße liegen und preschte davon.

»Hinterher!«, rief der derselbe Mann.

Mit Entsetzen beobachtete Simon, dass die Verfolger Pistolen zückten.

»Los!«, zischte Theo. Der schwarze Schirm fiel auf den Boden.

Lotte, immer noch die Reisetasche in der Hand, sprang auf, und die beiden Erwachsenen packten Simon an den Armen und zerrten ihn mit sich zu Sagebiels Treppe.

Plötzlich spürte Simon, wie sich der Griff lockerte.

»Hau ab«, hörte er eine vertraute Stimme zischen.

Theo drückte seinem Neffen den Rucksack in die Hand und verschwand im Gassengewirr. Gleich darauf zerrte Karl Andresen Simon den Strandweg entlang mit sich, öffnete die hintere Tür seines Lieferwagens, schubste ihn hinein, rannte ums Auto herum und setzte sich auf den Fahrersitz, während Lotte sich neben ihren Sohn in den Stapel von Baumaterialien quetschte und, die Tasche auf dem Schoß, die Tür zuzog. Der Wagen machte einen Satz und raste davon. Im selben Moment hörten sie einen Schuss und dann noch einen.

»Nein!«, schrie Lotte. »Nein!« Sie zerrte eine Holzlatte beiseite, und Simon und seine Mutter krochen nach vorne und pressten ihre Gesichter an das Fenster.

Karl drückte aufs Gaspedal. Er bremste auch nicht ab, als er den Knüll entlangschlidderte, jener Kurve des Strandwegs, die aussah wie eine Knolle. Doch der Sekundenbruchteil, in dem Simon seinen Vater erblickte, reichte aus, damit sich das Bild auf ewig in sein Gedächtnis einbrannte. Die ausgestreckte Gestalt lag in einer Blutlache vor der Sitzbank am Zaun, ihre schwarze Kleidung hob sich vom Gelb des Pflasters ab. Neben ihr knieten die Männer in ihren Ledermänteln.

Der Wagen raste nach rechts in den Falkentaler Weg und schoss den Waseberg hoch.

»Anhalten!«, schrie Simon. »Anhalten!« Sein Vater war verletzt. Warum fuhr Karl Andresen weiter?

Lottes Arme umfingen ihn und drückten seinen Kopf an ihren Mantel, auf der Höhe ihres Herzens. »Simon«, flüsterte sie heiser, »sei still, bitte, bitte, sei still.«

Nun tropfte etwas Heißes auf sein Gesicht. Seine Mutter weinte.

Der Wagen raste weiter, die Elbchaussee entlang, nahm er an, denn es ging nur noch geradeaus. Er wollte sich aus der Umarmung seiner Mutter befreien, aber Lotte ließ ihn nicht los.

Irgendwann, Stunden später, wie ihm schien, stoppte das Auto abrupt.

»Simon.« Lotte hob sein Kinn an und sah ihm in die Augen. »Jetzt kommt es darauf an, hörst du?«

Er wischte sich mit dem Ärmel übers Gesicht und setzte sich aufrecht hin. Die hintere Tür des Lieferwagens öffnete sich.

»Raus, schnell!«, drängte Karl Andresen. Er sah Simon und seine Mutter dabei nicht an, sondern schaute in Richtung der Landungsbrücken, wo die St. Louis lag, in all ihrer weißen Pracht. Aus dem Schornstein quoll bereits Rauch, eine Kapelle spielte, und an der Reling drängten sich winkende Passagiere.

»Das vergesse ich dir nie, Karl.« Lotte Möller fasste ihren Sohn an der Hand. »Danke. Leb wohl.«

»Warte, Junge, dein Gepäck!« Karl hängte ihm von hinten den Rucksack über eine Schulter.

Simon blieb stehen. Dann ging er aufrecht dem weißen Schiff entgegen. Und einer Zukunft voller Rätsel.

FREITAG, 22. JULI 2022

Der Lärm, der sogar das Prasseln der Dusche übertönte, stammte eindeutig von einem Laubsauger. Dabei hatte sie Marc verboten, so ein Gerät zu benutzen. Weil es Stickoxide herumblies, Spinnen häckselte und Igel in die Flucht jagte.

Mieke wickelte sich in ein Handtuch, lief ins Schlafzimmer und zog sich abgeschnittene Jeans und ein ärmelloses blaues Top über. Das Geräusch erstarb. Stattdessen hörte sie nun Stimmen. Sie horchte, einen Sneaker in der Hand. Eine der Stimmen gehörte Marc. Die andere, höher und ziemlich verärgert, einer älteren Frau. Miekes Handy piepste unter dem Kopfkissen. Sie fischte es hervor und las stirnrunzelnd die Nachricht. »Komm schnell. Bin hinterm Haus.«

Hoffentlich begann der Tag nicht mit einer neuen Katastrophe. Vielleicht hatte Sandro menschliche Knochen ausgebuddelt. Oder Marc hatte einen Blindgänger im Rosenbeet gefunden. Mieke hatte mal gelesen, dass sich in Hamburg noch fast 3.000 Fliegerbomben im Boden versteckten, Andenken an die »Operation Gomorrha«, die die Stadt einst in Schutt und Asche gelegt hatte.

Sie ließ Marc noch ein paar Minuten zappeln, lief erst zum Atelier und klopfte ans Fenster. Lenny hatte heute wegen der Zeugniskonferenz schulfrei, und sie hatte versprochen, ihn zu wecken. Ihr Schulfreund stand am Zaun zum Nachbargarten, im Hazmat-Anzug, und gestikulierte augenscheinlich ins Leere. Erst auf den zweiten Blick entdeckte sie Marcs Kontrahentin auf der anderen Seite, eine hagere Frau mit kurzen grauen Haaren und einer Hornbrille, die ihr das Aussehen eines beleidigten Uhus verlieh. Der Farbton von Schlupfhose und Bluse verschmolz mit dem monochromen Graubeige ihrer Friedhofspflanzen.

Die Stimmen verstummten abrupt, als Mieke sich näherte.

»Da bist du ja«, rief Marc hörbar erleichtert. Er deutete auf die Frau, die ihre Heckenschere wie eine Waffe unter dem Arm trug. »Das ist Frau Cremer.«

»Ich habe gerade von Herrn Andresen gehört, dass Sie nicht die Absicht haben, den Boden zu fräsen«, verkündete ihre Nachbarin und setzte, bevor Mieke antworten konnte, mit erhobener Stimme hinzu: »So geht das aber nicht!« Sie wies auf Marcs Schubkarre, die an der Hauswand lehnte, bis an den Rand gefüllt mit Wurzelstöcken und rotfleckigen Stängeln.

»Ich habe der Dame bereits dargelegt, dass ich äußerst sorgsam bei der Beseitigung vorgehe. Der Bärenklau wird verbrannt, und sie muss sich keine Sorgen machen, dass ihr Garten kontaminiert wird«, erklärte Marc betont sachlich.

»Wo liegt denn das Problem, Frau Cremer?«, erkundigte Mieke sich.

»Das kann ich Ihnen sagen!«, schnaubte die Nachbarin. »So was muss ein zertifizierter Gartenbetrieb machen! Und zwar einer hier vom Hang, der sich damit auskennt. Da kann man nicht einfach selbst rumfuhrwerken!«

»Blödsinn«, entfuhr es Marc, dessen Vorrat an Geduld aufgezehrt war. »Ich mache jetzt weiter.«

Er zog die Brille runter, setzte die Staubmaske auf und stiefelte mit seiner Schubkarre zum Scheiterhaufen.

»Tja«, sagte Mieke, der nicht ganz klar war, was von ihr erwartet wurde. Kaffee, dachte sie. Ohne Kaffee kann ich

so etwas nicht. Nicht vor 9 Uhr.»Dann gehe ich auch mal.«
Versuchsweise trat sie den Rückzug an. »War nett, Sie kennenzulernen.«

»Sie hören von meiner Anwältin«, bellte die erboste Frau.
Sie marschierte auf ihrem Waschbetonweg ins Haus.

Verdutzt sah Mieke ihr hinterher und schlenderte dann
zurück. Marc schälte sich in der Küche gerade aus seinem
Plastikanzug. In diesem Ding musste er furchtbar schwitzen, dachte Mieke, der selbst in ihrem Tanktop zu heiß war.
Der Himmel war zwar bedeckt, aber die Luft fühlte sich
schwer und feucht an. Tropisch.

»Was für ein Drachen«, stöhnte Marc und ließ sich auf
einen Stuhl am Küchentisch fallen.

Mieke füllte einen Krug mit Leitungswasser, stellte ihn
mitsamt der Keksdose auf den Tisch und setzte den Espressokocher auf.

»War die Frau schon immer so?«, erkundigte sie sich,
als sie den Kaffee eingoss.

»Die ist genervt zur Welt gekommen.« Marc setzte das
Glas ab, dessen Inhalt er in einem Zug runtergestürzt
hatte, und nahm sich ein Waffelröllchen. »Richtig gut
kenne ich die Cremers allerdings nicht. Als ihr damals
weggezogen seid, waren wir nicht mehr oft hier unten.
Ohne dich war eben alles anders. Erst später, als Zoë
geboren wurde, ist Pauline wieder öfter ins Strandhaus
gekommen.«

»Wenn du aus Spanien zu Besuch warst, hast du dann
nicht hier übernachtet?«

»Selten. Das Haus war oft vermietet.«

Nun nahm Mieke auch einen Keks. »Und jetzt?«, erkundigte sie sich, harmlos, wie sie hoffte. »Wohnst du bei Pauline in der Villa?«

»Nein, ich habe eine Wohnung in Rissen.« Er stand auf. »Ich sammle das restliche Grünzeug ein, die Sonne kommt gleich raus. Fasst die Säcke auf keinen Fall an.«

»Du hast alles erwischt?«

»Ich denke schon. Wir können es in den nächsten Tagen verbrennen.«

Als Mieke die Haustür ins Schloss fallen hörte, griff sie zu ihrem Handy und öffnete WhatsApp. »M fährt los«, tippte sie. »Er wohnt in Rissen.«

»Alles klar«, kam sofort die Antwort.

Lenny, so Miekes Idee, sollte die Verfolgung des schwarzen Cabrios bis zu Marcs mysteriöser Wohnung aufnehmen. Es musste einen Grund geben, warum Paulines Bruder verschleierte, wo er lebte. Shanti hatte recht, sie war zu vertrauensselig. Es war an der Zeit, in seinem Leben herumzustochern und herauszufinden, ob er das Zeug zum Baummörder hatte. Ihr Sohn war natürlich begeistert von Miekes Plan.

Sie nahm eine Dose mit Hundefutter aus dem Schrank und gab ein paar Löffel der unappetitlichen braunen Brocken in eine Schale. Geistesabwesend sah sie zu, wie sich der Welpe darüber hermachte. Gestern hatte sie den Namen von Marcs Agentur gegoogelt, was sie schon längst hätte tun sollen, und war nur mäßig überrascht, als kein Treffer erschien. Wenn ihr Schulfreund wirklich eine Firma besaß, wieso hatte er dann keine Website?

Mieke wusch Sandros Napf aus, ließ den Hund in den Vorgarten und setzte sich auf die Bank.

Eine Viertelstunde später kündigte ein leises Pling die neue Nachricht an. Seine Antwort hatte Lenny in Versalien geschrieben: »DU GLAUBST ES NICHT!!!!!!! MARC HAT EINEN WOHNWAGEN IM ELBECAMP!«

Marc hauste also auf einem Campingplatz. Und hatte sie angelogen, glatt ins Gesicht. Sie überlegte. »Danke«, schrieb sie schließlich. »Fahr nach Hause. Ich rede mit ihm.«

»Okay«, kam die Antwort. »Der rote, erste Strandreihe.«

Sie steckte das Handy ein und suchte ihre Lederjacke. Als ihr einfiel, dass sie sie in der Schule vergessen hatte, zog sie schnell einen Hoodie über. Lenny wäre in spätestens zehn Minuten hier, Sandro konnte draußen bleiben. Der Campingplatz lag kurz vor dem Leuchtturm von Wittenbergen, am Strand entlang eine Viertelstunde zu Fuß.

Die Sonne hatte sich erfolgreich durchs Gebirge der Wolken gekämpft, nur noch Fetzen taumelten durchs Blau. Mieke streifte ihre Turnschuhe ab. Der feine Sand fühlte sich angenehm warm unter ihren Füßen an. Die Kate nebenan, deren Läden Frau Cremer zugezogen hatte, kaum dass sich die Sonne blicken ließ, lag wieder dunkel und stumm da, nur kurz zum Leben erweckt und jetzt wieder eingeschlafen. Solange ihr früheres Elternhaus unbewohnt gewesen war, eine Festung der Vergangenheit, hatte Miekes Verweigerung funktioniert. Sie hatte seine Existenz ignoriert, als wäre es nicht 15 Jahre lang Zentrum ihres Universums gewesen. Doch mit ihrem dramatischen Auftritt hatte die Nachbarin die Tür zum Gestern geöffnet, und wie Lava sickerten Erinnerungen heraus.

Das alte Wasserwerk war das letzte Gebäude am Strandweg. In ihrer Kindheit hatte es leer gestanden, nun schien es teure Eigentumswohnungen zu beherbergen. Dahinter besiedelten nur noch Ahorn, Eichen und Kastanien die Hänge, über die kreuz und quer Trampelpfade zum Wasser führten. Der Campingplatz lag in einer Dünenmulde, vom Strand durch einen Drahtzaun abgetrennt. Mieke lief durch den tiefen Sand zur Pforte, durch die man das Areal von der Wasserseite her betreten konnte. Der größte Teil war für Zelte reserviert, aber jetzt, noch vor den Sommerferien, waren erst wenige aufgebaut. Die Wohnwagen parkten separat am Rand des Platzes.

Marcs Caravan stand als Letzter in der Reihe, die dem Wasser am nächsten war, direkt am Zaun unter der ausladenden Krone einer Weide. Der blassrote Anstrich blätterte ab, und die gräulichen Vorhänge vor den beiden Fensterchen waren zugezogen. Eine dreistufige Holztreppe führte zur Tür, beim Betreten knarrte sie vorwurfsvoll. Mieke pochte gegen die Tür.

»Ja?« Marcs Stimme klang belegt, als wäre er gerade aufgewacht.

»Ich bin es. Mieke.«

Stille. Nach ein paar Sekunden hörte Mieke das Geräusch von Schritten, die über den Holzboden eilten, dann wurde die Tür aufgerissen.

»Was willst du denn hier?«

Marcs braun gebranntes Gesicht starrte sie eher überrascht als böse an. Die blonden Haare, heute früh noch nach hinten gegelt, hingen in unordentlichen Strähnen um seinen Kopf.

»Lässt du mich rein?«

Marc trat zur Seite.

Das Innere des Wagens war dämmrig, es dauerte, bis Mieke Einzelheiten erkennen konnte. Eine unbequem aussehende Sitzecke um einen Resopaltisch, auf dem Flaschen standen und ein einsames Glas, darin eine braune Flüssigkeit. Eine ungemachte Koje. Auf dem Ablaufbrett neben der winzigen Küchenspüle stapelten sich Teller und Pizzakartons.

Ihr Jugendfreund wartete bewegungslos an der Tür und beobachtete sie.

»Wir müssen reden.«

»Wie du meinst.« Marc ging zum Tisch und hielt eine der Flaschen hoch. »Whisky gefällig?«

Mieke ignorierte seine Frage und setzte sich an den Tisch. »Warum hast du gelogen?«

»Was dagegen, wenn ich nachschenke?«

»Nur zu.« Mieke verspürte keine Ambitionen, Marc zu therapieren.

Er schenkte sich ein, trank aber nicht, sondern zündete sich stattdessen eine filterlose Zigarette an. Wortlos stand Mieke auf und öffnete das kleine Fenster des Wohnwagens.

»Also gut«, sagte Marc, als sie wieder saß. »Ich wollte dir nicht auf die Nase binden, dass ich ein Loser bin und mir keine eigene Wohnung leisten kann. Zufrieden?«

»Erzähl mir nichts. Oder hat deine Mutter dich aus dem Testament gestrichen?«

»Sie hat ein Berliner Testament gemacht. Darin setzen sich Paare gegenseitig als Alleinerben ein.«

»Und der Pflichtteil?«

»Den hätte ich einklagen können. Aber dann würde ich nach dem Tod meines Vaters auch nur den Pflichtteil bekommen. Also nur ein Viertel des Erbes, nicht die Hälfte. Irgendwann, meine Süße, werde ich wirklich reich sein.«

Marc beobachte Mieke, ob sie auf die Anrede reagierte. Weil sie ihm den Gefallen nicht tat, fuhr er mit seinem Vortrag fort. Ohne zu lallen, stellte sie fest. Noch hatte er den Zustand der Sprachverwirrung nicht erreicht.

»Obwohl sich die Aussichten auf bessere Zeiten inzwischen verdüstert haben. Mal sehen, was später noch übrig ist von der ganzen Kohle. Mein Vater haut sein Geld in Frankreich auf den Kopf, mit seiner Yogamaus und dem Gör.«

»Was ist mit Pauline?«

»Meine Schwester ist zwar schlauer als ich, aber genauso gierig. Sie hat auch auf den Pflichtteil verzichtet in der Hoffnung auf fette Beute, wenn Bruno und Papa in der Hölle schmoren.«

»Aber die Villa ...«

»... gehört immer noch dem Drecksack. Pauline zahlt Bruno Miete, und von dem Geld finanziert er das Pflegeheim. Ansonsten hockt er auf seinen Kröten. Ich nehme an, dass Pauline nach seinem Tod das meiste bekommt, weil sie sich so rührend um ihn kümmert. Mir schiebt er garantiert nichts rüber. Ich muss wohl warten, bis Papa den Abgang macht. Leider wird er immer gesünder. Muss an den Rote-Bete-Smoothies liegen.«

»Wenn mit Brunos Geld seine Pflege bezahlt wird und das Erbe an Pauline geht – worauf machst du dir dann Hoffnungen?« Im nächsten Moment fiel ihr die Antwort selbst ein. »Deine Mutter war reich, richtig?«

Marc klatschte im Zeitlupentempo dreimal in die Hände. »Genau. Mami hat den Zaster mit in die Ehe gebracht. Sonst wäre Papa aufgeschmissen gewesen, er hat mit seinen Geschäften viel Geld in den Sand gesetzt. Als unsere Großmutter starb, hatte er wegen dieses Berliner Testaments keinen Pfennig gesehen. Alles ging an ihren Mann, also an Bruno. Vielleicht hatte mein Vater eine Ahnung, dass Mama vor ihm den Abgang macht, und deshalb auch auf dem Berliner Testament bestanden. Ist doch schön, wenn Familien ihre Traditionen pflegen, oder?«

Irgendwie konnte Mieke Marcs Zynismus verstehen. Er hatte immer im Schatten seiner Schwester gestanden. Und dass es dort sehr kalt war, wusste sie selbst nur zu gut. Sie bemerkte, dass Marc sie aus zusammengekniffenen Augen fixierte. Er mochte betrunken sein, aber sein siebter Sinn verriet ihm, dass sie weich wurde.

Nun legte er beide Hände um sein Whiskyglas, trank aber nicht gleich. »Das ist die Millionen-Euro-Frage, nicht wahr, Mieke? Warum ist unser Paulinchen eine erfolgreiche Ärztin geworden und ihr großer Bruder ein Versager?« Er leerte sein Glas, ohne sie dabei aus den Augen zu lassen, und stellte es mit einem Knall auf die fettige Resopalplatte zurück. »Kein Widerspruch? Wir sind uns also einig, dass ich ein Versager bin?« Eine Antwort schien er nicht zu erwarten und zeigte auf die Flasche. »Ich habe schon als Teenie reichlich gebechert, du erinnerst dich?«

Mieke nickte.

»Richtig gesoffen habe ich allerdings erst später. Als du abgehauen bist.«

Jetzt gab er ihr auch noch die Schuld an seinem verpfuschten Leben! Am liebsten wäre Mieke gegangen, aber sie musste unbedingt zwei Fragen klären. »Marc«, sagte sie, »warum hilfst du mir? Warum wolltest du keinen Vorschuss? Warum stellst du keine Rechnung?«

Marc grinste. »Du enttäuschst mich, kleine Mieke«, antwortete er. Nun fing er doch an zu lallen.

»Also?«

»Also«, wiederholte er. »Die Sache ist die: Meine Wenigkeit ist nur der Handlanger. Der Mastermind ist Pauline. Hast du das echt nicht geschnallt? Erstaunlich! Dabei bist du schlau. Naiv und verdreht, aber clever.«

»Marc!« Mieke schrie jetzt. »Verdammt, sag mir endlich, was los ist! Was ist mit Pauline?«

Marc kicherte. Inzwischen stand Schweiß auf seiner Stirn. Er zog ein Kleenex aus einer Box im Regal über dem Tisch und tupfte sie ab. »Die treue Seele«, sagte er. »Du hast Pauline im Stich gelassen im letzten Jahr, in dem du hier warst, erinnerst du dich? Hast dich immer seltener bei uns blicken lassen. Und ihr nicht einmal geschrieben, nachdem du nach Holland abgedampft bist.«

»Aber …«

»Lass stecken. Ich weiß, Mama hat die Briefe verschwinden lassen … Soll ich dir mal was sagen?« Er lehnte sich über den Tisch, sodass sie die geplatzten Äderchen in seinen grünen Wassermannaugen erkennen konnte. »Es gibt so etwas wie Telefone! Und Züge!«

Nein, dachte Mieke, das ist ungerecht. Schließlich hatte sie ihren Vater verloren. Sie war diejenige, um die man sich hätte kümmern müssen, in Holland oder in Hamburg, irgendjemand, irgendwo. Aber gleichzeitig flüsterte ihre innere Stimme, gehässig wie gewohnt: »Tun wir uns wieder leid, schatje?«

Sie schloss die Augen und konzentrierte sich auf ihren Atem. Ein und aus. Ein und aus. Ihr Herzschlag verlangsamte sich.

»Das kannst du gerne so sehen«, sagte sie nun und musterte Marc mit kühler Arroganz. »Erzähl endlich, was Pauline gemacht hat.«

Marc schien die Lust daran verloren zu haben, sie zu provozieren. »Dich beschützt, vor dir selber. Und mich angeheuert, aber das weißt du ja schon. Sie hatte die Idee mit dieser Hausmeisterfirma, damit das Ganze seriös rüberkommt, und hat mir das Geld vorgestreckt. So lange, bis die Hütte tipptopp ist und dein Kredit ausgezahlt wird. Verstehst du, Paulinchen schlägt zwei Fliegen mit einer Klappe. Sie hält mich vom Trinken ab und sorgt gleichzeitig dafür, dass du die Sache nicht vermasselst. Also wegrennst, wenn du entdeckst, dass du eine Bruchbude geerbt hast. Pauline wollte unbedingt, dass du hierbleibst, warum auch immer.«

Er hielt einen Moment inne, bevor er hinzusetzte: »Du bist schließlich nicht die Schlechteste im Davonlaufen, oder?«

Mieke ignorierte seine Bemerkung. »Wusste sie ...?«

»Dass Hedda ein Messie war? Natürlich, Pauline war schließlich ihre Ärztin. Glaubst du wirklich, Hedda hätte sie an der Nase herumführen können?«

»Und du? Kannst du Pauline an der Nase herumführen?«

Marc stierte sie an. »Wovon redest du?«, fragte er vorsichtig.

Mieke stand auf. »Von deinen Nebenjobs. Holzhacken und Wasserholen.«

Er schien nicht recht zu wissen, was er mit dieser Perle des Buddhismus anfangen sollte. »Stand heute als Spruch des Tages in meinem Kalender. Ein Koan«, sagte Mieke, die Marcs Reaktion genau beobachtete. »›Vor der Erleuchtung: Holz hacken und Wasser holen. Nach der Erleuchtung: Holz hacken und Wasser holen.‹ Lass mich das mal so ausdrücken. Dein Werkzeugsortiment in der Waschküche hat mich auf eine Idee gebracht.«

Marcs Blick flackerte, bevor er ihn abwandte. Als er wieder aufschaute, war jeder Anflug von Überheblichkeit daraus verschwunden. »Du kannst nichts beweisen«, brachte er heiser hervor.

Sie lachte. »Bin ich Miss Marple?«

Er griff über dem Tisch nach ihrer Hand, die sie reflexartig zurückzog. Stattdessen nahm Marc das leere Glas, anscheinend hatte er das Bedürfnis, sich irgendwo festzuhalten. »Hör zu, ich verspreche dir, mich weiter um die

Renovierung zu kümmern. Bis jetzt warst du doch zufrieden, oder?«

Mieke nickte.

»Wir erzählen Pauline nichts von diesem Gespräch und machen so weiter wie bisher. Das mit der Schwammsanierung läuft, da bekomme ich morgen das Gutachten. Aber der Experte hat schon signalisiert, dass alles halb so schlimm ist. Und in ein paar Wochen hast du den Kredit, zahlst mir mein Honorar und ich verschwinde wieder nach Spanien.«

Mieke stand auf. Sie brauchte dringend eine Toilette. »Wo ist denn hier …«

»Nirgendwo. Du musst zum Sanitärhaus am Eingang.«

Sie ging zur Tür.

»Abgemacht?«, rief er hinter ihr her.

Sie drehte sich um. »Du bist ein Feigling, Marc Andresen. Schon immer gewesen. Glaubst du, ich setze meine Freundschaft zu Pauline noch mal aufs Spiel?«

»Freundschaft, ja?« Seine Stimme hatte nun einen hämischen Unterton.

Mieke legte die Hand auf die Klinke.

»Warte. Mir ist gerade was eingefallen. Ich habe doch ein Badezimmer hier. Klein, aber fein.«

»Machst du Witze?«

»Nein, im Ernst. Da drüben.« Marc deutete auf eine schmale Tür neben der Koje, die Mieke für einen Wandschrank gehalten hatte.

»Ich gehe jetzt, Marc«, sagte Mieke energisch. »Schlaf deinen Rausch aus.«

Mit einem für einen Betrunkenen erstaunlich zielsicheren Sprung verstellte er ihr den Ausgang. »Guck wenigstens mal rein«, lallte er. »Ist eine Überraschung.«

»Wie du willst. Zeig mir, was du mir zeigen willst, und dann bin ich weg.«

»Mach einfach auf.«

Sie gehorchte. Fast im selben Moment sah sie das Gemälde, das über der Toilette hing, direkt unter der Fensterluke. Ein Porträt ihrer Freundin in Öl. Aber nicht als erwachsener Frau, sondern als Mädchen, in Jeans und weißer Bluse, mit einem Reifen im Haar, der das goldene Haar zurückhielt und ihr junges Gesicht freilegte, darauf ein Ausdruck von Unschuld und Erwartung, den die vergangenen Jahre längst ausradiert hatten.

Unten rechts erkannte Mieke die vertraute Signatur. Mathias Breckwoldt. Ihr Vater hatte das Bild gemalt.

*

Krachend schlug der Stein am Fuß der Treppe auf. Dann wurde es so still, dass er nicht einmal Zoës Atem hören konnte. Wahrscheinlich hielt sie ihn an.

»Alles okay?«, erkundigte er sich wispernd.

»Ja«, flüsterte Zoë zurück. »Sorry.«

Lenny checkte, ob in einem der Häuser, die sich neben der Wolf-von-Lorenz-Treppe an den steilen Hang klammerten, ein Licht angegangen war, und horchte in die Nacht hinaus. Doch alle Magyar Vizslas, die aktuellen Statement-Hunde, schnarchten friedlich in ihren Designer-Körbchen.

Kurz nach Mitternacht waren Lenny und Zoë, in schwarze Jeans und Sweatshirts gekleidet, den Kahlkamp heraufgeschlichen. Nun standen sie an der Gartenpforte zur Stiftungsvilla.

»Klingelingeling«, sagte Lenny und hielt einen Schlüsselbund hoch.

Zoë kicherte. Sie war beeindruckt, wie geschickt er bei ihrem ersten Besuch im Ausstellungsraum der Stiftung die Schlüssel vom Schreibtisch der Bibliothekarin in seine Tasche hatte gleiten lassen. Sie hatten sie bei »Mister Minit« am Altonaer Bahnhof kopieren lassen und die Originale im Briefkasten der Lorenz-Villa versenkt.

Ohne das leiseste Quietschen ging die gut geölte Pforte auf. Einen Augenblick lang hielten sie inne, um sich in der Dunkelheit zu orientieren. Der süße Duft von Geißblatt stieg ihnen in die Nase, und etwas angenehm Vanilliges.

»Weißt du, was da so riecht?«

»Engelstrompete«, antwortete Zoë prompt. »Haben wir auch im Garten.«

Im schwachen Licht des halben Mondes zeichnete sich der gefliese Pfad zum doppelflügeligen Holzportal der Villa ab. Sie huschten ihn entlang und benutzten den zweiten Schlüssel. Widerstandslos öffnete sich auch diese Tür.

Lenny knipste die Taschenlampe an und ließ den Kegel durch die hohe, weiß gestrichene Halle wandern. Direkt gegenüber dem Eingang war die Bibliothek, die Lenny und Zoë schon durchstöbert hatten, ohne einen Hinweis auf mögliche Kriegsverbrechen des Stifters zu entdecken. Die ältere Bibliothekarin mit dem Nackenknoten, die ein Messingschildchen auf dem Schreibtisch als Stina von Lorenz identifizierte, war auch keine Hilfe gewesen.

»Wir haben keine spezifischen Unterlagen über diesen Zeitraum«, hatte sie gestelzt erwidert. »Mein Großonkel war Frontsoldat in Russland und kam 1946 aus der Gefangenschaft zurück. Wieso möchtet ihr das so genau wissen?«

Ihre wasserblauen Augen, umrahmt von einem Kranz blonder Wimpern, waren für den Bruchteil einer Sekunde zu einem Schränkchen in der Ecke des Raumes geflitzt, dessen Tür mit einem Vorhängeschloss gesichert war.

»Für ein Referat in der Schule«, hatte Zoë artig geantwortet. »Über berühmte Blankeneser Bürger.«

Die Frau hatte stumm auf die Regale neben dem langen Lesetisch gewiesen. Lenny und Zoë hatten ein paar Bücher und Magazine herausgezogen und pflichtschuldig eine halbe Stunde darin geblättert, bevor sie sich verabschiedeten.

Jetzt stand Lenny zum zweiten Mal vor dem Schränkchen und fummelte die Büroklammern aus der Hosentasche. Wie das Schloss der Waschküchentür sprang auch dieses widerstandslos auf und offenbarte zwei Fotoalben und mehrere gebundene Kladden.

Die schweren Samtvorhänge vor den Fenstern waren zugezogen. Zoë rupfte an der Schnur, die von den grünen Glasschirmen der Bankerlampen auf dem Lesetisch baumelten. Zwei Lichtinseln erschienen.

»Zuerst das Album?«, fragte Lenny.

Zoë setzte sich neben ihn an den Tisch und schlug das schwere, in Leder gebundene Buch auf.

»Kinderbilder«, stöhnte Lenny, blätterte weiter und ließ das Baby rapide altern. Als ein Foto auftauchte, das Wolf und zwei Jungen in weiten Hosen und Sakkos zeigte, hielt er inne. »November 1938« stand darunter.

»Der da links sieht so aus wie mein Urgroßvater«, rief Zoë.

»Stimmt«, erwiderte Lenny. »Der dritte Junge erinnert mich auch an irgendwen … Fällt mir gerade nicht ein, ist auch egal.« Er blätterte weiter.

»Schau mal, unsere Schule. Jetzt wird es interessant.« Zoë wies auf ein Foto mit Lorenz in Hitlerjungen-Kluft vor der Kastanie.

»30. August 1939«, sagte Lenny. »Zwei Tage vor Kriegsausbruch. Da war er 19, nur ein bisschen älter als wir jetzt. Wahrscheinlich konnte er es gar nicht abwarten, mitzumachen.«

Zoë löste ein anderes Foto aus seinen Ecken und hielt es direkt unter die Glühbirne. »Volltreffer«, sagte sie leise. Diesmal stand Wolf von Lorenz in schwarzer Uniform mitten auf einem weitläufigen Platz, einen Stahlhelm in der Hand, und blickte ernst in die Kamera. »Charkow«, hieß es in ordentlichen Druckbuchstaben darunter, »16. Dezember 1941«.

»Das ist eine Stadt in der Ukraine, oder? Wurde die nicht ganz am Anfang angegriffen? Dieses Jahr, meine ich, von Putin.«

»Genau. Aber du kennst den Namen noch von woanders her. Herr Ginsburg hat uns erzählt, dass seine Familie ursprünglich aus Charkow stammt. Erst nach dem Weltkrieg sind sie nach Sibirien gekommen. Zwangsumgesiedelt, angeblich waren sie ukrainische Nationalisten.«

»Guck dir mal dieses Foto an, das ist auch vom Dezember.« Lenny nahm ebenfalls ein Bild aus seinen Ecken. Es zeigte einen anderen Mann in schwarzer Uniform auf demselben Platz, vor einem Gebäude mit einer Kuppel, einer Synagoge, vermutete er. Lenny hätte gerne Zoës Hand genommen oder ihr übers Haar gestrichen, irgendeine tröstliche Geste, aber er traute sich nicht. Sie wirkte so versteinert, dass er zusammenzuckte, als sie zu sprechen begann, mit einer ungewohnt hohen, dünnen Stimme.

»Er hat sich nicht sehr verändert, oder?«

»Nicht wirklich.« Lenny holte sich den Anblick des alten Herrn im Rollstuhl zurück ins Gedächtnis. Zoës Urgroßvater mochte wirr im Kopf sein, aber er hatte sich gut gehalten.

»›Bruno Andresen: mein bester Kamerad beim SS-Sonderkommando‹«, las Zoë die Bildunterschrift vor. »Ich könnte kotzen.« Sie tippte etwas in ihr Handy und studierte den Wikipedia-Eintrag, der aufploppte. Dann hob sie den Kopf. Ihre Augen waren trocken, aber vor Schrecken geweitet. Schweigend hielt sie ihm das Handy hin, damit sie nicht vorlesen musste, wie Tausende von Juden in den ersten Kriegsjahren in die Schlucht Drobyzkyj Jar getrieben und erschossen worden waren. Vom Sonderkommando 4a der Einsatzgruppe C der SS unter Standartenführer Paul Blobel. »Lorenz war ein Massenmörder. Der sich nach dem Krieg als Philantrop aufgespielt hat. Und wir können es jetzt beweisen.«

»Sollen wir die Fotos klauen?«, fragte Lenny.

»Klar. Weißt du, was mir gerade durch den Kopf geht?«

»Was denn?«

»Die Typen von der Waffen-SS waren nicht an einem festen Ort stationiert, sondern wurden dahin beordert, wo man sie brauchte. Also auch an die Front im Westen. Vielleicht hat mein Urgroßvater deinen umgebracht. Also deinen holländischen.«

»Du spinnst, Zoë. Fang bloß nicht mit so einem bescheuerten Schuldtrip an. Außerdem könnte der alte Breckwoldt, mein anderer Uropa, auch ein Nazi gewesen sein. Übrigens haben die Deutschen schon ganz am Anfang Bomben auf Holland geschmissen, da wurde nicht mehr viel gekämpft.«

»Du hast ja recht. Sollen wir abhauen?«

Lenny steckte sich die Kladden unter die Jacke und ließ das Vorhängeschloss zuschnappen. »Merkt so schnell bestimmt keiner, dass das Ding leer ist. Wir können uns schon mal einen neuen Namen für die Treppe ausdenken.«

Ein winziges Lächeln erschien auf Zoës Gesicht. »Wir haben es geschafft, oder?«

Lenny nickte. Er löschte die beiden Lampen auf dem Schreibtisch und knipste die Taschenlampe an.

»Wir fragen am besten Herrn Ginsburg, wie wir vorgehen sollen«, schlug Zoë vor. »Ob wir das Ganze an die Presse geben oder dieser Kommission, von der er erzählt hat.«

Sie schlichen durch die Halle und standen bereits an der Eingangstür, als Lenny etwas einfiel. »Hör mal, Zoë. Glaubst du, dass deine Mutter Bescheid weiß? Über Bruno?«

Zoë starrte ihn an, als hätte er ihr eine Ohrfeige verpasst. »Quatsch«, erwiderte sie heftig. »Sie wird einen Schock bekommen. Weil sie total an ihm hängt.«

Lenny öffnete die Holztür. »Wir müssen erst mal weg hier.«

Der süße Geißblattduft war verschwunden. Die Nacht, fand er, roch nun feucht und herb. Wie nasse Watte.

✳

David hatte Mieke vorgestern angerufen und ihr mitgeteilt, dass er ihre Lederjacke mit nach Hause genommen hatte. Sie könne sie gerne abholen. Außerdem würde er für sie kochen, jüdisch. Und hatte aufgelegt, bevor sie ablehnen konnte.

Nun saß sie auf seinem Balkon, die Lederjacke hing über der Stuhllehne. Sie hatten Shakshuka, Pitabrot mit Falafeln und Latkes gegessen. Als Dessert stand eine Schale mit marzipangefüllten Datteln auf dem Tischchen.

Mieke schob sich eine in den Mund. »So gut.« Sie lächelte ihn an. »Wenn du mir jetzt noch sagst, dass du tanzen kannst, heirate ich dich.«

»Lass mich das hier noch trinken«, er hob die Flasche mit Arak hoch, »dann sage ich Ja.« Er gab ein paar Eiswürfel in ihr Glas und goss ein Fingerbreit Anisschnaps ein.

»Grapefruitsaft dazu?«

»Gerne. Ich bin so starkes Zeugs nicht gewohnt.«

Außer Haloperidol, dachte er.

»Ich mag deine Wohnung«, sagte sie in seine Gedanken hinein. »Sie ist so wie du. Aufgeräumt.«

David war sich nicht sicher, ob er die Bemerkung als Kompliment verstehen sollte. »Und was bist du?«, fragte er. »Unaufgeräumt?«

Mieke setzte ihr Glas ab. »David, mir gehen im Moment tausend Sachen durch den Kopf. Es tut mir leid, wenn ich etwas unzugänglich wirke. Und seit dem Besuch bei Marc ...«

»Du hast Marc besucht?«

»Hast du etwas dagegen?«

Anscheinend hatte Mieke die Frage so verstanden, wie er sie gemeint hatte. Als Vorwurf. »Warum sollte ich etwas dagegen haben?«

»Weil du ihn nicht magst«, antwortete sie. »Stimmt's?«

»Stimmt.«

Mieke nahm sich noch eine Dattel. »Ich auch nicht«, sagte sie, nachdem sie sie runtergeschluckt hatte. Genau dasselbe, dachte sie, hatte sie gerade erst ihrem Sohn versichert.

Ihm war auf einmal leicht ums Herz. »Wirklich nicht?«

»Wirklich nicht.«

»Aber Pauline hat erzählt ...«

»... dass wir was miteinander hatten?« Mieke lachte. »Ja, vor einer Million Jahren. Nach einer Strandparty, auf der alle betrunken oder zugedröhnt waren. Alle außer Pauline.«

»Sie war also immer schon so vernünftig?«

»Immer schon«, bestätigte Mieke. »Sie gehört zu den Menschen, die nachts vor roten Ampeln stehen bleiben.«

»Ich habe mich mit ihr unterhalten. Nach der letzten Probe, als du so schnell davongestürmt bist.« David war fest entschlossen, der Tablettensache auf den Grund zu gehen.

Helena hatte ihn jahrelang belogen, was ihren Valiumkonsum betraf. Noch mal ließ er sich nicht für dumm verkaufen.

»Ach ja?« Sie zog kaum merklich die Brauen zusammen.

»Ja. Ich habe sie gefragt, ob mit dir alles okay ist.« Im selben Moment, als er die Worte aussprach, wusste er, dass es die falschen waren.

Mieke legte die Dattel, in die sie gerade beißen wollte, auf die Platte zurück. »Du erkundigst dich bei Pauline, ob ich alle Tassen im Schrank habe?« Ihre Stimme klang eisig.

David beugte sich vor, aber als Mieke zurückzuckte, lehnte er sich wieder nach hinten. Und machte weiter, obwohl er das Desaster kommen sah. »Ich habe deine Tabletten gefunden. Vielleicht sind sie aus deiner Jacke gefallen?«

»Meine Migränetabletten?« Mieke schien verwirrt. »Das kann nicht sein, die liegen zu Hause im Badezimmer. Im Moment nehme ich sie sowieso nicht. Shanti will, dass ich eine Detox-Kur mache.«

Er schüttelte den Kopf. »Nein, nicht deine Migränetabletten. Bitte, Mieke, sag die Wahrheit. Vertraue mir.«

»Was meinst du denn?«, fauchte sie. »Hör mit diesen Spielchen auf!«

»Ich meine das Haloperidol«, sagte er, nun ebenfalls verärgert. »Du nimmst ein starkes Psychotikum, und ich finde, ich habe ein Recht darauf, zu erfahren, wieso.«

Sie wandte den Blick ab, nahm ihr Glas und trank es in einem Zug leer. Dann wischte sie sich mit der Hand über die Augen und sah sich nach einem Taschentuch um. Er zog die Serviette unter den Datteln hervor, reichte sie ihr, und Mieke putzte sich damit die Nase.

»Hör zu, David«, sagte sie schließlich. »Zwei Sachen. Erstens: Ja, ich habe Haloperidol genommen. Zweitens: Es ist ewig her.«

»Möchtest du mir davon erzählen?«

»Nein. Gibst du auch so Ruhe?«

Er schüttelte den Kopf.

Sie seufzte. »Wusste ich's doch. Also gut. Als ich damals Lenny bekommen habe, gab es eine Zugabe. Eine postnatale Depression. Eine ziemlich heftige.«

»Das tut mir leid.«

»Hast du noch Eis?«

Er warf ihr einen überraschten Blick zu, ging aber wortlos zum Kühlschrank. Als er zurückkam, hatte Mieke ihr Glas zur Hälfte mit Arak gefüllt. Er wollte Saft dazugießen, aber sie stoppte ihn.

»Lass mal. So ist es leichter.«

»Was ist leichter?«

Sie antwortete nicht, und er versuchte es noch einmal. »Du hattest also eine postnatale Depression und hast Medikamente bekommen, die geholfen haben. Was ist denn heute noch so ...«

»... so schlimm daran? Das kann ich dir sagen. Ich habe mein eigenes Kind so sehr gehasst, dass ich es weggeben musste. Weil ich Lenny sonst etwas angetan hätte.« Die letzten Worte flüsterte sie.

David kniete sich vor ihren Stuhl und schloss sie in die Arme. Mieke wehrte sich nicht, aber es fühlte sich so an, als ob er eine Statue umarmte. Er ließ sie los und setzte sich wieder ihr gegenüber hin. »Was meinst du mit weggeben?«, fragte er betont sachlich. »Ist Lenny bei seinem Vater aufgewachsen?«

»Bei meiner Mutter, das erste Jahr. Weißt du, Tessa und ich hatten keine besonders gute Beziehung damals, als mein Vater verschwand und wir nach Holland gezogen sind. Vielleicht habe ich ihr die Schuld für alles zugeschoben. Oder abwechselnd mir selbst und ihr, keine Ahnung.«

»Und sein Vater?«

»Alexander? Der war in Ordnung, aber viel für seinen Job unterwegs. Nach einem Jahr ging es mir besser. Wir holten den Kleinen zurück und haben eine Zeit lang Kleinfamilie gespielt. Kann sogar sein, dass wir glücklich waren. Als Lenny ungefähr zehn war, war alles aus. Nichts Dramatisches. Alexander wollte unbedingt aufs Land ziehen. Brotbacken und Rosenschneiden. Noch ein Kind.«

»Und du?«

»Karriere machen«, antwortete sie. »Es lief damals richtig gut für mich. Ich hatte einen Kinofilm gedreht und bekam die Hauptrolle in einer Serie. Lenny hat darin meinen Sohn gespielt. Und dann ...«, sie stockte und schloss für einen winzigen Moment die Augen, »... dann hatte ich einen Rückfall. Vor zwei Jahren. Diesmal war die Depression so massiv, dass ich das Haus nicht mehr verlassen konnte. Die Rolle war ich natürlich los. Ich galt als kompliziert und bekam kaum noch neue Angebote.«

»Und Lenny?«

»Oh, Lenny war großartig! Er war 13, mitten in der Pubertät. Und fürsorglich, hat sich richtig um mich gekümmert. Ich wollte, dass er weitermacht mit der Serie. Und wieder zu Tessa zieht, oder zu Alexander, die zwei verstehen sich gut. Aber er hat Nein gesagt, zu beidem. Als ich wieder gesund war, wurde es allerdings schwierig mit ihm, er hat sich sehr zurückgezogen. Was ich verstanden habe, er hat alles Recht der Welt dazu. Schließlich hatte ich ihn zum zweiten Mal im Stich gelassen.«

»Wir tun doch alle, was wir können«, sagte David. »Sei ein bisschen gnädiger mit dir selbst.«

Sie lachte, und diesmal klang es amüsiert. »Ich denke eher, dass ich viel zu gnädig mit mir bin. Wollen wir uns betrinken? Ich meine, mit Absicht? Das habe ich ewig nicht mehr gemacht.«

David auch nicht. Er zögerte. Dann sprang er auf, holte mehrere Shotgläser aus der Küche und füllte sie mit Arak. »Zeit zum Spielen«, verkündete er. »Wahrheit oder Pflicht.«

Mieke tat so, als müsse sie überlegen. »Liebst du deine Ex-Frau noch?«, fragte sie dann.

Er lachte. »Wahrheit. Nein.«

Sie trank.

»Liebst du deinen Ex-Mann noch?«

»Wahrheit. Nein.«

Er kippte den Shot, und der Alkohol brannte in seiner Kehle. Vielleicht war das Ganze doch keine so tolle Idee.

»Hast du mal was mit jemandem in Blankenese gehabt?«

»Pflicht.« Er streckte die Hand nach dem Glas aus, aber sie war schneller und hielt es hoch.

»Sag schon. Mit wem?«

»Ich sage dir die Wahrheit, wenn du mir die Wahrheit sagst.«

»Deal. Also?«

Er ließ sie nicht aus den Augen. »Warum hast du wieder angefangen, Haloperidol zu nehmen?«

Ihr Lächeln erstarb. »Verdammt, David, glaubst du mir nicht? Nach allem, was ich dir erzählt habe?«, schrie sie ihn an. »Ich habe keinen Schimmer, wieso das Zeugs aus meiner Jacke gefallen ist. Oder wie es da überhaupt reinkam.«

»Mieke. Bitte, sei ehrlich. Willst du damit sagen, dass du gar keins mehr hast?«

Sie massierte mit beiden Händen ihre Schläfen und sah auf. »Doch. Aber im Badezimmerschrank. Als eiserne Reserve, die ich seit Langem nicht mehr angerührt habe. Vielleicht habe ich die Packung verwechselt mit den Migränetabletten und sie versehentlich eingesteckt. Aber ich schwöre dir, ich nehme keine Psychopharmaka. Warum auch? Oder hältst du mich für übergeschnappt?«

Sie klang überzeugend, er war kurz davor, ihr die Erklärung abzunehmen. Ihre Schauspiel-Ausbildung, dachte er, muss richtig gut gewesen sein.

»Dann glaubst du mir eben nicht«, sagte Mieke. Sie leerte ihr Shotglas. »Auch egal. Jetzt bist du dran. Welche der Dorfblondinen hatte die Ehre? Oder waren es mehrere?«

Wieder wallte der Ärger in ihm hoch. Weil sie Tabletten nahm. Weil sie log. Und weil sie darin talentierter war als Helena. »Nur eine«, antwortete er. Ihm war klar, dass er sie kränken wollte. »Es war nur eine einzige. Pauline.«

Im nächsten Moment spürte David einen brennenden Schmerz in seinen Augen. Mieke hatte ihm den Inhalt ihres Glases ins Gesicht gekippt. Während er nach einer Serviette tastete, hörte er, wie die Tür ins Schloss fiel. Die Lederjacke hatte sie beim Weglaufen vergessen.

Gegen 2 Uhr morgens ging das Licht im Atelier an. Mieke hatte sich im Bett herumgewälzt, war schließlich aufgestanden und hatte Sandro in den Garten gelassen. Nun sah sie neben der schlaksigen Gestalt ihres Sohnes noch eine kleinere am Fenster des Häuschens stehen, die in diesem Moment ihre Hand ausstreckte und den Vorhang zuzog.

Zoë. Umso besser, dann war Pauline morgen früh allein zu Hause. Mieke musste sie erwischen, bevor ihre Freundin zum Tennis oder Hockey fuhr, oder womit auch immer sie ihre Wochenenden verbrachte.

Miekes Gedanken rasten so schnell durch ihren Kopf, dass sie sich wie weißes Rauschen anhörten. Dennoch, eines war klar: Sie würde von Pauline kein Geld mehr annehmen. Sie war in Blankenese gescheitert. Und die paar Seiten, die sie mit Anekdoten aus Heddas Leben vollgekritzelt hatte, waren Schund, nichts anderes. Oder doch: Verrat. Belangloses Zeug zu schreiben, erschien ihr schlimmer, als gar nichts zu schreiben. Sie musste loslassen. Einen klaren Schnitt machen. Nicht den Trauerkloß spielen. Sie liebte dieses Wort. Trauerkloß, wiederholte Mieke im Stillen. Sie sah eine schwarze Kugel vor sich, aus deren Glupschaugen Tränen rannen.

Ob Lenny froh war, wenn sie nach Den Haag zurückkehrten? Bestimmt würde er Zoë vermissen. Aber sich auf jemand anderen freuen. Mieke war sich sicher, dass ihr Sohn sich verliebt hatte, kurz bevor sie nach Deutschland gekommen waren, und zwar nicht in ein Mädchen.

Sie fragte sich, ob er sie jemals ins Vertrauen ziehen würde. Wahrscheinlich nicht. Sie hatte Tessa auch immer auf Abstand gehalten.

Ihr Kopf dröhnte. Am liebsten würde sie eine Schlaftablette nehmen. Doch auf gar keinen Fall wollte sie, dass David mit seinen idiotischen Vorwürfen recht behielte. Was bildete er sich eigentlich ein? Selbst wenn sie ein Tabletten-Junkie wäre – was zugegebenermaßen in gewissen Phasen ihres Lebens der Fall gewesen war –, warum sollte sie ihn belügen?

Sie war manchmal aggressiv ihm gegenüber, das stimmte. Und vergesslich. Und verwirrt. Es hatte Momente in den letzten Wochen gegeben, da war Mieke sich selbst fremd gewesen, wie bei der Probe, als sie Antonia angefahren hatte. Sie konnte sich auch beim besten Willen nicht erinnern, diese alten Tabletten eingesteckt zu haben, die aus ihrer Jacke gefallen waren. Es war ohnehin bescheuert gewesen, das Haloperidol aufzubewahren. Oder hatte sie es doch entsorgt? Sie hatte nach der Probe sofort im Badezimmerschrank nachgeschaut und festgestellt, dass es nicht mehr da war. Vielleicht hatte Lenny es weggeworfen, dachte sie.

Mieke hob Sandro auf und ging zurück ins Haus. Sie setzte ihn an das Fußende des Bettes, wo er sich sofort einrollte und einschlief. Sie würde ihn morgen früh, bevor sie losging, ihrem Sohn ins Atelier bringen. Sie stellte den Wecker ihres Handys auf sieben und schloss die Augen, nachdem sie sie mit dem Zipfel des Bettlakens getrocknet hatte. David und Pauline. Die beiden Menschen, die ihr außer ihrem Sohn am nächsten standen, hatten sie belogen. David hatte sie kränken wollen, das hatte sie genau gespürt. Bevor sie nach Den Haag zurückkehrte, musste sie reinen Tisch mit Pauline machen. Warum hatte ihre beste Freundin ihr die Affäre verschwiegen? Und warum hatte sie nie erzählt, dass Miekes Vater sie gemalt hatte?

Ihr Handy klingelte und sie fuhr hoch. 7 Uhr, sie war doch noch eingeschlafen. Ihr war übel, und sie hatte Durst. Mieke wankte ins Badezimmer, füllte den Zahnputzbecher mit Wasser und trank ihn in einem Zug aus. Dann stellte sie sich unter die Dusche. Das heiße Wasser entspannte ihre verkrampften Muskeln. Sie putzte sich die Zähne, wusch sich die Haare mit Shampoo, das nach Rosmarin duftete, und spülte sie nochmals. Dann wickelte sie sich in das Duschtuch und ging barfuß in die Küche, wo sie den Espressokocher aufsetzte.

Nach einigem Wühlen fand sie in der Schublade eine angebrochene Packung Aspirin und spülte zwei Pillen mit Kaffee hinunter. Aspirin, entschied sie, verstieß nicht gegen Shantis Detox-Regeln, die Tabletten waren quasi ein Naturprodukt. Salicylsäure steckte in allen möglichen Pflanzen.

Im Schlafzimmer zog sie eine knöchellange schwarze Jeans und ein gebügeltes weißes Hemd an, dessen Ärmel sie hochkrempelte. Sie kramte ihre bislang ungetragenen Chelsea-Boots aus dem Karton im Schrank und stellte sich danach vor den Spiegel, um ihre Wimpern zu tuschen. Würde sie Pauline ungeschminkt und ungekämmt gegenübertreten, hätte sie schon verloren.

Als Mieke das Haus verließ, war es schon heiß. Ganz sicher würde sie sich nicht mit dem Rad durch den hügeligen Wald des Falkensteins hochquälen. Oben am Bahnhofsvorplatz hielt früher die 286. Wahrscheinlich auch noch heute. Wann wurde jemals etwas anders in diesem Kaff?

Auf dem Weg zur Haltestelle bog sie vom Kahlkamp auf die Wolf-von-Lorenz-Treppe ein. Hinter dem schmiede-

eisernen Tor waren nur der obere Teil der roten Backstein-
villa und ein Türmchen sichtbar. An einem gemauerten Pfei-
ler hing eine Messingtafel mit dem Namen der Stiftung und
den Öffnungszeiten. Zoë hatte ihr erzählt, dass sie nach dem
Abi auf die Columbia wollte, Journalismus studieren. Wenn
es ihr gelang, die Umbenennung der Treppe durchzusetzen,
und sie den ganzen Prozess dokumentierte, würde das ihre
Chancen, angenommen zu werden, massiv erhöhen. Ame-
rikanische Unis liebten es, wenn ihre künftigen Studenten
sich gesellschaftlich engagierten.

Als Mieke den verschlafenen Marktplatz betrat, läute-
ten gerade die Glocken der evangelischen Kirche. Die Rat-
tanstühle der Cafés waren noch aneinandergekettet und die
Markisen hochgerollt. Sie legte einen Schritt zu, als sie den
Bus am Bahnhof um die Ecke biegen sah, und setzte sich
auf den Fensterplatz am Hinterausgang. Draußen glitt ein
silbergraues Mercedes-Cabrio an ihr vorbei. Robert, wohl
auf dem Weg zum Segelclub. Ahoi, dachte sie. Er würde bei
ihrem Gespräch mit Pauline nur stören.

Von der Haltestelle musste sie bis zur Einfahrt von Paulines Haus noch zehn Minuten durch ein Wäldchen gehen. Der
gewundene Weg zwischen den mächtigen Villen, über denen
Eichen und Platanen das Sonnenlicht filterten, war menschen-
leer. Merkwürdig, dass ihr alles noch größer, noch ausladen-
der vorkam als in ihrer Kindheit, eigentlich sollte es umge-
kehrt sein. Dinge schrumpften doch, wenn man älter wurde.

Mieke drückte auf den Klingelknopf neben der Torein-
fahrt. Nichts rührte sich. Sie wartete eine Minute, dann zog
sie ihr Handy aus der Hosentasche und tippte auf Paulines
Nummer.

»Ich bin's, Mieke. Machst du auf?«

Das Display erlosch. Als Pauline Sekunden später aus

dem Schatten eines Jasminstrauchs trat, in blauen Leggings und einem weißen Top, leuchtete ihr blonder Pferdeschwanz auf wie eine Fackel. »Hey, was machst du denn hier?«, rief sie fröhlich. »Warst du laufen?« Doch als sie nähertrat und ihre Sonnenbrille hochschob, erlosch ihr Lächeln. Sie hatte Miekes Gesichtsausdruck richtig interpretiert.

»Kaffee?« Sie wartete die Antwort nicht ab, sondern führte Mieke einen mit Muschelschalen bestreuten Fußweg hoch zu einem Schwimmteich, an dessen Rand eine Yogamatte lag. Daneben stand ein Eisentischchen mit passenden Stühlen. »Setz dich. Robert ist schon los zum Segeln.«

»Ja, ich habe ihn gesehen. Vom Bus aus.«

Der Schwimmteich war neu. Früher hatte auf dem Rasen ein Pool geleuchtet, mit Chlor als Bakterienkiller, keinen Sumpfdotterblumen.

»Hübsch«, sagte Mieke.

»Aber nichts gegen die Elbe«, erwiderte ihre Freundin. Sie frottierte sich mit einem fluffigen Handtuch die feucht glänzenden Arme. »Ich habe gerade Yoga gemacht«, erklärte sie überflüssigerweise. »Also?«

Mieke schwieg.

Pauline nahm die Sonnenbrille aus ihrem Haar und legte sie auf das Tischchen. »Ich nehme nicht an, dass du schwimmen gehen möchtest.«

Im Moment würde Mieke nichts lieber tun. Untertauchen. Verschwinden.

»Ich habe Marc besucht«, sagte sie stattdessen. »Du hast ihn überredet, mir bei der Renovierung zu helfen? Und sein Honorar vorgeschossen?«

Pauline falte das Handtuch und legte es ordentlich über die Stuhllehne. »Dein Stolz hat dir schon immer im Weg gestanden, Mieke.«

»Wir reden jetzt nicht über mich. Marc ist Alkoholiker?«

»Wundert dich das?« Pauline holte ein Etui aus der Tasche ihrer Yogapants, zündete sich eine Zigarette an und sah dem Kringel hinterher, der zum Schwimmteich schwebte. »Es hat dich ja auch überrascht, dass ich rauche. Dabei solltest du es eigentlich besser wissen«, fuhr sie fort mit dieser heiteren Stimme, die Mieke hasste. »Die Andresens lieben ihre Laster.«

»Und ihre Lügen.«

»Ja, die besonders. Mein Vater hat auch getrunken, schon zum Frühstück. Das heißt, bis er die Yogamaus kennenlernte. Jetzt kippt er Weizengrassaft. Und der gute Bruno hat seine Leidenschaft für Panzerschokolade noch gepflegt, als er aus dem Krieg zurückkam. Du weißt, dass Hitler Crystal Meth an seine Soldaten verteilt hat wie Brausepulver? Pervitin hieß es damals. Er selbst hat sich das Zeug lieber spritzen lassen, von seinem Leibarzt. Und in unserer Familie bin eben ich der Dr. Morell.«

»Du spritzt deinem Großvater Crystal Meth?«

»Mein Gott, Mieke, nimm doch nicht alles so wörtlich«, rief Pauline und drückte verärgert ihre Zigarette auf dem Eisentischchen aus. Den Stummel ließ sie liegen. »Nein, ich spritze ihm gar nichts. Aber mein Großvater ist uralt. Natürlich gebe ich ihm etwas, das seine letzten Tage erträglich macht.«

»Verstehe.« Mieke war die Letzte, die es missbilligen würde, Angst pharmazeutisch zu eliminieren. »Dass alles so schwierig bei euch zu Hause war, hatte ich gar nicht bemerkt. Hast du uns deswegen andauernd besucht?«

»Klar.« Pauline sah sie ungläubig an. »Du hast wirklich nichts bemerkt? Meine Mutter war ein Waschlappen, sie hat immer gekuscht, wenn mein Großvater und mein Vater sich oder sie angebrüllt haben. Ich habe dann Kopfhörer aufgesetzt und gelernt. Und Marc ...« Ihre Stimme verlor sich. Nur Sekunden später klang Pauline wieder völlig beherrscht. »Du findest wahrscheinlich, dass ich versuchen sollte, Marc zum Entzug zu bewegen. Stell dir vor, das habe ich auch. Immer wieder. Aber manche Menschen kommen nicht vom Alkohol los. Ich verschreibe ihm jetzt ein Mittel, damit er kontrolliert trinkt, vielleicht hilft das, kann sein. Manchmal ist er jedenfalls über Wochen nüchtern.«

»Und du gibst ihm Geld.«

»Natürlich. Weil er sonst in der Gosse landen würde.«

»Du weißt, dass er illegal Bäume gefällt hat? Sommerblicksmäßig, für einen eurer Nachbarn?«

Pauline lachte auf. »Nein, wusste ich nicht. Aber das freut mich. Ein erster Schritt zur Unabhängigkeit.«

Ihr Sarkasmus war für Mieke schwer zu ertragen. Und neu. Als Mädchen hatte sie nicht einmal Ironie verstanden.

»Hör zu«, sagte Pauline, die Miekes Befremden bemerkte. »Mein Bruder wird immer meine Hilfe brauchen, und die bekommt er auch. Lass uns nicht mehr darüber reden, ja? Du und ich, wir haben uns endlich wiedergefunden, ich bin unglaublich froh darüber. Wir haben großartige Kinder. Und das mit dem Haus, das wird schon. Marc hat gesagt, dass der Schwamm gar nicht so schlimm ist. Robert und ich strecken dir noch mehr Geld vor, und du zahlst es zurück, wenn dein Kredit bewilligt wird. Kein Almosen. Alles keine große Sache. Und das mit David ...«, sie hob die Hand, als Mieke sie unterbrechen wollte, »das war ein One-Night-Stand, völlig belanglos.«

»Du weißt, dass er mir davon erzählt hat?«

»Ja. David mich gestern angerufen. Er war ganz aufgelöst, weil du fortgelaufen bist. Weil er dich mag. Viel mehr als mich.«

David hatte also Rat bei Pauline gesucht, interessant. Aber im Moment egal. Miekes Kehle fühlte sich an wie Sandpapier, als sie zu sprechen begann. »Ich habe das Bild in Marcs Wohnwagen gesehen, Pauline. Mein Vater hat ein Porträt von dir gemalt. Warum weiß ich nichts davon?«

Paulines Gesicht wurde weiß.

»Nun?« Mieke ließ nicht locker.

»Du willst die Geschichte wirklich hören? Bist du ganz sicher?« Ihre Stimme war hart. »Es wird wehtun. Geh lieber nach Hause.«

»Mach schon.«

Pauline hob eine blaue Sweatjacke auf, die auf der Yogamatte lag. »1998, im Februar«, sagte sie und klang nun unbeteiligt wie eine Buchhalterin. »Noch vor der Strandparty. Du erinnerst dich?«

»Mehr oder weniger.«

»Tequila ist nun mal nicht dein Freund.« Pauline zog die Jacke an. »Also, mein Großvater hatte im Mai Geburtstag, und meine Eltern hatten ein Fest geplant. Ich habe mir den Kopf zerbrochen, was ich ihm schenken könnte. Dein Vater hatte dann die Idee mit dem Porträt. Ich war geschmeichelt, weil ich, wenn ich ehrlich bin, Mathias immer ein bisschen bewundert habe.«

Mathias. Hatte Pauline ihren Vater schon immer so genannt? »Warum hast du mir das nicht erzählt?«

»Weil er mich darum gebeten hat. Er wollte wohl nicht, dass du eifersüchtig wirst.«

»Was? Ich?« Aber im selben Moment, als sie protestierte, wurde Mieke klar, dass ihr Vater richtig vermutet hatte. Natürlich wäre sie eifersüchtig geworden. »Wusste meine Mutter Bescheid?«

Pauline schüttelte den Kopf. »Nein. Das Gemälde sollte eine Überraschung sein.«

»Wie oft hast du ihm denn Modell gesessen? Wann überhaupt?«

»Dienstagabends, wenn du den Theaterkurs hattest und Tessa Chorprobe.«

Mieke zwang sich weiterzufragen. »Und dann?« Sie sah die Tränen in den Augen ihrer Freundin, doch sie fühlte kein Mitleid. Nur Kälte.

»Er hat mich missbraucht, Mieke. Nach der letzten Sitzung. Dein Vater hat mich vergewaltigt.«

Mieke sprang auf und warf dabei den Gartenstuhl um, der auf die Fliesen krachte. »Du lügst doch!«, stieß sie hervor. Am liebsten hätte sie Pauline den heißen Kaffee ins Gesicht gegossen.

»Ich war 15, Mieke«, flüsterte ihre Freundin fast unhörbar. »Ich war 15, und er hat mich vergewaltigt. Und dann ...« Pauline wandte den Blick ab und fixierte die Sumpfdotterblumen, die sich an den Rand des Schwimmteichs klammerten. »Ich habe entdeckt, dass ich schwanger war, und es meinen Eltern gesagt. Sie haben den Abbruch arrangiert.«

»Das soll ich dir glauben?«

»Nicht mir.«

»Wem dann? Hat Hedda etwas mitbekommen? Hat sie darüber in ihren Tagebüchern geschrieben?«

Pauline sah sie nun direkt an. Mitleidig, wie Mieke fand, was sie noch wütender machte.

»Ja, Hedda wusste wohl Bescheid. Aber Tessa auch. Deine Mutter hat mich gesehen, als ich aus dem Atelier gerannt bin, nachdem das mit deinem Vater passiert ist. Du musst sie nur fragen.«

*

Sandro gab ein Quieken von sich, und Lenny wachte auf. Einen Moment lang blieb er noch auf der grünen Ottomane liegen, dann stand er auf und ließ den Hund hinaus. Im Vorbeigehen warf er einen Blick auf die Matratze, auf der Zoë schlief, das helle Ährenbüschel ihrer Haare auf dem Kissen ausgebreitet.

Obwohl es noch früh sein musste, badete der Strand bereits in Sonnenschein. Er kniff die Augen zusammen und sah seine Mutter eilig um die Ecke des Nachbarhauses biegen. Er schaute ihr nach, bis sie hinter einem Rosenbusch verschwand, und holte eine Dose Welpenkost aus seinem Mini-Kühlschrank neben dem Bücherregal. Dann füllte er den Napf, der draußen neben der Tür stand, und hielt dabei die Luft an, um den Fleischgeruch nicht einzuatmen.

»Langsam, Kleiner«, sagte er leise, als der kleine Hund angaloppiert kam und sich auf sein Fressen stürzte. Er ging zurück ins Atelier.

»Zoë? Wir sollten los zu Herrn Ginsburg.«

Seine Freundin setzte sich auf und blinzelte. Sie trug eines seiner T-Shirts, die kurzen Ärmel fielen fast bis auf die Ellenbogen ihrer gebräunten Arme, fest und glatt wie die eines jungen Seehunds. »Eigentlich habe ich gleich Hockeytraining.«

»Im Ernst?« Lenny runzelte missbilligend die Stirn.

»Egal«, sagte Zoë schnell. »Ich rufe ihn kurz an.« Sie zog ihr Handy unter dem Kopfkissen hervor, ließ es aber nach dem achten Klingeln gut sein.

»Wahrscheinlich steht er unter der Dusche«, sagte Lenny. »Oder schläft noch.«

»Wo ist Sandro?«

»In seinen Futternapf gesprungen«, antwortete Lenny nach einem Blick aus dem Fenster. »Ich geh rüber und sperre ihn in die Küche. Möchtest du einen Kaffee?«

»Klar, gerne.«

»Zieh einfach die Tür zu, wenn du rüberkommst.«

Auf dem Pfad zum Fischerhaus hüpfte Sandro hinter ihm her. Der Bärenklaudschungel war inzwischen komplett verschwunden. Marc hatte gute Arbeit geleistet. Lenny war gegen seinen Willen beeindruckt. Er musste seine Mutter unbedingt fragen, warum der Kerl sie angelogen hatte und in einem Wohnwagen hauste. Die Verfolgungsjagd war eine ihrer brillanteren Ideen gewesen.

Er stieß die Tür auf, die Mieke wieder einmal abzuschließen vergessen hatte, duschte und setzte den Espressokocher auf. Als Zoë hereinkam, reichte er ihr einen Becher mit Kaffee.

»Du bist mein Lieblingsbarista.«

»Und du wie meine Mutter. Kaffeesüchtig.«

Zoë setzte den Becher ab. »Studien haben ergeben ...«, begann sie.

Lenny stöhnte auf. »Ja, dass du 1.000 wirst, wenn du nur genug Kaffee trinkst.« Er wartete, bis sie ausgetrunken hatte, nahm ihr den Becher ab und stellte ihn in die Spüle. »Wir sollten los.«

Als sie am Haus der Cremers vorbeigingen, zeigte Zoë auf ein Schild, das die alten Leute gestern angebracht haben mussten. »Hast du das gesehen?«, fragte sie grinsend. Es zeigte einen Hund in der typischen gebückten Haltung, durchgekreuzt mit einem Filzstiftstrich. »Hier nicht!«, warnte die schwarze Blockschrift.

Lenny zuckte nur mit den Achseln. Ihm selbst waren die mäkeligen Nachbarn egal. Aber seine Mutter musste sich grässlich bei dem Gedanken fühlen, dass sie im einstigen Schlafzimmer der Breckwoldts im Bett lagen und in ihrer Küche zu Mittag aßen. Verständlich, dass sie ihr Elternhaus ignorierte. Er selbst hätte es allerdings gerne einmal von innen gesehen. In Gedanken versunken lief er neben seiner Freundin die Treppen hoch bis zur Blankeneser Landstraße.

»Er ist da, schau!« Zoë wies auf das geöffnete Fenster im ersten Stock des Klinkerbaus am Goßlers Park, hinter dem David, ein Handtuch um die Hüften, in der Küche hantierte.

Als der Lehrer ihnen öffnete, trug er Jeans und T-Shirt, wenngleich er noch barfuß war und sein Haar ungekämmt. Obwohl er gerade unter der Dusche gestanden hatte, wirkte er erschöpft.

»Ich dachte, ihr seid der Paketbote«, sagte er. »Kommt rein. Oder besser raus, auf den Balkon.« Er ging ihnen voraus, setzte sich an ein rundes Tischchen und wies auf zwei Klappstühle. »Was gibt's?«

Anscheinend hatte David Besuch gehabt. Auf dem Tisch standen zwei Gläser und eine leere Flasche. Verstohlen las Lenny das Etikett. Arak, starkes Zeug. Kein Wunder, dass David so müde war.

»Wollt ihr etwas trinken? Apfelschorle?« Ohne eine Antwort abzuwarten, nahm ihr Lehrer die Flasche und verschwand. Als er wiederkam, balancierte er auf einem Tablett eine Karaffe mit Wasser und eine Packung Apfelsaft. Er reichte Zoë ein frisches Glas. »Seid ihr wegen Lorenz hier? Habt ihr etwas herausgefunden?«

»Jede Menge«, antwortete Lenny. »Und das Beste ist: Wir können es beweisen.«

»Wir haben Fotos«, sekundierte Zoë. »Er war in Charkow, 1941. Als Teil des Einsatzkommandos der SS, die das Massaker in der Schlucht angerichtet haben.«

Einen Moment lang blieb es still.

»Charkiw«, sagte David dann. »Auf Ukrainisch heißt die Stadt Charkiw.«

Falls ihm nun durch den Kopf ging, dass damals wahrscheinlich auch seine Verwandten erschossen wurden, ließ er es sich nicht anmerken. Vielleicht, dachte Zoë, hatte er schon zu viele Momente erlebt, in denen Gespenster in sein Leben wehten. So wie zu Beginn des Ukraine-Kriegs, als Putins Bomben die Stadt zertrümmerten. Gab es so etwas wie eine Routine im Trauern? Wohl eher, dachte sie, eine darin, sie zu verbergen.

»Ihr wisst, welche Frage ich euch jetzt stellen muss, oder?«

»Klar«, erwiderte Lenny. »Wo wir die Fotos gefunden haben. Das haben wir nämlich. Sie zufällig gefunden.«

»Sind sozusagen darübergestolpert«, bestätigte Zoë.

»Da ist aber noch etwas«, fuhr Lenny fort. Er blickte seine Freundin an, die ihm knapp zunickte. »Lorenz war nicht allein da. Da war noch jemand …«

»Mein Urgroßvater«, unterbrach sie ihn. »Es gibt eine Aufnahme von Lorenz auf dem Freiheitsplatz. Und eine direkt vor der Synagoge, von meinem Urgroßvater, auch in SS-Uniform. Sie haben sich wohl gegenseitig fotografiert.« Sie schluckte, und ihre Augen füllten sich mit Tränen.

Lenny hätte am liebsten mitgeweint.

David zupfte ein Kleenex aus der Schachtel auf dem Tisch und reichte es ihr.

»Was für ein Mist«, sagte er einfach. »Das tut mir leid, Zoë. Wissen deine Eltern davon?«

Zoë putzte sich die Nase. »Bestimmt nicht«, antwortete sie. »Meine Mutter hätte so etwas nie im Leben für sich behalten können. Man sieht ihr sofort an, wenn sie lügt. Wir haben keine Geheimnisse voreinander.«

Einen winzigen Augenblick meinte Lenny, so etwas wie Unglauben im Gesicht seines Lehrers aufblitzen zu sehen.

»Ich habe keine Ahnung, wie ich ihr das beibringen soll«, redete Zoë weiter. »Die beiden hängen unglaublich aneinander. Er hat sie großgezogen. Meine Großeltern haben sich nämlich kaum um meine Mutter gekümmert, hat sie erzählt. Und sich andauernd gestritten.«

Davon wusste Lenny noch nichts. Er war davon ausgegangen, dass die makellose Pauline auch makellose Eltern hatte.

»Lebt dein Urgroßvater denn noch?«, fragte David, überrascht, dass Zoë das Präsens benutzte.

»Ja, im Altersheim in Wittenbergen. Er ist aber dement, meine Mutter kümmert sich um ihn.«

»Was für ein Schlamassel! Aber du musst mit Pauline reden, so schnell wie möglich. Stell dir nur vor ...« Er wusste nicht recht, wie er fortfahren sollte.

»Was denn?«

»Stell dir vor«, sagte David behutsam, »du hättest das mit Lorenz schon an die große Glocke gehängt. Und dann kommt raus, dass dein eigener Urgroßvater ein Kriegsverbrecher war.«

»Ach so!«, schrie Zoë und sprang auf. »Sie meinen also, ich habe nicht mehr das Recht ...«

»Unsinn«, unterbrach David sie. Er nahm die Hand des Mädchens in seine. »Setz dich bitte wieder hin, ja?«

Zoë nahm zögernd Platz.

David hielt weiterhin ihre Hand. »So etwas darfst du nicht einmal denken«, sagte er eindringlich und sah ihr dabei in die Augen. »Du bist du, niemand sonst. Nicht deine Mutter und nicht dein Urgroßvater. Wenn ich jemanden kenne, der für seine Überzeugungen kämpft, dann bist du das, Zoë Sörensen.«

Sie schwieg. »Sie hassen mich also nicht?«, fragte sie schließlich.

»Hassen?« David war perplex. »Wieso denn?«

»Weil Sie Jude sind. Und mein Urgroßvater ein Killer.«

»Ach, Zoë«, antwortete David. Er ließ ihre Hand los und schenkte sich Apfelsaft ein. »Wo käme ich da hin, wenn ich hier jeden hassen würde, der Nazis in der Familie gehabt hat?«

»Warum leben Sie hier, in Deutschland? Wie halten Sie das aus? Das wollte ich schon ewig fragen.«

David ließ sich mit der Antwort Zeit. »Eigentlich möchte ich das nicht erklären müssen. Kannst du das verstehen?«

Zoë überlegte. »Weil jede Erklärung sofort wie eine Rechtfertigung klingt?«, fragte sie zurück.

»Genau. Glaubt nicht, dass meine Freunde in Tel Aviv mich nicht auch deswegen löchern. In Russland gab es übrigens auch Antisemitismus. Und Stalin. Man kann sich seine Diktatoren nicht aussuchen, so wenig wie seine Geschichte und seine Gene. Oder seine Nachbarn.«

Lenny, der Predigten verabscheute, lehnte sich zurück und streifte dabei die Jacke von der Lehne des Stuhls neben seinem. Er bückte sich, um sie aufzuheben. Und erstarrte.

»Die gehört doch meiner Mutter, oder?«

Der Ausdruck in Davids Gesicht war ihm Antwort genug.

»Sie sind so ein Arschloch!«, zischte er, schnappte sich die Jacke und rannte aus der Wohnung.

*

Die Kuppe ihres Zeigefingers schwebte über der Telefonnummer auf dem Display ihres Handys. Dann drückte Mieke auf den Off-Button, und es wurde dunkel. Genau so fühlte sich ihr Kopf an.

Sie war von Pauline zurück nach Hause gerannt, erst durch den Wald, dann am Strand entlang. Sie wusste nicht, wie die Gefühle hießen, die sie antrieben. Sie wusste nur, dass sie unerträglich waren. Nun saß sie nass geschwitzt am Küchentisch und versuchte Tessa anzurufen. Aber immer wieder zuckte sie zurück, bevor es bei ihrer Mutter klingelte.

Auf einmal fügte sich zu einem Bild, was Mieke bisher unerklärlich erschienen war. Ihr Vater, der sich aus dem Staub gemacht hatte, weil er mal eben kurz ein paar Leben zerstört hatte. Tessas Verbitterung. Dass Elisabeth Andresen die Briefe vernichtet hatte. Paulines Zögern, Mieke wiederzusehen. Das Porträt im Wohnwagen, das ihre Freundin weder in ihrer Wohnung ertragen noch vernichten konnte. »Glaubst du etwa, ich könnte dann vergessen, was mir passiert ist?«, hatte sie Mieke angefahren, als sie Pauline fragte, warum sie es nicht verbrannt hatte. »Das bin schließlich ich auf dem Bild. Soll ich mich selbst verbrennen?«

Die Küchentür wurde so heftig aufgerissen, dass Mieke, deren Finger erneut über dem Handy schwebten, hochschreckte. Ihr Sohn stand in der Tür, die feuchten braunen Strähnen fielen ihm wirr in die Stirn.

»Alles okay?«, fragte sie unsicher, obwohl sie sah, dass gar nichts in Ordnung war, weil er sie anstarrte wie eine Fremde und dabei so schwer atmete, als sei er genauso schnell gerannt wie sie selbst.

Etwas Braunes wirbelte durch die Luft und landete neben ihren Füßen. Die Lederjacke.

»Du warst bei David?«

Lenny nickte.

»Darf ich es dir erklären?«

Lenny lachte spöttisch auf. »Was gibt es da zu erklären? Du schläfst mit meinem Lehrer. Heimlich.«

»Es ist vorbei«, sagte sie schnell.

»Ah ja? Hat er schon genug von dir?«

Sie schaffte es, ihre Augen nicht abzuwenden. »Es tut mir leid«, versuchte sie es nochmals. »Ich hätte es dir sagen sollen.«

»Warum hast du nicht?«

»Weil ich nicht sicher war, ob es etwas Ernstes werden würde. Ich wollte nicht ...« Mieke brach ab, nach Worten und Gedanken suchend.

Lenny lachte ein ungewohntes, bitteres Lachen, das sie dennoch kannte. Von Tessa. »... dass ich mich an ihn gewöhne, und auf einmal ist er wieder weg? Ich bin nicht mehr fünf. Mir ist egal, mit wem du herumhängst. Außer, wenn es mein Lehrer ist.«

»Lenny«, begann sie, und im selben Moment, als sie die Worte aussprach, wusste sie bereits, dass sie einen schrecklichen Fehler machte. Aber sie hatte genug von Lügen und Heimlichkeiten. »Wolltest du hier Drogen verkaufen? Oder hast du das sogar schon?«

»Spinnst du?«

»Die Blotter«, sagte sie. »Und das andere Zeugs. David hat es im Abfalleimer gefunden. Damals, als du von der Treppe gefallen bist.«

»Du hast sie doch nicht mehr alle!« Er schoss ihr einen gehässigen Blick zu und drehte sich um.

»Verdammt, Lenny«, schrie sie, über den schrillen Ton ihrer Stimme genauso erstaunt wie ihr Sohn, der alarmiert stehen blieb.

Mieke ging einen Schritt auf ihn zu. »Du bist 15. Du könntest dein Leben ruinieren. Was, wenn David das der Schulleitung gemeldet hätte? Oder der Polizei?«

»Dann hätte ich gesagt, dass ich noch nicht strafmündig bin. Dass ich das Pillenschlucken von meiner Mama gelernt habe.«

Einen Moment lang hing die Stille in der Luft. Dann hörte Mieke, wie die Küchentür zugezogen wurde. Lenny war gegangen. Und es war ihr egal. Sie fühlte sich wie eine Lumpenpuppe, ohne Herz und ohne Seele. Mieke schleppte sich in Badezimmer und holte das Röhrchen mit den Schlaftabletten aus dem oberen Fach. Sie ließ ein paar rosa Tabletten in ihre Handfläche gleiten und schluckte sie ohne Wasser. Sie hatte mal gelesen, wie Wale sterben. Wenn ihre Kräfte sie verließen, sanken die Tiere einfach auf den Grund und ertranken. Sie selbst würde wieder auftauchen, dachte sie, weiteratmen, aber das tat ihr fast ein bisschen leid.

Dann fiel ihr Sandro ein. Sich an der Wand abstützend, tastete sie sich zurück zur Küche und tippte auf eine Nummer in ihrem Handy.

»Ich bin krank«, sagte sie ohne Begrüßung, als Shanti sich meldete. »Kannst du Sandro holen für ein, zwei Tage? Die Tür ist offen.«

Ohne eine Antwort abzuwarten, stolperte sie ins Schlafzimmer. Dieses Mal schaffte sie es gerade noch, die Schuhe auszuziehen, bevor sie in die Dunkelheit glitt.

*

Zoë stand unschlüssig im Treppenhaus. Lenny war nicht mehr zu sehen, er war bestimmt ins Fischerhaus gerannt, um seine Mutter zur Rede zu stellen. Wozu er jedes Recht der Welt hatte. Mieke war wirklich nett, und Herr Ginsburg sowieso, aber dass die beiden eine Affäre angefangen hatten, ohne Lenny etwas zu sagen, ging zu weit. War doch klar, dass er sich verraten fühlte.

Allerdings sollte sie sich besser um ihre eigene Mutter kümmern. Und ihr schonend die Neuigkeiten über Bruno beibringen. Zoë sah auf ihre Armbanduhr. Gleich neun, zum Hockeytraining würde sie es garantiert nicht mehr schaffen.

Pauline nahm sofort nach dem ersten Klingeln ab. Wahrscheinlich hatte sie schon auf ihren Anruf gewartet. Sie machte sich immer Sorgen, wenn ihre Tochter nicht zu Hause übernachtete.

»Mama? Ich muss mit dir reden. Über etwas Wichtiges. Hast du Zeit?«

»Sicher.« Pauline zögerte einen Moment. »Ich fahre mittags sowieso noch in die Praxis«, fuhr sie schließlich fort, »Papierkram erledigen. Magst du später vorbeikommen? Nach deinem Training?«

»Klar.« Ihre Mutter, dachte Zoë genervt, hatte ihren Stundenplan besser im Kopf als sie selbst.

Als eine Etage über ihr die Tür ins Schloss fiel, schreckte sie zusammen. Herr Ginsburg. Rasch lief sie aus dem Haus und über die kopfsteingepflasterte Straße in den Goßlers Park. Verborgen hinter einem Rhododendron beobachtete sie, wie ihr Lehrer das Fahrrad aus dem Keller holte, sich den Helm aufsetzte und davonfuhr.

Sie hatte noch nie ihr Training geschwänzt, dachte Zoë mit plötzlichem Vergnügen. Sie war auch nie zuvor irgendwo eingebrochen. Aber seitdem Lenny in ihr Leben getreten war, war es entschieden spannender geworden.

Die nächsten Stunden schlug sie mit Cappuccino und Croissants im Café der Rösterei an der Elbchaussee tot und, um ihr Gewissen zu beruhigen, den Hausaufgaben für übermorgen. Dann lief sie über die Bahnhofstraße, wo sie bei Edeka zwei fertige Salate kaufte, zur Praxis am Markt und gab den Türcode ein.

Von dem weiß gestrichenen Empfangsraum mit der langen, nun verlassenen Theke gingen mehrere Türen ab, die alle halb offen standen.

»Jemand zu Hause?«

»Zoë, bist du das?« Die Tür zu einem der Sprechzimmer ging auf und Paulines Kopf erschien. Sie hatte die Haare hochgesteckt und trug eine braune Hornbrille auf der Nase. Nun hängte sie ihren weißen Kittel an die Garderobe. Darunter trug sie eine Jeans und ein schwarzes T-Shirt.

Keinen Faltenrock. Keine Bluse mit Paisley-Muster. Kam es Zoë nur so vor, oder zog sich ihre Mutter in letzter Zeit lässiger an, ein bisschen so wie Mieke? »Ich habe uns was zum Lunch mitgebracht«, sagte sie und stellte die Tüte mit den Salaten auf den Tresen.

»Wollen wir ins Sprechzimmer gehen?« Pauline griff nach der Tüte.

Falls ihre Mutter sich wunderte, ließ sie es sich nicht anmerken. Zoë folgte ihr am Schreibtisch vorbei zu den beiden Sesseln, die sich um ein Tischchen gegenüber dem Fenster gruppierten. Darauf standen zwei Gläser, eine Flasche Mineralwasser und eine Schachtel mit Papiertaschentüchern.

Pauline stellte die beiden Plastikboxen auf den Tisch und löste die festgeklebten Gabeln von den Deckeln. »Also, schieß los.«

»Ich habe etwas herausgefunden.«

Ihre Mutter ließ die Gabel sinken, mit der sie gerade ein parmesanbesprenkeltes Blatt aufgespießt hatte, und sah sie fragend an.

»Es geht um Großvater. Also deinen, nicht meinen. Meinen Uropa. Bruno, meine ich.« Zoë merkte verärgert, dass sie stammelte.

Die zartrosa geschminkten Lippen ihrer Mutter lächelten. »Ach so. Du willst dich drücken?«

»Drücken? Vor was?«

»Opas Geburtstag. Also die Nachfeier, weil er im Mai krank war.«

»Nein, das meine ich nicht.«

»Sondern?«

»Lenny und ich, wir wollten doch etwas über die Vergangenheit von diesem Lorenz herausfinden ...«

»Und? Hast du?« Pauline steckte ihre leere Box in die Papiertüte und bemerkte, dass Zoë ihren Salat nicht angerührt hatte. »Willst du denn nichts essen?«

Zoë überhörte die besorgte Frage. »Er war wirklich in der Waffen-SS, wie wir vermutete haben.« Mit plötzlicher Entschlossenheit fuhr sie fort: »Und Bruno auch. Ich habe Fotos gefunden. Und Aufzeichnungen. Die beiden waren dicke Freunde.«

Pauline brach weder in Tränen aus noch schien sie sonderlich schockiert. Sie drehte sich lediglich um und stopfte die Tüte in den Abfalleimer. Dann wandte sie sich wieder Zoë zu. »Du hast also herausgefunden, dass dein Urgroßvater ein Nazi war.«

»Schlimmer. Ein Kriegsverbrecher!«

»Und heute ist er ein dementer alter Mann.«

»Wie bitte? Was soll das heißen?« Ihre Mutter wirkte ein bisschen zu gefasst. Ein hässlicher Verdacht stieg in Zoë auf. »Wusstest du etwa Bescheid?«, rief sie empört. »Und du hast mir nichts gesagt?«

»Was heißt schon ›wissen‹?«, antwortete ihre Mutter mit

ihrer freundlichen, aber festen Ärztinnenstimme, mit der sie auch Krebsdiagnosen mitteilte. Einen Moment lang schien es, dass sie nach der Hand ihrer Tochter greifen wollte, doch sie ließ sie auf der Armlehne ruhen. »Ich habe als Kind ab und an etwas aufgeschnappt und mir später alles zusammengereimt. Meine Eltern fanden, ich sollte das Ganze vergessen, so wie sie selbst. Es hat Jahre gedauert, bis ich mutig genug war, Bruno zu fragen, was er im Krieg gemacht hat. Ich glaube, wenn er nicht schon dement gewesen wäre, hätte er gelogen. So aber hat er alles erzählt, er war sogar stolz darauf. Furchtbar.« Sie verstummte. Nach einer Weile, in der ihre Tochter den bohrenden Blick nicht von ihr ließ, fuhr sie fort: »Natürlich habe ich überlegt, dir von Bruno zu erzählen, als du auf die Sache mit Lorenz gestoßen bist. Aber ...«

»Aber?«

»Ich wollte dich schützen. Kannst du das nicht verstehen?«

»Mich schützen? Du hast mich ins offene Messer rennen lassen!«

Pauline griff nun doch nach Zoës Hand und hielt sie fest, obwohl ihre Tochter sich wehrte. »Ich wusste nichts Genaues. Nur, dass Brunos Vergangenheit nicht auch dein Leben belasten sollte. Ich hatte einfach Angst, dass du dir das alles zu sehr zu Herzen nimmst. Dass es dich ... beschädigt.«

Zoë zog ihre Hand mit einem Ruck weg. »Wie hast du das all die Jahre ausgehalten? Ihn ausgehalten?«

Ihre Mutter angelte ein Kleenex aus der Schachtel auf dem Tisch und fing an, es zu zerrupfen. »Kannst du dich noch an deine Großmutter erinnern?«, fragte sie unvermittelt.

»Kaum«, antwortete Zoë. Das verschwommene Bild einer großen Frau mit welligen graublonden Haaren stieg in ihr auf, die selten lächelte, wenig redete und viel hustete. »Sie hatte irgendwas mit der Lunge, richtig?«

»Ein Emphysem. Obwohl sie nie geraucht hat. Deswegen war sie die letzten beiden Jahre auch in einem Sanatorium in der Schweiz. Du warst erst neun, als sie starb.«

»Und?«

»Meine Eltern waren nicht glücklich zusammen. Du weißt ja, dass dein Großvater eine Affäre hatte, schon vor ihrem Tod.«

»Mit der Yogamaus.«

»Mit der Yogamaus«, bestätigte Pauline, und ein winziges Lächeln erschien auf ihrem Gesicht. »Meine Mutter hat oft geweint. Heute weiß ich, dass sie depressiv war. Mein Vater war kaum zu Hause, er lebte quasi im Büro. Ohne deinen Urgroßvater ...«

Pauline verstummte, aber Zoë verstand, was sie sagen wollte. »Er hat dich und Onkel Marc großgezogen. Und du hast ihn geliebt.«

»Er hat uns beschützt«, antwortete Pauline. »So, wie ich dich beschützen wollte. Was wohl ziemlich danebengegangen ist.« Sie stand auf, deponierte die Fetzen des feuchten Taschentuchs im Abfalleimer und drehte sich zu ihrer Tochter um. »Dein Vater und ich, wir wollten dich aus diesem toxischen Familienkram raushalten. Damit wenigstens du eine glückliche Kindheit hast.«

»Papa weiß also Bescheid? Und Marc?«

»Über Brunos Vergangenheit? Robert ja, Marc nicht.«

»Was ist mit deinen Eltern? Was haben die gewusst?«

»Als ich mich irgendwann getraut habe, meinen Vater direkt zu fragen, hat er mir erzählt, dass Bruno früher sogar damit angegeben hat, in der Waffen-SS gewesen zu sein. Mir hat er eingeschärft, dass ich die Klappe halten soll.«

»Was du auch getan hast.«

»Was ich getan habe«, bestätigte Pauline. Sie strich ihrer Tochter eine Haarsträhne, die ihr in die Stirn gefallen war, zurück hinters Ohr. »Verzeihst du mir?«

Zoë zuckte mit den Achseln. »Irgendwann wahrscheinlich«, sagte sie, ohne zu lächeln. »Aber sonst hast du keine Geheimnisse mehr, oder?«

»Keine Geheimnisse mehr.«

Das Mädchen erhob sich und begleitete seine Mutter in die Lobby. »Ich gehe jetzt runter zu Lenny an den Strand. Der hatte nämlich auch ein Hühnchen mit seiner Mutter zu rupfen.«

»Also bin ich nicht die einzige Hexe. Was hat Mieke denn angestellt?«

»Sie hat was mit Herrn Ginsburg laufen. Das weißt du doch garantiert«, antwortete Zoë, die davon ausging, dass beste Freundinnen sich alles erzählten.

Pauline nickte.

»Aber Lenny hat sie nichts davon gesagt. Was echt gemein ist. Er sieht ihn jeden Tag in der Schule, da hat er wohl ein Recht darauf ...«

Es klopfte an der Tür. Bevor Zoë oder Pauline reagieren konnten, wurde sie aufgestoßen. Eine stämmige Frau betrat die Praxis. Sie trug einen Overall und Gummistiefel, dazu einen olivgrünen Vintage-Parka, der ihr bis zum Knie reichte. Über ihrer Schulter hing eine große Umhängetasche, und ihre krausen dunkelblonden Haare schimmerten feucht.

»Tut mir leid, dass ich einfach so reinplatze«, stieß sie atemlos hervor, »aber die Tür ist nicht abgeschlossen und draußen regnet es Katzen und Hunde.« Sie grinste, als hätte sie gerade einen guten Witz gemacht.

Mit ihrem frischen Teint sah die Frau so aus, als ob sie ihre Tage beim Waldbaden verbrächte und nicht, als ob sie ärztliche Hilfe benötigte. Zoë sah irritiert zu ihrer Mutter, der es die Sprache verschlagen zu haben schien.

»Ich wollte nur schnell die Urkunde vorbeibringen, das hatte ich Ihnen ja versprochen, Frau Doktor. Dann bin ich auch gleich wieder weg.« Sie kramte geräuschvoll in ihrer Tasche. »Hier!«, verkündete sie schließlich und beförderte einen braunen Umschlag zutage. »Wie geht es dem kleinen Kerl denn? Macht er sich gut?« Sie drückte Zoë den Umschlag in die Hand.

»Wer?«, fragte Zoë verblüfft.

»Castor. War er für dich? Du bist die Tochter von Frau Doktor, oder? Ihr seht euch unglaublich ähnlich. Du hast also Allergien? Ist schlimm gerade, was? Wenn die ganzen Pollen herumfliegen.«

Pauline nickte der Frau knapp zu. »Alles ganz prima«, sagte sie und nahm Zoë, etwas schroff, wie es dieser vorkam, den Umschlag ab. »Vielen Dank fürs Vorbeischauen.«

»Ja, ich muss dann mal weiter«, erwiderte die Frau prompt. »Viel Spaß mit dem Kleinen.« Sie war schon fast aus der Tür, als sie sich nochmals umdrehte. »Castor war der beste Welpe aus dem ganzen Wurf. Seid ihr bei dem Namen geblieben? Gar nicht so einfach, einen mit C zu finden, oder?« Sie winkte und eilte aus der Tür.

Pauline legte den Umschlag auf den Empfangstresen. Und versuchte erst gar nicht, sich herauszureden. »Zoë ...«, sagte sie matt.

Mit einem Satz war ihre Tochter am Tresen, riss den Umschlag auf und holte einen Bogen Papier heraus, auf dem in Versalien »ABSTAMMUNGSURKUNDE« stand und darunter, in kleinerer Schrift, »Castor von Treuenfels«.

»Sie hätte ihn also beinahe eingeschläfert«, sagte Zoë spöttisch. »Weil er so ein Kümmerling war. Armer Castor. Und wohin ist noch mal diese Patientin von dir gezogen? Melbourne? Oder war es Shanghai?«

»Sydney.« Pauline seufzte. »Schau mich doch nicht so böse an, Zoë. Ich wollte Lenny eine Freude machen. Mieke hätte sich so einen Hund doch niemals leisten können.« Sie trat versuchsweise einen Schritt auf ihre Tochter zu.

Im selben Moment wallte Zoës Wut wieder auf, so heftig, dass sie sich selbst erschreckte. »Ich hasse dich!«, schrie sie. »Du lügst und lügst!« Sie drehte sich um und rannte aus der Praxis, während sich das entsetzte Gesicht ihrer Mutter in ihr Hirn brannte.

*

Hätte sie es doch auf Stumm geschaltet. Ohne die Augen zu öffnen, tastete Mieke nach ihrem klingelnden Handy und fegte es dabei beinahe vom Nachttisch.

»Ja?«, krächzte sie.

»Hast du geschlafen? Tut mir leid. Hör zu, ich weiß, ich bin wahrscheinlich der Letzte, mit dem du gerade sprechen willst«, fuhr Marc rasch fort, bevor Mieke ihn wegdrücken konnte. »Aber ich wollte nur checken, ob du das Gutachten bekommen hast, das für deinen Termin am Dienstag in der Bank. Feddersen hat hoch und heilig versprochen, dass es vor dem Wochenende fertig wird, damit du es noch durcharbeiten kannst. Er wollte es gestern per Bote schicken.«

Kannte sie einen Feddersen? Dann fiel es ihr ein. Der Hausschwamm, natürlich, Experte Nummer zwei. Nicht zu verwechseln mit dem ersten, dem Hausbock. »Warte«, murmelte sie. »Ich guck mal eben nach.«

Mieke schlug die Bettdecke zurück. Anscheinend hatte sie den ganzen Nachmittag verschlafen. Vorsichtig setzte sie sich auf. Die erwartete Übelkeit blieb aus, umso besser. Sie erhob sich von der Bettkante, steckte das Handy in die Hosentasche und lief barfuß den Flur entlang. Der Umschlag lag tatsächlich an der Haustür, durch deren Schlitz er gefallen war. Mieke klaubte ihn auf, ging zur Küche und holte, während sie den Wasserkocher füllte, das Handy aus ihrer Hosentasche.

»Marc? Alles gut. Der Hausschwamm hat geliefert.«

»Und? Was steht drin?«

»Keine Ahnung.« Sie brauchte Koffein, dringend. Egal in welcher Form. Mieke gab zwei gehäufte Teelöffel Instant-Espresso in ihren blauen Lieblingsbecher.

»Willst du nicht nachschauen?«

Das Wasser fing an zu sprudeln.

»Später. Bis dann.« Mieke goss den Kaffee auf und setzte sich an den Küchentisch. Obwohl sie sich sicher war, dass ihr Sohn nicht reagieren würde, tippte sie auf Lennys Nummer und ließ es fünfmal klingeln. Dann tippte sie erneut auf Lennys Namen, diesmal im Chatprogramm. »Bitte melde dich. Wir müssen reden. Es tut mir alles so leid«, schrieb sie. Versuchsweise fügte sie ihr Lieblings-Emoji hinzu, die kleine Eule, löschte es aber wieder. Zu anbiedernd. Sie drückte auf den Pfeil und sah zu, wie die Nachricht abrauschte.

Sie hatte es versemmelt. Wie konnte sie nur so dämlich sein, Lenny zu fragen, ob er dealen würde, direkt nachdem er die Affäre mit David herausgefunden hatte? Die ironischerweise gerade geplatzt war. Die ganze Zeit hatte sie sich nicht getraut, das Thema anzusprechen, und ihm dann die Frage ins Gesicht geschleudert, obwohl sie die Antwort nicht wissen wollte. Ein instinktives Ablenkungsmanöver, weil er sie wegen David zur Rede gestellt hatte. Flight wäre besser gewesen, dachte Mieke. Aber sie hatte sich für Fight entschieden und stand nun mit demjenigen im Ring, mit dem sie am wenigsten kämpfen wollte.

Sie betrachtete den braunen Umschlag auf dem Tisch. Er erinnerte sie an den Brief mit der Nachricht von der Erbschaft, den sie vor sechs Monaten in Den Haag bekommen hatte. Auch das hatte sie versemmelt. Der Hausschwamm würde das Fischerhaus auffressen, wenn sie den Kredit nicht bekam, und von Heddas Buch existierten erst wenige, belanglose Seiten. Pauline, ihrer Freundin, konnte sie nicht mehr in die Augen schauen. Das Einzige, was sie in Blankenese zustande gebracht hatte, war die Regie des Theaterstücks. Mit dessen Autor sie geschlafen und sich zerstritten hatte. Das alles muss ein Ende haben, dachte sie. Direkt nach der Aufführung, nach dem letzten Schultag, würden Lenny und sie nach Den Haag zurückkehren.

Mieke nahm den Becher, stellte sich ans Fenster und sah über den Hof hinweg zum Garten ihres Elternhauses, dessen scharfe Konturen die Dämmerung schon fast verwischt hatte. Tessa und Mathias. Mathias und Tessa. Morgen, nahm sie sich vor, morgen wollte sie ihre Mutter anrufen und sich bestätigen lassen, was sie ohnehin wusste. Dass Pauline die Wahrheit sagte.

Sie setzte sich an den Tisch und sah auf ihr Handy. Keine Nachricht von Lenny. Sie wollte den Umschlag mit dem Gutachten schon aufreißen, legte ihn aber wieder zurück, sie hatte keine Lust auf noch mehr schlechte Nachrichten. Etwas anderes war jetzt wichtiger. Etwas, was sie schon längst hätte tun sollen.

Mieke scrollte die Kontaktliste ihres Handys runter und tippte auf einen Namen. Es war besser, wenn sie sich Gesa zu Hause vorknöpfte als in der Schule.

HEDDAS TAGEBUCH.
DIENSTAG, 6. APRIL 1948

Er lebt, Simon lebt! Er war es, eindeutig. Ich würde ihn immer erkennen, sogar mit diesen kurz geschorenen Haaren. Er lief die Kösterbergstraße entlang zur Bushaltestelle, mit einem kleinen Jungen an der Hand. Ich war wie gelähmt. Und als ich ihm endlich nachlaufen wollte, ist er mit dem Kind in den Bus gestiegen und verschwunden. Ob das sein Sohn war? Ob er verheiratet ist? Ob er wieder hier lebt, in Blankenese?

Das Haus der Möllers steht jedenfalls noch leer. Es wurde beschlagnahmt, nachdem sie Levi umgebracht haben und Simon und seine Mutter abgehauen sind. Aber gewohnt hat da bis heute niemand. Jetzt gibt es dieses neue Rück-erstattungsgesetz der Engländer, also geht die Kate zurück an Simon. Ob seine Mutter auch überlebt hat? Hoffentlich. Obwohl nach der Schießerei alle aus den Häusern gerannt sind, war ich damals wohl die Einzige, die mitbekommen hat, dass Karl Simon und Lotte weggebracht hat. Von oben, aus meinem Fenster. Von unten aus konnte es niemand sehen. Und noch etwas hatte ich beobachtet: Bruno war nur kurz vor die Tür gegangen und hat sie dann von innen zuge-knallt. Da wurde mir einiges klar.

Mama hat mal gesagt, dass Brunos und Simons Vater frü-her richtig gute Freunde waren. Vielleicht hat Karl Andresen den Möllers deshalb geholfen. Nun ist es auf jeden Fall zu spät, ihn danach zu fragen. Er hätte sowieso nichts erzählt, der Kerl war verschwiegen wie eine Auster. Muss man wohl sein, wenn man krumme Geschäfte macht.

Es ist merkwürdig, wieder hier zu sein. In meinem Mädchenzimmer zu sitzen und Tagebuch zu schreiben wie früher. Als ob nichts passiert wäre. Dabei ist ALLES passiert. Als Mama mir ein Telegramm nach Kiel geschickt hat, dass ich zur Beerdigung von Karl Andresen kommen soll, wollte ich zuerst nicht. Nicht wegen der Prüfungen an der Uni. Sondern weil ich wusste, dass die Engländer zu Hause alles in Schutt und Asche gebombt haben. Kiel ist auch total kaputt, aber das kenne ich ja nicht von früher, das tut mir nicht weh. Ich bin dennoch gefahren, und Hamburg sieht so schrecklich aus, wie ich befürchtet habe. Als ob es seine Seele verloren hat. Überall Ruinen, grauenhaft, sie stehen an den Straßen wie schwarze Gespenster. Die schönen Häuser an der Palmaille in Altona, alle weg. Aber in Blankenese? Alles wie immer. Hier ist keine einzige Bombe gefallen, Mama und Papa mussten nie in den Bunker gehen.

Morgen bei Karls Beerdigung werde ich Bruno wiedersehen. Mama hat gesagt, er sei direkt nach Kriegsende nach München gegangen, um Jura zu studieren, und habe sich seitdem nicht mehr hier blicken lassen. Genau wie ich. Und Simon.

Wie ich diesen Verräter hasse! Ich hätte Bruno am liebsten umgebracht, damals, als es passiert ist. Leider war ich zu feige, wie immer. Und er ein richtiges Muskelpaket wie aus einem Riefenstahl-Film. Und Rottenführer. Ich hätte ihn höchstens vom Anleger in die Elbe schubsen können. Oder vergiften, das hätte vielleicht geklappt. Bruno, ich habe Apfelkuchen gebacken, willst du mal probieren? Aber die hätten mich sofort gehenkt, wenn sie mich erwischt hätten.

Doch was nicht ist, kann ja noch werden. Vielleicht. Soll ich Simon erzählen, dass Bruno seinen Vater auf dem Gewissen hat? Ich würde es tun, wenn ich es beweisen könnte. Wenn ich hundertprozentig sicher wäre. Damals, als ich den Verrat Bruno auf den Kopf zugesagt habe, hat er erst nur gegrinst. Dann hat er ganz schmale Augen bekommen und gefragt: »Verstehe ich dich richtig, Hedda? Du hättest was dagegen, wenn ich einen jüdischen Verbrecher gemeldet hätte? Was würde der Führer dazu sagen? Und die Gestapo?« Natürlich hat mir das Angst gemacht.

Falls ich Simon wirklich wieder treffen und dann wieder nichts erzählen sollte: Schweige ich dann wegen der winzigen Möglichkeit, dass alles Zufall war und Bruno Simon nicht verraten hat? Oder aus Feigheit? Ich weiß es nicht.

Erst einmal muss ich Simon finden. Wenn ich ihn finde, wird alles gut.

DIENSTAG, 26. JULI 2022

Er würde natürlich mit dem Füller schreiben. Und in ein richtiges Heft. Im Schreibwarenladen um die Ecke hatte er eines gefunden, das aussah wie das von Hedda.

Gustav nahm die Lesebrille ab und legte sie vor sich auf den Schreibtisch, den er direkt vors Fenster seines Wohnzimmers gestellt hatte, damit möglichst viel Licht darauf fiel, aber auch, damit er die Elbe im Blick behalten konnte. Er konnte von Glück sagen, dass er seit Jahrzehnten in der Schiffszimmerergenossenschaft war. Als er die Treppen nicht mehr hochgekommen war, hatte er seine alte Wohnung im dritten Stock sofort gegen eine neue im Nachbarhaus tauschen können. Über 40 Jahre hatte er dort mit Mathilde gewohnt. Die neue Wohnung hatte zwar nur zwei und damit ein Zimmer weniger, aber dafür gab es einen Aufzug, der bis hoch unters Dach in die sechste Etage ratterte. Das Beste war, dass ihn durch die beiden Sprossenfenster die Köhlbrandbrücke anschaute. Er konnte sich kaum sattsehen an dem eleganten S, das an Stahlseilen über dem Elbarm schwebte, und erinnerte sich noch genau an den 20. September 1974, als er die Brücke bei der Einweihung zum ersten Mal betreten hatte. Nicht mehr lange, und sie würde wieder abgerissen werden. Ein Jammer. Nichts, dachte er grimmig, war für ewig.

Gustav nahm seinen Füller und las weiter. Hedda war ein erstaunlich stilles Wasser gewesen, fand er. Kein Wort hatte sie über ihre Vergangenheit verloren in all den Jahren. Obwohl, die meisten von denen, die den ganzen Schiet damals miterlebt hatten, hielten die Klappe darüber. Er selbst redete nur mit seinen Kumpels vom Stammtisch über das, was sie im Krieg gesehen hatten. Und gemacht hatten. Und versäumt hatten zu machen.

Seit zwei Wochen war er nicht mehr im Treppenkrämer gewesen. Aber sein Freund Fiete hatte der Wirtin bestimmt Bescheid gegeben, dass er sich eine Lungenentzündung eingefangen hatte. Ein Segen, dass es heute Antibiotika gab. Sein Großvater war noch an einer Lungenentzündung gestorben, kurz vor der Machtergreifung, da war Penicillin gerade entdeckt worden, zu spät für Claas Ole. Jedenfalls war es dem alten Sozi erspart geblieben, mitzuerleben, wie sich das braune Pack breitgemacht hatte.

Vielleicht sollte er Shanti anrufen und ihr sagen, dass er wieder fit war. Er hatte dieser Freundin von ihr, dieser netten jungen Frau mit den traurigen Augen, schließlich versprochen, dass er sich mit der Übersetzung beeilen würde. Noch ein paar Seiten, und er wäre fertig. Heute Nachmittag könnte er das Heft beim Treppenkrämer abgeben. Die hinteren Seiten der Kladde waren sowieso leer, vermutlich weil der Krieg ausgebrochen war. Doch die beiden Briefe musste er noch übersetzen, die hinten im Einband steckten. Hedda hatte sie erst Jahre später geschrieben, aber wohl in diesem Tagebuch aufbewahrt.

Gustav stand auf, legte die Kladde auf das Tischchen neben dem Ohrensessel und schlurfte mit seinen abgetragenen Lederpantoffeln in die Küche, wo er sich Tee aufbrühte, tiefschwarz wie die Hölle. Schon die vierte an diesem Tag. Dabei war die Sonne noch nicht einmal über ihren Zenit gewandert, genau über dem rechten der beiden stahlblauen Pylonen. Egal, das Gebräu hielt seine grauen Zellen fit, auch wenn sein Arzt das bestritt. Der Kerl war mindestens genauso ein Sturkopf wie er selbst.

Er stellte die Kanne neben die Kladde, manövrierte seine schmerzenden Beine auf den Hocker vor dem Sessel und blätterte eine neue Seite auf. 15 war Hedda 1939 gewesen, in die Obersekunda gegangen wie er selbst, in Altona. Dass sie bei der Swingjugend gewesen war, hatte ihm mächtig imponiert, das war ganz schön gefährlich damals, einige von denen hatten sich sogar mit den Bengels von der HJ geprügelt. Und sind im Knast gelandet, wenn nicht Schlimmeres. Ihm hatte Jazz nie besonders gefallen. Gustav mochte Filmmusik wie das Lied in »Die Drei von der Tankstelle«: »Ein Freund bleibt immer Freund / Und wenn die ganze Welt zusammenfällt ...« Nun ja, das war sie ja dann auch.

Gustav beugte sich zum Tischchen und trank seine Tasse leer. Dann lehnte er sich zurück und schloss die Augen, nur für einen Moment. Hatten sie den Film nicht irgendwann verboten? Himmel, was war er in Lilian Harvey verknallt gewesen. Wie ging noch mal das Lied aus dem »Liebeswalzer«? Genau. »Du bist das süßeste Mädel der Welt ...« Ja, das war sie, die Lilian, wenn auch ein bisschen spillerig für seinen Geschmack. Wie dieses Mädchen aus dem Treppenkrämer, die Kleine aus Holland, wie hieß die noch gleich? Mieke, richtig.

Als Kind, hatte Shanti ihm erzählt, hatte Mieke direkt neben Hedda gewohnt, unten in den Fischerhäusern. Vielleicht hatte er sie sogar mal gesehen, als er seine alte Freundin am Strand besucht hatte. Damals, als sie aus Kiel zurück nach Blankenese gezogen war, nach dem Tod ihrer Eltern. Kennengelernt hatten sie sich in der Sütterlinstube der Kirche.

Grundgütiger, das war fast 30 Jahre her. Vage erinnerte er sich, dass die anderen Ehrenamtlichen dort einmal über diesen Nachbarn von Hedda getratscht hatten, der ganz plötzlich verschwunden war. Der Maler. War das etwa Miekes Vater gewesen? Soviel Gustav wusste, war er nie wieder aufgetaucht. Er hatte Hedda danach gefragt, weil das ja nicht alle Tage passierte, dass jemand verschütt ging, schon gar nicht in Blankenese. Aber sie hatte so knapp geantwortet, dass er den Mund gehalten hatte.

Als unten ein Motorradfahrer vorbeibretterte und der Auspuff der Maschine knallte, schreckte Gustav auf. Er wäre um ein Haar eingeschlafen. Weil die Buchstaben wieder Zicken machten und herumhüpften, hielt er die Kladde weiter weg, um besser sehen zu können, aber sie fiel ihm aus der Hand und landete auf dem Boden. Der alte Mann bückte sich, fluchte leise, weil dabei der Schmerz in seinen Rücken schoss, und kam mit dem Heft in der Hand wieder hoch. Die letzte Seite war nun aufgeschlagen, und Gustav wollte schon zurückblättern, als seine Augen an dem Wort »Schuss« hängen blieben. Ihm stockte der Atem. Anscheinend war Hedda Zeugin davon geworden, wie die Gestapo ihren jüdischen Nachbarn umgebracht hatte.

Eine halbe Stunde später hievte Gustav die Beine vom Hocker. Er hatte es auf einmal eilig. Die arme Hedda, dachte er, als er das Heft zuklappte. Er stützte sich schwer auf die Lehne des Ohrensessels, ging zum Schreibtisch und schraubte die Kappe des Füllers ab. Die beiden Briefe würde er am besten auch gleich transkribieren. Wie grauenvoll, zu erleben, wie der Vater des Nachbarsjungen, in den sie verliebt gewesen war, ermordet wurde. Und dass der andere Nachbarsjunge, dieses kleine Naziferkel, ihn verraten hatte.

*

Gesa bog um die Ecke des Pfades, und Mieke, die einen kurzen Jeansrock trug und ihre blassen Beine auf der Bank vor dem Fischerhaus hoffnungsvoll in die Sonne hielt, erhob sich.

»Danke, dass du die Sachen abholst. Ich bin immer noch ein bisschen wackelig.«

Offiziell war Mieke krank, sie hatte am Montagmorgen in der Schule angerufen und Bescheid gesagt. Sie hatte weder Lust noch die Kraft auf ein neues Encounter mit David. Oder mit Pauline.

»Da nicht für. Aber am Freitag bist du wieder fit, oder? Für die Aufführung?«, sprudelte die junge Frau hervor.

»Sicher«, antwortete Mieke bestimmt. »Möchtest du einen Kaffee?«

»Lieber Kräutertee, wenn du einen hast. Wollen wir nicht reingehen? Es ist irre heiß heute«, unterbrach Gesa ihre Gedanken. Sie fächelte sich ausdrucksvoll mit der Hand Luft zu.

Mieke, die gerade einen Gartenstuhl aufklappen wollte, hielt inne. Natürlich. Heddas ehemalige Altenpflegerin war neugierig, wie sich die Rumpelbude verändert hatte. Sie öffnete die Türen zum Wohnzimmer und zum Bad und lotste Gesa schließlich, mit dem Versprechen, ihr danach das obere Stockwerk zu zeigen, an der geschlossenen Schlafzimmertür vorbei in die Küche.

»Warst du früher nie in den anderen Zimmern?«, fragte sie und füllte den Wasserkocher auf.

»Nur heimlich«, gestand Gesa und setzte sich an den Tisch. »Hedda hat wie ein Luchs aufgepasst, dass ich auf gar keinen Fall nach oben ging und hier unten nur ins Schlafzimmer und in die Küche. Aber einmal stand die Wohnzimmertür einen Spalt auf. Da habe ich das ganze Desas-

ter gesehen. Dass sie ein Messie war, hatte ich schon lange
geahnt. Ihr Schlafzimmer war auch ziemlich vollgestopft,
allerdings nicht schmutzig. Aber der Gestank, der aus dem
Wohnzimmer kam, der war richtig fies.«

Sie hielt sich demonstrativ die Nase zu und nahm den
Becher entgegen, in den Mieke, nach vergeblicher Suche
nach Kräutertee, einen Beutel mit Shantis Detox-Tee
gehängt hatte.

»Das Aufräumen muss eine Heidenarbeit gewesen sein«,
fuhr Gesa fort. »Aber ich hörte, du hattest Hilfe?«

Mieke stutzte. Meinte sie David? Hatte ihre Affäre sich
mittlerweile im Dorf herumgesprochen?

»Ich müsste auch mal wieder was in meiner Wohnung
machen lassen«, plapperte Gesa weiter. »Es wäre echt an
der Zeit für eine neue Küche. Kannst du diesen Marc emp-
fehlen?«

»Kennst du ihn denn nicht? Paulines Bruder?«

»Kaum. Er ist erst ja seit Kurzem wieder hier«, antwortete Gesa vage. »Hat er nicht in Italien gelebt?«

»Spanien«, sagte Mieke. Sie glaubte nicht einen Moment
lang, dass Gesa Marc tatsächlich anheuern wollte. Oder dass
sie vorbeigekommen war, um die Requisiten abzuholen, da
hätte sie auch einen Schüler schicken können. Ihre Besu-
cherin war ihrer Bitte, die Sachen im Fischerhaus abzuholen, nur aus einem Grund selbst nachgekommen. Um herausfinden, was Paulines beste Freundin von der Affäre mit
Robert wusste.

»Ich möchte dich nicht belügen, Gesa«, sagte Mieke
und setzte, als Gesa verwundert die Augen aufriss, hinzu:
»Natürlich gebe ich dir die Requisiten mit. Aber ich wollte
noch aus einem anderen Grund, dass du vorbeikommst.«

»Pauline hat dich aufgehetzt, richtig?«, fragte die junge

Frau hitzig. »Du bist sauer auf mich, weil ich was mit Robert hatte.«

»Hatte. Jetzt nicht mehr, oder? Ist mir aber auch egal.«

»Mir sowieso.« Gesa zuckte betont desinteressiert mit den Schultern. »Worum geht es dann?«

»Die Briefe, Gesa«, antwortete Mieke. Sie beugte sich vor. »Warum wolltest du mir mitteilen, dass etwas an Heddas Tod merkwürdig ist?«

Gesa wurde blass. »Woher weißt du, dass ich das war?«, erkundigte sie sich mit dünner Stimme.

»Wer denn sonst? Nur du und Pauline hattet engen Kontakt mit Hedda. Und die Anwältin.«

Gesa nahm einen Schluck von dem Detox-Tee, verzog das Gesicht und stellte die Tasse zurück auf den Tisch. »Mieke«, sagte sie, »du musst mir glauben. Ja, ich habe die Briefe geschrieben. Aber nur, weil ich mir Sorgen mache. Ich mochte Hedda. Sie war eine nette Frau.«

»Und unglücklich.« Ihre Bemerkung schien Gesa zu überraschen.

»Unglücklich?«

»Menschen, die sich umbringen, waren in der Regel nicht besonders froh. Hatte sie Schmerzen wegen ihres Herzens?«

»Was redest du da?« Gesa sah Mieke an, als ob sie im Fieberwahn fantasierte. »Hedda hat sich garantiert nicht umgebracht. Warum auch? Die Herzbeschwerden hatte sie mit ihren Tabletten gut im Griff. Genauer gesagt, ihre Koronarsklerose, die verstopften Herzkrankgefäße. Und unglücklich? Mieke, die Frau war eine Kämpferin, die weinte nicht im stillen Kämmerlein. Die ging auf die Barrikaden, wenn sie etwas störte!«

Gesa hatte recht, Hedda war nicht der Typ, der duldsam litt. Sie mochte ein Messie gewesen sein, aber ein rebellischer. »Was sollten denn dann die Briefe? Du glaubst doch nicht im Ernst, dass jemand sie getötet hat?«

Gesa zuckte unbehaglich mit den Achseln. »Genaues weiß ich natürlich nicht. Aber irgendetwas ist faul an der ganzen Sache. Am Tag vor ihrem Tod wirkte Hedda völlig normal, ich war nachmittags noch bei ihr. Ich kann mir nicht vorstellen, dass sie einfach so gestorben sein soll. Vielleicht, habe ich gedacht, findest du etwas heraus. Also wenn du hier wohnst und ihre Sachen durchgehst. Deshalb habe ich dir auch das Tagebuch gegeben.«

»Herzanfälle passieren nun einmal plötzlich.« Mieke hatte gehofft, dass Gesas Verdacht auf etwas Konkretem beruhte.

»Dr. Küster kam Heddas plötzlicher Tod auch komisch vor«, verteidigte Gesa sich. »Hat er mir im Vertrauen erzählt. Und ich habe die Kappe von einer Spritze gefunden, unter ihrem Nachttisch. Die lag am Tag davor noch nicht da.«

»Die kann aus Küsters Koffer gefallen sein. Auf dem Totenschein hat er jedenfalls ›natürliche Ursache‹ angekreuzt.« Mieke wusste, dass sie überzeugter klang, als sie war. Was hatte Davids Freundin Sophie gesagt? Fast 90 Prozent der Totenscheine in Deutschland sind falsch. Sie stand auf. »Sorry, aber ich habe gleich einen Termin in der Bank.«

Gesa erhob sich ebenfalls, wenn auch zögernd. »Ich würde an deiner Stelle noch mal mit dem Arzt sprechen«, sagte sie hastig. »Dr. Küster wusste genau, dass Pauline ihm die Hölle heißmachen würde, wenn er eine Obduktion angeordnet hätte. Sie kann ihn sowieso nicht leiden, weil er noch praktiziert. Sie meint, mit 70 sei er zu alt und gefährde seine Patienten. Weil er nicht mehr besonders gut sieht. Und hört.«

»Das klingt nicht unvernünftig.« Sie selbst, dachte Mieke, würde sich auch nicht gerne von einem blinden und tauben Arzt behandeln lassen.

»Klar, das musst du ja sagen, weil sie deine Freundin ist. Aber im Ernst, Pauline kann ziemlich gemein werden, wenn ihr etwas nicht in den Kram passt. Hat Robert auch gesagt. Weißt du eigentlich, dass er sich für mich scheiden lassen wollte? Er liebt mich nämlich. Pauline hat ihn garantiert unter Druck gesetzt, damit er bei ihr bleibt und sie weiter heile Familie spielen können. Und Hedda hat mal angedeutet, dass sie sie auch nicht leiden konnte. Ich solle mich in Acht nehmen vor ihr, hat sie gesagt. Vielleicht hat Pauline bei Hedda etwas falsch gemacht als Ärztin. Einen Kunstfehler oder so. Und Dr. Küster unter Druck gesetzt, damit er die Klappe hält.«

Mieke hatte endgültig genug. Sie war spät dran und wollte Gesa, die sich in Rage geredet hatte, wieder loswerden. Die Sympathie, die sie noch vor Kurzem für die junge Frau empfunden hatte, war verschwunden. Dennoch tat sie ihr leid. Es war nicht schön, eine Liebe zu verlieren, selbst eine eingebildete. »Gesa«, sagte sie nachdrücklich. »Der Arzt hat Hedda schon am Abend vor ihrem Tod besucht, nicht nur am Morgen danach. Pauline war da längst auf ihrem Seminar. Sollte es also einen Behandlungsfehler gegeben haben, dann hat Dr. Küster ihn begangen, nicht Pauline.«

Gesas Züge erstarrten. »Das ... das wusste ich nicht«, antwortete sie geknickt.

»Komm«, sagte Mieke rasch, »ich zeig dir die neuen Sachen, die Lenny für das Theaterstück gefunden hat. Sie sind im Atelier.«

Sie überquerte den Hof, während ihr Besuch schweigend neben ihr hertrottete, und klopfte an die Scheibe des

Häuschens. Wider besseres Wissen hoffte sie, dass ihr Sohn zurückgekehrt war aus seinem Exil in Paulines Villa. Dass er verschlafen öffnen würde, mit strubbeligen Haaren und seinem schiefen Lächeln. Als alles ruhig blieb, drückte sie die Klinke nieder. Wie sie vermutet hatte, war die Tür nicht verschlossen.

»Ganz schön dunkel hier«, bemerkte Gesa, die hinter ihr den Raum betrat.

Mieke zog die Vorhänge auf. Das durch die verschmierten Sprossenfenster gedämpfte Licht enthüllte das unbenutzte Matratzenbett, genauso tadellos gemacht wie am Vortag.

»Lenny schläft hier, hat mir Antonia erzählt, stimmt's? Macht er sein Bett selbst? Du hast es gut. Meine Tochter würde nie auf die Idee kommen.«

Anscheinend wusste Gesa nicht, dass Lenny seit Tagen bei Zoë übernachtete. Das sollte auch so bleiben, also ignorierte Mieke die Frage. Sie hätte, dachte sie, eine Taschenlampe mitnehmen sollen. Ihr Blick wanderte durch den Raum, der im hinteren, dämmerigen Teil noch genauso unaufgeräumt war wie an dem Tag, als sie ihn erstmals betreten hatten. »Lenny hat gesagt, dass er das Zeugs in einen großen braunen Pappkarton getan hat. Er wollte ihn eigentlich rausstellen, hat es dann aber wohl vergessen.«

»Ich glaube, ich sehe etwas!«, rief Gesa, die sich an Sesseln, Regalen und Tischchen vorbeigequetscht hatte und nun eine Stehlampe zur Seite bugsierte. »Hinten in der Ecke, auf dem Regal.«

»Schaust du mal?« Nach der Plackerei in Heddas Haus verspürte Mieke keinerlei Lust, auch noch das Atelier zu durchforsten.

»Genau, hier sind Kartons!« Gesas Stimme klang gedämpft. »Hat Lenny gesagt, was drin ist?«

»Sabbatleuchter, glaube ich«, rief Mieke zurück.

Woher mochte Hedda die Leuchter haben? Vielleicht von einer Nachbarsfamilie, dachte sie mit jähem Unbehagen. Von Blankenesern, die hoffentlich rechtzeitig geflohen waren. Pauline, fiel ihr ein, hatte auch einen gespendet.

»Fehlanzeige!«, rief Gesa, deren Stimme sich wattig anhörte, als ob sie mit dem Kopf in der Kiste steckte. »Hier sind nur alte Mäntel und so was. Aber da oben ist noch ein anderes Paket, ich hole es runter. Da steht eine Leiter, warte!«

Gleich elf. Mieke, die unbedingt noch duschen wollte, bevor sie zur Bank aufbrach, hörte ein Scharren, gefolgt von einem dumpfen Krachen.

»Sorry! Die Kiste ist runtergefallen.«

Einen Moment war es still. Dann ertönte ein schleifendes Geräusch. »Die war es nicht«, rief Gesa, »da sind nur Bücher und Hefte drin. Aber warte, jetzt habe ich die richtige, sie steht ganz unten auf dem Boden!« Nach ein paar Minuten tauchte sie wieder auf, einen Karton im Arm. »Geschafft.«

Sie wischte sich mit der flachen Hand den dunklen Schweißfilm von der Stirn. Ihr T-Shirt hatte graue Flecken, und ihre Arme und Beine schimmerten feucht.

Mieke trat zur Seite und ließ sie voraus zur Tür gehen. »Gesa?«

Die junge Frau drehte sich um. Ihr fragendes Gesicht schwebte über dem Karton, den sie mit beiden Armen vor ihrer Brust umspannte.

»Stimmt es eigentlich, was du mir damals gesagt hast? Dass du keine Ahnung hast, wer das Paket gespendet hat? Das, in dem das Tagebuch war?«

Gesa setzte den Karton auf der Ottomane ab. Einen Moment lang meinte Mieke, einen Anflug von Schadenfreude über ihr Gesicht huschen zu sehen.

»Das Tagebuch war nicht in einem Paket. Sondern in einem Schulrucksack, ich bin vor der Requisite buchstäblich darübergestolpert. Die Kinder lassen ihren Kram doch überall herumliegen.« Sie kostete den Moment, in dem Miekes Unruhe wuchs, sichtlich aus.

»Ja?«, drängte Mieke.

»Er war umgekippt und das Buch herausgefallen. Da bin ich neugierig geworden und habe es eingesteckt. Ich dachte, vielleicht steht etwas drin, was Heddas plötzlichen Tod erklären könnte. Aber zu Hause habe ich gesehen, dass es in dieser komischen Schrift geschrieben ist.«

»Und?« Mieke war kurz davor, die Geduld zu verlieren. »Wem gehörte der Rucksack denn?«

»Deinem Sohn«, antwortete Gesa. »Das Tagebuch steckte in Lennys Rucksack.« Sie bückte sich und hob den Karton von der Ottomane hoch. Einen besseren Abgang hätte sie nicht hinlegen können.

*

Erst musste sie diesen Banktermin hinter sich bringen. Und dann Lenny auftreiben. Mieke hastete ins Fischerhaus, um den Umschlag mit den Gutachten zu holen, zog einen hellen Leinenblazer an und zwirbelte ihre Haare zu einem Knoten auf dem Hinterkopf zusammen. In der Küchenschublade fand sie eine halb leere Schachtel Paracetamol und spülte zwei Tabletten mit dem kalten Kaffee aus dem Becher hinunter, der noch auf dem Tisch stand.

Als sie an der Bank auf dem Marktplatz ankam, schlug die Uhr der evangelischen Kirche elf. Die Glastür glitt automatisch zur Seite, und sie ging zum Infoschalter, um sich anzumelden.

»Frau van der Linden?«

Sie drehte sich um. Ein hochgewachsener Mann in Khakihosen und einem weißen Hemd, auf dessen Kragen etwas zu lange blonde Locken fielen, kam auf sie zu.

»Ich bin Alexander Greven. Herrn Kleinschmidt geht es nicht gut, ich vertrete ihn. Darf ich vorausgehen?«

Er führte sie in einen fensterlosen, heruntergekühlten Besprechungsraum. Hoffentlich fehlte seinem dünnen kleinen Kollegen nichts Ernstes, hoffte Mieke, als sie sich an den Tisch setzte. Dieser Greven war ihr auf Anhieb unsympathisch. Sie lehnte ab, als er ihr einen Kaffee anbot, und legte den Umschlag auf den Tisch.

»Das Gutachten des Hausschwamms«, sagte sie und verbesserte sich sogleich, als ihr ihr Lapsus auffiel. »Also über den Hausschwamm, meine ich.«

»Ja, das habe ich auch hier«, erwiderte Greven und öffnete das Dokument auf seinem Computer. »Der Sachverständige hat es mir gemailt. Die Sanierung wird nicht billig, aber das wissen Sie ja schon. 80.000 Euro. Ein ziemlicher Brocken.«

Miekes Herzschlag setzte eine Sekunde lang aus.

»Dazu addieren sich die anderen Sanierungskosten«, fuhr Greven fort und rief ein weiteres Dokument auf. »Hausbock hatten Sie auch, wie ich sehe. Dann muss das Reetdach neu gemacht werden, weil sonst der Versicherungsschutz erlischt. Haben Sie sich bereits darum gekümmert?«

Wollte Marc nicht einen Kostenvoranschlag für die Reparatur einholen? Und die Versicherung anrufen, um eine Schonfrist auszuhandeln?

»Das erledigt Herr Andresen«, gab sie zurück. »Oder heißt das, dass ich den Kredit nicht bekomme?«

»Ich befürchte, dass wir als Bank das Risiko nicht eingehen können«, antwortete ihr Gegenüber. »Hier, Ihre Angaben über Ihre finanzielle Situation. Keine regelmäßigen Einkünfte, wie ich sehe ...« Der Bildschirm erlosch und Greven wandte sich ihr zu. »Wenn ich Ihnen einen Rat geben darf ...«

»Ja, bitte?«

»Sie sollten verkaufen. Sicherlich, es gibt Renovierungsbedarf, dann den Denkmalschutz und die Tatsache, dass das Haus nicht erweitert werden darf. Aber die Location ist fantastisch. Ich bin sicher, dass Sie einen Käufer finden.«

»Ich darf noch nicht verkaufen«, erwiderte Mieke knapp und erhob sich, »wegen testamentarischer Auflagen. Frühestens im nächsten April.«

»Bis dahin werden die Sanierungskosten noch höher sein«, gab der Bankmensch zu bedenken und stand ebenfalls auf. »Tut mir leid, dass wir Ihnen nicht helfen können.«

»Schon gut. Ich muss mir das Ganze erst mal durch den Kopf gehen lassen.«

Inzwischen fror Mieke in ihrem Sommerblazer, und das lag nicht nur an der Klimaanlage. Sie musste aus diesem Eiskeller raus, bei Shanti einen Kaffee trinken, menschliche Wärme und ihren Rat einholen.

In der Lobby blieb sie am Treppenabsatz stehen und rief Lenny an, wenn auch ohne große Hoffnungen, dass er rangehen würde. »The person you have called«, teilte eine Roboterstimme mit, »is temporarily not available.« Das Motto ihres Lebens.

Die Schule müsste schon aus sein, dienstags hatte Lenny früher Schluss. Normalerweise stellte er sein Handy direkt nach dem Unterricht wieder an. Sie könnte es bei Zoë probieren. Aber im Moment war jede Sörensen eine zu viel.

»Mieke?«

Überrascht drehte sie sich um. Paulines Mann erhob sich von einem der Besucherstühle und kam auf sie zu. Mieke rührte sich nicht vom Fleck, sondern wartete, bis er neben ihr stand.

»Wie schön, dich zu treffen«, sagte er und küsste sie auf die Wange, sodass sie sein Rasierwasser riechen konnte.

»Robert. Was für ein Zufall.«

»Hoffentlich ein glücklicher.«

»Was machst du hier?« Die Frage klang schärfer, als sie es beabsichtigt hatte. Ihre Sympathie für den Mann, der ihre Freundin betrogen hatte, war nicht mehr sonderlich ausgeprägt. Schließlich war es ein Privileg ihrer eigenen Familie, Paulines Leben zu verpfuschen.

»Auf dich warten, was sonst.« Robert blockierte die Lichtschranke und ließ sie durch die sich öffnende Tür vorausgehen. »Marc hat mir gesagt, dass du heute hier bist. Nach dir.«

Als die schwüle Luft auf ihre kalte Haut traf, traten Schweißperlen auf Miekes Stirn. Gerade war ihr eingefallen, dass sie Paulines Mann schon einmal in der Bank gesehen hatte, vor ein paar Wochen, bevor sie wusste, wer er war. Er hatte vor ihr einen Termin mit Kleinschmidt gehabt und war danach am Infoschalter an ihr vorbeigelaufen.

Robert, makellos in seinem gebügelten Hemd, deutete auf den winzigen Park gegenüber der Kirche. Er bot gerade genug Platz für eine unbequeme Bank aus Drahtgeflecht, eine Eiche mit zwei Stämmen und einem Gedenkstein für die gefallenen Blankeneser im Deutsch-Dänischen Krieg. »Zehn Minuten, dann sollten wir alles geklärt haben. Es geht um Pauline.«

Um wen auch sonst. Mieke setzte sich auf die Bank, zog ihren Blazer aus und legte das feuchte Häufchen neben sich.

Robert holte ein zerdrücktes Päckchen aus der Tasche seines hellgrauen Anzugs, zündete eine Camel an und inhalierte. »Ich weiß, dass du mich nicht ausstehen kannst«, begann er seine Ansprache, warf die Kippe nach einem weiteren Zug auf den Boden und trat sie mit dem Absatz aus. »Und weißt du was? Ist mir schnurz. Ich kann dich nämlich auch nicht leiden. Schon früher nicht, in der Schule. Ein Mäuschen in Paulines Schatten, das seine große Stunde kommen sah, als es auf der Bühne Gedichte aufsagen durfte.«

Ein Zittern lief durch ihren Körper. Die Feindseligkeit Roberts ließ Mieke wieder frösteln, heftiger als zuvor durch die Klimaanlage in der Bank.

»Ich habe mich immer gewundert, warum Pauline sich mit dir abgegeben hat«, redete Robert weiter. »Wahrscheinlich hast du ihr leidgetan. Sie hat eben ein Herz für alles, was niedlich und hilfsbedürftig ist. Übrigens eine Sache, die ich an ihr liebe.«

Mieke stand auf. Aber bevor sie sich abwenden konnte, packte Robert sie am Handgelenk. »Setz dich wieder hin«, zischte er.

»Lass mich los!« Mieke versuchte ihren Arm zu befreien, doch Robert hielt ihn fest.

»Ich will dich nicht beleidigen. Im Gegenteil, ich will dir helfen. Dir, mir und Pauline.«

Unschlüssig blieb Mieke einen Moment stehen. Als Robert ihren Arm freigab, rieb sie sich das gerötete Gelenk. »Ich brauche also Hilfe?«, fragte sie zurück und nahm wieder Platz, dieses Mal am äußersten Ende der Bank.

»Natürlich. Finanzielle Hilfe vor allem.«

»Noch ein Almosen?« Mieke, der es schwer genug gefallen war, das Darlehen für die Renovierung von ihrer Freundin anzunehmen, schüttelte den Kopf. »Behalte deine Kohle, Robert.«

»Kein Almosen.« Der Mann schwieg ein paar Sekunden. Als er weiterredete, klang seine Stimme weicher. »Mieke, ich liebe Pauline. Sie und Zoë sind alles für mich.«

»Ach ja?«

Mieke brauchte Gesas Namen nicht zu erwähnen, Robert wusste sofort, dass ihr ironischer Unterton seiner Affäre galt. »Du hast recht, ich habe Pauline wehgetan. Und Gesa auch. Ich wünschte, ich könnte es rückgängig machen.«

Mieke fühlte sich plötzlich gelangweilt. Das Gespräch hatte spannend angefangen, aber diese Rede hatte sie schon zu oft gehört.

Robert schien ihre lauwarme Reaktion nicht zu stören. »Auch wenn ich sie betrogen habe, ich habe sie immer beschützt. Pauline ist eine starke Frau, doch sie lässt sich leicht ausnutzen. Etwa von ihrem dämlichen Bruder.«

Dem konnte Mieke nicht widersprechen.

»Pauline hat ihm sogar ein Segelboot gekauft. Das er umgehend geschrottet hat, wusstest du das? Und den Campingwagen, in dem er jetzt haust. Außerdem glaubt sie ihm, dass er clean geworden sei.«

»Unsinn. Marc macht doch kein Geheimnis daraus, dass er trinkt.«

»Wenn es nur das wäre.«

Die kleine Kunstpause verfehlte ihre Wirkung nicht. Miekes Interesse flackerte wieder auf.

»Marc spritzt. Und rate mal, was.«

»Nun sag schon.«

»Morphin. Und zwar lupenreines, frisch aus Paulines Giftschrank.«

»Im Ernst? Sie versorgt ihn mit Drogen? Fällt das nicht auf?«

Robert machte eine wegwerfende Handbewegung. »Keine Ahnung, wie sie das anstellt. Wahrscheinlich hat sie bei ihm chronische Schmerzen diagnostiziert.«

Robert log. Er musste lügen. Als ob ihre Freundin, Blankeneses bravste Bürgerin, gegen das Betäubungsmittelgesetz verstoßen würde. »Ich glaube dir kein Wort. Sie verliert ihre Zulassung, wenn das herauskommt. Oder wandert sogar in den Knast.«

Robert zündete sich eine zweite Zigarette an. »Meine Frau denkt eben immer noch, sie könnte ihren Bruder vor sich selbst retten.« Er öffnete seine Laptoptasche und zeigte Mieke ein Schriftstück.

Sie tat ihm nicht den Gefallen, danach zu greifen.

»Das ist ein Kaufvertrag, Mieke. Über das Fischerhaus, gültig zum 19. Mai 2023. Dann hast du es zumindest formell ein Jahr bewohnt und kannst es verkaufen. Eine Million in bar, auszahlbar sofort, und der Verzicht auf die Rückzahlung unseres vorherigen Darlehens an dich. Plus das Honorar für einen Ghostwriter, den ich engagieren würde für diese komische Biografie, die du allein sowieso nicht auf die Reihe kriegst. Weit mehr, als die verrottete Butze wert ist, wie mir Marc und seine Experten versichert haben. Du wärst auf der Stelle frei. Und reich. Sozusagen ein Angebot, zu dem du nicht Nein sagen kannst.«

Mieke beugte sich vor und musterte die schimmernden Spitzen ihrer Stiefel, die sie, nachdem sie keine Schuhcreme auftreiben konnte, mit Olivenöl poliert hatte, bevor Gesa gekommen war.

»Was hast du davon?«

Robert steckte den Vertrag wieder ein und ließ den Verschluss seiner Tasche klicken. »Dass du verschwindest. Und nicht zurückkommst, auch nicht zu Besuch.«

Mit diesem Grad an Abneigung hatte Mieke nicht gerechnet. »Autsch«, sagte sie und lehnte sich zurück.

»Nimm es nicht persönlich«, fuhr Robert fort. »Ich habe zwar nicht besonders viel übrig für dich, aber ich hasse dich auch nicht. Aber weißt du was? Ich werde nicht mehr zusehen, wie ihr Pauline kaputt macht mit eurem Gejammer. Eurer Bedürftigkeit.«

Mieke war verwirrt. »Ihr?«

Das Gespräch und die brennende Sonne schienen Roberts Contenance zuzusetzen. Seine sorgfältig rasierten Wangen röteten sich. »Du, Marc und Bruno, dieser alte Nazi. Der hängt auch an ihrem Rockzipfel. Wenn auch nicht mehr lange, wie es aussieht.«

»Du vergleichst mich mit einem Junkie und einem Faschisten?« Die Behauptung war so absurd, dass Mieke auflachte.

»Du bist die Schlimmste von allen.« Robert sprach mit einer übertrieben weinerlichen Stimme weiter, die wohl Paulines imitieren sollte. »Warum meldet sich Mieke nicht mehr? Ich vermisse sie so … Oh, Mieke ist wieder da, ist das nicht toll? Die großartige Mieke, die reinste Sarah Bernhardt auf der Bühne. Die arme Mieke, der das Haus über dem Kopf zusammenbricht.« Seine Augen verengten sich. »Es kotzt mich an, wie du sie aussaugst! Bei allem, was deine verdammte Familie ihr angetan hat!«

Pauline hatte es ihm also gesagt. Vielleicht bemerkte er das Entsetzen in ihren Augen, jedenfalls bemühte Robert sich nun um einen neutralen Tonfall.

»Ja, ich weiß, was dein Vater gemacht hat. Ich habe auch dafür gesorgt, dass Marc Paulines Porträt in den Wohnwagen verfrachtet. Sie hatte es in der Villa aufgehängt, kannst du dir das vorstellen?«

Paulines Geheimnis war also gar keines. Wenn Robert Bescheid wusste, dann vielleicht auch Marc. Sonst noch wer? Paul Andresen war doch mit dem damaligen Schuldirektor befreundet gewesen – hatte er ihn informiert? Zur Polizei waren die Andresens jedenfalls nicht gegangen, wohl um ihrer Tochter quälende Verhöre zu ersparen. Aber hatten sie ihren Vater unter Druck gesetzt, damit er verschwand? Like father, like daughter, dachte sie. Was für eine Ironie. Jetzt wollte man auch sie aus Blankenese vertreiben, wenngleich mit einem Batzen Geld.

»Warum dieses Angebot, Robert?«, fragte Mieke leise. »Ich bin doch schon fast weg. Ich will nicht hierbleiben.«

»Das ist es ja gerade.« Robert sah erschöpft aus. »Pauline will nicht, dass du gehst. Sie würde denken, dass ich dich vertrieben habe, und mich dafür hassen. Sie nimmt dich immer noch in Schutz, das muss man sich mal vorstellen, die Tochter ihres Vergewaltigers! Deshalb werde ich ihr erzählen, dass du mich angebettelt hast, dir das Haus abzukaufen. Weil du es keinen Tag länger hier aushältst, jetzt, wo das mit deinem Vater rausgekommen ist.«

»Noch mehr Lügen.«

»Tu nicht so moralisch«, sagte Robert kalt. »Das passt nicht zu dir.«

Mieke nahm den feuchten Blazer und erhob sich. Wo er recht hatte, hatte er recht. »Ich überlege es mir.«

»Du hast Zeit bis morgen.«

»Robert?«

Paulines Mann, der gerade den Reißverschluss seiner Tasche zuzog, hob den Kopf.

»Wann hat sie es dir erzählt?«

Er sah sie verständnislos an. Dann fiel der Groschen. Sie konnte seinem Gesicht ansehen, dass er mit der Versuchung kämpfte, ihr noch einen weiteren Schlag zu verpassen. »Gar nicht«, gab er dann aber zu. »Bruno hat geplaudert, der alte Sack, als er noch alle Tassen im Schrank hatte. Und weißt du was? Der kann dich auch nicht leiden.«

*

Es begann zu regnen, als Mieke die Treppen zum Fischerhaus runterlief, nur leicht, aber sofort verwandelte sich das gelbe Mosaik der Wege und Stufen in eine Schlinderbahn. Die Terrasse vom Treppenkrämer war bereits verwaist. Mieke öffnete die Tür des Cafés, als ihr eine Fellkugel entgegenschoss. Sie hob Sandro auf und betrat den unangenehm schwülen, ebenfalls leeren Innenraum.

»Hat er sich gut benommen?«, rief sie Shanti zu, die hinter der Theke auftauchte, einen Wischlappen in der Hand.

Die Wirtin, wie immer in eines ihrer bunten Flatterkleider gehüllt, nickte. »Na klar«, erwiderte sie. »Die Gäste lieben ihn. Ich musste aufpassen, dass ihn keiner einsteckt. Geht es dir wieder besser?«

»Dein Detox-Tee hat Wunder gewirkt.«

»Als ob. Kaffee?«

»Gerne.« Mieke setzte sich. »Du hast nicht zufällig Lenny gesehen?«

Shanti stellte die beiden Kaffeebecher auf den Fenstertisch und schüttelte den Kopf. »Nein. Hör zu, Mieke«, fuhr sie fort und ließ sich gegenüber ihrer Freundin nieder. »Wir haben ein Problem. Deine Nachbarn.«

»Die Cremers?«

»Ich habe sie gestern Nachmittag gesehen, als ich am Strand spazieren ging. Mit zwei Koffern auf dem Weg zu ihrer Garage am Strandweg. Die, die sie für ihr neues Auto gemietet haben, diesen SUV. Ein richtiger Panzer.«

»Vielleicht machen sie wieder eine Kreuzfahrt?«

»Kreuzfahrten sind teuer. Hast du mal darüber nachgedacht, wie die beiden sich das leisten können?«

»Ersparnisse?« Mieke trank einen Schluck Kaffee und merkte sogleich, wie sie sich entspannte. Koffein hatte diese Wirkung auf sie. Bei anderen ließ es das Herz jagen, das ihre hielt es im Zaum.

»Könnte sein. Oder Hedda hatte recht und die beiden haben ihr Haus längst verkauft. Ein sehr schlechtes Zeichen, wenn du mich fragst. Wenn der Investor ihnen einen Haufen Geld gegeben hat, dann hat er bestimmt auch eine Möglichkeit gefunden, die Häuser abzureißen. Und eine Baugenehmigung bekommen. Wir drei, Pauline, du und ich, wir müssen am Ball bleiben!«

Wie sollte sie es Shanti nur beibringen? Mieke überwand sich, ihrem Blick nicht auszuweichen. »Da ist etwas, das ich dir sagen muss. Wegen des Kredits. Ich habe ihn nicht bekommen. Und das Darlehen von Robert und Pauline reicht nicht. Das Haus muss quasi entkernt werden.«

»Und nun?«

»Gehe ich nach Holland zurück.«

Shanti schwieg, aber sah ihre Freundin unverwandt an.

Mieke schluckte. »Ich kann das alles nicht mehr bezahlen. Fast jeden Tag kommt eine neue Horrornachricht, was kaputt ist.«

»Mieke, du spinnst doch!« Shanti sprang auf und setzte sich neben sie. »Dann lässt du das Haus eben noch ein paar Monate vergammeln, bis es wirklich dir gehört, es wird dir schon nicht über dem Kopf zusammenbrechen. Und verkaufst es nächstes Jahr unrenoviert. Du hast schon jede Menge Geld reingesteckt, das ist alles futsch, wenn du jetzt aufgibst!«

Mieke schloss die Augen. Hedda hatte gewollt, dass sie sich das Haus verdiente. Aber das hatte sie nicht.

Shanti ereiferte sich noch mehr. »Das ist der größte Blödsinn, den ich je gehört habe! Was ist überhaupt mit David? Was glaubst du, was der dazu sagt?«

»Gute Reise, nehme ich an.«

Shanti hielt inne. »Ist es aus mit ihm?«

Mieke nickte.

»Verstehe«, sagte Shanti gedehnt. »Du gehst also wirklich.« Sie reichte Mieke eine Serviette.

Mieke putzte sich die Nase, knüllte die Serviette zusammen und warf sie in den Abfalleimer neben der Theke. So viel geheult wie heute hatte sie schon lange nicht mehr. Hoffentlich würde sie wieder damit aufhören können. »Robert hat mir ein Angebot gemacht. Wir machen jetzt schon den Vertrag für den Verkauf in einem Jahr, und ich bekomme sofort das Geld. Formell gehört den Sörensens das Haus aber erst im nächsten Mai.«

»Immerhin etwas.« Shantis Gesicht hellte sich ein wenig auf. »Pauline wird dafür sorgen, dass es vernünftig instandgesetzt wird. Wollte sie nicht unbedingt, dass du hierbleibst?«

Es fiel Mieke nicht leicht, die Wirtin zu belügen, doch sie würde lieber sterben, als jemandem von dem Verbrechen ihres Vaters zu erzählen. »Sie versteht, dass ich das nervlich nicht mehr schaffe. Heddas Buch kann ich auch in Den Haag schreiben.«

»Nun, sie ist die Ärztin.« Shanti stand auf, kramte hinter

der Theke herum und hielt, als sie zurückkam, etwas hinter dem Rücken versteckt. »Rate mal, was ich hier habe!« Ohne Miekes Antwort abzuwarten, legte sie eine blaue Kladde vor Mieke auf den Tisch. »Schlag mal auf.«

Die akkurate lateinische Schrift eines älteren Menschen, der in seiner Jugend Hunderte von Tafeln vollgeschrieben hatte, füllte die Seiten. »›Simon war heute bei mir‹«, las Mieke, »›aber ich habe Bruno nichts erzählt.‹« Sie sah auf. »Gustav hat sich große Mühe gegeben.«

Shanti strich sanft über den blauen Einband der Kladde. »Jeder andere hätte einfach ein PDF gemailt. Aber Gustav ist alte Schule. Er hat bestimmt ewig gesucht, bis er eine Kladde gefunden hat, die genauso aussieht wie die von Hedda. Heute hat er sie vorbeigebracht. ›Sie wird staunen, wenn sie das liest‹, hat er gesagt.«

Mieke steckte das Heft ein. »Ich geh dann mal«, sagte sie. »Es soll gleich ein Gewitter geben. Danke, dass du auf Sandro aufgepasst hast. Und überhaupt für alles.«

Sie leinte den Hund an, und Shanti brachte die beiden zur Tür.

»Weißt du schon, wann du fährst?«

»Ende nächster Woche, denke ich. Wenn die Sommerferien anfangen. Also nach der Theateraufführung.«

Shantis Mund öffnete und schloss sich wieder. Mieke war dankbar, dass ihre Freundin ihre Frage nach David runterschluckte.

Sie lief zum Strand, wo sie Sandro ableinte, der sofort an den Ufersaum sauste und nach Wellen schnappte. Es war immer noch heiß, aber merklich schwüler, und über den Harburger Bergen, dem grünen Waldstreifen am gegenüberliegenden Ufer, rotteten sich die Wolken zum Regenangriff zusammen.

»Komm, Sandro!« Mieke rannte los, um den Hund dazu zu animieren, ihr zu folgen. Er galoppierte so schnell über den feuchten Sand, dass seine Ohren schlackerten.

Als sie das Fischerhaus erreichten, keuchten beide. Mieke warf einen flüchtigen Blick auf das Haus nebenan. Die Fensterläden waren geschlossen, Shanti hatte vielleicht recht mit ihrer Vermutung.

Mieke füllte in der Küche Sandros Napf mit Wasser und setzte sich an den Tisch. Sie zog die Kladde aus ihrer Hosentasche und musterte sie. Ob Gesa sie angelogen hatte? Es machte keinen Sinn, dass Heddas Tagebuch aus Lennys Rucksack gefallen war. Andererseits hatte sie sofort zugegeben, dass sie den anonymen Brief geschrieben hatte, genauso wie die Affäre mit Robert. Das machte sie glaubwürdig.

Mieke checkte ihr Handy. Immer noch keine Nachricht von Lenny. Angenommen, Gesa sagte die Wahrheit, wo mochte ihr Sohn das Tagebuch gefunden haben? Er hatte im Fischerhaus beim Ausräumen und Sortieren geholfen, die Kladde hätte überall stecken können. Und wo eine war, gab es womöglich mehrere.

Mieke nahm die Kladde vom Tisch, wechselte vom Küchenstuhl aufs Sofa und schlug die erste Seite auf, vom Januar 1939. Acht Monate vor Ausbruch des Zweiten Weltkriegs. Hedda war damals 15 – so alt wie die Geschwister Scholl. Und wie Lenny jetzt. Bruno Andresen war bestimmt ein strammer Hitlerjunge gewesen und wahrscheinlich mit Hedda befreundet. Ob sie sich auch im Netz der Lügen verstrickt hatte, das die Nazis gesponnen hatten, so wie der Nachbarsjunge?

In ihrem Kopf setzte sich ein Bild zusammen, von einem Mädchen mit weißer Schürze und einem Jungen in knielangen Hosen, die sich in der Abenddämmerung im Uferschilf versteckten, während ihre Mütter, abgearbeitete Frauen in Kittelschürzen, vor den Türen der Fischerhäuser standen und ihre Kinder zum Abendbrot riefen. Wer wohl damals im dritten Haus gewohnt hatte, ihrem Elternhaus? Ihre Großeltern hatten es, wie sie wusste, erst nach dem Krieg gekauft. Sie musste endlich ihre Mutter anrufen, sie brauchte Klarheit. Auch wenn dies, und darauf wettete sie, mehr schmerzen würde als die Lügen.

Gustavs Handschrift war genauso gestochen scharf wie die des Originals. Mieke blätterte durch die ersten Seiten. »»Simon war heute bei mir«, las sie erneut, »aber ich habe Bruno nichts erzählt. Es ist besser so, er wird in letzter Zeit so schnell wütend.‹«

Na also, dachte sie, da haben wir es ja. Hedda und Bruno waren wirklich miteinander befreundet. Klingt ganz so, als sei der Nachbarsjunge eifersüchtig auf diesen Simon gewesen. Simon … ein jüdischer Name. Mieke hoffte, dass seine Familie hatte entkommen können.

Als sie ein Geräusch hörte, klappte Mieke die Kladde zu und legte sie neben sich aufs Sofa. War das Lenny? Sie ging zum Fenster und schaute auf den Hof. Nichts. Sie setzte sich wieder hin. Vielleicht fanden sich im Tagebuch Hinweise, wo Hedda ihre Aufzeichnungen vor ihren Eltern versteckt hatte. Das hatte sie mit Sicherheit. Unter einer losen Bodendiele möglicherweise, oben in ihrer Mansarde?

Im nächsten Moment schlug Mieke sich mit der flachen Hand auf die Stirn und rannte aus dem Haus, den Pfad zum Atelier entlang. Ungeduldig hämmerte sie gegen die Tür und riss sie auf, als keine Antwort kam. Sekundenlang blieb sie bewegungslos stehen und ließ ihren Blick durch das Dämmerdunkel wandern. Staubpartikel glitzerten in den schwachen Sonnenstrahlen, die sich durch einen Spalt zwischen den geschlossenen Vorhängen zwängten. Als sie den Schalter drehte, enthüllte das Deckenlicht nur die Ottomane und das Bett. Der hintere, unaufgeräumte Teil des Raums schien ihr jetzt noch finsterer zu sein als heute Morgen.

Was hatte Gesa gesagt, als sie den ersten Karton hatte fallen lassen? Dass er voller Bücher und Hefte war. Mieke hätte längst im Atelier suchen müssen, das war ihr jetzt klar. Ebenso wie der Grund, warum sie es nicht getan hatte. Weil das Atelier das Reich ihres Vaters gewesen war, und danach das von Lenny, in keinem war sie willkommen. Außerdem hatte sie den Raum nie mit Hedda in Verbindung gebracht. Obwohl er schon immer den Krögers gehört hatte, ihre Eltern hatten ihn von der Nachbarin gemietet.

Mieke schaltete die Taschenlampe ihres Handys ein und drängte sich an dem Trödel vorbei, der ihr den Weg zum Regal versperrte. Als sie mit dem Zeh an eine Stehlampe stieß, konnte sie den massiven Ständer gerade noch festhalten, bevor er auf den Boden krachte. Sie schob weitere Kisten und Stühle beiseite. Vor dem Regal kniete sie sich auf den Boden und zerrte den schweren Umzugskarton hervor. Sie nahm den Pappdeckel ab und leuchtete mit dem Handy hinein.

Heureka! Der schwache Schein ihres fast leeren Handys enthüllte einen Stapel von blauen Kladden. Behutsam nahm sie die oberste in die Hand und wischte mit dem Ärmel den Staub vom Etikett. »Heddas Tagebuch, 2022« stand darauf, und auch hier war Seite um Seite mit den Bögen und Schleifen der alten deutschen Schrift gefüllt, an der Hedda festgehalten hatte. Egal, Gustav würde ihr sicherlich weiterhelfen. Nun würde sie Heddas letzten Willen erfüllen können. Ihre Geschichte erzählen über die bloßen Fakten hinaus. Sie würde in Heddas Leben kriechen, ihre Lieben kennenlernen und ihre Ängste. Ihre Hoffnungen teilen und ihre Einsamkeit.

Grollen und ein schrilles Krachen schreckten sie auf. Das angekündigte Sommergewitter. Sekundenlang wurde der Raum taghell, bevor er in Finsternis versank. Gleichzeitig erlosch die Handytaschenlampe. Mieke steckte die Kladde hinter den Bund ihrer Jeans und tastete sich zum Ausgang. Als sie an Lennys Matratze vorbeikam, strich sie mit der Hand über das straff gespannte Laken und ließ sie kurz dort liegen. Dann drehte sie den Lichtschalter aus, damit später, wenn der Strom zurück war, das Licht nicht unnötig brannte, und schob die Tür auf. Im selben Moment knallte ein Windstoß sie wieder zu. Mit ihrer Schulter drückte Mieke sie erneut auf. Sie musste sich beeilen, bevor der Regen einsetzte, sie konnte ihn bereits riechen. Hoffentlich hatte der Krach Sandro nicht aufgeweckt.

Als sie losrannte, hatte sie das Gefühl, gegen eine Wand zu laufen. Der Wind riss an ihren Haaren und brannte in den Augen, sodass sie sie zusammenkneifen musste. Ein paar Meter, bevor sie das Fischerhaus erreicht hatte, sah sie, dass die Haustür nicht ins Schloss gefallen war. Der Wind riss sie brutal hin und her, doch die massiven alten Scharniere hielten. Schon zerplatzten dicke Tropfen auf den Bodenfliesen, als ob Engel Wasserbomben vom Himmel schleuderten. Sie packte die Tür, die ihr entgegengeflogen kam, zerrte sie von innen zu und drehte den Schlüssel zweimal um.

Hoffentlich bleibt das Reetdach dicht, dachte sie und schaute hoch zu den Dachbalken des Flurs. Ohne große Hoffnung legte sie den Lichtschalter um, aber wie erwartet blieb die Deckenleuchte dunkel. In der obersten Schublade der Garderobe mussten Kerzen sein, erinnerte sie sich, sie hatte gesehen, dass Marc welche reingelegt hatte. Bingo. Sie nahm eine lange weiße Kerze und eine Schachtel mit Streichhölzern heraus. Doch der Luftzug, der durch den Türspalt pfiff, löschte die Flamme sofort. Sie ging tiefer in den Flur hinein und versuchte es erneut. Diesmal gelang es ihr, den Docht zu entzünden.

Die Tür zum Wohnzimmer stand halb auf. Mieke zog an der Klinke. Sie konnte es sich nicht erklären, aber die Küche war nach wie vor der einzige Raum, in dem sie sich wohlfühlte. Der ihr das Gefühl gab, er gehöre ihr und nicht den Gespenstern. Vielleicht hätten sie doch diese Ausräucherungszeremonie veranstalten sollen, die Lenny vorgeschlagen hatte. Obwohl sie insgeheim wusste, dass Heddas Geist erst dann verschwinden würde, aus ihrem Kopf wie aus dem Wohnzimmer, wenn sie ihren Teil des Deals erfüllt und das Buch fertig geschrieben hätte.

Sandro lag tief schlafend in seinem Körbchen in der Küche. Mieke zog das Tagebuch aus dem Hosenbund und legte es neben den Brotkasten auf die Ablagefläche des Buffetschrankes. Merkwürdig, dass Hedda das jüngste Tagebuch, also das von 2022, in dem sie zuletzt geschrieben hatte, ebenfalls in dem Karton verstaut hatte. Hätte es nicht neben ihrem Bett auf dem Nachttisch liegen müssen? Warum hatte sich die kranke alte Dame ins Atelier geschleppt und es dort versteckt?

Mieke sammelte auf einem Tablett die Windlichter, die auf den Fenstersimsen standen, arrangierte sie neben ihrem Laptop auf dem Küchentisch und zündete sie mit ihrer Kerze an. Dann verkabelte sie den glücklicherweise aufgeladenen Laptop mit ihrem Handy. Sofort ging das Display an. Immer noch keine Nachricht von Lenny. Ihr Sohn, vermutete sie, musste direkt nach ihrer Ankunft die Tagebücher im Atelier entdeckt und eines eingesteckt haben. Aber warum hatte er das verschwiegen? Er wusste doch, dass sie die Aufzeichnungen brauchte für Heddas Lebensgeschichte. Oder wollte er genau das verhindern? Weil es bedeutete, dass Mieke Heddas Bedingungen erfüllen würde und sie das Haus nach einem Jahr verkaufen könnte? Wollte er hierbleiben, vielleicht wegen Zoë?

Das Handy vibrierte. Ihr Herz begann zu hämmern, als sie die kleine rote Eins auf dem WhatsApp-Icon sah. Sie tippte darauf und stellte fest, dass David ihr getextet hatte, nicht Lenny. Ohne die Nachricht anzusehen, löschte sie sie und dann, nach einem Moment des Zögerns, den gesamten Chat und den Kontakt ebenso. Die Sache war hoffnungslos. Bald würden sie nicht nur ein Streit, sondern 500 Kilometer trennen.

Mieke machte es sich wieder auf dem Sofa bequem und ergriff das Tagebuch, das noch aufgeschlagen darauf lag. »›Simon war heute bei mir«, las sie zum dritten Mal den ersten Absatz, »aber ich habe Bruno nichts erzählt. Es ist besser so, er wird in letzter Zeit so schnell wütend. Manchmal wünschte ich, es wäre wieder so wie früher, und wir würden alle drei am Strand spielen, als wir dachten, wir seien Geschwister, nicht nur Nachbarskinder. Aber Simon, Bruno und ich, wir sind längst keine Kinder mehr. Man kann die Zeit nicht zurückdrehen, auch wenn man furchtbare Angst hat vor dem, was kommt.‹«

Mieke ließ das Buch sinken. Interessante Konstellation. Drei Fischerhäuser, allein in der Einsamkeit des Elbstrands, drei Familien, drei gleichaltrige Kinder. Von denen eines, Bruno, heute sogar noch lebte. Ein kleiner Nazi und ein, wie sie annahm, jüdischer Junge. Und Hedda, wer war Hedda? Die Prinzessin, dachte sie. Hedda war die Prinzessin.

Das plötzliche Klopfen an der Haustür übertönte sogar das Heulen des Windes. Mieke sprang auf, das Tagebuch glitt auf den Boden. Sie nahm ein Windlicht und lief den Flur entlang zur Haustür.

»Ich komme, Moment!«, rief sie und drehte den Schlüssel. »Lenny, endlich!«

Sie öffnete die Tür, und ihr Lächeln erstarb, als sie Pauline sah, in einer gelben Öljacke. Die triefenden Strähnen umspülten ihr Gesicht wie Tang. Sie sah aus wie Ophelia. Während der Wind an der Haustür zerrte, die sie mit der rechten Hand gerade noch festhalten konnte, streckte Mieke die linke aus, packte Pauline an einem gelben Ärmel, zog sie über die Schwelle und schlug die Tür zu.

Schwer atmend stand ihre Freundin da, steif und mit hängenden Armen. Im selben Moment ging das Deckenlicht wieder an. Auf den sattroten Fliesen hatte sich ein Tümpel gebildet, es sah aus, als stünde sie inmitten einer Blutlache.

Carrie, dachte Mieke schaudernd, wie in diesem Brian-de-Palma-Film. Pauline hatte sich von Ophelia in Carrie verwandelt, des Satans jüngste Tochter, die im Duschraum ihrer Schule plötzlich ihre Regel bekam. Sie nahm eine der schlaffen, kalten Hände in die ihre. Als hätte Mieke einen Knopf gedrückt, wurde die Pauline-Puppe lebendig.

»Sie ist weg!«, schrie sie. »Hörst du? Sie ist weg!«

»Wer? Wer ist weg?«

»Zoë! Wer denn sonst?« Pauline begann zu schluchzen.

Mieke zog die Öljacke von ihren Schultern und hängte sie an den Haken. »Deine Schuhe.« Sie deutete auf die durchweichten Mokassins. »Zieh sie besser aus. Ich bring dir gleich ein Paar Socken.«

Sie fasste die barfüßige Pauline um die Schultern, schob sie in die schummerige Küche und auf einen Stuhl. Dann deponierte Mieke ihre Tasche neben dem Brotkasten, verließ das Zimmer und kam mit einem Handtuch und einem Paar Wollsocken zurück.

»Rubbel dir die Haare trocken, du holst dir sonst eine Erkältung.«

Gehorsam nahm Pauline das rosa Frotteetuch, das aus Heddas umfangreicher Wäschesammlung stammte, und rieb damit flüchtig ihren Kopf. Danach ließ sie die Arme wieder sinken. »Mieke«, flüsterte sie, das Tuch in ihrem Schoß knetend, »ich glaube, dass Zoë abgehauen ist. Ich habe andauernd versucht, Lenny anzurufen, aber er geht nicht ran.«

»Lenny ist auch nicht nach Hause gekommen, schon seit ein paar Tagen. Ich dachte, er wäre bei euch.« Mieke ließ sich nun ebenfalls auf einen Küchenstuhl fallen.

»Dann sind also beide zusammen verschwunden. Gott sei Dank!« Als sie Miekes Gesichtsausdruck bemerkte, korrigierte Pauline sich hastig. »Ich meine, wenigstens ist Zoë nicht allein unterwegs.« Sie zog ihr Handy aus der Hosentasche, gab einen Code ein und reichte es Mieke.

Facebook. Mit einem Foto von Lenny.

»Was soll das?« Miekes Stimme klang scharf.

»Siehst du das denn nicht?« Ungeduldig tippte Pauline auf die Kommentarspalte.

Mieke beugte sich wieder über den kleinen Bildschirm und las: »›Hast du dir Hoffnungen gemacht, Süße?‹« – »›Er steht leider nicht auf dich.‹« – »›Also mir wird in seiner Nähe immer heiß, dir nicht?‹« – »›Das war doch klar, dass der schwul ist.‹«

»Reden die etwa von Lenny? Auf deiner Facebook-Seite?«

»Himmel, sei doch nicht so begriffsstutzig. Das ist nicht mein Account, das ist der von Zoë!« Pauline riss Mieke das

Handy aus der Hand und knallte es auf den Tisch. »Kapierst du nicht? Diese kleinen Idioten mobben Zoë, weil sie mit Lenny zusammen ist. Weil er schwul ist. Wusstest du das denn nicht?«

»Doch, schon, glaube ich jedenfalls«, antwortete Mieke verwirrt. »Aber was hat Zoë damit zu tun? Und wie kommst du auf ihre Facebook-Seite?«

Pauline wich ihrem Blick aus. »Weil ich ihre Zugangsdaten habe. Ich habe sie gespeichert, vor Jahren, als Zoë sich mal über mein Handy eingeloggt hat.«

Mieke öffnete den Mund, aber Pauline wischte schnell mit der Hand durch die Luft, um sie vom Sprechen abzuhalten.

»Ja, soll man nicht, Vertrauensbruch und so, ich weiß. Aber ich habe mir eben Sorgen gemacht. Sie war erst 13, ein Kind. Du weißt doch am besten, wie das ist, gemobbt zu werden. Ich wollte vorbereitet sein, die Kids haben heute so viel Probleme mit diesem Social-Media-Kram. Jedenfalls, als sie heute nicht nach Hause gekommen ist, habe ich mich daran erinnert und bin auf ihre Seite gegangen.« Sie unterdrückte ein Schluchzen und sah sich hektisch um.

Mieke reichte ihr ein Kleenex. Pauline putzte sich die Nase und warf die Papierkugel erstaunlich zielsicher in den Abfalleimer. »Diese bescheuerten Gören haben Lenny als schwul geoutet und dann Zoës Facebook-Seite mit ihren widerlichen Kommentaren zugeschwemmt. Wahrscheinlich haben unsere Kinder die Nerven verloren. Und sich aus dem Staub gemacht.«

Nachdenklich sah Mieke das Handy an, als enthielte es die Antwort auf ihre Fragen. »Ich weiß nicht, Pauline«, sagte sie schließlich. Sie stand auf und schraubte den Espressokocher auf. »Willst du auch einen Kaffee?«, rief sie über die Schulter zurück.

Pauline kniff die Augen zusammen. »Du machst dir jetzt einen Kaffee?«, fauchte sie. »Spinnst du?«

»Vielleicht lieber einen Tee?«, fragte Mieke, ohne sich umzudrehen.

Als die Antwort ausblieb, stellte sie die Gasflamme an und wandte sich danach wieder ihrer Freundin zu. »Die beiden sind 15«, sagte sie ruhig. »Selbst wenn sie abgehauen sind, werden sie schon okay sein.«

»Was?« Pauline sprang auf.

Gleich zerkratzt sie mir das Gesicht, dachte Mieke und wich unwillkürlich einen Schritt zurück, sodass sie mit dem Rücken gegen die Spüle stieß.

»Was bist du nur für eine Mutter!« Pauline ließ sich schwer auf den Stuhl fallen, schlug die Hände vors Gesicht und begann zu weinen. Als Miekes Handy klingelte, das immer noch auf dem Sofa lag, sah sie auf. »Lenny!«, rief sie aufgeregt. »Das ist bestimmt Lenny!«

»Glaube ich nicht.« Mieke ging zum Sofa. »Ich rufe zurück«, sagte sie kurz und steckte das Telefon in ihre Hosentasche. Dann setzte auch sie sich an den Tisch.

»Was soll ich tun, Pauline?«, fragte sie leise. »Sie finden? Das mache ich, keine Sorge.«

Das Schluchzen hörte auf. »Ernsthaft?« Paulines Mund verzog sich zu einem selbstironischen Lächeln. »Ich höre mich an wie eine Idiotin. So bin ich nur, wenn es um Zoë geht, wirklich.«

Ihre Augen irrten wieder durch den Raum. Mieke reichte ihr ein weiteres Kleenex und ihre Freundin tupfte sich die Augen ab. Als sie das Tuch sinken ließ, sah sie fast normal aus, als hätte es ihren hysterischen Ausbruch nie gegeben.

»Hast du eine Idee, wo sie sein könnten?«

»Ja.« Mieke war sich sogar sicher.

»Wo denn? Können wir sie abholen?«, sprudelte Pauline hervor.

Mieke schüttelte den Kopf. »Heute nicht mehr«, antwortete sie. »Das hat Zeit bis morgen. Ihnen geht es gut.« Sie legte ihre Finger über Paulines Hand, die sich immer noch anfühlte wie ein toter Fisch. »Spätestens übermorgen sind die Kinder wieder hier, versprochen. Vertraue mir noch ein Mal.«

»Ich habe dir immer vertraut.«

»Trotz allem?« Die Frage, die sie bislang nicht zu stellen gewagt hatte, schien einen Moment in der Luft zu taumeln.

Dann schloss Pauline ihre Freundin in die Arme. Aus ihrem grauen Pullover stieg ein vertrauter Duft in Miekes Nase, nach feuchter Wolle und Chloé Nomade. Seltsam, dass so ein sesshafter Mensch ausgerechnet dieser Note treu blieb.

»Bring sie einfach zurück«, flüsterte Pauline.

Über ihre Schulter hinweg sah Mieke, dass nur noch vereinzelte Tropfen die Scheibe herunterrannen. Der Sturm war vorbei. Sanft schob sie Pauline von sich. »Fahr nach Hause, Pauline. Der Regen hat aufgehört.«

»Du weißt, wie wichtig du mir bist, oder? Wie sehr ich dich brauche?«

»Dito«, antwortete Mieke. »Pauline, ich sollte allmählich los.«

Pauline richtete sich auf. »Und weißt du was? Trotzdem möchte ich, dass du aus Blankenese weggehst. Nimm Roberts Angebot an.«

Ihr Lächeln wirkte ein bisschen traurig, dachte Mieke, als sie überrascht aufsah.

Pauline beantwortete ihre Frage, ohne dass sie sie stellen musste. »Woher ich davon weiß? Robert hat den Vertrag auf seinem Schreibtisch liegen lassen. Und weißt du was? Er hat recht. Mieke, ich will dich nicht verlieren, aber meine Tochter auch nicht. Sie entgleitet mir, seitdem Lenny da ist. Verstehst du das? Ich habe furchtbare Angst um sie.«

»Ich wäre ohnehin gegangen.«

»Das weiß ich. Danke.« Sie zog die grünen Wollsocken aus, ließ sie wie Schlangenhäute auf dem Boden liegen und stand auf. »Hast du meine Tasche gesehen?«

Mieke zeigte auf den Buffetschrank. »Neben dem Brotkasten.«

Sie wartete, bis die Tür hinter Pauline ins Schloss gefallen war. Dann checkte sie ihr Handy. Gleich sieben. Wenn sie ein Taxi zum Bahnhof nahm, würde sie den letzten Zug um acht noch erwischen. Besser, sie kaufte sich online ein Ticket. Sie setzte sich an den Küchentisch und gab die Daten in die Suchmaske auf ihrem Laptop ein. Die Ergebnisliste poppte auf, allerdings auch ein kleines rotes Warndreieck neben der Abfahrtszeit des Zuges. In der Nacht fanden Gleisarbeiten statt, der Zug fiel aus. Und der nächste, stellte sie beim Herunterscrollen fest, fuhr erst morgen früh um sechs.

Ihr Blick fiel auf den Welpen, der das gesamte Drama verschlafen hatte. Durften Hunde in Deutschland Zug fahren? Sie hätte Pauline bitten sollen, auf Sandro aufzupassen. Und sich ihr Auto leihen. Im selben Moment fiel ihr ein, dass sie keine Ahnung hatte, wo ihr Führerschein war. Hatte sie ihn überhaupt aus Holland mitgenommen?

Plötzlich kam Mieke eine Idee. Sie ging ins Schlafzimmer, zog ein graues Sweatshirt über den Kopf und kramte ein paar Wäschestücke aus der Kommode, die sie in eine Umhängetasche stopfte, zusammen mit ihrem Handy und dem Portemonnaie. Sanft hob sie Sandro hoch und vergrub ihre Nase in seinem weichen Fell.

»Hast du Lust auf einen Ausflug?«, flüsterte sie.

Als Antwort leckte der Welpe ihr über die Hand. Sie war schon fast aus der Tür, da lief sie nochmals zurück und nahm erst das eine Tagebuch von Heddas Sofa, dann das andere vom Küchenbuffet. Sie warf beide in die Tasche, zog ihre Lederjacke an und schloss die Haustür von außen ab.

Die Wolken hatten sich zwar verzogen, aber es war nur eine Frage von Minuten, bevor die Regenwolken, die bereits die Harburger Berge verschatteten, über die Elbe zögen.

Kurz bevor Mieke Goßlers Park erreichte, spürte sie die ersten Tropfen auf ihrer Wange. Die letzten Meter rannte sie.

Ein paar Sekunden, nachdem sie auf den Klingelknopf des Apartmenthauses gedrückt hatte, ertönte Davids Stimme.

»Ja?«

»Ich bin's.«

Pause.

»Ich weiß, ich hätte vorher anrufen sollen, aber ich habe deine Nummer gelöscht.«

Immer noch Schweigen. Natürlich, sie hatte das Falsche gesagt.

»David«, versuchte sie es noch einmal. »Würdest du bitte aufmachen? Ich brauche deine Hilfe. Wir müssen Lenny suchen. Und Zoë.«

Der Summer ertönte. Mieke stieß die Tür auf und rannte die Treppe hinauf. David stand im Flur vor seiner geöffneten Wohnungstür. Er hatte schon eine Jacke angezogen. Das dunkle Haar fiel ihm über die Augen, aber Mieke konnte trotzdem seinen besorgten Gesichtsausdruck erkennen.

»Können wir dein Auto nehmen?«, rief sie ihm entgegen.

Er zog die Tür hinter sich zu. »Wohin fahren wir?«

»Erst zu Shanti, ich lasse Sandro bei ihr. Außerdem habe ich die Tagebücher gefunden, eines davon gebe ich ihr noch schnell, für Gustav zum Übersetzen. Und dann nach Holland. Lenny und Zoë sind in Den Haag. Bei Tessa. Meiner Mutter.«

FREITAG, 9. APRIL 1948

Simon drehte sich vorsichtig um, bevor er von der Köster-bergstraße nach rechts einbog, aber außer ihm schien kein anderer an diesem heißen Frühlingstag unterwegs zu sein. Die windstille Luft schwamm schwer wie Sirup zwischen den Häusern. Sicherheitshalber schaute Simon nochmals nach links und rechts, dann stellte er sich auf die Zehen-spitzen und spähte über die Hecke des ersten Hauses in der Richard-Dehmel-Straße.

Mit den beiden würfelförmigen Geschossen und den Eckfenstern hatte die ockerfarben verputzte Villa schon immer wie ein Fremdkörper gewirkt, moderner als die roten Backstein-Landhäuser der Kaufmänner. Jetzt sah das Dich-terhaus auch deutlich vernachlässigt aus, die hohe Außen-treppe war umrahmt von räudigem Rasen. Simon schien es nicht so, als ob Ida Dehmel noch hier leben würde, die jüdische Witwe des Schriftstellers, dessen patriotische Verse er im Deutschunterricht hatte auswendig lernen müssen. Vielleicht hatte sie es geschafft, aus Deutschland zu flie-hen, wie ein paar andere der jüdischen Blankeneser Künst-ler. Die Malerin Gretchen Wohlwill, eine Bekannte seiner Eltern, hatte er zufällig auf dem Gemüsemarkt in Lissabon erspäht, wo sie selbst genähte Taschen verkaufte. Es gehe ihr schlecht, hatte sie geklagt, und sie trage sich mit dem Gedanken, zurück nach Deutschland zu ziehen. Er hatte sie für verrückt erklärt. Und nun war er selbst wieder hier.

Simon war froh, dass er darauf bestanden hatte, Hedda im »Kaffeegarten Schuldt« auf dem Elbhang am Rand des Treppenviertels zu treffen, nicht in einem Lokal am Marktplatz, wie seine Freundin es vorgeschlagen hatte. Er hatte die magere Gestalt sofort wiedererkannt, als sie in einem fadenscheinigen braunen Kleid neben dem Gedenkstein an der Doppeleiche stand. Obwohl das helle Haar nun kurz geschnitten ihre Züge umrahmte, aus denen alle Kindlichkeit gewichen war. Und sie ihn auch, trotz des neuen Schnurrbarts. Stocksteif war sie stehen geblieben, die Augen aufgerissen. Dann war sie losgerannt, quer über den Marktplatz, und hatte sich in seine Arme gestürzt.

Seitdem er zurückgekommen war, hatte er versucht, Begegnungen mit Blankenesern zu vermeiden. Ausschließen konnte er natürlich nicht, dass ihm alte Freunde oder Nachbarn vor die Füße liefen, sobald er sich aus seinem Asyl ins Dorf wagte. Eigentlich war es nur eine Frage der Zeit gewesen, bis er, sofern sie noch lebten, Bruno oder Hedda begegnete.

Hedda war auf dem Weg zum Arzt gewesen, er selbst hatte einen Termin im Ortsamt gehabt. Als sie ihn bestürmte, sich mit ihr zu verabreden, hatte er sich an den »Kaffeegarten Schuldt« erinnert. An jedem Geburtstag, bis Levi verschwand, hatte er dort mit seinen Eltern Pflaumenkuchen gegessen. Einen Moment lang waren ihm die Augen feucht geworden. Aber er hatte sich bemüht, seine Erinnerungen im Zaum zu halten, das musste er, wenn er hier weiterleben wollte. Und er wollte, unbedingt. Das Ziel seiner Träume lag nicht mehr am Mittelmeer, sondern am Strand der Elbe.

Simon bog in die Süllbergsterrasse ein. Direkt unter dem himbeerroten Turm des Hotels krönte der Rundweg mit seinem Mosaik aus gelben Steinen die Kuppe des Hügels, und fast von jedem Punkt aus ließ sich der Fluss sehen. Die Elbe zeigte sich von ihrer besten Seite, klar, glatt und verschwiegen.

In Blankenese konnte man fast glauben, dass es den Krieg nie gegeben hätte. Die Jugendstilvillen waren unversehrt, sogar die leicht entflammbaren Reetdächer der Kapitänshäuschen. Seit Simon erfahren hatte, dass auch sein Elternhaus heil geblieben war, hatte er häufig mit dem Gedanken gespielt, runter zum Strand zu laufen. Und der Versuchung widerstanden. Er würde erst heimkehren, wenn er den Schlüssel zur Kate in der Hand hielt. Wenn sie wieder ihm gehörte.

Er eilte die Treppe zum Café hoch. Hedda trug ein hellblau gepunktetes Sommerkleid. Sie hatte ihm den Rücken zugewandt. Mit Blick auf den Fluss saß sie im flimmernden Zwielicht auf der Terrasse, über der Weinlaub den Sonnenschein filterte.

»Überraschung!«

Eine Hand krachte auf seine Schulter. Simon fuhr herum und schaute in ein anderes vertrautes Gesicht. »Bruno!«, stieß er hervor.

»Mit mir hast du nicht gerechnet, oder? Aber gib Hedda nicht die Schuld«, setzte sein alter Freund sofort hinzu, »ich habe mich sozusagen selbst eingeladen.« Er ging voraus zu Heddas Tisch, und Simon trottete hinterher.

»Hast du schon bestellt?«, fragte Bruno.

Hedda verneinte.

Bruno setzte sich ihr gegenüber hin und wies in der Manier eines Gastgebers auf den freien Stuhl neben sich. Simon ignorierte die Geste und nahm neben Hedda Platz.

»Ich habe auf euch gewartet. Simon«, sie wandte sich an den schmalen jungen Mann in der abgewetzten Cordhose, »ich hätte dich lieber allein getroffen, aber du kennst ja Bruno. Kein Funken Taktgefühl.«

Simons Unbehagen legte sich ein wenig.

Bruno grinste. »Einmal Trio, immer Trio«, verkündete er und hob den Arm.

Sofort eilte ein Kellner herbei.

»Einen Kaffee und eine Schwarzwälder Kirschtorte. Und ihr? Nicht zimperlich sein, ich lade euch ein.«

Simon, der die Preise auf der Speisekarte studiert hatte, hätte am liebsten abgelehnt. Aber er schluckte seinen Stolz hinunter. In Heddas Gesicht las er, dass es ihr ähnlich ging.

»Ich nehme Apfelstreusel«, sagte sie, ohne Bruno eines Blickes zu würdigen.

»Für mich Käsekuchen«, schloss sich Simon an. »Und eine Tasse Kaffee, bitte.«

»Draußen nur Kännchen«, sagte der ältere Herr, der über seiner grauen Hose und einem schneeweißen, geflickten Hemd eine schwarze Kellnerschürze trug. Seine Hand, mit der er von Simon die Speisekarte entgegennahm, war fleckig, durchzogen von dicken blauen Adern.

»Dann nehmen wir alle Kännchen«, sagte Hedda rasch, der Simons erneutes Zögern nicht entgangen war. »Ich kann es kaum glauben! Wir drei wieder hier! Alle zusammen.«

Bruno holte eine Packung Lucky Strikes und ein silbernes Feuerzeug aus der Tasche seines marineblauen Sakkos. Er schälte die durchsichtige Folie ab und hielt die geöffnete Schachtel Hedda hin, die sofort zugriff. Bruno gab ihr Feuer, und an der Art, wie Hedda ihre Hände um das Feuerzeug hielt, erkannte Simon die trainierte Raucherin.

»Wohnst du noch hier«, fragte er sie, »bei deinen Eltern? Das heißt, wenn sie …«

»... überlebt haben?«, beendete Hedda den Satz für ihn. »Unkraut vergeht nicht.« Sie schnitt eine kleine Grimasse. »Aber ich wohne schon längst nicht mehr hier, sondern in Kiel. Ich studiere auf Lehramt, Geschichte. Nächstes Jahr bin ich fertig.«

»Dafür bin ich ein Waisenkind«, schaltete Bruno sich ungefragt ein. »Meine Mutter war in Altona einkaufen und hat es nicht mehr rechtzeitig in den Bunker geschafft.«

»Gomorrha?«

Bruno, der sein blondes Haar immer noch so kurz trug, dass die Kopfhaut rosa hindurchschimmerte, nickte. Auch Hedda wirkte traurig, schließlich hatte sie oft bei den Andresens am Abendbrottisch gesessen, wenn sie es zu Hause nicht ausgehalten hatte. Simon dagegen hatte in seinem portugiesischen Exil eine wilde Freude empfunden, als das Radio im Juli 1943 den britischen Bombenregen auf Hamburg verkündet hatte. Sollen sie alle bloß verrecken, hatte er gedacht. Ein paar Tage später hatte der BBC-Sprecher einen neuerlichen Angriff bejubelt, der den Osten der Stadt in Schutt und Asche gelegt hatte. Zum ersten Mal hatte Simon gewagt zu denken, dass Hitler den Krieg tatsächlich verlieren würde.

»Mein Beileid«, sagte er zu Bruno. Als er noch klein war, war Magda Andresen nett zu ihm gewesen, aber später war ihm ihr Unbehagen, wenn er zum Spielen herüberkam, nicht verborgen geblieben. »Und dein Vater?«

»Hat den ganzen Mist komfortabel überlebt. Aber jetzt hat es ihn doch erwischt. Darmkrebs. Deshalb bin ich auch hier. Morgen früh um neun ist die Beerdigung auf dem Sülldorfer Friedhof. Ich studiere in München, Jura. Famose Stadt, besonders die Biergärten.«

Hedda versuchte, sich das Haar hinters Ohr zu streichen, als ob es noch lang wäre, und legte dann die Hand, die sekundenlang still in der Luft schwebte wie eine Libelle, stattdessen auf Simons ausgefransten Hemdsärmel. »Ich bin auch nur wegen der Beerdigung hier, Mutter hat mir Bescheid gesagt. Und weil ich den Termin beim Arzt hatte. Direkt danach bin ich Bruno auf dem Marktplatz über den Weg gelaufen.«

»Sie hat mir ganz aufgeregt erzählt, dass sie dich zuvor getroffen hat«, dröhnte Bruno. »Ist das nicht ein Ding? Nun erzähl doch mal, Simon. Wie ist es dir ergangen?«

Hatte Bruno Hedda das Wort abgeschnitten, bevor sie Simon auffordern konnte, zur Beerdigung zu kommen?

Ein asthmatisches Schnaufen kündigte den alten Kellner an. Sein ungeschicktes Hantieren mit den Tellern und Tassen verschaffte Simon eine Pause, um seine Gefühle und Gedanken unter Kontrolle zu bekommen. Er war kurz davor, seine Faust in Brunos grinsendes Gesicht zu schlagen. Ja, Simon, wie ist es dir denn ergangen? Warst du im KZ? Wir haben gar keine Postkarte von dir bekommen, »Herzliche Grüße aus Mauthausen« oder so.

Als der Kellner das üppige Stück Käsekuchen vor ihn hinstellte, tauchten seine Augen für einen Wimpernschlag in die von Hedda, deren früheres Leuchten einem erschöpften Blau gewichen war, der Farbe des Flusses an einem dunstigen Sommertag. Er sah Verstehen in ihrem Blick. Immer noch, dachte Simon, liest sie meine Gedanken. Er war sich allerdings nicht sicher, ob er das gut fand. Oder es sich leisten konnte.

»Sieht vorzüglich aus, die Torte«, bemerkte er und wies mit dem Kinn auf Brunos Teller.

Dass Karl Andresen der Krebs erwischt hatte, tat ihm ehrlich leid. Sicher, er war ein Nazi der ersten Stunde, aber mehr aus Kalkül als aus Überzeugung. Was es in Simons Augen einen Hauch besser machte.

»Geht nichts über Schwarzwälder Kirsch«, antwortete Bruno und stach die Kuchengabel in eine der dunkelroten Kugeln. »Mensch, Kinder, wir sollten anstoßen. Mit was anderem als dem da.«

Er deutete auf die Kaffeetasse, die Simon gerade zum Mund führte, und wandte sich an den Keller, der die Zuckerschale auf den Tisch stellte. »Herr Ober, bringen Sie uns mal drei Piccolos.«

Der alte Mann nickte und schlurfte davon.

»Ich habe ewig keinen Kaffee mehr getrunken«, sagte Hedda leise und atmete den Duft ein, der ihrer geblümten Porzellantasse entstieg.

»Dir scheint es ja ganz gut zu gehen, Bruno«, bemerkte Simon.

»Wohl dem, der weiß, wo die Luckys lagern«, antwortete Bruno geheimnisvoll.

»Hier kommen die Piccolos, meine Herrschaften«, ließ sich der Kellner vernehmen. »Zum Wohl!«

»Auf die drei Musketiere!« Bruno hob sein Glas und nahm einen kleinen Schluck, ebenso wie Simon. Hedda leerte ihr Glas in einem Zug.

»Also?« Bruno zündete sich eine neue Zigarette an. »Nun erzähl schon. Du hattest es bestimmt nicht leicht, oder?«

»Wir hatten Glück.« Der Sekt, stellte Simon fest, half ihm enorm dabei, lässig zu klingen. »Wir haben es damals gerade noch auf ein Schiff geschafft. Nach Kuba.«

»Lotte auch?«, fragte Hedda sofort. »Sie lebt?«

»Sie hat sogar wieder geheiratet«, bestätigte Simon. »Diesmal einen Katholiken.«

Hedda wechselte einen bestürzten Blick mit Bruno. »Simon«, sagte sie bedrückt. »Es tut mir so leid. Die Sache von damals, meine ich. Dein Vater ...« Ihre Stimme verlor sich.

»Schreckliche Geschichte«, stimmte Bruno zu. »Aber du hast es heil überstanden, mein Junge, oder?«

»Ja, habe ich.« Simon zwang sich, Bruno anzusehen. Er verabscheute ihn, doch er musste es loswerden, das war er dem alten Karl schuldig. »Bruno«, sagte er rau. »Ich stehe in der Schuld deiner Familie. Dass dein Vater meiner Mutter und mir das Leben gerettet hat, werde ich nie vergessen. Er hat dir erzählt, was damals passiert ist, oder?«

Hatte sich Brunos Gesicht verschattet? Simon schien es so, aber vielleicht schuf auch nur das sonnendurchströmte Weinlaub diesen Effekt.

»Lasst uns nicht mehr darüber reden. Vorbei ist vorbei.« Wieder erhob Bruno sein noch fast volles Glas. »Jetzt müssen wir nach vorn schauen. Auf die Freiheit!«

Simon, der diese Ansicht keineswegs teilte, stieß sein Glas leicht an das von Bruno. »Auf die Freiheit!«

»Und du willst also Lehrerin werden?«, fuhr Bruno an Hedda gewandt fort. »Hier in Blankenese?«

»Lieber in Kiel.«

Simon fühlte, wie Heddas Augen auf ihm ruhten. Ihr Blick fühlte sich schwer an, wie ein nasser Mantel.

»Ich ziehe nach dem Staatsexamen auf jeden Fall wieder hierher«, ließ sich Bruno vernehmen. »Mein Vater hat noch vor dem Krieg dieses Grundstück oben auf dem Falkenstein gekauft, erinnert ihr euch? Bauen konnte er natürlich nicht mehr. War vielleicht gut so. Ich lasse mir nämlich eine topmoderne Villa dahinsetzen, sobald ich verdiene. Ich habe schon Pläne zeichnen lassen. Panoramafenster, Terrasse, Schwimmbecken ...«

»Anscheinend verlierst du keine Zeit«, warf Hedda ein. »Mit Trauern um deine Eltern. Hast du noch eine Zigarette?«

»Selbstverständlich, meine Liebe.« Er gab ihr Feuer. »Pass auf, dass du dich nicht verbrennst.« Er ließ die Flamme eine Millisekunde zu lange brennen.

Heddas Finger zuckten zurück.

»Und du, Simon?«, fragte Bruno und wandte sich von ihr ab. »Bist du für immer zurück in der Heimat? Jetzt, wo alles vorbei ist?«

Simon wünschte sich, Bruno würde endlich mit dem Gerede vom Vorbeisein aufhören. Seine Nachbarn waren Mörder, zumindest Mitläufer und Verräter. Er wollte gar nicht wissen, was sein Klassenkamerad im Krieg alles angestellt hatte. Wenn er hierbleiben wollte, musste er das akzeptieren. Aber nicht darüber reden. Und schon gar nicht vergessen.

Ein Jahr lang arbeitete er bereits in dem jüdischen Kinderheim an der Kösterbergstraße. Die weiße Villa hoch über dem Fluss war für ihn genauso ein Zuhause geworden wie für die ungarischen und polnischen Waisen, die das American Joint Distribution Committee aus den Konzentrationslagern nach Hamburg geholt hatte. Eine Insel in einem feindlichen Meer, ein Sprungbrett nach Israel. Nur noch wenige Wochen, dann würde es ihn tatsächlich geben, den jüdischen Staat. Dann würde ein Schiff auch die letzten der Kinder heimbringen, auch Grischka Rosenzweig, den er besonders liebgewonnen hatte. Endlich wäre es vorbei, das zermürbende Warten auf die spärlich zugeteilten Zertifikate der Engländer, die die Einreise nach Palästina erlaubten.

Im vergangenen Sommer hatten Simon, Betty, Reuma und die anderen Betreuer wie Millionen Menschen auf

der ganzen Welt am Radio das Drama um die »Exodus«
verfolgt, zuerst hoffnungsvoll, dann mit brennender Wut.
Die Briten, die Palästina im Auftrag der Vereinten Natio-
nen verwalteten, hatten das marode Schiff ein paar Meilen
vor der Küste gestoppt. Doch die über 4.000 Flüchtlinge
an Bord lieferten sich einen erbitterten Kampf mit den sie
umzingelnden Kriegsschiffen; der Bordfunker hatte ihn
live an eine Radiostation an Land übertragen. Am Ende
verteilten die Behörden in Haifa die überlebenden Passagiere auf Gefängnisschiffe und transportierten sie zurück
nach Europa. In Hamburg steckten diesmal die Engländer
die Juden in Lager, mit Stacheldraht und Wachtürmen. Als
die Proteste dagegen zu massiv wurden, ließ man sie nach
einem Monat frei.

»Werden sie uns auch zurückschicken?«, hatte Grischka
ängstlich gefragt.

»Bestimmt nicht«, hatte Reuma versprochen. »Palästina
ist unsere Heimat. Wir fahren alle zusammen dorthin und
bleiben dort. Für immer.«

Simon hatte zustimmend die Hand des polnischen Jungen gedrückt, obwohl er den Optimismus seiner Kollegin
nicht teilte. Denn nach der Schlacht um die Zertifikate wartete schon die nächste. Er hatte gehört, dass der letzte Kin-
dertransport nach der Ankunft in Haifa beschossen worden
war, die Waisen hatten mit Panzerwagen in die Heime und
Kibbuzim gebracht werden müssen. Sobald Israel ausgerufen
wäre, würde der Krieg mit den aufgebrachten Arabern mit
Sicherheit eskalieren. Trotzdem, Simon sehnte den Tag herbei,
an dem die Juden ungehindert in ihren eigenen Staat reisen
können. Seine Lippen verzogen sich zu einem selbstironischen Lächeln. Denn er wäre dann kein Passagier. Er würde
die Elbe entlangspazieren und den Schiffen nur zuwinken.

Wieder dechiffrierte Hedda seine Gedanken. »Nun sag schon, Simon«, drängte sie. »Bleibst du hier?«

Simon musterte ihr erwartungsvolles Gesicht. Er wusste, dass er sie verletzte mit dem, was er jetzt sagen würde. »Es sieht ganz so aus, Hedda.«

Die Freude, die sich in ihren Augen spiegelte, brach ihm fast das Herz.

»Ich habe hier jemanden kennengelernt. Sie heißt Konstanze. Wir werden im Mai heiraten.«

DEN HAAG.
MITTWOCH, 27. JULI 2022

Sie hatten nur einmal Pause gemacht, im Rasthof Dammer Berge, zum Tanken. Bei Sonnenaufgang hatten sie die holländische Grenze hinter Bad Bentheim erreicht, drei Stunden später die holländische Hauptstadt.

»Wo genau wohnt deine Mutter?«

»In Wassenaar. Das ist das Blankenese von Den Haag. Aber sie hat nur eine kleine Wohnung dort.«

Die geteerte Landstraße wandelte sich in eine rot gepflasterte Dorfstraße. Nun glitten sie an Kanälen entlang, gesäumt von Landsitzen mit mächtigen Reetdächern.

»Hier residiert also die Den Haager Crème.«

»Inklusive der Royals«, bestätigte Mieke. »Zumindest früher. Die drei Prinzessinnen sind hier aufgewachsen. Und mit dem Rad zur Schule gefahren.«

»Echt?«

»Wir geben uns gerne volksnah«, antwortete Mieke. »Soweit das möglich ist, wenn man zu den reichsten Königshäusern Europas gehört. Da vorne bitte links abbiegen und die zweite rechts.«

Folgsam betätigte David den Blinker. »Willst du nicht vorher anrufen?«, fragte er.

»Lieber nicht. Lenny hat den siebten Sinn.«

»Welche Nummer?«, fragte er, als er in die Weteringlaan einbog.

»Zwölf. Du kannst direkt davor parken, siehst du?«

David fuhr mit Schwung in die Parklücke vor dem brei-
ten Bürgersteig. »Das da?« Er wies auf ein Rotklinkerhaus,
dessen obere Etage über eine hohe Hecke schaute.

Mieke nickte und David schaltete den Motor aus.

»Und jetzt? Soll ich draußen warten?«

»Bloß nicht.«

»Sollen wir dann reingehen?«

»Klar.« Mieke hielt den Blick auf das Haus gerichtet,
rührte sich jedoch nicht vom Fleck.

David lehnte sich zurück und wartete ab. Mieke war
auf der Fahrt nicht gerade auskunftsfreudig gewesen, was
die Beziehung zu ihrer Mutter anging. Aus ihren knappen
Antworten hatte er sich zusammenreimen können, dass es
nicht die beste war.

»Tut mir leid, David«, hatte sie kurz darauf gesagt. »Dass
ich weggerannt bin. Dass ich wütend war, weil du ein Date
mit Pauline hattest.«

Der Lichtschein eines überholenden Autos war auf sein
Gesicht gefallen, und sie hatte vermutlich erkennen können, dass er lächelte. »Ist schon gut«, antwortete er. »Es war
sowieso nur ein One-Night-Stand. Ein ziemlich betrun-
kener.«

»Hat Pauline dir erzählt, dass Robert etwas mit Gesa
hatte?«

Überrascht sah er sie für den Bruchteil einer Sekunde an,
bevor seine Augen wieder zurück zur Fahrbahn wanderten. »Das erklärt einiges. Payback-Sex. Nicht sehr schmei-
chelhaft für mich.«

Nach dem Tankstopp hatte er Mieke von dem Einbruch
der Kinder in die Wolf-von-Lorenz-Stiftung berichtet und
dass sie herausgefunden hatten, dass Bruno Andresen bei

der Waffen-SS und an einem Massaker in der Ukraine beteiligt gewesen war.

»Hat Zoë es Pauline erzählt?«

»Ja. Nachdem Lenny aus meiner Wohnung gesaust ist, weil er deine Lederjacke auf dem Balkon gefunden hat.«

Mieke schwieg. In diesem Moment hätte sie alles für eine Zigarette gegeben. »Ich habe es komplett vermasselt«, sagte sie dann. »Mit Lenny.«

Sie hatte ihm dann noch berichtet, dass Gesa die anonyme Briefeschreiberin war – und dass ihr Besuch letztendlich den Ausschlag gegeben hatte, im Atelier nach den Tagebüchern zu suchen.

»Hast du sie dabei?«

»Nur das von 1939, das Gustav schon übersetzt hat. Eins haben wir ja noch zu Shanti gebracht, das, in dem sie als Letztes geschrieben hatte, und die restlichen liegen in der Kiste zu Hause.«

»Anfang und Ende. Und dazwischen ein ganzes Leben.«

Kurz darauf hatte das Navi sie aufgefordert, die Autobahn zu verlassen.

David öffnete die Fahrertür und drehte sich beim Aussteigen zu Mieke um. »Ich fahre nicht 500 Kilometer durch die Nacht, damit du im Auto sitzen bleibst, wenn wir endlich angekommen sind. Außerdem würde ich gerne frühstücken. Wie heißt das noch mal bei euch?«

»Ontbijt.« Sie lächelte schwach. »Das von Tessa wird dir schmecken. Sie ist eine bessere Köchin als ich.« Ihre Finger tasteten sich zum Griff in der Tür, blieben dort aber liegen. »David«, flüsterte sie. »Ich muss Tessa und Lenny etwas erzählen, etwas Furchtbares. Und ich habe Angst, dass ich beide verliere.«

»Möchtest du, dass ich dabei bin?«

»Ich glaube schon.«

»Mieke?«

Sie schaute ihn an, und David küsste sie leicht auf den Mund. »Lenny wirst du niemals verlieren. Und mich auch nicht. Das heißt, wenn du jetzt endlich aussteigst.«

Sie öffnete die Autotür. Als sie auf dem Pflaster stand und die Arme hob, um ihre verkrampften Schultern zu entspannen, erspähte sie am Wohnzimmerfenster die Gestalt ihrer Mutter. Ihre Blicke trafen sich. Tessa machte keinen Versuch zu verbergen, dass sie Mieke und David schon eine Weile beobachtet hatte.

Sie hatte, dachte Mieke gereizt, nicht den geringsten Zweifel daran gehabt, dass ich sofort kommen würde.

Tessa wusste genau, dass ihre Tochter sich sofort ins Auto setzen würde, obwohl sie nicht zurückgerufen hatte. Schließlich ging es um ihren Sohn.

Wer wohl der Mann war, der sie begleitete? Wohl ihr neuer Freund. Und der Erste, den sie nach Alexander kennenlernen würde. Tessa wandte sich vom Fenster ab und musterte den Esstisch, den sie gerade für vier gedeckt hatte, und nahm einen weiteren Teller aus dem Schrank.

Als sie den Flur entlang zur Wohnungstür ging, warf sie einen schnellen Blick in den Spiegel. Eine drahtige Frau, kerzengerade aufgerichtet in schwarzen schmalen Hosen und weißer Bluse, schaute zurück. Aus dem plötzlichen Bedürfnis heraus, weniger streng zu wirken, zupfte sie eine ihrer hochgesteckten grauen Locken aus dem Haarknoten, strich sie aber mit einer ungeduldigen Handbewegung zurück hinters Ohr. Dann drückte sie, noch bevor es klingelte, auf den Summer und blieb abwartend an der Tür stehen.

Mieke tauchte hinter der Treppenbiegung auf, mit einer schlaffen Umhängetasche über der Schulter.

»Hallo, Mama.«

Ihre Tochter machte keine Anstalten, sie zu umarmen.

»Ich möchte dir David vorstellen. Er ist Lennys Lehrer und hat mich hergefahren«, sagte sie auf Deutsch.

Der mittelgroße Mann, der hinter ihr die Stufen hochkam und dichtes, etwas zu langes braunes Haar hatte, das wirkte, als hätte er es mit den Fingern gekämmt, lächelte ihr zu. »Und Miekes Freund bin ich noch dazu. Wie schön, Sie endlich kennenzulernen.«

Es gab also tatsächlich einen neuen Mann im Leben ihrer Tochter. Ein Deutscher. Ein Blankeneser, wie es aussah, genauso wie Mathias. Die Ironie war nicht verschwendet an sie.

»Kommt bitte herein. Die Kinder schlafen noch.«

»Die beiden sind also hier?«

»Natürlich. Es geht ihnen gut. Sie sind zum ersten Mal in ihrem Leben getrampt, haben sie erzählt.«

Mieke hängte ihre Tasche an den Haken, dann die Lederjacke. »Ja, immer noch dieselbe«, beantwortete sie die unausgesprochene Frage ihrer Mutter. Dabei funkelte leichter Spott in ihren Augen.

»Ihr müsst Hunger haben.« Tessa ging voraus ins Wohnzimmer. »Setzt euch.«

David blieb einen Moment lang im Türrahmen stehen und betrachtete den sparsam eingerichteten Raum. Durch lange weiße Vorhänge fiel gedämpftes Sonnenlicht auf den Tisch, den Ohrensessel, einen Sekretär und das Klavier. Mehr Möbelstücke gab es nicht. »Was für ein schönes Zimmer«, sagte er. »Der Kontrapunkt zu Heddas Haus sozusagen.« Er lächelte dabei, als hätte er einen Witz gemacht, bemerkte dann aber Tessas verständnisloses Gesicht. »Du hast ihr nichts erzählt, Mieke?«, fragte er und fuhr mit der Hand durch seine Tolle.

»Mache ich jetzt.« Mieke setzte sich.

Wortlos deutete Tessa auf die silberne Thermoskanne und nahm ihrer Tochter gegenüber Platz. David griff zur Kanne und schenkte Mieke Kaffee ein. Er wollte auch Tessas Tasse füllen, aber sie hielt ihn mit einer Geste davon ab.

»Ich nehme Grünen Tee, danke.«

»Hast du gewusst, dass Hedda ein Messie war?«, fragte Mieke, nachdem sie gierig getrunken hatte.

»War sie das?« Tessa schloss die Augen und versuchte, das Bild des Hauses ihrer alten Nachbarin heraufzubeschwören. »Ihre Küche sah immer normal aus. In den anderen Räumen bin ich selten gewesen, aber ich wüsste nicht, dass sie besonders unordentlich waren.«

»Unordentlich?« Mieke schnaubte. »Mama, du kannst dir das Chaos nicht vorstellen. Alte Klamotten, Dreck, Zeitungen, alles bis zur Zimmerdecke voll, Lenny und ich haben ewig zum Aufräumen gebraucht.«

Tessa war die ältere Nachbarin stets ein wenig unnahbar vorgekommen. Miekes Vater hatte sich, als die Lehrerin nach dem Tod ihrer Eltern in das Fischerhaus nebenan gezogen war, sofort mit ihr angefreundet. Insofern hatte es Tessa auch nicht überrascht, dass Hedda seiner Tochter das Haus vermacht hatte. Auch wenn sie sich gewünscht hatte, dass Mieke es nicht annahm. Sie hatte versucht, es ihr auszureden. Sie wollte sie nicht ein zweites Mal verlieren.

»Mama?«

Tessa schreckte auf und bemerkte, dass Mieke ihren Blick auf sie gerichtet hatte.

»Ich muss dir etwas erzählen. Also dir und David. Und dich etwas fragen.«

Tessas Herz krampfte sich zusammen.

»Hast du es gewusst? Das mit Pauline?«

Sie nickte. Was sollte sie auch sonst tun. Sie hatte jahrzehntelang auf die Frage gewartet.

David sah von seiner Freundin zu deren Mutter und wieder zurück. »Wovon redet ihr?«

Tessa stellte die Porzellantasse, die sie gerade angehoben hatte, auf die Untertasse. »Von Mathias. Meinem Mann. Miekes Vater.« Gab es eine gute Weise, von einem Verbrechen zu berichten? Eine, die keine Wunden reißt? Ihr fiel keine ein. »Die Andresens wollten ihn anzeigen«, fuhr sie deshalb sachlich fort. »Weil er Pauline verführt hat, als sie ihm als Mädchen Porträt für ein Bild gesessen hatte. Sie wurde schwanger und hat abgetrieben.«

»Meine Güte!« David sah schockiert aus.

»Hast du es gewusst?«, fragte Mieke nochmals. »Bevor alles herauskam?«

Die Stimme ihrer Tochter klang rau, aber sie hatte sich bemerkenswert gut im Griff. Erstaunlich. »Nicht wirklich.« Tessas Finger umklammerten die Tasse mit dem Grünen Tee, als ob sie selbst an diesem heißen Sommertag noch zusätzliche Wärme suchten. »Ich habe geahnt, dass etwas Schlimmes passiert ist. Da war dieser eine Abend, als die Chorprobe ausgefallen ist. Ein paar Wochen, bevor ihr nach England gefahren seid, Mieke. Im Atelier brannte noch Licht. Ich bog gerade um die Hausecke, als Pauline weinend herausgerannt kam. Ich glaube heute, dass es an dem Abend passiert ist.« Dass das Mädchen ihre offene Bluse mit den Händen über dem Busen zusammengehalten hatte, verschwieg sie.

»Wie hat Vater erklärt, dass Pauline weggelaufen ist?«

»Er war ziemlich aufgewühlt. ›Stell dir vor‹, hat er gesagt, ›die Kleine hat herausgefunden, dass ihr Großvater ein schlimmer Nazi war. SS. Dabei hängt sie doch so an ihm‹.«

»Und warum ...«

»Warum sie das ausgerechnet deinem Vater erzählt hat? Das habe ich ihn natürlich auch gefragt. Er erklärte, dass Pauline ihm schon seit einiger Zeit Porträt sitzt. Das Gemälde sollte eine Geburtstagsüberraschung für Bruno werden. ›Es ist einfach aus ihr herausgebrochen‹, hat er gesagt. ›Was meinst du, soll ich den Auftrag canceln? Mit ihren Eltern reden?‹ Ich habe ihm davon abgeraten, du weißt ja, wie Paul und Elisabeth gestrickt waren. Sie hätten es nicht ausgehalten, wenn herausgekommen wäre, dass wir über Bruno Bescheid wissen. Die Familienehre und so. Vielleicht hätte Pauline auch Ärger bekommen, weil ihr das Mathias gegenüber herausgerutscht ist.«

»Zu mir hat sie kein Wort darüber gesagt.«

»Wundert dich das?«

»Nein. Mich wundert, dass ich nichts mitbekommen habe, gar nichts. Ich muss furchtbar egoistisch gewesen sein damals.«

Aus einem Impuls heraus strich Tessa ihrer Tochter über die Wange. Das hatte sie schon ewig nicht mehr gemacht, sie war selbst verwundert über ihre Geste. Und noch mehr darüber, dass Mieke nicht zurückzuckte. »Du warst ein Teenager«, sagte sie sanft. »Alle Teenager sind Egoisten, das ist ganz normal. Den Fehler habe ich gemacht. Ich hätte Pauline damals hinterherlaufen müssen.«

Mieke schwieg.

»Und dann?«, fragte David an ihrer Stelle.

Tessa hatte die Anwesenheit von Miekes deutschem Freund fast vergessen, aber ergriff dankbar die Gelegenheit, die Stille zu durchbrechen.

»Mathias hat Pauline das Bild geschenkt. Und von Paul und Elisabeth niemals ein Honorar dafür verlangt. Ein paar Wochen später standen die beiden auf einmal in unserem Wohnzimmer.«

»Als ich auf Klassenfahrt war? In England?«

Tessa nickte. »Sie waren so wütend. Hauptsächlich Elisabeth, sie hat geheult und geschrien. Paul hat sich zusammengenommen, aber er hätte uns am liebsten umgebracht.«

»Pauline hatte ihnen also erzählt, was passiert ist? Dass mein Vater …«

»Ja«, antwortete Tessa schnell, um ihrer Tochter die Worte zu ersparen. »Sie war schwanger, und Elisabeth hat es gemerkt. So kam alles heraus.« Tessa führte ihre Porzellantasse endlich zum Mund, aber der Tee war inzwischen kalt geworden, und sie ließ sie wieder sinken. »Dein Vater hat zwar alles abgestritten, aber Paul hat ihn kaum zu Wort kommen lassen. Ihm ein Ultimatum gestellt. Er würde keine Anzeige erstatten, aus Rücksicht auf dich und mich. Doch Mathias solle verschwinden und niemals mehr zurückkommen. Der Einzige, der noch Bescheid wisse, sei der Schuldirektor. Damit er ein Auge haben könne auf Pauline. Könnt ihr euch das vorstellen? Das war typisch für Paul und Elisabeth. Die Sorge ums eigene Kind an die Schule zu delegieren.«

David griff zur Kanne, goss Tee in seine unberührte Tasse und tauschte sie mit Tessas voller. Miekes Mutter nickte ihm dankbar zu, ihre Kehle fühlte sich rau an wie Schleifpapier.

»Ich habe das Haus in derselben Nacht verlassen«, fuhr sie fort. »Was ich heute noch bereue. Ein furchtbarer Fehler. Aber ich habe es nicht mehr ausgehalten mit Mathias. Ich wollte nichts hören, ihm nicht ins Gesicht schauen müssen. ›Hau bloß ab‹, habe ich ihn angeschrien, als Paulines Eltern weg waren, ›ich will dich nicht mehr sehen!‹ Als er keine Anstalten machte, habe ich mich selbst ins Auto gesetzt und bin losgefahren. Über die Grenze, nach Holland. Als ich in Hengelo ankam, habe ich umgedreht. Mir war klar geworden, dass ich mit deinem Vater reden muss. Aber es war zu spät.«

»Er war schon fort, als du zurückkamst?«

»Das Haus war leer. Er hatte sein Portemonnaie und die Ausweise mitgenommen. Und das Bargeld, das in der Küchenschublade lag.«

»Mieke sagte, er hätte einen Abschiedsbrief hinterlassen?«

Tessa presste die Lippen aufeinander. »Ja, der lag auf dem Küchentisch«, bestätigte sie schließlich. »Wohl einer der belanglosesten in der Geschichte aller Abschiedsbriefe.«

Sie ging zum Sekretär gegenüber dem Fenster und entnahm einer Schublade einen blauen Karton. Sie hob den Deckel ab und reichte Mieke einen Briefbogen, dessen Knitterfalten verrieten, dass er wieder und wieder in die Hand genommen worden war.

»›So kann es nicht weitergehen‹«, las Mieke vor. »›Die Lügerei muss ein Ende haben.‹« Sie ließ den Bogen sinken. »Ich erinnere mich. Er hat darin nicht gerade sein Herz ausgeschüttet. Hast du eigentlich nie bezweifelt, dass er es getan hat?«

»Er hat uns alleingelassen. Wenn er unschuldig gewesen wäre, hätte er gekämpft.« Tessa sah ihrer Tochter in die Augen. »Hätte ich dir sagen sollen, was passiert ist?«

»Vielleicht nicht sofort«, antwortete Mieke, bemüht, nicht so bitter zu klingen, wie sie sich fühlte. »Aber später schon. Als ich erwachsen war.«

»Ich wusste nicht, ob du die Wahrheit aushalten würdest. Du wirktest immer so ... zerbrechlich.«

»Zerbrechlich?« Mieke lachte auf, doch es klang nicht fröhlich. »Danke für den Euphemismus. Durchgedreht, meinst du wohl. Weißt du, dass ich mir die Schuld dafür gegeben habe, dass er gegangen ist?«

»Wieso?«

»Weil du so anders zu mir warst auf einmal. Streng und fremd.«

Bevor Tessa sich verteidigen konnte, klopfte es an die Wohnzimmertür.

»Diesmal müsst ihr es anders machen. Miteinander reden. Keine Geheimnisse mehr.«

Mieke und Tessa sahen David verständnislos an, der sich von seinem Stuhl erhob und zur Tür ging.

»Lenny. Ihr müsst ihm alles sagen.«

»Aber was ist mit Zoë?«, flüsterte Mieke ihrer Mutter zu. »Wenn Pauline sie nicht eingeweiht hat, darf ich das dann?«

HEDDAS TAGEBUCH.
SONNABEND, 10. APRIL 1948

Ich bin so eine dumme Kuh! Wie konnte ich nur glauben, dass Simon mich immer noch liebt, nach alledem? Das war so peinlich gestern. Wenigstens habe ich nicht geheult. »Wie schön für dich, Simon«, habe ich gerufen und gelächelt. Aber innerlich hat es mich fast zerrissen. Nun ist er endlich zurück, und dann heiratet er eine andere. Konstanze Breckwoldt, ich hasse sie jetzt schon. Bruno hat auch gelacht und einen auf spendabel gemacht. Hat den alten Kellner angeherrscht, er solle weitere Piccolos bringen, damit wir auf Simons Glück anstoßen können. Richtig widerlich, wie er angegeben hat, mit seinen Zigaretten und seinen guten Beziehungen zu den Amis, unten in Bayern. Als ob er mit den Nazis nie etwas am Hut gehabt hätte, unser kleiner Hitlerjunge. Papa hat so eine Andeutung gemacht, dass er im Krieg sogar bei der SS gewesen sei, das habe er im Dorf gehört. Keine Ahnung, ob das stimmt. Mama hat ihn angefahren, dass er den Mund halten soll. Womit sie recht hat. Wir müssen in die Zukunft sehen.

Wieso war ich nur so dämlich, Bruno zu erzählen, dass ich Simon getroffen habe? Als ich ihn nach dem Arzttermin auf dem Marktplatz gesehen habe, war für einen Moment alles so wie früher. Ich bin auf ihn zugestürzt, und Bruno hat mich hochgehoben und herumgewirbelt. Die Leute haben bestimmt gedacht, wir sind ein Liebespaar. Was mir egal war, ich kenn ja kaum einen von denen. Es sind jetzt so viele Flüchtlinge aus dem Osten hier. Simon und Bruno sind die ersten Menschen, denen ich in Blankenese begegnet bin, die ich von früher kenne. Als Mama gestern aufgezählt hat, wer alles gestorben ist, habe ich mir irgendwann die Ohren zugehalten. So viele aus meiner Schule sind tot, gefallen, ausgebombt, geflüchtet. Die von der Swingjugend kannte Mama nicht, aber wahrscheinlich sind auch von denen etliche im KZ gelandet. Juden gibt es sowieso keine mehr hier.

Bruno und ich waren später noch etwas trinken, als Simon schon heimgegangen war. Wo das ist, hat er nicht gesagt, wahrscheinlich wohnt er bei dieser Konstanze. Jedenfalls hat Bruno mich eingeladen und mir einen Cocktail bestellt, mit Oliven. Wir sind wie die Katzen um den heißen Brei geschlichen, wir beide. Jeder wollte herausfinden, was der andere wusste von jener Nacht, als sie Levi erschossen haben. Ich habe ganz harmlos getan und gefragt, ob er eine Ahnung hat, wie die Gestapo erfuhr, dass Simon und seine Eltern fliehen wollten. Dass Levi noch heimlich mit Lotte zusammen war, wusste ich nicht. Ich glaube, keiner von uns hier unten.

»Was denkst du denn, wer das war, Hedda?«, hat er mich gefragt und hämisch gegrinst dabei.

Ja, und dann habe ich die Nerven verloren. »Du verdammtes Nazischwein«, habe ich geschrien und ihm den Martini ins Gesicht gekippt. Gut, dass wir allein im Gastraum waren. Jedenfalls hat er sich meinen Arm geschnappt, ich habe jetzt noch blaue Flecken.

»Du wirst die Klappe halten, meine Schöne«, hat er gezischt. »Willst du wissen warum?« Er hat mir erzählt, dass Karl Andresen Mama seit Jahren Geld geliehen hat. Dabei dachte ich immer, sie würde mit ihrer Näherei genug verdienen, um uns über Wasser zu halten. »Stell dir vor, mein Vater wollte noch auf dem Totenbett, dass ich die

Schuldscheine zerreiße«, hat Bruno gesagt. »Das habe ich ihm natürlich versprochen. Aber weißt du was? Ich glaube, ich behalte sie. Um sicherzugehen, dass du mich nicht bei deinem geliebten Simon verpetzt.«

Und Simon hat sich gestern auch noch bedankt bei diesem Verräter, für die Rettungsaktion von Karl. Ich hätte mich am liebsten übergeben. »Lasst uns die Vergangenheit begraben«, hat Bruno geschwafelt. »Auf uns, die drei Musketiere!« Wir haben dann angestoßen mit Piccolos.

Gott, wie ich Bruno hasse! Ich wünsche ihm, dass er verreckt in seiner blöden Villa.

Ich bin so ein Feigling, so ein furchtbarer Feigling!

BAD BENTHEIM.
DONNERSTAG, 28. JULI 2022

Langsam glitt das Auto über die unsichtbare Grenze und am Rastplatz vorbei, wo deutsche und holländische Lkw-Fahrer vor den geöffneten Türen ihrer Trucks standen und rauchten.

Zoë ertappte sich bei der nostalgischen Regung, in die Zeit reisen zu wollen, als Grenzen noch richtige Grenzen waren, mit rot-weiß gestreiften Schlagbäumen und Männern in Uniform, die »Ausweis« rufen. Hochspannungsleitungen flogen an ihr vorbei, ein einsames Pony auf einer zerrupften Wiese, grau gedeckte Reihenhäuser, eine Fleischfabrik. Zoë gähnte. Sie langweilte sich und wünschte sich gleichzeitig, die Fahrt würde kein Ende nehmen. Würde ihre Mutter böse auf sie sein? Sie umarmen? Sie bückte sich nach ihrem Rucksack und kramte Schokolade heraus.

Lenny machte eine abwehrende Handbewegung, als sie ihm ein Stück anbot, und vertiefte sich wieder in seine Lektüre. Das geheimnisvolle Tagebuch. Eigentlich hatte Mieke es auf der Rückfahrt nach Hamburg lesen wollen, aber dann war ihr nach ein paar Minuten schlecht geworden und sie hatte es nach hinten gereicht. Seitdem herrschte neben Zoë das große Schweigen.

Gestern hatte Lennys Mutter ihnen erzählt, dass sie die restlichen Hefte im Atelier gefunden hatte, die blaue Kladde aus ihrer Tasche geholt und sie auf den Tisch gelegt. »Das erste hat Gesa mir gegeben, die Requisiteurin«, hatte sie Tessa erklärt. »Es lag wohl in einem der Kartons, die die Eltern für die Aufführung gespendet haben.« Bei den letzten Worten hatte sie Lenny einen merkwürdigen Seitenblick zugeworfen, aber vielleicht hatte Zoë sich das auch nur eingebildet.

Nach dem Frühstück war Mieke mit in ihr und Lennys Zimmer gekommen und hatte Antworten verlangt. Warum sie nach Holland verschwunden waren, ohne Bescheid zu sagen. Ob es deswegen gewesen sei, weil Lenny auf Facebook gemobbt wurde.

»Werde ich das?«, hatte Lenny überrascht gefragt und sich auf die aufgeklappte Schlafcouch fallen lassen, die fast das ganze Gästezimmer einnahm. »Ich war schon ewig nicht mehr auf Facebook. Da sind doch nur noch Boomer drin.«

Mieke hatte sich auf den einzigen Stuhl im Raum gesetzt und wortlos das Handy hochgehalten mit einem Screenshot der Kommentare, die Pauline auf der Timeline ihrer Tochter entdeckt hatte.

Zoë, die sich an die Fensterbank gelehnt hatte, war näher getreten und hatte aufgestöhnt. »Als ob mich dieser Quatsch interessieren würde. Was macht Mama überhaupt in meinem Account?«

Mieke hatte ihr erzählt, dass Pauline ihre Passwörter gespeichert hatte, und Zoë hatte angewidert den Kopf geschüttelt. »Genau das ist der Grund, warum ich es zu Hause nicht mehr ausgehalten habe«, hatte sie erklärt und sich auf den Rand der Schlafcouch gehockt. »Meine Mutter hat mir so viele Lügen aufgetischt. Die über meinen Urgroßvater. Und den Hund.«

»Ich habe gedacht, wir könnten ein paar Tage zu Tessa

fahren. Um Zoë auf andere Gedanken zu bringen«, hatte sich Lenny eingeschaltet.

»Und das konntest du mir nicht sagen?«, hatte Mieke gefragt. »Ich habe mir Sorgen gemacht, und Pauline ist fast durchgedreht. Außerdem, wegen Sandro: Sie wollte Lenny eine Freude machen und wusste, dass ich es niemals erlauben würde, wenn sie uns einen teuren Zuchthund schenkt. Deshalb hat sie diese Geschichte erfunden.«

Lenny war hochgerutscht und hatte sich an die Lehne des Sofas gelehnt, damit Zoë mehr Platz hatte. »Du und Pauline, ihr habt beide ein komplexes Verhältnis zur Wahrheit, oder?«, hatte er kühl konstatiert.

Mieke hatte sich nun ebenfalls vom Stuhl aufs Sofa gesetzt und war ihrem Sohn wortlos mit der Hand durchs Haar gefahren. Zoë hatte sich in dem Moment gewünscht, sie könnte Pauline ebenso leicht vergeben wie Lenny seiner Mutter. Vielleicht hatte er einfach mehr Übung im Verzeihen. Sie war es nicht gewohnt, dass Pauline Fehler machte.

»Versuche ein wenig nachsichtiger mit ihr zu sein«, hatte Mieke hinzugesetzt. Und dann den beiden beigebracht, was ihr Vater Zoës Mutter angetan hatte.

Lenny hatte sich dabei wie immer seine Gefühle nicht anmerken lassen, doch Zoë hatte das Zucken um seine Mundwinkel sehr wohl bemerkt. Auch sie hatte ein Pokerface gemacht. Natürlich war sie bestürzt über das, was ihrer Mutter widerfahren war. Aber die Verbitterung darüber, dass sie ihr eine weitere fette Lüge aufgetischt hatte, war stärker. Ihre Mutter musste sie für dumm und unreif halten. Ein Baby, das bei Laune gehalten werden musste.

»Mit der Wahrheit ist nicht zu spaßen«, hatte Mieke noch gesagt, als ob sie geahnt hätte, was in Zoë vorging. »Sie kann sehr grausam sein.«

Später, in der Nacht, hatte Lenny sie gefragt, ob sie glaube, dass er seinem Großvater ähnlich sei. Er wollte lässig dabei klingen, aber Zoë hatte gemerkt, wie sehr ihn die Eröffnung, dass sein Opa ein Verbrecher gewesen war, mitgenommen hatte.

»Was für ein Quatsch!«, hatte sie ihn angefahren. »Dein Großvater hatte einen miesen Charakter, keine miesen Gene. Ich bin schließlich auch nicht wie meine Mutter. Glaubst du, wenn ich vergewaltigt worden wäre, würde ich mein Leben lang als stilles Opferlamm herumrennen, so wie sie?«

Draußen klatschte Regen an die Autoscheiben. Zoë schloss die Augen. Noch zwei Jahre, dachte sie. Dann bin ich raus aus diesem Kaff. Auf der Columbia oder sonst wo. Hauptsache weg. Wie Lenny. Als Mieke sie informiert hatte, dass sie nach der Aufführung mit ihm zurück nach Den Haag ziehen würde, hätte Zoë am liebsten losgeheult.

Nun blickte sie zu ihrem Freund rüber, weil er sich nach vorne gebeugt hatte und im Fußraum kramte. Mit ein paar Blättern in der Hand richtete er sich wieder auf. »Die sind aus der Kladde gefallen. Briefe.«

Tessa, die neben ihm eingeschlafen war, den Kopf an die Scheibe gelehnt, wachte durch die plötzliche Bewegung auf. »Von Hedda?«, fragte sie. »Hoffentlich nicht auf Sütterlin.«

Lenny schüttelte den Kopf. »Wie heißt der Typ, der das Tagebuch übersetzt hat, Mama?«

Mieke dreht sich um. »Gustav. Möchte jemand Lakritz?«

Lenny griff in die Tüte, die sie ihm hinhielt. »Ist dieselbe Handschrift wie in der Kladde«, erläuterte er kauend. »Gustav hat wohl auch diese Briefe transkribiert. Einer von Simon an Hedda und ihre Antwort.«

»Wer ist Simon?« Zoë fischte sich ebenfalls ein Lakritz-bonbon aus der Tüte.

»Der Nachbarsjunge«, murmelte Lenny abwesend, der bereits begann, den ersten Brief zu lesen. »Hedda war ziemlich verknallt in ihn. Steht alles im Tagebuch.«

»Sie hat ihn gleich am Anfang erwähnt«, sagte Mieke. »Auch Bruno.« Sie schloss die Augen. »›Simon war heute bei mir‹«, zitierte sie. »›Aber ich habe Bruno nichts erzählt. Es ist besser so, er wird in letzter Zeit so schnell wütend.‹«

»Das ist bestimmt der Junge von diesem Foto aus dem Album.« Zoë nahm sich noch ein Lakritzbonbon, bevor Mieke die Tüte wegziehen konnte. »Erinnert ihr euch? Er steht darauf neben Hedda vor dem Gymnasium, sie hatte die Namen daruntergeschrieben.«

»Moment.« Lennys Stimme klang unnatürlich hoch. Er sah auf. »Mama!«

»Ja?« Mieke, die sich gerade wieder nach vorne drehen wollte, hielt inne.

»Mein Urgroßvater. Sandro. Er war gar kein Portugiese!«

»Was sagst du da?«

Vier Augenpaare hatten sich auf ihn gerichtet, selbst das von David im Rückspiegel. Lenny hielt Simons Brief hoch und schwenkte ihn wie ein Soldat die weiße Flagge. »Hier steht alles drin! Urgroßvater kommt aus Blankenese!«

»Simon«, flüsterte Mieke. »Sandro ist Simon?«

»Genau.« Lenny reichte den Brief seiner Mutter. »Und er ist Jude. Einer von denen, die aus Deutschland rausge-kommen sind.«

BRIEF VON SIMON AN HEDDA.
MITTWOCH, 14. APRIL 1948

Liebste Hedda!

*Darf ich dich noch so nennen? Liebste Hedda? Ich hoffe es
so sehr. Denn du bist einer der wichtigsten Menschen in meinem Leben, und wirst es auch bleiben, auf immer und ewig.*

*Das mit Konstanze ist alles sehr schnell passiert, glaube
mir. Ich habe sie im Café getroffen, als ich eines Abends
tanzen gegangen bin, so wie du und ich einmal, in Planten
un Blomen. Und ich habe mich verliebt, schon bei den ersten Schritten. Sie ist all das, was ich nicht bin. Oder nicht
mehr bin. Fröhlich, sie wirbelt durchs Leben. Ihre Eltern
kommen aus Altona, aber sie ist in Schweden aufgewachsen.
Der Vater hat als Kaufmann bei einer Reederei in Stock-
holm gearbeitet. Vor einem Jahr sind sie zurückgekommen,
weil er in die Hamburger Filiale versetzt wurde.*

*Dass sie mich zurückliebt, ist ein Wunder. Aber sie tut
es. Ich vertraue ihr, wie ich noch nie jemandem zuvor vertraut habe. Außer einem Nachbarsmädchen, das wir beide
gut kennen, nicht wahr?*

Wünschst du mir Glück, liebste Hedda?

*Übrigens weiß ich, dass du Bruno damals geküsst hast.
Ich war ganz schön geknickt deswegen, das kannst du mir
glauben. Ich habe nie verstanden, warum du ihn verteidigt
hast, sogar als er so ein fanatischer Hitlerjunge wurde. Aber*

ich war wohl zu jung, um zu begreifen, dass dies eine deiner Eigenschaften ist, die ich zutiefst bewundere. Deine Treue, deine unverbrüchliche Loyalität. Deinen Mut.

Ich selbst habe ihn gehasst, Hedda, aus tiefstem Herzen. Deshalb habe ich auch nichts von mir erzählt, als wir uns im Kaffeegarten getroffen haben. Also was passiert ist, nachdem das Schiff Kurs auf Havanna genommen hat, mit uns an Bord. Wo ich jetzt wohne, was meine Pläne sind.

Vielleicht setzen wir uns demnächst einmal zusammen, und ich schütte dir mein Herz aus. Dir als einzigem Menschen, der verstehen wird, wie furchtbar die letzten Jahre in Blankenese für uns waren, während wir nach außen so getan haben, als würden wir dazugehören. Konstanze will ich damit nicht belasten, sie hat in Schweden ein ganz anderes, behütetes Leben geführt und von diesem ganzen Grauen nichts mitbekommen.

Wir haben in ständiger Angst gelebt, meine Eltern, mein Onkel Theo und die Großeltern. Die Scheidung hat Mama und mir ein bisschen Sicherheit gegeben. Aber irgendwann, da machten wir uns keine Illusionen, würden sie auch auf mich mit Fingern zeigen und »Jude, verrecke!« brüllen, irgendwann würden sie uns holen. Wenn die Großeltern nicht gewesen wären, hätten wir schon früher versucht, aus Deutschland zu verschwinden. Es hat Lotte fast umgebracht, sie und Theo zurückzulassen. Wie gut, habe ich gedacht, dass die Eltern meines Vaters so früh gestorben sind.

Du fragst dich sicher, was passiert ist, nachdem Karl uns weggebracht hat. Nachdem sie meinen Vater erschossen haben. Jemand muss uns verraten haben, da bin ich mir heute sicher. Also, Onkel Theo hatte uns Fahrkarten für die St. Louis besorgt und Visa für Kuba. Dann kam alles anders. Kuba hat mal eben seine Einwanderungsbestimmungen geändert und uns nicht von Bord gelassen. Amerika und Kanada wollten uns auch nicht haben. Was folgte, waren Wochen auf dem Wasser, eine grässliche Odyssee. Wir und die vielen anderen jüdischen Flüchtlinge waren allem ausgeliefert, den Elementen, den Entscheidungen irgendwelcher Politiker ... und dem Kapitän, einem wunderbaren Mann, Gustav Schröder, dem ich auf ewig dankbar sein werde. Er hat alles getan, um uns zu helfen, mit all den feigen Regierungen verhandelt. Schließlich ließen uns die Belgier in ihr Land. Über einen Monat später legten wir also in Antwerpen an und wurden auf Lager überall in Westeuropa verteilt.

Mama und ich sind in einem Lager in Le Mans gelandet. Als ich in ein Kinderheim abgeschoben werden sollte, sind wir getürmt und haben uns bis Portugal durchgeschlagen. In den ersten Monaten in Lissabon haben wir versucht, ein Schiff nach Amerika zu bekommen, alles vergebens. In der Stadt gab es Zehntausende, die dasselbe wollten.

Aber Hedda, ich habe Glück gehabt, so viel mehr Glück als all die anderen. Mama hat noch mal geheiratet, einen katholischen Arzt aus Porto, einen Flüchtlingshelfer. Ich gebe zu, ich konnte ihn nicht besonders gut leiden, vielleicht habe ich Lotte auch verübelt, dass sie meinen Vater so schnell vergessen hat. Dabei hat sie nur einen Ausweg gefunden aus all dem Elend. Und eine Zukunft erblickt. Sie kamen gut miteinander aus, die beiden. Rafael hat mich sogar adoptiert, und wieder hat mir ein neuer Name das Leben gerettet. Aus Simon Rosenberg und Simon Möller wurde Sandro Salgado.

Aber weißt du was, Hedda? Ich bin müde vom Weglaufen. Ich will kein Chamäleon mehr sein. Noch ein neuer Anfang, diesmal in Israel? Ich habe mich dagegen entschieden. Die Sehnsucht nach einem eigenen Land, die mich angetrieben hat, ist mir wohl abhandengekommen.«

Weißt du, was ich wirklich will, Hedda? Im Fischerhaus leben, wo meine Wurzeln sind. Gemeinsam mit meiner Frau und hoffentlich bald Kindern. Hier gehöre ich hin. Politik und Religion wird es in meinem Leben nicht mehr geben. Konstanze und ich haben beschlossen, dass ich ihren Nachnamen annehme, ich werde also ein Breckwoldt sein.

Außer dir und Bruno kennt mich sowieso keiner mehr hier, und ihr werdet, wenn auch gewiss aus unterschiedlichen Gründen, gemeinsam mit mir meine Vergangenheit hüten. Wir werden so tun, als ob Konstanzes Vater das Fischerhaus für uns gekauft hat, das wird die offizielle Wahrheit sein. Keiner muss wissen, dass ich es von den Behörden zurückbekommen habe. Zurückbekommen werde, Hedda, denn ich schwöre dir, das nehmen sie mir nicht auch noch.

An einen Gott, Hedda, glaube ich sowieso nicht mehr, egal ob er sich Jahwe oder Allah oder sonst wie nennt. Niemals hätte ein Gott, an den es sich zu glauben lohnt, dieses Grauen zugelassen. Ist das feige? Weil das neue Israel mich braucht? Vielleicht. Aber ich weiß, dass Konstanze dort nicht glücklich werden würde, sie ist ein Kind des Nordens, durch und durch. Und ich, liebe Hedda, bin es auch, ein Blankeneser Junge, in der Wolle gefärbt.

Werde ich es aushalten, von Menschen umgeben zu leben, die mich einst töten wollten? Ich denke ja. Ich werde ihnen aus dem Weg gehen. Hedda, wenn ich in Israel leben würde, müsste ich selbst töten. Die Araber werden ihr Land nicht einfach zerteilen lassen. Es gibt jetzt schon Aufstände dort, und bald Krieg, bestimmt. Man muss kein Prophet sein, um das zu ahnen.

Religion ist, wie gesagt, meine Sache nicht, Hedda, aber trotzdem haben wir, meine Freunde und ich, oben auf dem Kösterberg das Kaddisch für Karl Andresen gespro-

chen, unser Totengebet. Denn ich bin nicht erst seit ein paar Tagen hier. Ich arbeite seit über einem Jahr im »Warburg Children's Health Home«. Erinnerst du dich an die Villa von diesem Bankier, der nach Amerika geflohen ist, oben auf dem Elbhang? Das ist mein neues Zuhause. Hier bereiten wir als Betreuer die Waisenkinder, die nach der Befreiung aus den Konzentrationslagern geholt wurden, auf ihr neues Leben in Israel vor. Wir wollen dem Grauen, das niemals nur Vergangenheit, sondern auf immer verklebt sein wird mit der Gegenwart, eine Zukunft gegenüberstellen. In unserem eigenen Land.

In ein paar Wochen verlassen die Briten Palästina, und Israel wird ausgerufen. Dann bringt ein letzter Transport die Kinder heim. Ich aber kehre ins Fischerhaus zurück. Bruno kümmert sich übrigens um die Formalitäten, er lässt seine Beziehung spielen, damit die Rückgabe flott geht, du kennst ihn ja, den alten Angeber. Da wandern wohl bald ein Menge Luckys von einer Tasche in die andere. Ich schwöre dir, Bruno war garantiert eine große Nummer bei den Nazis, kein kleiner Mitläufer, und er wird alles dafür tun, dass nichts darüber herauskommt.

Und wir beide, Hedda, du und ich? Du wohnst auf immer in meinem Herzen, meine Schwester, wohin das Leben dich auch führen wird.

Mit Liebe und in Treue,
dein Simon

PS: Anbei einige Aufnahmen, die ich vom Waisenhaus und unseren Kindern gemacht habe. Komm doch mal hoch, wenn du magst, dann führe ich dich herum!

BRIEF VON HEDDA AN SIMON.
FREITAG, 16. APRIL 1948

Simon,

ich kann nicht deine Freundin sein, keine Schwester und keine Vertraute. Ich gehe nach Kiel zurück und werde nie mehr heimkehren. Ich verstehe nicht, warum und wie du hier leben willst. Überleben willst. Bitte schreibe mir nicht mehr.

Mit den besten Wünschen für deine Zukunft,

Hedda

DONNERSTAG, 28. JULI 2022

Noch bevor sie Shanti und Sandro beim Treppenkrämer abgeholt hatten, hatten sie die protestierende Zoë vor der Villa am Falkenstein abgesetzt.

»Wir sehen uns morgen bei der Aufführung.« Mieke hatte das Mädchen umarmt. »Jetzt wartet Pauline auf dich.«

Der Regen, der die ganze Fahrt über nicht nachgelassen hatte, hörte im selben Moment auf, als sie den Strand betraten. Mieke hielt den Schlüssel schon in der Hand und beobachtete ihre Mutter, die, dem Fluss ihren Rücken zugewandt, wiederum die drei reetgedeckten Häuschen in ihren Nestern aus Gräsern und Sommerblumen musterte.

»Wollen wir reingehen?« David nahm ihr den Schlüssel aus der Hand, öffnete die Tür und ließ Mieke den Vortritt. Sie hatte erwartet, dass die anderen ihr in die Küche folgten, aber Tessa bog direkt ins Wohnzimmer ab, und Lenny, David und Shanti gingen ihr nach.

Als Mieke wenig später ein Tablett voller Kaffeetassen und Gläser auf dem ovalen Esstisch abstellte, kam es ihr vor, als ob die Atmosphäre des Raums, den sie immer gemieden hatte, bereits eine andere war. Die Vorhänge waren zurückgezogen, die großen Sprossenfenster zum Fluss hin geöffnet.

Lenny saß mit Sandro auf dem kleineren der beiden hellbraunen Ledersofas vor dem Bücherregal. Er hielt das Tagebuch hoch. »Wollen wir in Schichten lesen?«

Nach dem Tanken hatte Mieke für ein paar Minuten allein mit ihrem Sohn im Auto gesessen. Und endlich die Frage stellen können, die ihr seit Tagen auf dem Herzen lag. »Gesa hat gesagt, die Kladde war in deinem Schulrucksack. Kannst du das erklären?«

Verwundert hatte er den Kopf geschüttelt, und sie wusste, dass Lenny die Wahrheit sagte. Gesa musste sich geirrt haben. Vielleicht war das Heft doch aus einem Spenderpaket gefallen, ein Kind hatte es aufgehoben und irrtümlich in den Rucksack ihres Sohnes gelegt.

Tessa hatte es sich neben Shanti auf der größeren der beiden Couches bequem gemacht. David zog für sie einen Schemel heran, damit sie die Füße hochlegen konnte, und setzte sich neben Mieke an den Esstisch.

»Wie weit hast du es schon gelesen?«, fragte er den Jungen.

»Ungefähr bis zur Hälfte. Dann sind die Briefe herausgefallen. Sag mal ...«

»Ja?«

»Sind meine Mutter und ich jetzt eigentlich Juden?«

David hob unschlüssig die Schultern. »Schwer zu sagen. Ihr wurdet nicht als Juden erzogen, auch dein Großvater nicht. Deshalb würde ich sagen, Lenny, nein, du bist keiner. Aber das Ganze ist ziemlich kompliziert, in Israel debattieren die Rabbiner und die Gerichte andauernd darüber, wer nun warum Jude ist oder nicht.«

»Leg los, Lenny, ja?«

Miekes Sohn räusperte sich ein wenig theatralisch und begann. »›Simon war heute bei mir‹«, las er, »›aber ich habe Bruno nichts erzählt. Es ist besser so, er wird in letzter Zeit so schnell wütend ...‹«

Der Duft von frisch aufgebrühtem Espresso kroch durch ihre Nasenlöcher. David, dachte sie, wie nett. Ohne die Augen zu öffnen, drehte sie sich um und stieß mit der Nase an eine harte Schulter. David lag neben ihr. Ein anderer Engel musste am Werk sein.

Sie lief barfuß in die Küche. Ihre Mutter stand in schwarzen Leggings und einem grauen T-Shirt am Herd, das merkwürdigerweise eine Schleife in der Taille hatte. Als sie sich umwandte, sah Mieke, dass Tessa sich eine der Schürzen aus Heddas Sammlung umgebunden hatte.

Dankbar ergriff sie den Becher, den ihre Mutter ihr hinhielt, und lehnte sich an das Buffet.

»Gehen wir heute Abend alle zusammen ins Theater?« Ihre Mutter goss heißes Wasser in die braune Teekanne und trug sie mitsamt einer Tasse zum Esstisch.

Mieke schüttelte den Kopf. »Heute Mittag machen wir noch einmal eine schnelle Probe. Lenny und ich sind also schon früher in der Schule. David holt dich und Shanti um halb sieben beim Treppenkrämer ab. Ihr habt Plätze in der ersten Reihe. Außerdem muss ich vorher noch den Notartermin wegen des Kaufvertrags cancel. So kurzfristig mach ich das lieber persönlich. Und kann Pauline und Robert erklären, warum ich ihr Angebot nicht annehme.«

»Wir sind uns immer noch einig?«

Tessas Stimme klang beiläufig, aber hatte einen misstrauischen Unterton. Gestern Abend, als David und Lenny bereits ins Bett gegangen waren, hatten Shanti und ihre Mutter auf dem hellbraunen Sofa einen Plan ausgeheckt.

»Pfeif auf die Banken«, hatte Miekes Freundin gesagt. »Auf Robert auch. Wir leihen dir das Geld.«

»Mit einem ordentlichen Vertrag und Zinsen«, hatte Tessa hinzugefügt, als ihre Tochter widersprechen wollte. »Natürlich musst du ab jetzt richtige Handwerker beschäftigen. Außerdem brauchst du mindestens einen weiteren Kostenvoranschlag. Und ein zweites Gutachten. Du bist zu leichtgläubig, Mieke.«

Auf einmal war alles ganz leicht. Mieke hatte, wie sie verwundert feststellte, keine Probleme damit, Geld von ihrer Mutter anzunehmen, oder von Shanti. Zoë und Lenny blieben zusammen, und ihr Sohn müsste nicht erneut die Schule wechseln so kurz vor dem Abitur. David und sie würden keine Fernbeziehung führen. Und mit der Zeit, ganz allmählich, würde sie vielleicht eine neue Nähe zu Pauline finden.

Mieke setzte die Tasse ab. »Ich muss los. Könntest du Lenny wecken? Du solltest spätestens um viertel nach sechs hoch zum Treppenkrämer gehen.«

Nach einer schnellen Dusche zog sie ihr blaues Sommerkleid an, das mit den Spaghettiträgern, stopfte ihr einziges Paar Sandaletten mit Absatz, die sie zur Premiere tragen wollte, in einen Jutebeutel und lief in Turnschuhen die steile, lang gezogene Strandtreppe nach oben.

Als sie die Kanzlei an der Dormienstraße betrat, war es Viertel vor elf. Sie war zu früh dran, sehr ungewöhnlich für sie. Ein Omen, hoffte sie. Dafür, dass von nun an alles anders werden würde. Besser.

»Nehmen Sie noch kurz Platz«, bat die Notariatsangestellte, ein ernstes junges Mädchen mit Pagenkopf und

Nickelbrille. Sie trug einen kurzen karierten Rock, und ein enges schwarzes T-Shirt spannte sich über den üppigen Busen. »Darf ich Ihnen einen Kaffee bringen?«

Mieke setzte sich auf einen überraschend bequemen Ledersessel im abgetrennten Wartebereich des Empfangszimmers, wo eine andere Angestellte, deutlich älter als ihre Kollegin, auf eine Tastatur einhämmerte. Mieke sah lediglich das Rückenteil eines schwarzen Blazers, auf den schulterlange, von grauen Strähnen durchzogene Haare fielen. Sie sah aus wie ein Dachs.

»Herr Sörensen ist bereits da, er ist noch in einem anderen Termin mit Frau Doktor«, informierte das Mädchen Mieke, als es wiederauftauchte, ein Tablett mit Kaffee und Keksen in der Hand.

Mieke nahm einen Schluck des, wie sie erstaunt feststellte, exzellenten Espressos. Guter Kaffee war allerdings das Mindeste, das man bei den exorbitanten Notargebühren erwarten durfte. Sie biss in ein Waffelröllchen und sah durchs Fenster, wie ein rotes Eichhörnchen den Stamm einer Kastanie hinauflief und in den Zweigen herumturnte. Manchmal verschwand es im flirrenden Sommergrün, aber dann blitzte unvermittelt etwas Rotes auf, und das Tierchen materialisierte sich wieder.

»Herr Sörensen?«

Mieke hörte Schritte, die von der Treppe in Richtung Empfangsraum gingen. Robert, nahm sie an. Sein erster Termin war wohl gerade vorbei. Sie wollte schon aufstehen, als der Dachs sagte: »Bitte nicht vergessen. Wir brauchen spätestens bis Montag die Unterschrift Ihrer Frau für den Verkauf der Strandtwiete.«

Mieke, das angebissene Waffelröllchen in der Hand, beugte sich vor, um besser lauschen zu können.

»Wissen Sie was, Frau Stehr?«, ließ sich Robert hören. »Ich nehme die Papiere mit nach Hause, dann kann meine Frau sie dort unterschreiben, und bringe sie am Montag wieder vorbei. Sie hat im Moment wahnsinnig viel zu tun in der Praxis.«

»Das geht leider nicht. Wir müssen sehen, wie sie unterschreibt.«

»Vertrauen Sie mir nicht?«

»Um Gottes willen, Herr Sörensen«, widersprach die ältere Notariatsangestellte eifrig.

»Wollen wir vielleicht eine Ausnahme machen?«

Er klang wie ein Kätzchen, das an der Sahne geschleckt hatte. Ein Möbelstück ächzte, wahrscheinlich hatte sich Robert auf den Schreibtisch vom Dachs gesetzt. Jetzt knarrte der Dielenboden; der Pagenkopf war hereingekommen.

»Herr Sörensen? Das tut uns leid, aber wir müssen die Unterschrift bezeugen.« Die Stimme der jungen Frau klang energisch. »Ihre Gattin kann gerne auch nach Praxisschluss bei uns vorbeikommen.«

»Wie Sie meinen.«

Wieder ächzte der Schreibtisch, Robert stand nach gescheiterter Mission auf.

»Frau van der Linden ist auch schon da«, fuhr der Pagenkopf fort.

Mit einem Satz war Mieke in der Garderobennische verschwunden. Sie hoffte, dass der schwarze Talar, der dort am Bügel hing, sie verdecken würde.

»Nanu?«, hörte sie die verwunderte Stimme der Assistentin. »Gerade eben war sie noch hier. Sie ist vielleicht etwas besorgen gegangen. Hast du sie gesehen, Ella?«

»Wen?«

»Die Frau, die vor ein paar Minuten hineingekommen ist.«

»Hier ist niemand reingekommen«, meinte Ella etwas verschnupft.

»Doch«, protestierte der Pagenkopf, brach dann aber ab. »Sie kommt bestimmt gleich wieder, Herr Sörensen. Oder möchten Sie sie anrufen?«

Mieke zerrte ihr Handy aus der Hosentasche. Sie konnte es gerade noch stumm stellen, bevor das Display aufleuchtete.

»Sie geht nicht ran«, meinte Robert missmutig. »Lassen Sie uns den Termin cancelen. Ich sehe Frau van der Linden sowieso heute Abend in der Schule.«

Die Tür fiel ins Schloss.

»So ein netter Herr«, ließ sich Ella vernehmen.

»Geht so«, antwortete der Pagenkopf knapp. »Ich setze mir jetzt die Kopfhörer auf, ich muss tippen.«

Mieke hörte, wie ein Bürostuhl zurückgeschoben wurde. Sie wartete noch ein paar Sekunden mit angehaltenem Atem, dann schlich sie zum Fenster und schob ein Bein über den Rahmen. Als sie rittlings darauf saß, warf sie einen schnellen Blick ins Empfangszimmer. Beide Frauen starrten auf ihre Bildschirme. Vorsichtig ließ Mieke sich hinuntergleiten und schaute sich um. Das Eichhörnchen, das über ihr auf dem Ast der Kastanie saß, guckte zurück. Sie deponierte das Waffelröllchen am Fuß des Baums, ging am Fahrradladen an der Ecke vorbei, bog in die stille, verschattete Mommsenstraße ein und lehnte sich an eine Gartenmauer.

Robert, dieser Mistkerl! Anscheinend versuchte er, ohne Paulines Wissen die Kate zu verkaufen. Das Haus, das seit Generationen im Besitz der Andresens war. Sie musste ihre Freundin warnen, sofort. Sie checkte ihr Handy. Noch keine zwölf. Pauline würde während der Sprechstunde bestimmt nicht ans Handy gehen. Am besten, Mieke rief in der Praxis an.

Die Arzthelferin hob unmittelbar nach dem ersten Klingeln ab. »Praxis Dr. Sörensen, guten Tag. Wie kann ich Ihnen helfen?«

»Mieke van der Linden, hallo. Könnte ich bitte mit Pauline sprechen? Ich bin mit ihr befreundet. Es ist dringend.«

»Heute geht es leider nicht. Frau Doktor operiert am Vormittag.«

»Richten Sie ihr bitte aus, dass sie mich sofort zurückrufen soll. Dringend!«

Wenn sie Pauline nicht erreichen konnte, dachte Mieke, dann konnte Robert es auch nicht. Vor Montag würde also nichts passieren. Vorsichtshalber schickte sie Pauline eine WhatsApp-Nachricht und noch eine SMS hinterher: »Ich muss dich unbedingt sprechen. SUPERWICHTIG. Sag Bescheid, wenn du im Theater bist.«

Das sollte reichen. Sie machte sich auf den Weg ins Gymnasium. Der letzte Probendurchlauf begann gleich.

Sie wollte gerade das Handy wieder einstecken, als es klingelte. Aber es war nicht Pauline, wie sie nach einem Blick aufs Display feststellte.

»Lenny? Bist du auf dem Weg zur Schule?«

»Ja, bin ich«, antwortete ihr Sohn leicht keuchend. Er lief wohl gerade das steilste Stück der Strandtreppe hoch. »Mir ist eingefallen, warum das Tagebuch in meinem Rucksack war.«

Mieke blieb so plötzlich stehen, dass der Mann, der hinter ihr die Treppe zur Schule hocheilte, beinahe gegen sie gerannt wäre.

»Ich habe dir doch erzählt, wie das war, als ich Zoë zum ersten Mal getroffen habe. Vor der Schule, als wir beinahe zusammengestoßen sind. Dabei ist ihre Tasche runtergefallen, so eine große blaue von Ikea. Sie hatte da Zeugs fürs Theater drin. Alte Klamotten, Requisiten. Und einen Kerzenleuchter.«

»Ja?«, fragte Mieke ungeduldig.

»Wir haben alles eingesammelt. Aber dann, als sie schon weg war, habe ich unter der Kastanie noch einen Umschlag gefunden, der auch aus ihrer Tasche gefallen sein musste, und ihn eingesteckt, so einen dicken braunen. Ich wollte ihn ihr später geben, habe ich aber total vergessen. Bei der ersten Probe ist mir das wieder eingefallen. Ich erinnere mich, dass ich den Umschlag aus dem Rucksack gezogen und oben drauf gelegt habe, damit ich dran denke, wenn wir von der Bühne kommen. Allerdings war er dann nicht mehr da, ich dachte, Zoë hätte ihn gesehen und mitgenommen. Glaubst du, in dem Umschlag könnte das Tagebuch gewesen sein?«

»Vielleicht. Wir fragen Zoë gleich mal. Ich bin schon in der Schule.«

Miekes Verdacht, den sie seit dem Notarbesuch hatte, hatte sich augenblicklich verdichtet. Sie musste mit Pauline sprechen, sofort. Sie hoffte bloß, dass sie ihr glauben würde. Oder sie zumindest ausreden ließe.

*

Es war zwar erst 20 Uhr, aber egal. Er wollte das Zeug schließlich nicht pur trinken, sondern in den Tee kippen. Oder tropfen, das hörte sich besser an. Gustav stand in Schlafanzug und Morgenmantel in der schmalen Einbauküche, die abgewetzten Lederslipper an den nackten Füßen. Eigentlich hatte er eine eiserne Regel, und die hieß: kein

Alkohol vor neun abends. Aber wenn man einen Rückfall erlitten hatte, durfte man eine Ausnahme machen. Er fasste sich kurz an die Stirn. Sie fühlte sich erfreulich kühl an, wenn auch ein bisschen feucht. Der Rum, dachte er grimmig, würde die restlichen Virenviecher bald kleinkriegen.

Gustav wartete, bis die Tülle des Wasserkessels durch die Küche flog und das Tuten erstarb. Nie würde ihm so ein neumodischer Wasserkocher ins Haus kommen. Er liebte Kessel, die tuteten. Und die trägen Minuten, wenn er neben dem Gasherd stand und wartete, bis das Wasser zu sprudeln begann. Der Zustand der Welt, vermutete er, wäre ein besserer, wenn sich alle Menschen ein paar Minuten Zeit nähmen und warteten, bis das Wasser kochte.

Er goss das Wasser in die angeschlagene Kanne, in die er zwei Esslöffel Assam geschüttet hatte. Die Tülle ließ er liegen, wo sie gelandet war, hinter der Tür. Die konnte später der Junge aufheben, der ihm seine Einkäufe brachte. Er stellte den braunen Pott aufs Tablett, wo ein Becher und die Schale mit den Löffelbiskuits warteten, und trug es zum Schreibtisch vor dem Wohnzimmerfenster. Den gestrigen Tag hatte er komplett im Bett verbracht. Er war nur einmal aufgestanden, als Shanti geklingelt und das neue Tagebuch gebracht hatte. Heute ging es wieder ganz gut. Wenn auch nicht gut genug, als dass er sich zugetraut hätte, die Theateraufführung in der Schule durchzustehen.

Dafür wollte er sich jetzt an das Tagebuch machen. Bestimmt würde er schnell fertig werden, viel hatte Hedda vor ihrem Tod im Januar nicht geschrieben. Shanti hatte erzählt, dass inzwischen auch alle anderen Bücher aufgetaucht waren. Was ihn freute, denn er brannte darauf, zu erfahren, wie die Sache mit den drei Nachbarskindern weitergegangen war. Arme Hedda, dachte er. So eine große

Liebe, und dann einsam bis zum Tod. Er schickte einen stummen Gruß an Mathilde. Auch wenn seine Frau tot war, erfüllte sie immer noch seine Tage.

Solche Typen wie dieser Bruno, von denen waren ihm viele begegnet. In jedem Hafen sozusagen, Verräter gab es auch in Kalkutta und Shanghai. Solche, die über Leichen gehen und nicht schnell genug die Seiten wechseln können, wenn der Wind sich dreht. Schade war, dass er Simon nie kennengelernt hatte. Schien ein anständiger Kerl gewesen zu sein.

Er blätterte ein paar Seiten der neuen Kladde um zum 10. Januar. In der Nacht auf den 11. hatte Hedda den Herzanfall erlitten, also an ihrem Todestag noch Tagebuch geschrieben.

»Heult der Wind, Mieke, wenn du dies hier liest?«

Gustav stutzte. Erst jetzt fiel ihm die lateinische Schrift des letzten Eintrags auf, und die Sprache war reinstes Hochdeutsch, von Platt keine Spur. Merkwürdig.

»Blühen die Stockrosen noch?«, las er weiter. »Oder treiben schon Eisschollen auf der Elbe?«

Der alte Lotse tunkte einen neuen Löffelbiskuit in den Tee, steckte sich den weichen Keks in den Mund und lehnte sich, mit den Augen den Zeilen folgend, zurück. Im nächsten Moment saß er wieder aufrecht. Immer mit der Ruhe, ermahnte er sich, jetzt bloß nicht durchdrehen. Langsam zählte er seine Atemzüge. 21, 22, 23. Ein Blick auf die Wanduhr zeigte ihm, dass es gleich halb neun war, das Theaterstück war vermutlich noch in vollem Gange. Gustav griff zu dem roten Tastentelefon, das auf dem Beistelltischchen thronte, und gab die Kurzwahl für den Treppenkrämer ein. Es läutete durch. Dann fiel ihm ein, dass Shanti ebenfalls im Theater war, und er warf den Hörer auf die Gabel. Was sollte er nur tun? Die Polizei anrufen? Bis er alles erklärt hätte, könnte schon wer weiß was passiert sein.

Gustav humpelte ins Schlafzimmer und zog seine Cordhose und den dunkelblauen Troyer an. Im Flur setzte er sich auf das Bänkchen und manövrierte seine schmerzenden Füße in die Gummistiefel, das Schnüren der Halbschuhe würde zu lange dauern. Wieder im Wohnzimmer wählte er 211211. Er hoffte, dass die Nummer noch stimmte. Er hatte sich ewig keinen Wagen mehr bestellt.

»Taxi?«, rief er erleichtert in den Hörer, als die Zentrale sich meldete. »Ja, bitte kommen Sie sofort, Amundsenstraße 14, bei Brandes. Ich will nach Blankenese, zum Gymnasium in der Oesterleystraße.«

Gustav nahm seinen Schlüssel, steckte die Geldbörse ein und setzte seine Elblotsenmütze auf. Er würde draußen vor der Haustür auf das Taxi warten. Jetzt zählte jede Minute.

＊

Das Publikum, meist Schüler und ihre Eltern, aber auch etliche Besucher aus dem Dorf, klatschte und johlte, einige trampelten sogar auf den Boden der Aula. In einer Reihe standen die jungen Schauspieler auf der Bühne, hielten sich an den Händen und verbeugten sich – Lenny in seinen Knickerbockerhosen, Zoë und Antonia in gemusterten Wickelkleidern mit welligem, offenem Haar.

Beinahe hätte das laute Klatschen den Eingang der Textnachricht übertönt. Mieke, die hinter dem Vorhang stand, checkte die Nachrichten und betrachtete ratlos das Icon eines Baums, das Pauline ihr geschickt hatte. Da bemerkte sie, wie Zoë ihr Zeichen machte. Sie zögerte, lief dann aber doch auf die Bühne und reihte sich zwischen die Schüler ein, genauso wie David, der im Zuschauerraum gesessen hatte und ebenfalls herangewinkt wurde. Er sprang mit einem Satz auf das Podest, fasste Lenny links und sie rechts an der Hand. Gemeinsam verbeugten sie sich, und als Mieke sich aufrichtete, schaute sie direkt in die Gesichter von Pauline und Robert in der ersten Reihe. Im selben Moment verstand sie, was der Baum bedeuten sollte. Pauline, die ihre Bitte um Rückruf gelesen hatte, wollte sich jetzt mit ihr treffen, bei der Kastanie im Schulhof.

»Geh schon mal mit Tessa und Shanti vor«, flüsterte Mieke David zu. »Und sorge dafür, dass Robert mitkommt, am besten, du behältst ihn ein bisschen im Auge. Ich muss etwas mit Pauline bereden, das er nicht hören soll. Ich erklär dir später alles auf der Feier, wir kommen gleich nach, ja?«

David nickte, und alle verbeugten sich ein letztes Mal. Der Applaus ebbte ab. Pauline erhob sich von ihrem Platz. Mieke sah, wie sie die Hand auf Roberts Unterarm legte und mit ihm sprach. Wahrscheinlich bat sie ihn, sich David anzuschließen. Die Premierenfeier würde auf der Terrasse der Trattoria »Mama« stattfinden.

Mieke sprang vom Podium und wäre beinahe auf ihren hochhackigen Sandaletten umgeknickt. Bevor die Zuschauer den Ausgang verstopfen konnten, lief sie aus der Aula und durch das weit geöffnete Schultor auf den Hof zur Kastanie, wo sie sich auf das Mäuerchen hievte, noch warm vom verblassten Sonnenschein. Doch als ein Windhauch den weiten Rock ihres dünnen Sommerkleids bauschte, war ihr plötzlich kalt. Sie hätte ihre Lederjacke mitnehmen sollen.

Allmählich tröpfelten die Zuschauer aus dem Schultor. Eine schmale Gestalt schlängelte sich an ihnen vorbei und ging zügig auf die Mauer zu. Über schwarzen Slacks trug

Pauline eine ebenfalls schwarze, seidige Bluse, ihre Füße steckten in Ballerinas, die Haare hatte sie zu einem glänzenden Knoten hochgesteckt. Sofort kam sich Mieke verkleidet vor.

»Lust auf einen Spaziergang?«, fragte Pauline.

»Zum Fluss runter?« Mieke sprang von der Mauer. »Zurück können wir die Bergziege nehmen.«

Sie bogen in den Hessepark ein, den die mächtigen Laubbäume bereits verfinstert hatten. Prompt stolperte Mieke, die nur vage die Konturen des Sandwegs erkennen konnte, mit ihren hohen Schuhen über eine Wurzel.

»Alles in Ordnung?«

»Geht schon. Die Schuhe sind neu. Und haben Absätze.«

Pauline ergriff Miekes bloßen Unterarm. »Neue Schuhe sind die Pest.«

Am Südende des Parks zeichnete sich Beckers Treppe ab. Weiter unten würden sie die Hauptstraße überqueren und die Grube runter zum Strandweg gehen. Das Knirschen des grobkörnigen Sands unter den glatten Sohlen ihrer Sandaletten kam Mieke unangenehm laut vor. »Da gibt es etwas, das ich dir sagen möchte, Pauline.«

»Nur zu.« Pauline stützte weiterhin den Arm ihrer Freundin.

»Meine Mutter und Shanti leihen mir das Geld für die Sanierungsarbeiten. Ich muss das Haus also nicht mehr verkaufen. Und bleibe hier.«

Pauline blieb stehen, ihr Griff um Miekes Arm wurde fester. »War nicht heute Morgen der Notartermin?«

»Ich bin nicht hingegangen.«

»Davon hat Robert mir gar nichts erzählt.« Pauline ließ Miekes Arm los und sie gingen weiter. »Aber ich freue mich, wirklich. Es tut mir so leid, dass ich dir die Schuld zugeschoben habe, dass Zoë weggelaufen ist. Wir haben uns gestern ausgesprochen. Ich glaube, jetzt versteht sie, dass ich sie nur schützen wollte. Sie war ganz schön wütend auf mich in Holland, richtig?«

»Ziemlich.«

Beckers Treppe war so schmal, dass sie hintereinander gehen mussten. Mieke, die vorausging, schob ein paar Stockrosen zur Seite, die sich quer über den gepflasterten Weg neigten.

»Bin ich eigentlich bieder?«

»Wieso?« Mieke blieb stehen und drehte sich erstaunt zu Pauline um.

»Ich glaube, Zoë findet mich langweilig. Weil ich nie rausgekommen bin. Nie wirklich etwas erlebt habe. Dich findet sie viel spannender.«

»Blödsinn.«

Pauline lachte leise. »Doch. Aber das ist mir egal. Ich weiß, wo ich hingehöre.«

Sie gingen weiter. Am Fuß der Grube erstreckte sich vor ihnen der Strand, verlassen in der herankriechenden Dunkelheit. Und der Wind, der hier unten viel kräftiger blies, zerzauste die Büsche und Gräser am Ufer. In einer Stunde würde die Tide ihren Höchststand erreicht haben. Pauline dreht sich zu ihr, und selbst in der Dämmerung konnte Mieke das Funkeln in den Augen ihrer Freundin erkennen.

»Weißt du was? Wir gehen jetzt schwimmen!«

»Was?«

»Sei kein Frosch!«, rief Pauline übermütig. »Lass uns was Verrücktes machen, bitte!«

Mieke hatte nicht die geringste Lust dazu. Andererseits rührte es sie, dass Pauline endlich einmal spontan sein wollte, und sie hatte nicht das Herz, sie zurückzuweisen.

»Von mir aus. Aber es gibt da noch mehr, worüber ich vorher mit dir sprechen muss. Es ist wirklich wichtig.«

»Wie du willst …« Pauline wies auf eine von Strandhafer umzingelte Kuhle. »Hier?«

Mieke setzte sich in den weichen Sand und ließ eine Handvoll durch ihre Finger rieseln. »Es geht um Robert«, sagte sie, als Pauline sich ebenfalls hinhockte.

»Schieß los.«

»Ich wollte dem Notariat heute Morgen persönlich absagen. Und deinem Mann mitteilen, dass der Verkauf platzt. Als ich im Wartezimmer saß, habe ich zufällig mitbekommen, dass er schon vorher einen Termin dort hatte. Weil er vorhat, euer Strandhaus zu verkaufen. An wen, weiß ich nicht. Du musst den Kaufvertrag natürlich auch unterschreiben, weil es euch gemeinsam gehört. Robert will dich dieses Wochenende dazu überreden.«

Pauline blieb stumm, aber ihr heftiges Atmen ließ Mieke ahnen, wie erschüttert sie war.

»Es ist sowieso aus zwischen uns beiden«, sagte ihre Freundin schließlich mit dünner Stimme. Sie malte mit dem Zeigefinger ein Kreuz in den Sand und vermied Miekes Blick. »Er weiß es nur noch nicht. Die Affäre mit Gesa … Ich traue ihm einfach nicht mehr.« Unvermittelt schüttelte Pauline die Ballerinas von den Füßen, streifte die Slacks und die Bluse ab. Darunter trug sie einen schwarzen Tanga und ein Bustier. »Wer als Erste im Wasser ist!«

Sie rannte los. Als ihr das Wasser bis zu den Hüften reichte, drehte sie sich um und klatschte mit der flachen Hand hinein, sodass Mieke, die ihr ans Ufer gefolgt, aber immer noch angezogen war, die Spritzer abbekam.

»Komm schon! Es ist gar nicht kalt!«

Kurzentschlossen zog Mieke das Kleid über den Kopf und watete in den Fluss. Pauline hatte recht, das Wasser war lauwarm. Sie tauchte unter, machte ein paar kräftige Züge und kam direkt neben ihrer Freundin wieder hoch. Als sie sich die nassen Strähnen hinters Ohr schob, strich etwas Glattes an ihrem Rücken vorbei, gleich darauf fühlte sie einen kleinen Stich.

»Ich glaube, hier gibt es Piranhas«, sagte sie und versuchte mit der Hand die schmerzende Stelle zu erreichen. »Mich hat etwas gestochen.«

»Ich weiß.«

»War das wirklich ein Fisch? Hast du ihn gesehen?«

»Das war ich.«

»Was?« Mieke hörte nur halb zu, weil sie versuchte, über ihre rechte Schulter nach hinten zu spähen.

»Wach endlich auf!«

Mieke zuckte zusammen. Sie drehte den Kopf. Pauline lächelte, aber noch nie hatte Mieke ein Lächeln so viel Angst gemacht.

»Ich halte gerade ein Messer an deinen Rücken, Mieke. Es wäre besser, wenn du ganz, ganz stillstehst.«

⁂

»Alkoholfreier Prosecco?«

David hob seine Flasche mit Weizenbier hoch, und das junge Mädchen verschwand mit seinem Gläsertablett zwischen den gedrängt stehenden Gästen. Wo Mieke nur blieb? Er hasste Small Talk, besonders mit Eltern. Lenny schien es ebenso zu gehen. David erspähte ihn am gegenüberliegenden Rand der Terrasse, wo er auf sein Handy starrte.

»Na, spielen wir Verstecken?« Shanti kam auf ihn zu, in

eine psychedelische Textilwolke gehüllt und eine unangezündete Zigarette zwischen den Fingern.

David lächelte verlegen. »Manche halten das hier für
einen Elternsprechtag.«

»Hast du Feuer?«

David verneinte. Er wollte gerade einen rauchenden
Schüler um sein Feuerzeug bitten, als Shanti die Stufen der
Terrasse runter zur Straße lief. Dort stieg eine gebückte
Gestalt aus einem Taxi und kam schwerfällig näher. Nach
ein paar Schritten blieb sie in dem kleinen Park neben dem
Gedenkstein für die gefallenen Blankeneser Söhne stehen
und lehnte sich dagegen. Das musste Gustav sein. Er hatte
den alten Mann zwar nur einmal kurz gesehen, beim Trep-
penkrämer, als Mieke ihm das erste Tagebuch gab, aber seine
Elblotsenmütze war unverkennbar.

»Wo ist Mieke?«, hörte David ihn keuchen, während
er auf die beiden zuging. »Ist sie hier? Ich muss ihr etwas
zeigen.«

Die Wirtin half dem alten Mann auf die Bank neben dem
Denkmal. Sein Atem rasselte.

»Wo ist sie? Sie ist in Gefahr!«

Robert, dachte David und sah sich hektisch um. Wo ist
Robert? Mieke hatte ihm doch gesagt, er sollte ihn im Auge
behalten. Er scannte die Terrasse. Von Paulines Mann keine
Spur. Dafür sah er Lenny auf sich zukommen.

»Was ist?«, fragte der Junge. »Wo bleibt Mama? Sie geht
nicht ans Telefon.«

»Sie kommt bestimmt gleich«, antwortete David und
bemühte sich, seine eigene Nervosität zu unterdrücken.
»Sie wollte etwas mit Pauline besprechen.«

»O mein Gott«, flüsterte der alte Mann. Er hatte seinen
Elblotsen abgenommen und fuhr sich mit Hand durch das

dichte weiße Haar. Dann holte er aus seiner Manteltasche eine blaue Kladde hervor und streckte sie David entgegen. »Du musst sie finden, Junge, sofort.«

Was David nun in Gustavs Augen las, war keine Furcht mehr. Das war Angst. Reine, ungefilterte Panik.

Das Taxi stand noch da. David rannte darauf zu und riss die Wagentür auf. Es gab nur einen Ort, wo die beiden sein konnten. »Zum Strand!«, rief er dem Fahrer zu, der neben seinem Wagen eine Zigarette rauchte. »Machen Sie schnell!«

HEDDAS TAGEBUCH. MONTAG, 10. JANUAR 2022

Heult der Wind, Mieke, wenn du dies hier liest? Blühen die Stockrosen noch? Oder treiben schon Eisschollen auf der Elbe?

Die Sonne ist längst untergegangen. Ich sitze in der Küche und schaue den Lichtern der Schiffe zu, wie sie über den Fluss huschen. Wann ich sterben werde, mein Kind, weiß ich nicht, aber es dauert bestimmt nicht mehr lange. Mein Herz ist sehr schwach. Doch du musst vorher erfahren, was damals geschehen ist. Deine arme Mutter auch. Diesen Blick in ihren Augen an jenem furchtbaren Tag werde ich nie vergessen. So traurig und leer.

Erinnerst du dich an das Gedicht von Wolfgang Borchert, das ich euch damals habe auswendig lernen lassen? ›Ich möchte Leuchtturm sein / in Nacht und Wind / für Dorsch und Stint / für jedes Boot / und bin doch selbst / ein Schiff in Not.‹ Genau das bin ich, Mieke. Als Lehrerin wollte ich ein Wegweiser sein, wenn die Welt um euch dunkel wird. Aber ich war nur ein Irrlicht.

Ich nehme an, Pauline war nach deiner Rückkehr nach Blankenese nicht sehr nett zu dir. Nimm es ihr nicht übel, Mieke, sie muss bitterlich enttäuscht gewesen sein. Denn ich hatte deiner Freundin versprochen, dass sie nach meinem Tod mein Haus bekommt, um es in unsere Stiftung einzubringen. Das war, wie du ja nun weißt, eine Lüge.

Pauline wird dich inzwischen darüber informiert haben, was wir geplant hatten, die Sörensens und ich. Die drei Fischerhäuser nach meinem Tod zusammenzulegen und dort ein Museum zur jüdischen Geschichte des Dorfes einzurichten – damit sie unter uns weiterleben, die 150 Blankeneser Juden, die aus unserer Mitte vertrieben oder ermordet wurden. Das war meine Idee, Mieke, und sie hat viel mit deinem Großvater zu tun. Einem Mann mit vielen Namen: Sandro Breckwoldt, Sandro Salgado, Simon Möller. Aber eigentlich hieß er Simon Rosenberg. Meine Tagebücher, liebste Mieke, werden dir die Geschichte deiner Familie erzählen.

Wir haben uns zur Gründung der Stiftung entschlossen, als Paulines Mann herausfand, dass ein Investor ein Auge auf unsere Häuser geworfen und schon Kontakt zu den Cremers aufgenommen hat. Deshalb haben wir deren Kate letztes Jahr anonym gekauft, Robert hat sich um alles gekümmert. Auch das Haus der Sörensens wird demnächst übertragen. Wir haben alles geheim gehalten im Dorf, um den Investor in Sicherheit zu wiegen. Robert hatte die Idee, zur Tarnung unserer Absichten diese Bürgerinitiative zu gründen. Damit der Geier davon abgelenkt wird, dass wir ihm eine Nasenlänge voraus sind. Ich hoffe, Shanti nimmt es uns nicht übel, dass wir sie nicht eingeweiht haben, aber Robert hielt es für besser. Du weißt ja, wie schnell im Dorf Gerüchte hochkochen.

Ich habe Pauline also angelogen, Mieke. Und dir mein Haus vermacht. Natürlich wirst du dich gefragt haben, warum. Die Antwort ist einfach. Dass du dein Zuhause verloren hast, daran trage auch ich Schuld. Deshalb sollst du das meine bekommen.

Du allein hast das Recht, die Entscheidung zu treffen, ob hier ein Museum entstehen soll oder nicht. Oder ob du für immer an unseren Strand zurückkehrst, in deine Heimat. Nicht ich, nicht Pauline. Sie hätte meine Entscheidung niemals akzeptiert. Dennoch musste ich mit den Sörensens zusammenarbeiten – wie hätte ich die Häuser sonst retten sollen?

Ich bin so ein Feigling. Wenn du die Tagebücher liest, weißt du warum. Dass Mathias das Verbrechen verübt haben soll, von dem ich dir gleich erzählen werde, habe ich schon immer bezweifelt. Er war so ehrlich, wie Pauline verschlagen war. Du denkst, ihr seid Freundinnen gewesen. Doch ich habe die Blicke gesehen, die sie dir heimlich zuwarf. Voller Bösartigkeit. Und Neid, so viel Neid. Vererbt sich das Böse? Schwer zu sagen. Die Wissenschaftler schieben ja heutzutage alles auf die Umwelt. Nun, Pauline ist von Bruno großgezogen worden, und sie hat seine Augen. Die gleichen kalten Augen.

Ich hätte früher sprechen sollen. Ich hätte das Schicksal ändern können und habe es nicht getan. Jetzt ist es zu spät, viel zu spät. Oder doch nicht? Entscheide du, liebste Mieke.

Damals, als du auf Klassenfahrt nach England warst, hatte der Schuldirektor mich zu sich gerufen. Ich solle Bescheid wissen, hat er gesagt, als Nachbarin und Lehrerin der beiden betroffenen Familien. Dann hat er mir erzählt, was Paul Andresen ihm mitgeteilt hat, unter dem Siegel der Verschwiegenheit. Dass dein Vater Pauline vergewaltigt habe, die dann schwanger wurde und eine Abtreibung vornehmen lassen musste. Ich sollte Pauline in der Schule im Auge behalten, hat er gesagt, Obacht geben, ob sie Hilfe brauche, deshalb habe er mich eingeweiht. Die Eltern wollten unbedingt einen Skandal vermeiden und das Mädchen vor einem Prozess beschützen. Also keine Anzeige erstatten. Die Bedingung: Mathias sollte Blanke-

nese verlassen, für immer. Hast du bemerkt, dass im Treppenkrämer eines seiner Gemälde hängt? Ich hatte deiner Mutter versprochen, die Bilder aus dem Atelier zu vernichten. Was ich nicht getan habe, sie liegen noch dort, gut verpackt in einer Kiste. Aber eines habe ich im Haus behalten. Und es später Shanti gegeben, auch andere sollten ihre Freude daran haben.

Mieke, ich wusste, dass Pauline sich die Geschichte ausgedacht hat. Um sich wichtig zu machen. Oder Mathias die Schwangerschaft in die Schuhe zu schieben. Da wären nämlich noch andere als Erzeuger infrage gekommen, glaub mir. Pauline war nicht zimperlich, was ihr Liebesleben anging, ich denke da an einige Freunde ihres Bruders. Aber sie war sehr geschickt darin, ihre Eskapaden zu vertuschen. Das habe ich dem Direktor auch gesagt. Der hat mir jedoch eingeschärft, mich aus der Sache rauszuhalten. Es sei denn, ich könne beweisen, dass Mathias unschuldig ist. Aber kalte Augen sind kein Beweis. Ich habe mir eine Bedenkzeit ausgebeten. Ein paar Tage später war dein Vater plötzlich verschwunden, aus dem Staub gemacht habe er sich, hieß es.

So viele Geheimnisse, Mieke. Ich habe Pauline nie erzählt, dass ich alles wusste. Von der angeblichen Vergewaltigung und der Abtreibung. Weil ich ihr nie vertraut habe, auch wenn aus ihr eine gute Ärztin geworden ist, das muss man anerkennen. Ich war sogar in den letzten Jahren selbst bei ihr in Behandlung. Dr. Küster, mein alter Hausarzt, wurde mir zu tatterig.

Alles, was du über deine Familie wissen musst, liebste Mieke, steht in den Tagebüchern. Ich habe sie im Atelier versteckt, damit keiner sie in die Finger bekommt, bevor du heimkehrst, besonders Pauline nicht oder Gesa, die Plaudertasche. Ich werde dir bald schreiben, wo genau sie liegen.

Dein Vater, Mieke, war ein guter Mensch – und dein Großvater auch, meine große Liebe. Simon wollte so gerne in Frieden leben, nichts mehr mit Politik zu tun haben. Niemand im Dorf hat in dem katholischen Portugiesen den jüdischen Jungen wiedererkannt. Kriege ändern die Menschen, auch ihre Gesichter.

Nur zwei Menschen kannten die Wahrheit. Bruno hat dichtgehalten, damit nichts über seine Nazivergangenheit herauskommt. Und ich bin als Lehrerin nach Kiel gegangen, Blankenese war verbrannte Erde. Niemals hätte ich bei meinen Eltern wohnen können, als Zeugin des Eheglücks nebenan. Zurückkehren konnte ich erst, als Konstanze und Simon gestorben waren. Beiden war kein langes Leben vergönnt.

Es sind schreckliche Geschichten, die meine Tagebücher dir erzählen werden, mein Kind. Du wirst auch erfahren, wie dein Urgroßvater umgekommen ist, 1939 war das, kurz vor dem Krieg. Gerade habe ich noch mal in einem meiner alten Tagebücher nachgelesen, ob ich alles korrekt aufgeschrieben habe.

Jetzt ist es fast sieben. Gleich kommt Dr. Küster vorbei, um mir etwas zum Schlafen zu geben. Pauline ist auf einem Seminar, deshalb konnte ich ihn anrufen, ohne dass sie es mir übel nimmt, sie kann manchmal sehr barsch sein. Ich fühle mich so unruhig, mein Herz macht mir schon lange zu schaffen.

Bevor er kommt, will ich noch ins Atelier und das Tagebuch von damals zurück zu den anderen legen. Man kann nicht vorsichtig genug sein, was neugierige Augen angeht, eine alte Heimlichtuerin wie ich weiß das.

Pauline und du werdet euch also wiedersehen, als erwachsene Frauen. Nicht als Freundinnen, sondern als Feindin-

nen. Denn, Mieke: Sie hasst dich, und ich habe furchtbare Angst, dass sie sich rächen will. Für dein Erbe und für meine Lügen. Ich glaube, Mieke, dass du in Gefahr bist, durch meine Schuld. Du darfst Pauline nicht vertrauen. Sie manipuliert alles und jeden.

Nun ist alles gesagt. Ich hoffe so sehr, dass du deinen Frieden finden wirst.

FREITAG, 29. JULI 2022

Das Wasser war jetzt kalt, so kalt. Aber Mieke rührte sich nicht. »Ein Messer? Was redest du da?«, flüsterte sie.

»Du hattest wirklich keine Ahnung, oder?« Pauline schüttelte übertrieben erstaunt den Kopf. »Wie naiv du bist! Aber das warst du schon immer. Eine Träumerin. Ein Schussel.«

»Was willst du von mir?«

Pauline seufzte. »Dass du untertauchst, wie dein Vater. Und das meine ich wortwörtlich. Du wirst Selbstmord begehen.«

Ihre Freundin musste verrückt sein. Krank.

Pauline, die Mieke auch in der Dämmerung die Gedanken vom Gesicht ablesen konnte, hob warnend einen Zeigefinger. »Du glaubst, dass ich mir das ausdenke? Das war an dem Tag, an dem ihr aus England zurückgekommen seid. Ich war mit meinem Großvater unten im Garten, er wollte später los, um Marc von den Landungsbrücken abzuholen. Und was sehe ich auf einmal? Deine Mutter, die heulend aus dem Haus zur Straße rennt. Mir war sofort klar, dass sie abhaut. Ihren geliebten Mann im Stich lässt. Hat sie dir das erzählt?«

Sie wartete kurz Miekes stummes Nicken ab und redete weiter. »Kurz danach ist dein Vater aus dem Haus gekommen und hat eure Jolle losgemacht. Und weißt du was? In dem Moment, als dein Vater vom Boot sprang, ist die Englandfähre vorbeigefahren. Wahrscheinlich hast du seinen Selbstmord sogar mitangesehen, genau wie ich.«

Miekes Herz schlug so laut, dass das Klopfen in ihren Ohren dröhnte. War das der Schock? Unterkühlung? Vielleicht, dachte sie, sterbe ich jetzt, einfach so.

»Pass auf, Mieke.« Pauline benutzte ihre vernünftige Ärztinnenstimme. »Lange halten wir es im Wasser nicht mehr aus, es wird immer kälter. Obwohl ich hartgesotten bin, weil ich jeden Tag in der Elbe schwimmen gehe. Das hättest du nicht gedacht, oder? Also, was hältst du davon, wenn wir ein Spiel spielen?«

»Ein Spiel?« Sie konnte nicht anders, als Paulines Worte stumpf zu wiederholen. Ihr Kopf war leer.

»Du wirst jetzt diese Tablette schlucken.« Mit der linken Hand nestelte Pauline eine kleine Plastikdose aus ihrem Bustier, nahm eine Pille heraus und hielt sie Mieke hin. »Wasser zum Runterspülen gibt es ja reichlich.« Sie wartete ab, bis Mieke die Pille geschluckt hatte. »Und jetzt schön Ah sagen.« Pauline kontrollierte Miekes Mundhöhle und schien zufrieden. »So, nun darfst du mir drei Fragen stellen, und ich werde sie ehrlich beantworten. Und dann, meine Süße, heißt es ahoi.«

»Er hat dich gar nicht vergewaltigt, oder?«

»Bravo! Nein, hat er nicht. Im Gegenteil, er hat mich abblitzen lassen, als ich für das Porträt Modell saß und ihm gesagt habe, dass er mich gerne als Akt malen könne. Deine Mutter hat mich übrigens gesehen, als ich aus dem Atelier gerannt bin, weil ich so sauer war. Ich hatte immer etwas übrig für ältere Männer. Allerdings wurde ich in der Tat von einem missbraucht. Seitdem ich 13 war.«

»Bruno.«

»Noch mal bravo. Meine Eltern hätten mir das nie geglaubt, für meine Mutter war Großvater ein Heiliger. Dann wurde ich schwanger und brauchte einen Abbruch.

Die Idee, das deinem Vater unterzuschieben, stammt übrigens von mir, nicht von Bruno. Der hat seine Strafe allerdings auch bekommen, nicht dass du denkst, ich hätte ihn entwischen lassen. Ich wurde seine Ärztin, verstehst du?«

Sie sieht richtig stolz auf sich aus, dachte Mieke. Wenn sie Paulines Scharfsinn applaudierte, Fragen stellte, konnte sie vielleicht Zeit schinden. »Und was ist mit Hedda?«

»Diese dumme Kuh!« Paulines zufriedener Gesichtsausdruck wandelte sich in Abscheu. »Sie hat mir dreist ins Gesicht gelogen. Obwohl sie die Story von dem bösen Investor und der Museumsstiftung geschluckt hatte. Wobei es die tatsächlich gibt, nur dass Robert und ich die einzigen Mitglieder sind.«

»Dann solltest eigentlich du Heddas Haus bekommen?«

Pauline stieß einen Laut der Verachtung aus. »Ganz genau. Sie hat mir sogar das Testament gezeigt, in dem steht, dass ich ihre Alleinerbin bin. Nicht das echte, wie ich heute weiß. Vielleicht hätte ich misstrauisch werden sollen, weil sie mich immer auf Distanz gehalten hat. Obwohl ich mich als Ärztin rührend um sie gekümmert habe. Und als sie heimlich diesen Tattergreis Küster um einen Hausbesuch gebeten hat, war mir klar, dass sie irgendwas im Schilde führt.«

»Am Tag, bevor sie starb? Da warst du doch bei einem Seminar.« Miekes Stimme verebbte, als sie die blanke Wut in Paulines Gesicht bemerkte.

»Deine grauen Zellen funktionieren noch, sehr gut, Mieke«, lobte sie. In ihrem Tonfall lag ätzender Spott. »Genau, ich wollte am Montagnachmittag nach Lübeck fahren, Küster sollte mich vertreten. Es war das pure Glück, das ich zur Besprechung bei ihm in der Praxis war, als Hedda ihn anrief. Der alte Schwachkopf dachte, dass ich Heddas

Stimme nicht hören würde, als sie ihn um einen Besuch gebeten hat. Nur weil er selbst halb taub ist. Jedenfalls bin ich nach Lübeck gefahren, habe im Hotel eingecheckt und bin dann mit dem Zug zurückgekommen.«

Ein Zittern fuhr durch Miekes Körper. Sie konnte nicht mehr anders, sie musste sich bewegen. Jetzt wird sie zustechen, dachte sie.

Aber Pauline klappte gleichmütig das Messer zu.

»Ist nicht mehr nötig«, sagte sie, als sie Miekes Erstaunen bemerkte. »Du bist schon viel zu schwach, um dich zu wehren. Willst du noch das Ende der Geschichte hören, bevor du dich auf den Weg ins Jenseits machst?«

Miekes Zähne klapperten unkontrolliert.

»Heißt das ja? Nun gut. Also, Hedda hat so einen Schrecken bekommen, die Arme, als ich plötzlich aufgetaucht bin, nachdem Küster weg war«, fuhr Pauline fort. »Ich habe vermutet, dass sie mich aus dem Testament streichen wollte und Küster es bezeugen sollte. Deshalb habe ich ihr angeboten, es bei mir zu Hause aufzubewahren. Hedda kam erst mit einem Haufen Ausreden an und wurde dann richtig fuchtig. Sie hat mir in ihrer Wut an den Kopf geworfen, dass sie dir das Haus vermachen will, aber das Testament noch nicht geändert hat. Also habe ich heimlich das Herzmedikament eingesteckt, das sie, auf meine Anweisung, immer frühmorgens einnahm. Ich hatte erst überlegt, ihr Kaliumchlorid zu spritzen, aber so war das Ganze viel eleganter. Und was finde ich später heraus? Dass ich niemals im Testament gestanden habe! Die alte Hexe hat mich über den Tisch gezogen!«

»Wie bist du an ihr Tagebuch gekommen? Also an das, das Zoë mit zur Schule genommen hatte?«

»Es lag auf Heddas Nachttisch. Ich habe es sicherheitshalber eingesteckt, für den Fall, dass Hedda etwas Gemeines über mich geschrieben hat. Allerdings konnte ich diese komische Schrift nicht entziffern. Was auch egal war, das Ding war über 80 Jahre alt. Aber als ich dich am Dienstag besucht habe, habe ich Heddas Tagebuch von diesem Jahr entdeckt. Auf dem Küchenbuffet. Das, liebe Mieke, war leider dein Todesurteil. Mir war klar, dass du über kurz oder lang viele unschöne Dinge über mich erfahren würdest.«

»Wieso bist du überhaupt zu mir gekommen?«

Pauline sah sie überrascht an. »Wieso? Das weißt du doch, wegen Zoë!« Dann dämmerte ihr, was Mieke dachte. »Du bist so simpel«, stieß sie voller Verachtung hervor. »Du denkst, ein verlogenes Miststück wie ich kann niemanden lieben? Da irrst du dich. Zoë ist mein Leben!«

Gleich drückt sie mich unter Wasser, dachte Mieke. Jetzt ist es so weit.

Aber Pauline hatte sich wieder gefangen. »Kaum war Hedda tot, bist du als glückliche Erbin wiederaufgetaucht, in deiner ganzen Armseligkeit. Und wolltest dich partout nicht aus dem Haus vertreiben lassen. Obwohl wir wirklich kreativ waren.«

Die Puzzlestücke fügten sich zusammen. »Marc?«

»Mein kleiner Loser-Bruder«, bestätigte Pauline. »Hausbock, Schwamm, Bärenklau, wie die biblischen Plagen. Frösche und Heuschrecken haben wir dir erspart. Du hast ihm und den angeblichen Experten alles abgekauft … mir übrigens auch. Erinnerst du dich? Deine Tabletten, die dich so unleidlich gemacht haben?«

»Die gegen Migräne?«

»Du kleine Traumtänzerin.« Pauline lachte. »Das war Vomex. Ein harmloses Mittel gegen Übelkeit, aber du hattest es schon als Kind nicht vertragen. Du wurdest ganz verwirrt davon, und übellaunig. Eine Nebenwirkung, die sich in Kombination mit Schlaftabletten noch verstärkt. Jedenfalls hast du die Pillen brav geschluckt. Bis Gertrud sie dir weggenommen hat, diese dämliche Sektentussi. Das Antipsychotikum, das David auf der Bühne gefunden hat, habe übrigens ich in deine Lederjacke gesteckt. Lag in deinem Badezimmerschrank.«

Im letzten lichten Moment, als der obere Rand der Sonne in die Elbe tauchte, sah Mieke aus dem Augenwinkel, wie eine Gestalt aus einem Auto stieg, sich an die Ufermauer stellte und auf den Fluss hinaussah. David, dachte sie. Bitte, lieber Gott, lass es David sein. »Und Zoës Facebook-Seite?«, fragte sie hastig. »Waren das echte Kommentare?«

»Natürlich nicht. Die habe ich geschrieben. Dazu musste ich allerdings jede Menge Fake-Accounts anlegen, das war eine Heidenarbeit.«

»Welche Rolle hat Robert gespielt?«

»Eine Nebenrolle, wie immer. Nach Marc ist Robert Loser Nummer zwei. Wenn er ein besserer Geschäftsmann gewesen wäre, hätten wir diesen ganzen Zinnober gar nicht veranstalten müssen. Aber er hat spekuliert und alles verloren. Ich bin dann auf die Idee mit dem Apartmentkomplex gekommen. Das Ganze lief über Scheinfirmen. Wir hätten bestimmt grundsolide Gutachten bekommen, dass die Fischerhäuser allesamt marode sind. Letztendlich auch eine Baugenehmigung, die in der Baubehörde sind unserer Familie noch einige Gefallen schuldig.«

»Robert war dein Handlanger.« Miekes Stimme klang bereits schläfrig.

Pauline hob ihren Zeigefinger. »Also wirklich, wir reden hier über meinen Ehemann«, sagte sie mit gespielter Empörung und fuhr dann mit normaler Stimme fort: »Aber ich glaube nicht, dass ich bei ihm bleibe. Er hätte die Finger von Gesa lassen sollen.«

Blitzartig drehte sich Pauline zum Ufer um, sie hatte wohl etwas gehört. Als sie sich wieder ihrem Opfer zuwandte, sah Mieke, wie die Gestalt von vorhin gebückt zum Wasser lief.

»Es wird Zeit, dass du endlich schwimmst, meine Süße«, sagte Pauline.

Mieke hatte inzwischen Schwierigkeiten, aufrecht zu stehen. Sie musste unbedingt noch ein bisschen Zeit gewinnen. »Warum hasst du mich eigentlich so?«, stieß sie hervor und bemühte sich, ihr Schwanken unter Kontrolle zu bringen. »Ich habe dir doch nie etwas getan!«

»Im Stich gelassen hast du mich!«, gab Pauline zurück. »All die Jahre habe ich dich beschützt. Und dann, als du unser kleiner Theaterstar wurdest, war ich Luft für dich. Dir ist alles in den Schoß gefallen, Mieke. Nette Eltern, während ich mit diesem Nazischwein leben musste und der Puddingmutter ohne Rückgrat. Erfolg als Schauspielerin, einfach so, während ich immer nur gebüffelt habe und nächtelang im OP stand. Und dann hast du dir auch noch David geschnappt, du Schlampe!« Die Wut hatte Paulines Züge verzerrt. Ihre Hände griffen nach Miekes Schultern, um sie niederzudrücken.

»Zoë!«, rief Mieke verzweifelt, »was ist mit Zoë?«

Der Druck der Hände auf ihren Schultern ließ nach.

»Meine Tochter wird deinen Lenny schneller vergessen, als du denkst«, sagte Pauline. »Nach deinem Tod kaufe ich Tessa das Fischerhaus ab, und sie flüchtet mit deinem Sohn nach Holland. Vor all den bösen Erinnerungen. – Schwimm!«, brüllte sie auf einmal. »Los, schwimm!«

Der erste Schwimmstoß fiel Mieke überraschend leicht. Sie konnte noch erkennen, wie David sich auf ihre Gegnerin stürzte, als ihre Kräfte erlahmten. Vor ihr tauchte Paulines Kopf aus dem Wasser, sie war David entkommen. Mit geübten, langen Zügen, ganz ohne Spritzer, kraulte ihre Freundin in Richtung Schweinesand.

»Lass sie«, flüsterte Mieke, als David sie an sich zog. »Um Zoës willen, lass sie.«

Dann ließ sie sich fallen, in den mächtigen Fluss hinein, ohne Widerstand, ohne Bewusstsein. Und merkte nichts davon, wie David sie um die Taille packte und ans Ufer trug.

VIER MONATE SPÄTER.
MONTAG, 5. DEZEMBER

Ein weißer Umschlag segelte durch den Schlitz der Haustür. Mieke, die in ein Duschtuch gehüllt aus dem Bad trat, hob ihn auf und bemühte sich, die krakelige Handschrift des Absenders zu entziffern. Dr. Küster. Die Zeit der anonymen Briefe war glücklicherweise vorbei. Wahrscheinlich die Rechnung für seinen letzten Hausbesuch bei Hedda.

Barfuß ging sie in die Küche, wobei sie den Umschlag mit dem ausgestreckten Arm von sich weghielt, um nicht daraufzutropfen, und machte sich einen Kaffee. Als sie den Kühlschrank öffnete und die Packung mit Hafermilch anhob, stutzte sie. Leer. Jan, dachte sie resigniert. Lennys Freund war genauso ein Kaffeejunkie wie sie selbst. Ihr Sohn hatte ihn vor zwei Tagen am Flughafen abgeholt – nur wenig später, nachdem er Zoë in die Maschine nach Nizza gesetzt hatte.

Mieke zog sich einen Stuhl heran und schaute auf die Uhr. Gleich sieben. Zeit genug, noch eine Runde zu joggen, bevor sie nach nebenan gehen und David wecken würde. Niemand, dachte sie und hob die Tasse an die Lippen, war erstaunter als sie selbst darüber, dass sie sich zur Frühaufsteherin gewandelt hatte. Ihr Sohn vielleicht. Der das Spektakel allerdings regelmäßig verschlief. Seitdem Jan da war, war er nicht mehr vor neun aus dem Atelier gekommen.

Sie würde Zoë vermissen. Das Mädchen würde künftig bei seinem Großvater leben. Paul Andresen war sofort aus Südfrankreich gekommen, nachdem er von ihrem Zusammenbruch erfahren hatte. Robert, mit dem Zoë sowieso nichts mehr zu tun haben wollte, hatte Blankenese verlassen, um zusammen mit Marc einen Neuanfang in Alicante zu machen. Paulines Tochter tat Mieke unendlich leid. Das Entsetzen schrumpfte vielleicht mit der Zeit. Aber die Trauer würde bleiben. Trauer, das wusste Mieke, war treu.

Sie stand auf und ging zum Fenster. Im Nebenhaus war noch alles dunkel. David hatte Robert die Nachbarskate abgekauft und ihr angeboten, zurück in ihr Elternhaus zu ziehen. Er würde dann in Heddas Haus wohnen. Aber sie hatte nicht gewollt. Hier hatte sie manchmal das Gefühl, dass Hedda mit ihr sprach. Dass noch nicht alles gesagt war. Unwillkürlich schüttelte sie sich. Sie sollte wirklich laufen gehen, den Fluss entlang, durch die eisige Luft. Gespenster mögen keine Kälte.

Sie ging zurück zum Tisch, stellte die Tasse ab und griff nach dem Umschlag. Dann ließ sie ihn wieder sinken. Der Papierkram hatte Zeit. Sie sollte lieber noch die letzten Fahnen ihres Buches korrigieren und sie zur Post bringen, bevor sie Tessa am Bahnhof abholte. Ein kleiner Verlag in Blankenese wollte Heddas Lebensgeschichte veröffentlichen. Sie hoffte, dass Davids und ihr Konzept für ein Museum in Paulines Strandhaus auf ein ähnliches Interesse stoßen würde, Zoë als Erbin der Kate hatte bereits zugestimmt. Nächste Woche wollten sie es dem Bürgerverein vorstellen.

Mieke legte den Stift beiseite. Sie fühlte sich unruhig und konnte sich nicht auf die Korrekturen konzentrieren. Kurz entschlossen lief sie ins Schlafzimmer und zog ihre Laufsachen an. Für eine kurze Runde den Fluss entlang war allemal Zeit, bevor sie ihre Mutter abholte. Nach Blankenese zu ziehen, war für Tessa nicht infrage gekommen. Aber sie würde ihre Tochter besuchen, hatte sie versprochen, und nun wollten sie gemeinsam Sinterklaas feiern, den holländischen Nikolaus. Ihre Beziehung, ahnte Mieke, war eine Reise, die gerade erst begonnen hatte. Sie hätte nie vermutet, dass Tessa all diese Schuldgefühle mit sich herumtrug – und keineswegs enttäuscht von ihr war.

Töchter und Mütter, dachte sie. Sie und Tessa. Pauline und Zoë. Das Mädchen war zusammengebrochen, als es erfuhr, dass Pauline nicht mehr lebte. Der alte Dr. Küster war ins Fischerhaus gekommen und hatte ihrer Tochter eine Beruhigungsspritze gegeben, ihr Vater hatte sie heimgebracht. Am Tag danach war Mieke zur Villa gegangen, um Zoë die Wahrheit zu sagen. Robert hatte protestiert. »Was, wenn sie das kaputtmacht?«, hatte er geschrien. »Was«, hatte David entgegnet, »wenn sie mit der Wahrheit klarkommt? Irgendwann?«

In dem Gespräch hatte Robert seiner Tochter immer wieder versichert, dass er keine Ahnung von Paulines Absichten gehabt hatte, aber er war nicht zu ihr durchgedrungen. Nichts war zu ihr durchgedrungen. Außer der Gewissheit, dass ihre Mutter eine Mörderin war. Schließlich hatten sie Zoë in die psychiatrische Ambulanz bringen müssen, weil sie Angst gehabt hatten, dass sie sich etwas antat. Am Tag danach hatte das Mädchen sich dazu entschieden, einige Zeit in der Klinik zu bleiben.

Bei Mieke hatte die Nacht nicht einmal einen Schnupfen hinterlassen. Ihr war im Krankenhaus der Magen ausgepumpt worden, und danach hatte sie darauf bestanden, nach

Hause zu gehen. Sie hatten die ganze Nacht im Wohnzimmer beisammengesessen, Lenny, David, Tessa, Gustav und Shanti, wie sie auch heute wieder zusammensitzen würden, am Pakjesavond. Sie würden Lebkuchen essen und Pfeffernüsse, aber das war es auch schon mit den Traditionen. Nach lustigen Gedichten und albernen Geschenken war keinem von ihnen zumute.

Mieke hatte in jener Nacht in Decken gehüllt auf der Couch gelegen und allen berichtet, was Pauline ihr im Wasser erzählt hatte.

»Sie hat behauptet, sie hätte mit dem Gedanken gespielt, Hedda etwas Tödliches zu spritzen, sei dann aber mitsamt Heddas Pillen aus dem Haus spaziert und zum Seminar gefahren. Ich glaube allerdings, dass sie ihr tatsächlich Kaliumchlorid injiziert hat. Pauline war ein Kontrollfreak, sie wäre niemals das Risiko eingegangen, dass Hedda überlebt. Außerdem hatte Gesa neben dem Bett die Kappe einer Spritze gefunden.«

»Aber eines verstehe ich immer noch nicht.« Shanti stellte ihr Astra auf dem Beistelltisch ab und sah Mieke fragend an. »Warum lag nach Heddas Tod das alte Tagebuch auf dem Nachttisch und nicht das neue? Du sagst doch, dass sie geschrieben hat, sie habe es aus dem Versteck im Atelier geholt, um etwas nachzulesen. Und es wieder zurückbringen wollte, bevor Dr. Küster kam.«

»Weil sie die Kladden verwechselt hat.« Gustav, im Ohrensessel sitzend mit einer karierten Decke über den Knien, klang immer noch heiser. »Hedda hat aus Versehen die neue zurück ins Atelier gebracht.«

»Und wie ist das Tagebuch in Zoës Ikea-Tüte gelandet?«, erkundigte sich Tessa.

»Wahrscheinlich hat Pauline es in ihre Manteltasche gesteckt«, meinte Lenny. »Zoë hat mir erzählt, dass die

Haushälterin Sachen fürs Theater aussortiert und die Tasche in den Garderobenschrank gestellt hat. Die Kladde ist wohl aus dem Mantel gefallen. Zoë hat die Tasche später zur Schule gebracht. An dem Tag, als ich sie zum ersten Mal getroffen habe.«

Er schluckte, aber Mieke sah, wie Jan den Arm um die Schultern ihres Sohnes legte. So wie David den seinen um sie.

Später, als sie mit ihrer Mutter allein in der Küche war, erzählte sie ihr, was Pauline noch gestanden hatte. Nämlich dass Mathias niemals einen Annäherungsversuch unternommen hatte. »Glaubst du ihr, dass Papa sich wirklich umbringen wollte?«, setzte sie hinzu. »Oder ist er gekentert und ertrunken?«

»Er wollte bestimmt nicht sterben«, hatte Tessa geantwortet. »Ich vermute, er hat erst Geld und Papiere eingesteckt, ich hatte ihn ja angeschrien, dass er abhauen sollte. Dann hat er angefangen, diesen Brief zu schreiben, sich zu erklären. Auf einmal sind wohl all diese Gefühle auf ihn eingestürzt. Mathias ist immer auf den Fluss gefahren, wenn er verwirrt oder verzweifelt war. Wenn er dann zurückkam, hatte er Klarheit gefunden, jedes Mal.«

Mieke war warm geworden in ihrer Laufjacke. Sie ging zum Fenster und öffnete es. Als Kind hatte sie sich eingebildet, hören zu können, wie die Elbe zur Mündung strömte, unbeirrt von den Dramen, die sich an ihren Ufern abgespielt hatten. Hörte ein Fluss eigentlich auf, ein Fluss zu sein, wenn er sich ins Meer ergoss? Oder änderte er lediglich seine Form? Bestimmt Letzteres, dachte sie, als ein Windstoß sie frösteln ließ und sie das Fenster schnell wieder schloss. Wann war schon wirklich jemals etwas zu Ende?

Sie ging zum Tisch und öffnete den Umschlag.

BRIEF VON DR. KÜSTER
AN MIEKE.
SONNTAG, 4. DEZEMBER 2022

Sehr geehrte Frau van der Linden,

anbei ein vermutlich letzter Gruß meiner verstorbenen Patientin Hedda Kröger.

Es tut mir sehr leid, dass der Brief mit der Bitte um Weiterleitung Sie erst jetzt erreicht, aber ich muss gestehen, dass er erst jetzt entdeckt wurde. Wie Sie vielleicht wissen, habe ich inzwischen meine Praxis aufgegeben. Das Schreiben hat meine Sprechstundenhilfe bei der Durchsicht der patientenrelevanten Unterlagen gefunden.

Bitte verzeihen Sie einem alten Mann diese Nachlässigkeit. Das Alter spielt uns eben so manchen Streich.

Mit vorzüglicher Hochachtung

Dr. Adalbert Küster

BRIEF VON HEDDA AN MIEKE.
MONTAG, 10. JANUAR 2022

Mieke, ich wälze mich hin und her und zermartere mir den Kopf.

Dr. Küster, mein alter Freund, ist gerade gegangen. Er konnte mir nur ein schwaches Beruhigungsmittel geben wegen meines Herzens. Das wirkt aber nicht. Nun liege ich wach und das Herz schlägt mir bis zum Hals.

Ich wollte es dir all die Jahre nicht sagen. Das letzte Geheimnis sollte gemeinsam mit mir sterben. Wem würde es nutzen, wenn du es erfährst? Soll ich es trotzdem lüften? Soll ich schweigen? Und wenn ich mich irre?

Aber Geheimnisse erlöschen nicht, sie schlafen nur, das weiß ich jetzt. Es ist an der Zeit, dass eine sture, alte Frau wie ich nicht mehr über das Glück und Unglück anderer entscheidet. Den Dingen ihren Lauf lässt.

Ich bitte dich von Herzen, mein Kind: Sei vorsichtig. Pauline hat tausend Gesichter. Dennoch, vielleicht ist sie unschuldig. Im Zweifel für die Angeklagte, nicht wahr?

Mieke, dein armer Vater hat euch nicht verlassen. Er ist tot. An dem Tag, als du aus England zurückkehrtest, ist er im Sturm auf die Elbe hinausgefahren und nicht zurückgekehrt. Ich habe ihn dabei beobachtet, krank im Bett liegend und unfähig einzugreifen. Wie kann er nur, das ist doch gefährlich, habe ich noch gedacht, der Wind wird das

Boot kentern lassen. Und so ist es geschehen. Dein Vater ist ertrunken.

Warum ich nichts gesagt habe? Weil ich dachte, dass es besser so ist. Sein Tod hätte Fragen aufgeworfen, der Skandal sich nicht unterdrücken lassen. Ihr hättet nie Ruhe gefunden, du, Pauline und Tessa. Euer Leben wäre ruiniert gewesen.

Aber da gab es noch etwas, Mieke, und das lastet mir seit 25 Jahren auf der Seele. Zwei Tage vor Mathias' Tod wachte ich in aller Herrgottsfrühe auf, wegen der Schmerzen und weil es blitzte und donnerte. Ein Gewitter, wie so oft zu Ostern. Als ich zur Küche ging, um mir ein Glas Wasser für die Tablette zu holen, wurde der Hof für ein paar Sekunden taghell, wie eine Bühne. Und ich konnte erkennen, wie die angeblich kranke Pauline aus dem Atelier rannte, in der Hand hielt sie einen Hammer. Ich bin zurück ins Bett gegangen, ich konnte mich ja kaum aufrecht halten, und habe diese Szene vergessen. Aber als dein Vater ertrank, habe ich wieder daran denken müssen.

Seitdem frage ich mich: Hat Pauline ein Loch ins Boot geschlagen und ihn dadurch umgebracht? Sie wusste, dass allein Mathias das Boot benutzte. Deine Mutter und du, ihr wurdet ja immer seekrank. Erinnerst du dich, als Tessa erst kurz vor eurem Umzug auffiel, dass das Boot nicht mehr im Atelier lag? Marc hat damals behauptet, er habe Mathias damit zum Recyclinghof fahren sehen. Weil es ein Leck hatte und zu morsch zum Reparieren war. Wie immer hat er wohl für seine Schwester gelogen.

Da ist noch etwas, Mieke. Es kann sein, dass jemand am Strand stand, als dein Vater auf den Fluss ruderte. Wie gesagt, es regnete und stürmte, ich kann es nicht mit Sicherheit sagen. Und schon gar nicht, ob es Pauline war. Aber auch nicht, dass sie es nicht war.

Man kann die Vergangenheit nicht ändern, Mieke. Nur seine Zukunft gestalten. Diese Chance möchte ich dir nicht mehr vorenthalten.

Ich selbst war immer nur die Beobachterin, in alles verstrickt, aber niemals handelnd. Die ewige Zeugin, wie unsere Kastanie auf dem Schulhof.

Dir, meine Mieke, bleibt nun nichts anderes übrig, als die Richterin zu sein.

In Liebe, Hedda

QUELLEN

Blankenese 1918: Verstörung – Revolution – Nachwirkung. Förderkreis Historisches Blankenese (Hrsg.), KJM Buchverlag 2018.

Blankenese in der Weimarer Republik: Kulturelle Entfaltung – Wirtschaftliche Not – Politische Radikalisierung. Förderkreis Historisches Blankenese (Hrsg.), KJM Buchverlag 2019.

Blankenese im Nationalsozialismus 1933–39: Entrechtung – Volksgemeinschaft – Diktatur. Jan Kurz, Fabian Wehner (Hrsg.), KJM Buchverlag, 2021.

Kurskorrekturen: Geschichte und Gegenwart des Gymnasiums Blankenese 1892–2017. Ingrid Herzberg (Hrsg.), KJM Buchverlag 2017.

Kirschen auf der Elbe: Das jüdische Kinderheim Blankenese 1946–48. Verein zur Erforschung der Geschichte der Juden in Blankenese (Hrsg.), Klaus Schümann Verlag 2006. *(Die israelische Originalausgabe wurde von Jizchak Tadmor 1996 herausgegeben, nach einem Treffen der ›Blankeneser Kinder‹ im Hause Weizman. Die Frau des Staatspräsidenten, Reuma Weizman, war eine der Leiterinnen des ›Warburg Childrens Health Home‹.)*

Gedenkbuch zur Ausstellung: Viermal Leben – Jüdisches Schicksal in Blankenese. Verein zur Erforschung der Juden in Blankenese. viermalleben.de

DIE NEUEN

GMEINER KULTUR

WWW.GMEINER-VERLAG.DE
Mensch, Kultur, Region